Het familiehuis

D1434369

Carol O'Connell

Het familiehuis

2005 – De Boekerij – Amsterdam

Oorspronkelijke titel: Winter House (Random House)
Vertaling: Karst Dalmijn
Omslagontwerp: marliesvisser.nl
Omslagfoto: studio-mv met speciale dank aan Marianne

ISBN 90-225-4209-2

Ik draag dit boek op aan een vrouw die twee trouwringen had. Het enige huwelijk van mijn moeder had de eerste gouden ring overleefd. Op een koude dag in februari vond ik de eerste ring, die mijn vader haar gegeven had. Ze had hem gedragen tot hij afgedragen was. Dun en broos was hij, maar niet gebroken.
En toen stierf ze.

1

H ET WAS LAAT. ER WAS WEINIG VERKEER. EEN PAAR AUTO'S KROPEN
voorbij, als insecten aangetrokken door het verlichte huis. Op vijf ver-
diepingen brandde licht.

Weliswaar waren er meer van dit soort smalle herenhuizen in New
York, de stad van miljonairs en miljardairs, maar het front van deze woning was een anachronisme in dit huizenblok van Central Park West.
Het steil aflopende dak werd in tweeën gedeeld door een lichtkoepel en
er waren uit steen gehouwen waterspuwers. Ingeklemd tussen twee ko-
lossen bevond deze woning hier zich in de verkeerde tijd op de verkeerde plaats. Een soeverein bouwwerk, hoewel er politie aan de deur was.
En in de salon, en in de kelder en boven.

Zo véél politie.

Nedda Winter zat kalm te kijken terwijl ze langsliepen op weg naar
andere kamers, en zij keken naar haar. Al snel was ze niet meer dan een
meubelstuk voor hen, maar daar nam ze geen aanstoot aan. Ze deed de
oude radio aan, die naast haar stoel stond. Niemand zei er iets van, dus
zette ze hem harder.

Blanke hotjazz.

Het geluid van Bennie Goodman op klarinet, en van andere schimmen van het bigband-tijdperk, vulde de voorkamer en beïnvloedde de
stappen van de mensen die heen en weer liepen, mensen met en zonder
uniform.

Til die voeten op. Tappen met die tenen.

Mevrouw Winter onderdrukte een glimlach – glimlachen zou ongepast zijn – maar ze bewoog haar hoofd op de maat van de muziek. Het huis was opnieuw vol leven, dronken van leven, hoewel het hele feest draaide om de dode man die midden in de kamer lag.

Mevrouw Winter had een naam die bij haar paste. Ze had het voorkomen van dat jaargetijde. Haar lange haar was sneeuwwit en haar huid had de bleekheid van iemand die lange tijd binnenshuis had moeten vertoeven. Zelfs haar ogen waren flets geworden, gebleekt tot het lichtste blauw dat je je kunt voorstellen. Ze was zo veranderd door het verstrijken van de tijd, dat de politie haar maar bleef negeren. Ze vroegen haar noch om rekenschap, noch om een verklaring voor haar lange afwezigheid. Ze hadden het huis niet eens herkend, een adres dat al berucht was toen de muziek op de radio nog nieuw was.

Vijfenvijftig jaar geleden was een twaalfjarig meisje uit dit huis verdwenen na een andere gewelddadige moord. Kortgeleden was het vermiste kind, inmiddels volwassen en oud, naar huis teruggekeerd om in alle rust samen te leven met haar nicht, die lang na de slachting was geboren, en met een broer en zus die de bloedige gebeurtenis hadden overleefd.

Het voertuig van de lijkschouwer stond op de stoep met erachter het busje van de technische recherche, zoals aan het csu-logo te zien was. De ramen aan de voorkant van het huis waren allemaal verlicht en achter de neergelaten en dichtgetrokken gordijnen bewogen de schaduwen van mannen en vrouwen.

Een warm nazomerbriesje deed de gele politietape, waarmee de stenen treden en een stuk van het trottoir afgezet waren, rimpelen. De tape had dezelfde werende functie als het fluwelen koord bij een theateruitvoering, hoewel het publiek die avond maar uit drie mannen bestond, die rondzwalkten nadat ze het café na sluitingstijd hadden moeten verlaten. Ze waren op een vrolijke manier dronken en zongen met onwelluidende stem, wat op de zenuwen van de geüniformeerde politieagent werkte. Hij stond bij de politieauto's, en door de zwaailichten lichtte zijn gezicht afwisselend bietenrood en spierwit op. 'Wegwezen!' schreeuwde hij, en hij maakte een handgebaar naar de dronkemannen.

Charles Butler zette zijn Mercedes achter de politiewagen, stapte uit en rechtte zijn rug. Een lange man van een meter vijfennegentig. Hij bewoog zich met een soepele gratie, een compensatie voor zijn wat sullige gezicht. Hangende oogleden bedekten voor de helft zijn uitpuilende ogen, die zo groot waren als eieren. Door de kleine blauwe irissen leek het of hij in permanente staat van verbazing verkeerde. Zijn haakneus bood plek aan twee mussen, of één dikke duif. Vanaf zijn stropdas tot aan zijn voeten zag de veertigjarige er verder welgeschapen en goed verzorgd uit, hoewel het vest van zijn driedelig pak ontbrak.

Hij had zich haastig aangekleed. Mallory wachtte.

Twee geüniformeerde politiemensen stonden voor het huis op wacht en stuurden alle mensen terug die de lage stenen trap naar de voordeur op wilden. Charles liep op de agenten af en moest onwillekeurig glimlachen. Een enorme vergissing, want wanneer zijn gezicht een blije uitdrukking aannam, gaf het hem het aanzien van een nietsnut, een verre neef van de drie dronkelappen, die inmiddels doorliepen. Voor ze hem konden wegsturen, had hij al naar boven gewezen, naar de slechtst geklede man van Amerika, brigadier Riker. De rechercheur hing tegen een smeedijzeren leuning en kreeg net een vuurtje van een andere man. Terwijl hij een wolk sigarettenrook uitblies, vervolgde hij zijn gesprek.

'Ik hoor bij hem.'

Bij het horen van de vertrouwde stem draaide Riker zich om en liet de innemende glimlach zien die hij reserveerde voor mensen die hij graag mocht. 'Hé hallo, hoe is het met jou?' De rechercheur liep de paar stenen treden naar het trottoir af en gaf de langere man een stevige hand. 'Fijn dat je wilde komen. Ik weet dat het laat is.'

En dat was het inderdaad. Riker zag eruit alsof hij de hele avond in zijn pak had geslapen. Maar aan de andere kant, hij kleedde zich altijd op die manier – voorgekreukte kleding bij het begin van iedere werkdag. Het gelige licht boven aan de trap flatteerde en zorgde ervoor dat het doorleefde gezicht van de rechercheur wat gladder leek, zodat hij er iets jonger uitzag dan zijn vijfenvijftig jaren.

'Graag gedaan.' Charles keek naar zijn vriend, die een gemiddelde lengte had, en hij had de neiging zich te verontschuldigen voor het feit dat hij boven hem uittorende.

'Heeft Mallory je al iets kunnen vertellen wat de moeite waard is?'

'Nee, helemaal niets.'

'Maar goed ook, misschien.' Riker wees naar de trap en ging hem voor. 'In dit huis wonen twee vrouwen. Een heeft vanavond een man gedood. Eenvoudig genoeg, toch?' Hij gooide zijn peuk over de leuning. 'Als jij ze onderzoekt, dan praten we straks verder.'

Terwijl ze de open deur door gingen, hoorde Charles muziek: oude jazz. Ze liepen op het lawaai in de grote hal af. Het zou Charles niet verbaasd hebben als hij het getinkel van ijsblokjes in cocktailglazen had gehoord. Ze passeerden een groepje mensen met badges op de zak van hun pak. Rechercheur Riker groette hen met een knikje. 'Deze lui hier proberen een klein conflict over de jurisdictie te regelen.' Hij leidde Charles langs een vrouw in uniform en een man in pak, die met enige stemverheffing in een woordenstrijd verwikkeld waren. Opnieuw volgde uitleg. Riker wees op de jongeman, die zijn stethoscoop omklemd hield in zijn opgeheven hand. 'Kijk, een bijzonder boze lijkschouwer. Mallory wil het lijk niet vrijgeven. Ze gebruikt het om de dames die hier wonen de stuipen op het lijf te jagen.'

Op de drempel naar de voorkamer restte Charles alleen tijd om met zijn ogen te knipperen, voor hij een ruimtelijke paradox binnenstapte. Door een slimme bouwkundige truc leek het huis vanbinnen veel groter dan vanbuiten. Voor een deel was dat magische effect te danken aan tientallen spiegels. Ze waren drie meter hoog en gevat in fijn afgewerkte zilveren lijsten. Deze spiegels schiepen de illusie van een doolhof van kamers, trappen en gangen. Dus een aantal mensen werd veranderd in een menigte, en iedere weerspiegeling voegde haar eigen energie aan het gekrakeel toe.

De grote wenteltrap vormde het middelpunt, een subtiele constructie die in de lucht leek te hangen en omhoogkronkelde naar een overloop, vanwaar je gedeeltelijk zicht had op een verdieping boven het puntvormige plafond. Weliswaar kon hij de rest van de treden niet zien, maar hij had het gevoel dat hij in een spiraallijn de duizelingwekkende trappen op gezogen werd.

Weer terug op aarde, zag hij dat er een lijk op de grond lag. Er stonden mensen omheen, zodat het voor een deel aan het zicht onttrokken was. Charles Butler, die niet gewend was aan misdaadtaferelen, was wat verlegen met zijn houding. Misschien had hij eerst een blik op het lijk moeten werpen. En misschien was het niet zo netjes om met zijn voet de maat te tikken op de klanken van een klarinet.

Een nog oneerbiediger politiefotograaf stapte over het lijk heen om overleg te plegen met rechercheur Riker, die leidinggaf bij het maken van de close-ups van de dode man. Nadat de fotograaf op het ritme van een snaredrum achter elkaar een aantal foto's had gemaakt, verdween hij naar een andere kamer, waardoor Charles voor het eerst een duidelijk beeld kreeg van het slachtoffer.

Omdat de zaak zo veel aandacht had getrokken, had hij zich ingesteld op iets wreeds en griezeligs, maar de man op de vloer leek slechts te slapen, als je de schaar in zijn borst buiten beschouwing liet tenminste. Het slachtoffer hoorde niet thuis in deze rijke buurt. Zijn broek was vormeloos en smerig, op zijn T-shirt zaten meer zweetplekken dan bloedvlekken en naast zijn geopende hand lag een scherp voorwerp. Op het eerste gezicht een duidelijke zaak: een insluiper, die, zwaaiend met een ijspriem, geveld was door een huiseigenaar die liever een schaar gebruikte.

Vanwaar dan in vredesnaam de belangstelling van al deze...

Blikken gingen omhoog. Hij volgde het voorbeeld van de anderen en werd de slanke, zelfverzekerde vrouw in een spijkerbroek gewaar, die op de overloop naar de tweede verdieping stond. Blonde krullen, die door een haarkunstenaar geknipt waren, hingen losjes over haar getailleerde blazer. Onder het jasje droeg ze een wit T-shirt. Met haar armen over elkaar geslagen, wekte ze de indruk dat alles waar ze haar blik op liet rusten haar eigendom was, ook de mensen in de kamer beneden, het lijk in het bijzonder.

Mallory.

Rechercheur Mallory, om formeler te zijn. Kathy wilde ze niet meer genoemd worden, zelfs niet door intimi. Ze gaf de voorkeur aan de meer afstandelijke achternaam. En hoewel Charles de eerste was om haar te verdedigen, vond hij de achtergrondmuziek passend. Louis Armstrong brulde het lied over Savannahs hardvochtige Hannah.

... pouring water on a drowning man...

Een roomwitte hand met rode nagels – zo lang als van een roofvogel – gleed over de trapleuning. In een wijde boog daalde ze langzaam de grote trap af, haar ogen gericht op één persoon in de mensenmenigte.

Maar niet op hem.

Twee mensen van de technische recherche, die voor hem stonden, liepen weg, en nu kon Charles het object van Mallory's interesse zien.

Een kind?

Rechercheur Riker had hem verteld dat er twee vrouwen op dit adres woonden. Over dit meisje was niets gezegd. Ze trilde als een whippet, die nerveuze rashond die het nooit behoorlijk warm krijgt, al is de temperatuur nog zo hoog. Nee, wacht. Dit was geen kind, maar meer iemand van zijn eigen leeftijd: een heel kleine vrouw met een paar zilvergrijze haren in haar donkerbruine kapsel. Ze stond met neergeslagen ogen onder aan de trap als een boetvaardige, of als iemand die zich wil opofferen voor de mensheid.

De lange Mallory daalde letterlijk naar de vrouw af. Ze kwam snel naderbij, waardoor de kleine hoofdbewoonster nog kleiner leek. Voor de vrouw haar kleine hoofd kon verbergen in de capuchon van een witte jurk, viel Charles een charmante bijzonderheid op: het korte bruine haar zat omgebogen over de oren, wat haar iets elfachtigs gaf.

'Dit is mevrouw Bitty Smyth.' Rechercheur Riker trok een wenkbrauw op, alsof hij verwachtte dat Charles de naam zou herkennen.

Hij herkende hem niet.

'Bitty? Is dat haar bijnaam?'

Riker haalde zijn schouders op. 'Zo heeft ze zich voorgesteld. Als ze anders heet, dan hebben we dat niet uit haar kunnen krijgen. We kunnen überhaupt niets uit haar krijgen.'

'Misschien verkeert ze in shocktoestand.' Charles keek met machteloze fascinatie toe terwijl Mallory haar hand uitstak en Bitty Smyth' dunne arm greep. Hij wilde net de mogelijkheid terzijde schuiven dat mevrouw Smyth degene was die met de schaar had gezwaaid, toen hij zich omdraaide en de andere bewoonster zag, een vrouw met lang wit haar, die een groene zijden jurk droeg. Ze was blootsvoets en zat naast een oude radio, de bron van de muziek. Ongelooflijk, dat het oude ding het nog deed. Aan de kast kon hij zien hoe oud de radio was. Halverwege de jaren dertig, net als de vrouw. Die moest om en nabij de zeventig zijn. Ze hield de knop vast en zette het geluid harder.

'Dat is mevrouw Nedda Winter,' zei Riker. 'Bitty's tante.' Weer reageerde Riker op een manier alsof Charles ook deze persoon moest kennen.

Ze ving Charles' starende blik op. De uitdrukking op haar gezicht kon je maar op één manier omschrijven: een blik van nieuwsgierige herkenning.

De oude vrouw zette de muziek af. Haar aandacht was snel verschoven naar de jonge rechercheur van de afdeling Moordzaken, die Bitty Smyth bij de arm had gegrepen.

Nedda Winter stond op uit haar stoel. Ze was langer dan de meeste mannen in de kamer. Met grote passen liep ze naar haar nicht, met de duidelijke bedoeling om haar te hulp te schieten. Riker, die even iets sneller liep dan zijn gebruikelijke slentergangetje, onderschepte haar. En nu kreeg Charles gedrag te zien dat simpelweg niet paste bij de man zoals hij die kende. Riker reikte de dame zijn arm, alsof ze zijn steun nodig had, toonde een verblindende glimlach en leidde haar rustig de kamer uit. De volmaakte gentleman.

Zoals je een filmster behandelt. Misschien was het wel dom dat hij niet wist wie die oude vrouw was.

Charles richtte zich weer op de ondervraging van Bitty Smyth, die nu naar hem keek. Ze hield een bijbel tegen haar bescheiden boezem geperst en haar grote bruine ogen draaiden weg, terwijl haar lippen de woorden prevelden van wat, naar hij dacht, een schietgebedje moest zijn.

Nou ja, Mallory had nu eenmaal dat effect op mensen.

Zijn volgende indruk was dat mevrouw Smyth de vaste grond onder haar voeten verloren had en omhoog zou vliegen als ze niet tegengehouden werd. Charles kwam naderbij en hij hoorde Mallory zeggen dat ze Jezus niet gevonden had en er niets voor voelde om gered te worden. Het hoofd van de kleinere vrouw beefde en knikte. Misschien omdat ze verlamd was van schrik, misschien omdat ze besefte dat deze jonge politievrouw toch niet meer gered kon worden.

'Charles.' Mallory liet snel de arm van Bitty los, alsof ze zojuist betrapt was bij het mishandelen van een verdachte. Alsof ze dit bedrieglijke beeld wilde versterken, liet mevrouw Bitty zich – nog steeds knikkend en bevend, maar met een zweem van een glimlach, zo opgelucht was ze – in een stoel zakken. Het eerste wat je altijd bij Mallory opmerkte, waren haar ogen, die een vreemde heldergroene kleur hadden die je nergens anders in de natuur aantrof. Toen ze hem begroette, had ze niet geglimlacht. Hij had dat ook niet verwacht. Haar gelaatsuitdrukking was meestal bestudeerd, of haar gezicht was uitdrukkingsloos. Een huiveringwekkend trekje.

Ze had meer van dat soort trekjes.

Hoewel Charles Butler veel over psychische stoornissen wist, onttrok Mallory zich aan iedere poging om haar enigszins betrouwbaar te classificeren, alsof ze tot een afzonderlijke categorie behoorde. Een bewoner van een of andere onsentimentele planeet, waar het altijd koud was.

'Hallo,' zei hij. Hij glimlachte en deed een stap terug om haar op te nemen, alsof hij had verwacht dat ze in het weekend nog langer was geworden.

Ze legde haar hand op zijn arm, en bijna zonder druk uit te oefenen leidde ze hem door een smalle gang naar een kleine vierkante kamer, die ingericht was als een kleermakerij, met alle daarbij horende gereedschappen en apparaten. Langs een muur stonden rekken met garenklossen, en op de vloer stond een mand voor verstelwerk, naast een paspop.

'Een naaikamer,' zei ze. 'Maar zonder ook maar één schaar.'

'Volgens mij heb ik er in de salon een gezien.' Hier zweeg hij wijselijk, want Mallory trok haar wenkbrauwen iets op om hem te laten weten dat ze het niet kon waarderen dat hij wees op wat iedereen had kunnen zien, de schaar die uit de borst van de dode man gestoken had. Bovendien wilde ze niet in de rede gevallen worden. Ze liet dat merken door haar armen over elkaar te slaan. Dat was haar manier van waarschuwen.

'Dus,' ging de rechercheur verder, 'deze vrouw gaat, in het donker, naar beneden en ziet de inbreker. Vervolgens rent ze naar het andere eind van het huis om de schaar te halen. En de dader blijft daar gewoon in de salon staan wachten tot ze terugkomt om hem dood te steken.'

Charles aarzelde. Met haar was het altijd verstandig om behoedzaam te werk te gaan. Er was maar één logische conclusie, maar hij vermoedde een valstrik. 'Dan is het geen geval van zelfverdediging?'

'Nee, dat is het nou net wel,' zei ze, een beetje ongeduldig. 'Zelfverdediging. Dat wil ik nog wel geloven.'

'Oké.' Charles had geen spiegel nodig om hem te vertellen dat hij het onnozele gezicht trok van iemand die zojuist had ontdekt dat het geen nacht maar dag was. Met de handen in zijn zakken staarde hij naar zijn schoenen. 'Ik hoorde van Riker dat je een psychologische beoordeling van deze twee vrouwen wilt.'

'Nee, dat was gewoon iets wat later bij me opkwam.' Ze sloot de deur en ging er met haar rug tegenaan staan, alsof ze wilde voorkomen dat hij ontsnapte. 'Wat kun je me vertellen over deze twee mensen?'

Hij haalde zijn schouders op. 'Alleen hun namen. Ik ben hier net.'

Ze zette een hand in haar zij, een teken dat ze hem niet helemaal geloofde. Maar het lag in haar aard om iedereen die geen badge droeg te wantrouwen; ze wantrouwde trouwens ook iedereen die dat wel deed.

'Je hebt hen nooit eerder gezien?'

'Nee,' zei Charles, 'ik ken ze geen van tweeën.'

'Nou, ze kennen jou anders wel. En ze kennen je al geruime tijd.' Haar blik was onderzoekend, beschuldigend en bevelend tegelijk: *en hoe verklaar je dat?*

Rechercheur Riker voelde zich het prettigst in de keuken. In tegenstelling tot de rest van het huis was deze ruimte gebouwd op menselijke schaal. Het lage plafond maakte de keuken knus en gaf het vertrek een bijna cottageachtig aanzien. Hij sloeg een borrel af, maar aanvaardde dankbaar het aanbod van Nedda Winter van een glas ijsthee.

Ze pakte een citroen van een fruitschaal. Met een mes in haar hand stond ze bij het hakblok en glimlachte naar hem. Het was bijna plagerij, alsof ze vroeg of hij er ook bezwaar tegen had dat ze dit gevaarlijke puntige voorwerp vasthield.

Rikers mond trok naar een kant. Bijna had hij 'nou en of' gezegd.

Vluchtig inventariseerde hij het vertrek. Zijn blik gleed over een hakmes en vervolgens over een messenblok. Een kastje dat aan de muur tegenover hem geschroefd was, bevatte een brandblusser en een kleine bijl. Met al die dodelijke wapens in dit keukenarsenaal, was een schaar een vreemde keus om een insluiper onschadelijk mee te maken.

Mevrouw Winter had niet veel tijd nodig voor de citroen. Ze sneed er een schijfje af en stak het op de rand van een groot glas vol ijsblokjes. Ze stond bij de tafel, schonk thee uit een kan en zei: 'Neem een stoel en ga zitten, rechercheur. Wacht niet op mij.'

Riker ging zitten. De vrouw pakte een ijskoud biertje uit de koelkast en wipte de dop eraf. Nu moest hij zijn oordeel over deftige bejaarde dames bijstellen, want Nedda Winter dronk direct uit de fles, met lange teugen.

Ze pakte een stoel aan de andere kant van de tafel. 'Er gaat niets boven bier op een warme avond,' zei ze. 'Die twee dingen horen bij elkaar, of niet soms?'

'Ja.'

Wat ze zei klonk oprecht en er was niets kruiperigs in haar gedrag. Hij waardeerde haar manier van doen, en haar biermerk. Ze behoorde tot de mensen bij wie hij zich thuis voelde.

'Natuurlijk…' Ze zweeg en bestudeerde het flesje in haar hand. Toen glced er een ironische glimlach over haar gezicht. 'Als u een bekentenis uit me wringt, zou de alcohol kunnen pleiten voor verminderde toerekeningsvatbaarheid.'

'Daar kan ik mee leven.' Riker tastte in zijn borstzak en haalde een opgevouwen velletje gelinieerd geel papier tevoorschijn. 'We hebben deze verklaring al, die u hebt afgelegd tegenover de rechercheurs van West Side. Maar er zijn nog een paar… tegenstrijdigheden.' Dit was het politie-eufemisme voor een verklaring die van leugens aan elkaar hing. 'Een paar dingen die om een nadere verklaring vragen.' In andere woorden: probeer je hier maar eens uit te praten.

Ze trok haar grijze wenkbrauwen op. Het waren grillige borstels, haren die alle kanten op stonden. Hoe oud was ze? Er hing zoveel af van Nedda Winters geboortejaar. De rechercheur wierp een onderzoekende blik op haar gezicht en vond genoeg rimpels om haar zeventig te geven, de juiste leeftijd voor een legende. Maar hij was er niet zeker van, niet in deze wereld van plastic wonderen waar vrouwen van zestig doorgingen voor vrouwen van veertig. Er waren sporen van chirurgische ingrepen, onregelmatigheden op haar wangen en voorhoofd, alsof ze langgeleden behoorlijk gehavend was geweest en alles weer aan elkaar genaaid was. Ze doorstond zijn grondige onderzoek met een vriendelijke blik in haar lichtblauwe ogen. De directheid waarmee ze keek, sprak hem aan, maar deed hem ook op zijn hoede zijn. Ze keek door zijn glimlach heen.

Er was nog steeds enige twijfel over haar identiteit. Of misschien kon hij het gewoon niet geloven dat hij haar in dit huis ontdekt had, zo'n mazzel was het. Met de deur in huis vallen kon nog niet, en dus moest hij voorzichtig manoeuvreren met deze vrouw. Haar levendige blauwe ogen straalden intelligentie uit en misten niets. Terwijl hij haar inschatte, schatte zij hem in.

'Vertel eens, waarom zijn al deze mensen nog steeds in mijn huis?' Ze zette haar bierflesje naast zich neer. 'En draai er niet omheen.'

'Ze proberen te reconstrueren wat hier is gebeurd,' zei Riker, gedeeltelijk naar waarheid.

'Ik heb ze verteld wat hier gebeurd is, een paar keer.'

'Zoals ik daarnet al zei, mevrouw Winter, er zitten een paar tegenstrijdigheden in uw verklaring. En dan is er nog het probleem van de ijspriem.'

Charles Butler liep achter Mallory aan naar de voorkamer, waar de lange spiegels een verwarrend visueel effect creëerden. Waar je ook keek, je zag altijd wel twee of drie keer je eigen spiegelbeeld. Toch slaagde Mallory erin zichzelf niet te zien.

Aan haar reflecties zag hij dat ze de visuele doolhof met neergeslagen ogen passeerde. Eigenlijk was dit niet nieuw voor hem. Ze had altijd iedere spiegel vermeden. Zelfs de weerspiegeling in etalageruiten had ze geschuwd. Ooit had hij hiervoor een verklaring bedacht die paste bij haar jeugd als zwerfjongere: het kon zijn dat ze iets lelijks of iets waardeloos zag bij het zien van haar spiegelbeeld. Het was triest maar waar, mensen met die achtergrond hadden altijd problemen met hun eigenwaarde. Desondanks had hij deze theorie ingeruild voor een andere, een die behoorlijk griezelig was en bijna gelijkstond aan vampirisme. Ze sloeg haar ogen op en nu moest ze haar spiegelbeeld wel zien, dat uit drie verschillende richtingen op haar afkwam. Toch miste je bij haar de reactie van ieder normaal individu: de directe confrontatie. Ze leek niets te zien, geen herkenbare representatie of bewijs van haar eigen bestaan, en ze liep door, zonder ook maar even in te houden.

Onzichtbare Mallory, wat een vat vol tegenstrijdigheden was deze verrukkelijke jonge vrouw, die geen enkel vertrek kon binnengaan zonder de aandacht op zich te vestigen.

Hij ging de wenteltrap op, in het voetspoor van haar zwartleren loopschoenen: Italiaanse import, waarvoor de andere politiebeambten in dit huis een weekloon zouden moeten neertellen. Hij vroeg zich nu en dan af of ze misschien geen genoegen schepte in het verspreiden van geruchten dat ze ook nog een illegale bron van inkomsten had.

En dat was natuurlijk ook zo. Ze was zijn zakenpartner. Ze waren headhunters.

Halverwege de trap ontdekte Charles een bouwkundige misser. Vanwege het puntvormige plafond had deze verzameling treden naar de eerste verdieping de lengte van meer dan twee trappen. Het huis was alleen gemaakt voor uiterlijk vertoon, zonder rekening te houden met bewoners van Nedda Winters leeftijd. Kwam die naam hem nu bekender voor? Hij werd afgeleid door Mallory, die verklaarde dat er meer ijspriemen in het huis moesten zijn.

Maar op de vloer, naast de dode man, had een ijspriem gelegen. Eén ijspriem was toch zeker voldoende?

Mysterie, uw naam is Mallory.

En soms vroeg hij zich af of ze het niet gewoon prettig vond om haar klauwen aan zijn intellect te scherpen. Hij keek over de leuning naar het rijk gesorteerde barmeubel onder aan de trap en naar de zilveren ijsemmer, die samen met de ijspriem van de inbreker zo'n mooi geheel zou vormen. Hij kon zich niet herinneren wanneer hij zijn eigen ijspriem voor het laatst gebruikt had. Jammer genoeg behoorde de tijd dat men het ouderwetse ijsblok kwam brengen in een door een paard getrokken kar allang tot het verleden. Misschien had mevrouw Winter met het familiezilver een ijspriem geërfd, net als hijzelf.

'Nou,' begon hij. Ditmaal koos hij zijn woorden zorgvuldiger. 'Ik vermoed – maar denk eraan, het is maar een hypothese – dat de ijspriem bij het lijk niet van de inbreker is.' Tot zover bevond hij zich op veilig terrein, althans als hij haar zwijgen juist interpreteerde. 'Ik veronderstel dat de man de ijspriem heeft gevonden, nadat hij zich wederrechtelijk toegang had verschaft tot het huis.'

'Daar heeft het alle schijn van, hè?' zei ze.

En dus sloeg hij de plank vast volledig mis. Oké, het logisch fundament was hier niet zo stevig. Mallory had al toegegeven dat het om zelfverdediging ging. Dus de ijspriem was het eigendom van de inbreker geweest, of de kerel had hem gevonden in het huis. Een van deze twee mogelijkheden moest óf juist zijn, óf onjuist.

Hij zuchtte.

Mallory bleef staan op de trap en draaide zich naar hem om. 'De dode man was geen inbreker. Het was een seriemoordenaar die op borgtocht vrijgelaten was. Hij maakte altijd gebruik van een jachtmes. Hij had er een vastgegespt aan zijn been. Een van die vrouwen heeft toegestoken voor hij ook maar de kans had om het tevoorschijn te halen. Er is maar één zin in haar verklaring die plausibel klinkt. Ze zei dat het in het donker gebeurde. Nou, dat klopt. Als het licht aan geweest was, had ze de man nooit dicht genoeg kunnen naderen om hem te doden.'

'Een seriemoordenaar, vrij op borgtocht?' Het was riskant, maar hij moest het vragen. 'Hoe is dat mogelijk?'

'Een slechte rechter, een goede advocaat.' Mallory keek over de leuning naar beneden, naar de voorkamer met de dode man in het midden. 'Dus die ijspriem paste niet bij zijn gebruikelijke werkwijze. Bovendien was het een overbodig wapen.' Ze liep verder de trap op.

'Nou ja,' zei Charles tegen Mallory's rug, 'alleen al het feit dat hij inbrak met een mes aan zijn been bevestigd, zou gezien zijn voorgeschiedenis met vrouwen al voldoende grond zijn om...'

Ze bleef staan op de overloop van de eerste verdieping en keek hem aan met een blik die vroeg aan welke kant hij nu eigenlijk stond. 'Geen van beide vrouwen wist dat hij een mes bij zich had.' Mallory wendde zich van hem af en liep naar een deur rechts van de trap. 'Best kans dat ze het nog steeds niet weten.' Ze liet haar hand op de deurknop rusten. 'Toen Riker en ik hier aankwamen, was de politie van West Side nog bezig om Bitty Smyth zover te krijgen dat ze deze slaapkamerdeur openmaakte. Ik had meer geluk.'

Charles wist niet of hij hierover wel meer bijzonderheden wilde horen.

'Ik zei tegen haar dat ze de deur open moest maken, dat ik anders het slot kapot zou schieten. Pas toen kwam Bitty naar buiten.' Mallory deed de deur open en gebaarde hem dat hij de duistere kamer moest binnengaan. 'En dit is wat de politie niet mocht zien,' zei ze, terwijl hij voor haar stond.

Wat een gevoel voor drama had ze!

De lampen gingen aan en in het plotselinge heldere licht zag Charles voor zich een muur die vol hing met rijen foto's. Het was zijn eigen gezicht dat hem aankeek vanuit de fotolijstjes.

Zijn blik viel het eerst op een foto die was gemaakt toen hij tien was. Gezien de achtergrond was hij genomen op een verjaardagspartijtje in Gramercy Park. Ernaast hing een klein portretje met de grijze korrel van krantenpapier en een begeleidend artikel over de jongste student die ooit tot Harvard was toegelaten. Daar weer naast hing een foto van een joch in baret en toga, een jongen die centimeters langer was dan de jongvolwassenen in zijn eindexamenklas. Op opeenvolgende foto's zag je hem als adolescent, als afgestudeerde die zijn bul in ontvangst nam en als lid van een gerenommeerde denktank van een onderneming. Het onderschrift bij een oude foto, die uit *Fortune* was geknipt, vermeldde dat hij uit de onderneming gestapt was om voor zichzelf te beginnen. De rest bestond uit foto's van trouwerijen en begrafenissen die afkomstig waren uit pagina's met societynieuws.

De meest recente van al die foto's was een foto die met een verborgen camera was genomen in de straten van SoHo. Deze stond in een zilveren lijst op de tafel naast Bitty's bed.

'Dus je hebt een stalker.' Mallory liep naar het bureau en pakte drie dagboeken, waarvan de fragiele slotjes opengemaakt waren. 'Bekijk ze maar eens. Ik moet weten of ze gevaarlijk is.'

'Dat meen je niet.'

Haar kin sprong naar voren en een boze frons verscheen tussen haar ogen, waardoor hij er op een weinig subtiele manier aan werd herinnerd dat ze geen gevoel voor humor had. Mallory stak hem de dagboeken toe.

Charles deed een pas naar achteren, alsof ze hem iets onreins aanbood. 'Dit kunnen we niet maken, het lezen van haar persoonlijke…'

'Er is hier een misdrijf gepleegd, Charles. Ik heb geen machtiging nodig.' De onderliggende boodschap was onmiskenbaar: zij was de wet. Hij mocht dan wel haar vriend en zakenpartner zijn, maar hij moest niet te veel risico met haar nemen.

Een derde stem viel in. 'Wat?'

Ze keken naar de hoek aan de andere kant van de kamer. Uit een grote kooi, die op de grond stond, kwam een vogel tevoorschijn. Hij was kleiner dan een papegaai maar iets groter dan een parkiet. Een kam van gele veren ontvouwde zich boven op zijn kop als een teken van verbazing.

'Het is een Australische kaketoe,' zei Charles.

Mallory keek naar de vogel. Ze bekeek het beest alsof het iets was om zo dadelijk de zool van haar schoen aan af te vegen. Charles zag dat dit niet hun eerste ontmoeting was. Het diertje had meteen in de gaten dat ze hem vijandig gezind was. Het sperde zijn snavel open, maar gaf geen kik. Zijn houding deed Charles denken aan een jong vogeltje dat om wormen smeekt, of – in dit geval – om genade. De kaketoe maakte zijn verenkam plat en dook weg achter de franje van de beddensprei.

Maar Charles had geen plek om zich te verbergen. Hij staarde naar de dagboeken die Mallory hem in de handen gedrukt had. Hij schudde het hoofd. 'Bitty Smyth maakte op mij een bijzonder kwetsbare indruk. Het lezen van haar dagboeken zou een aanranding van haar persoon zijn.'

'Als je opschiet zal ze er nooit achter komen.' Mallory wendde zich af en begon de inhoud van de kastplanken door te snuffelen.

Hij ging op het onopgemaakte bed zitten en bekeek alle voorwerpen in de kamer. Bitty's belangstelling was niet beperkt tot zijn persoon. Zijn foto's hingen aan een stuk muur samen met de Moeder Gods en op haar toilettafel stonden kleine heiligenbeeldjes, lippenstiften en andere toiletartikelen. Verder waren er een aantal ruiterfiguurtjes, zoals jonge meisjes die verzamelen als ze in een bepaalde fase idolaat van paarden zijn. En overal zag je teddyberen. Afgezien van de religieuze thema's was de kamer qua inrichting de kamer van een tiener, een tiener die ongeveer veertig jaar was.

Hij sloeg het oudste dagboek open en las het zo snel als hij de bladzijden kon omslaan. Ook al was hij een meester in het snellezen, dit was zonde van zijn tijd. Alle beroemde dagboekenschrijvers uit het verleden hadden geschreven met het oog op het nageslacht, en bijna iedereen die op deze planeet rondwandelde deed hetzelfde. Dus naar de pijnlijke waarheid hoefde je in zulke notities over het algemeen niet te zoeken. Na een paar minuten was hij al aanbeland bij de laatste pagina van het dagboek, dat was geschreven in een priegelig en keurig handschrift. Hij had geen zin gelezen die de theorie ondersteunde dat Bitty Smyth een geobsedeerde stalker zou zijn. 'Ik word in niet één van deze dagboeken vermeld,' zei hij. 'Tevreden?'

'Nee.' Mallory stond voor de open kast. In haar handen hield ze een bundel papier in een doorschijnende plastic band. 'Dit is jouw proefschrift. Denk je dat ze het heeft gelezen?' Mallory hield een gedragen sok met een gat erin omhoog. 'Of wilde ze gewoon nog een souvenir, zoals dit ding?' Ze gooide de sok in zijn schoot. 'Jouw maat, als ik me niet vergis.'

Charles schonk er geen aandacht aan. 'Bitty heeft inmiddels al twee jaar een nieuwe obsessie.' Hij legde de stapel dagboeken op het nachtkastje. 'Ze schrijft alleen maar over haar godsdienstige retraites in het weekend.'

Zijn dissertatie vloog door de kamer en belandde naast de sok in zijn schoot. Hij keek naar de titelpagina. Hij had het proefschrift geschreven toen hij nog geen twintig was. Het ging over wonderkinderen, de groep waartoe hijzelf behoorde. Charles stond op van het bed, aangetrokken door de muur met ingelijste foto's van een ander type *peergroup*, kinderen die verenigd waren door leeftijd en door de sociale laag waaruit ze kwamen. 'Deze,' zei hij, terwijl hij keek naar een groepsfoto die was genomen op het feestje ter ere van zijn tiende verjaardag. 'Deze foto vormt de schakel tussen Bitty en mij.'

Mallory liep de kamer door en kwam naast hem staan. Hij wees naar het zelfgenoegzaam glimlachende gezicht van een van de kinderen uit de enorme groep.

'Die jongen daar is Paul Smyth. Vast een familielid. Ik kan me niet herinneren dat ik als kind Bitty Smyth ontmoet heb, maar het kan best zijn dat ze ook op dit feestje was. Hoewel... op de foto zie ik haar niet. Eigenaardig. Ze heeft het type gezicht dat altijd hetzelfde blijft, malicieus, een en al aandacht. Misschien was zij degene met het fototoestel. De opname is van beneden naar boven genomen, de positie van een kind, een kind dat kleiner is dan de anderen.'

Mallory deed een stapje naar de foto toe. 'Zo te zien zijn er wel vijftig kinderen op dat partijtje.'

'Op zijn minst,' zei Charles.

'Dus je herinnert je Bitty met haar bijzonder opvallende gezicht niet, maar Paul Smyth, die er gewoon uitziet, wel. Was hij een vriendje?'

'Niet echt.' De vrienden uit zijn kindertijd waren volwassenen geweest. 'De meeste van deze kinderen kende ik niet eens.' Dit was een experiment geweest in sociale interactie met jongeren met een normale intelligentie. Zijn ouders hadden het bedacht. Al die experimenten waren op een ramp uitgelopen. Kinderen hadden het altijd meteen door als er een vreemde eend in de bijt was en waren meesters in het kwellen van het buitenbeentje, het kind met de ongewoon grote intelligentie. 'Maar Paul Smyth ken ik maar al te goed. Hij had me de hele morgen "kikkertje" genoemd.'

Natuurlijk vroeg Mallory niet naar het waarom. Dat was overduidelijk. Zijn uitpuilende ogen deden aan een kikvors denken.

'Kikkertje, de enige bijnaam die ik ooit heb gehad. Dat vergeet je niet gauw. Het sloeg aan bij de andere kinderen en daar was het hem om te doen. Hij wilde mij tot pispaal maken.'

'Gaf hij je een kikker?'

'Een grote.' De enorme kikker was uit de open geschenkdoos gesprongen, met als gevolg dat een van de moeders een gil had geslaakt. Die amfibie was het enige huisdier dat Charles ooit gehad had. Maar langer dan zes seconden had het niet geduurd. Toen hadden de kinderen het diertje in een hoek gedreven en afgeslacht. Ze hadden het beest vertrapt onder hun sandalen, gympies en lakleren schoenen. Het doodstampen van de kikker was het hoogtepunt van zijn verjaarspartijtje geweest, want gewoonlijk moedigde men de kinderen niet aan om levende wezens te doden. Later die dag hadden ze hem moeten hebben: kikker nummer twee.

'Oké, laten we het weer over Bitty hebben.' Mallory pakte de stapel dagboeken op. 'Dus ze is een godsdienstfanaat. Zo'n idee had ik al. Wat kun je me nog meer over haar vertellen?'

Charles keek afwezig naar de pluchen beesten op het bed. De teddyberen waren heel oud. Een kind – ongetwijfeld Bitty – had hun kleine leren neuzen zo vaak liefdevol gekust dat ze compleet weggeschuurd waren. En dan was er nog die kleine vogel die zich onder het bed verborg, een metafoor voor zijn bazin, die ook extreem schuchter van aard was. 'Ik kan niet geloven dat deze vrouw iemand zou vermoorden.'

'Bitty? Nee, natuurlijk niet,' zei Mallory, o zo terloops. 'De oude vrouw heeft gestoken. Dat heeft Nedda Winter verklaard tegenover de agent die als eerste arriveerde.'

Charles hief zijn ogen ten hemel. En niet in gebed. 'Maar waarom…' Hij zweeg even om zijn frustratie weg te duwen. 'Waarom liet je me dit allemaal doen? Waarom de privacy van deze…'

'Omdat ze een stalker is.'

'Nee, Mallory, er zit meer achter. Probeer het nog maar eens.'

'Ik wil dat je met Bitty Smyth praat. Je zei dat je haar niet kende.' Mallory legde het stapeltje dagboeken op een kastplank. 'Goed, nu ken je haar.'

Hij schudde het hoofd, maar tegenspreken had geen zin. 'Je hebt me erin geluisd!'

Ze trok één wenkbrauw op, wat zoveel wilde zeggen als: nou, en?

'En jij verwacht echt van me dat ik de dagboeken van die vrouw ga gebruiken om haar te ondervragen?'

'Met de politie wil ze niet praten. Het enige wat er uit haar komt zijn bijbelcitaten.'

Al ging ik ook in een dal der schaduwe des doods? Gezien het effect van Mallory op die vrouw, zou dat…

'Het syndroom van Gilles de la Tourette, maar dan met bijbelcitaten,' zei Mallory. 'Ga nou maar naar beneden en praat met haar. Zorg dat ze haar mond opendoet.'

'Ik ben niet van plan…'

'Als jij het niet doet, doe ik het.'

De toon waarop ze het zei, hield een dreigement in. Nee, dat kon niet. Het was een plechtige belofte om die kwetsbare kleine vrouw op een of andere manier kwaad te doen. Bitty Smyth verkeerde hoogstwaarschijnlijk in shocktoestand, en Mallory kon als ze haar dag had het best gekarakteriseerd worden als een psychopaat, wat niet wilde zeggen dat hij haar daarom minder bewonderde. 'Goed dan,' zei hij, hoewel hij donders goed in de gaten had dat emotionele chantage Mallory's grootste hobby was.

'Wat,' klonk een piepstem vanuit de duisternis onder het bed, nadat de deur achter de rechercheur was dichtgevallen.

Charles keek omlaag en zag de vogel uit zijn schuilplaats tevoorschijn komen. Het diertje hinkte moeizaam op één poot. Het kon zich niet in een rechte lijn verplaatsen, maar bewoog zich voort in bochten en cirkels. Een vleugel miste een complete serie slagpennen. En de rafelige staartveren die uit het achtereind van het beest staken, deden eerder aan een loopvogel denken. Omdat het dier door zijn handicap niet kon vliegen was de kooi op de grond gezet.

Hij pakte een flesje pillen, een vitaminerecept van een dierenarts. Hij had bijna de naam van de vogel geraden: Rafel. Een ander flesje bevatte een medicijn dat door een mensenarts was voorgeschreven: slaappillen. Hij las de datum van de apotheek, schudde het flesje leeg in zijn hand en telde de tabletten.

Ze waren er allemaal nog.

De afgelopen maand had Bitty Smyth geen slaapmiddel nodig gehad. Of was ze bang geweest om te gaan slapen?

De grendel op de slaapkamerdeur was een groot stevig stalen ding, zo dik als een sigaar. Aan de glans te zien was de schuifbout onlangs aangebracht. De vrouw moest bang zijn voor iets of iemand.

Rechercheur Riker vroeg zich af of mevrouw Winter in de gaten had hoeveel fouten ze die avond had gemaakt. Ze keken elkaar over de keukentafel aan, en hij kwam tot de conclusie dat een paar fouten haar opgevallen moesten zijn, want hun wantrouwen was wederzijds.

Hij glimlachte. En zij glimlachte.

'Nou dan, mevrouw...'

'Zeg maar Nedda.'

'Een aparte naam.' En onvergetelijk voor Riker. Zijn jongere broer heette Ned. Maar Nedda was niet een naam waaronder de meeste mensen deze vrouw zouden kennen, ook niet diegenen die oud genoeg waren om zich de lugubere berichten in de sensatiepers te herinneren.

Hoewel namen vaak van de ene generatie op de andere doorgegeven werden, was hij nu zeker van haar identiteit, en hij nam zich voor om haar daar naderhand hard mee te confronteren.

'Misschien kunnen we een paar van deze tegenstrijdigheden rechtzetten,' zei Riker. 'Daarna pakken we ons boeltje en zult u geen last meer van ons hebben.'

Ja, alsof dat gaat gebeuren...

Hij bladerde in een notitieboekje, alsof hij dat geheugensteuntje nodig zou hebben. 'Vorige week is er bij u ingebroken. En vanavond is er alweer een inbraak en treffen we een lijk aan in uw huis. Naast het lijk ligt een ijspriem, en het heeft er de schijn van dat hij die bij zich had.'

'En die conclusie vindt u te voorbarig?'

Nog wat bladzijden werden omgeslagen. 'Knap geraden.' Hij keek op naar haar glimlachende gezicht. 'Heb ik u al verteld dat die knaap op uw tapijt was aangeklaagd voor drie moorden? Welnu, hoe groot acht u de kans dat we drie moorden en een inbraak met een minimum aan administratieve rompslomp kunnen oplossen? Weet u, dat soort happy endings hebben we bijna nooit. Maar we zijn bereid om het te geloven, mits die vent die ijspriem bij zich had toen hij bij u inbrak. En daar zit hem nu net het probleem. Het ding ziet er duur uit. De versiering is van echt zilver.'

'Past niet echt bij hem, hè? Bij dat gescheurde, zweterige T-shirt en zo.'

'Waar is uw ijspriem, mevrouw Winter? We hebben het barmeubel in de voorkamer onderzocht. Zonder resultaat. Bewaart u de priem misschien in de keuken?'

'Geen idee, rechercheur. Ik drink praktisch nooit sterkedrank.'

'Dus u zou uw eigen ijspriem niet herkennen?'

'Het is me een raadsel.' Ze zette een asbak op tafel, een uitnodiging aan Riker om een sigaret op te steken, iets waar hij al de hele avond naar verlangde.

Net op tijd dacht hij aan wat zijn moeder hem had geleerd en hij hield de dame het pakje voor. 'Rookt u?'

Tot zijn verbazing nam ze er een, waarna ze zich vooroverboog naar de brandende lucifer. Als antwoord op zijn vraag inhaleerde ze diep en blies een volmaakte rookkring. Riker vond haar hele optreden te kalm voor een vrouw met een huis vol politie en een lijk op het tapijt. Hij dronk het glas ijsthee leeg en las vluchtig de door mevrouw Winter ondertekende verklaring tegenover de West Side-rechercheurs door. 'Mevrouw, wonen er nog meer mensen in dit huis? Ik lees er hier niets over...'

'Ja, mijn zus. Cleo Winter-Smyth.'

Rikers pen bleef zweven boven zijn opengeslagen notitieboekje. 'Is zij een van die mensen met een koppelteken?'

'Inderdaad. Mijn broer Lionel woont hier ook. Maar op het moment zitten ze alle twee in het zomerhuis in de Hamptons.'

'Waarom bellen we ze niet en vragen aan hen waar de ijspriem is?'

'U zou een berichtje kunnen achterlaten op hun antwoordapparaat. Ze nemen daar de telefoon nooit op. Ze worden niet graag lastiggevallen.'

Riker hoorde zware voetstappen naderen uit de hal, en hij draaide zich om. Hij was verbaasd toen hij zag dat het hoofd Forensische Geneeskunde persoonlijk was gekomen. Heller, een beer van een vent, bleef in de deuropening staan. Een technisch rechercheur met een babyface stond naast hem, een nieuw gezicht. Een stagiair, wellicht? Het hoofd liet zich altijd veel gelegen liggen aan de praktijkscholing van de mensen die hij onder zich had. Dat zou zijn aanwezigheid hier kunnen verklaren. Voor een uit de hand gelopen inbraakje kwam de man gewoonlijk zijn bed niet uit. Dat had hij niet voor de rechercheurs over.

Heller bleef op de drempel staan, terwijl zijn nieuwe rekruut de keuken binnenging met spullen voor de vingerafdrukken. De jongeman schudde het hoofd en mopperde: 'Waarom vingerafdrukken? De dader is toch dood.'

'Gewoon doen wat je gevraagd wordt, jongeman.' Uit Hellers toon viel op te maken dat hij het broekie later nog wel zou onderhouden over zijn houding. Hij keerde hem de rug toe en slenterde weg door de gang.

Het groentje maakte zijn doos met spullen op tafel open en haalde er witte kaarten, een stempelkussen en een roller uit. Hij pakte de hand van mevrouw Winter, alsof het een levenloos voorwerp was. Zonder een woord te zeggen – niks 'Mag ik even?', niks 'Sorry, mevrouw'– boog hij zich over zijn werk, inktte haar duim en drukte hem stevig op een klein vierkantje op de kaart.

Nedda Winter sloeg haar ogen op naar de jongeman, maar de technisch rechercheur leek zich niet bewust van haar aanwezigheid. Berustend boog ze het hoofd. Ze begreep dat ze onzichtbaar voor hem was, op haar omklemde hand na. Het was een veelzeggend moment en niet de reactie die Riker zou hebben verwacht, niet op dit chique adres. Hoewel ze in de veilige beschutting van een herenhuis woonde, was deze dame eraan gewoon om door gerechtsdienaren onverschillig en ruw behandeld te worden. En dus had hij geen psychiater nodig om hem te vertellen dat ze enige tijd in een instelling had doorgebracht, lange tijd zelfs. In de gevangenis? Of in het gekkenhuis?

Terwijl haar hand als een object werd gehanteerd door de onverschillige technisch rechercheur, zakte de mouw van haar jurk langs haar rechterarm naar beneden en zag hij een lang, gekarteld litteken, dat de geschiedenis vertelde van iemand die tot op het bot toe verminkt was geweest.

Riker sprong op van zijn stoel, die omkieperde, en wendde zich tot de sporentechnicus. 'Laat haar met rust!' riep hij. 'Zeg tegen Heller dat ik eis dat iemand anders dit doet.' En toen de jongeman hem alleen maar aangaapte: 'Eruit.'

Bitty Smyth zat alleen in de eetkamer en wachtte op iemand die haar leven richting kon geven. Of, beter gezegd, die indruk kreeg Charles Butler, toen hij tegenover haar aan tafel ging zitten. Als hij de uitdrukking op haar gezicht van een ondertitel zou kunnen voorzien, dan luidde die 'Eindelijk', alsof ze de dertig jaar die waren verstreken sinds het feestje ter gelegenheid van zijn tiende verjaardag op hem had gewacht, in het volste vertrouwen dat hij zou komen.

'Het spijt me,' zei ze. 'Dat de politie je nog zo laat optrommelt enzo. Het was vanwege die foto's in mijn kamer, hè?'

Zijn enige stalker leek niet in verlegenheid gebracht door de relikwieënverzameling in haar slaapkamer, en hij vroeg zich af of hij dit op moest vatten als een waarschuwingsteken. Hij had de neiging om het te zien als een ongevaarlijke, bijna magische fixatie die geen belemmering vormde voor haar dagelijks functioneren. Hij gaf hier de voorkeur aan boven de diagnose van geobsedeerde psychopaat. Even voelde hij zich wegzinken in haar ogen, die geweldig groot en donker waren, in tegenstelling tot zijn eigen kleine blauwe irissen. Om fysieke afstand te scheppen, drukte hij zijn rug tegen de zitting van zijn stoel.

Het was zijn dagelijks werk om mensen te observeren en een oordeel te vellen over hun geestelijk welzijn alvorens ze aan de juiste denktank te koppelen, maar hier was iets aan de gang wat zijn verstand voorlopig te boven ging.

Haar gezicht was hartvormig. Mooi zou hij het niet willen noemen, maar toch werd hij erdoor aangetrokken. En hij boog zich weer naar haar toe zonder te begrijpen waarom. Misschien werkte de magie in twee richtingen, want hij keerde weer terug naar de indruk van eerder die avond: een elf met puntoren.

'Ik vraag me af wat de politie wel niet gedacht moet hebben, toen ze mijn kleine fotogalerie zagen,' zei ze.

'Ja, de foto's,' zei hij. 'Ze dachten vast dat ik een vriend van de familie was.' Hij gaf haar het kaartje van BUTLER AND COMPANY. Een eerder kaartje had de naam MALLORY AND BUTLER vermeld, maar haar politie-werkgever had haar opgedragen om het compagnonschap te ontbinden. Mallory had haar naam van het postpapier en het kaartje laten verwijderen, dat was haar manier van gehoorzamen.

Bitty Smyth besteedde geen aandacht aan het kaartje. 'Ik was op je verjaardagsfeestje in Gramercy Park.'

'Dat weet ik,' zei Charles, hoewel hij zich haar nog altijd niet herinnerde. Natuurlijk, het was tamelijk logisch dat ze hem herkende, de langste van allemaal, de jongen met de haakneus van een adelaar en de ogen van een kikker. Maar hij was gezegend met een visueel geheugen, en hij vroeg zich af hoe hij haar had kunnen vergeten. Ze moest ongewoon klein zijn geweest, gezien het lage punt van waaruit de foto van het partijtje was genomen. Alle andere kinderen waren van normale grootte geweest, minstens een kop kleiner dan hijzelf. Gaandeweg vormde zich bij hem een beeld van een kleine gestalte, die haar best deed om een geheel te vormen met elke muur waar ze tegenaan leunde. En nu stelde hij zich haar voor als een klein meisje dat verscholen achter het gebladerte van Gramercy Park toekeek: het verlegen kind, misschien de enige die niet had deelgenomen aan het voorval met de onfortuinlijke kikker.

Ze boog zich naar hem toe. 'Die man die de goochelshow deed, was dat niet jouw oom?'

'Nee, dat was mijn neef, Max Candle. Wat leeftijd betreft had hij trouwens mijn oom kunnen zijn. Zeg, hoe is het met Paul? Sorry, maar ik weet niet meer precies wat jullie van elkaar zijn. Was Paul jouw…?'

'Paul was mijn broer,' zei Bitty. 'Mijn halfbroer. We hebben dezelfde vader.'

'Zo, dus nu zorg je voor je tante?' Het leek of ze even vergat te ademen. Waarom was de gezondheid van haar tante zo'n gevoelig onderwerp? 'Ze hebben me verteld dat er een hele batterij medicijnen in mevrouw Winters kamer staat. Ik ging ervanuit dat je…'

'Ja, je hebt vast met de lijkschouwer gesproken. Hij wilde me een kalmeringsmiddel geven, maar pillen doorslikken lukt me niet. Waar was ik ook alweer… O, ja, tante Nedda. Ja, die heeft kanker. Terminale fase.'

'Maar zo op het oog ziet ze er kerngezond uit.'

Met een bescheiden glimlach sloeg Bitty haar ogen neer, alsof ze dit als een persoonlijk compliment beschouwde. 'Je had haar een halfjaar geleden moeten zien. Haar hele huid was geel.'

'Hebben ze haar dan met succes geopereerd, of zoiets?'

'Nee.'

Nu merkte hij iets nieuws op in haar ogen, haar pupillen verwijdden zich. Dat was de onbewuste tactiek van een klein kind om de gunst van een volwassene te winnen. Meestal werkte het, omdat de belangstelling en de genegenheid van de onwetende volwassene erdoor vergroot werd. Het was een daad van zelfbehoud van een kind, dat ze hier als volwassene tentoonspreidde. Hij vroeg zich af welke andere – instinctieve en opzettelijke – tactieken ze nog zou hebben om zichzelf door een woud van langere mensen te loodsen.

'Heb je een verklaring voor het herstel van je tante? Was het een wonder? Of klopte de diagnose niet?' Dit was een strikvraag, een val, en hij was benieuwd of ze dat door zou hebben.

Ze keek naar haar bijbel, een boek dat vol staat met vrome verklaringen voor allerhande wonderbaarlijke zaken. Ze wilde het boek al pakken, maar duwde het toen weg. Ze besloot om niet de dweepster uit te hangen die voortdurend bijbelverzen opdreunt, althans niet in zijn gezelschap.

Op hetzelfde moment ging hem een licht op: de bijbel en de dagboeken dienden om een illusie overeind te houden. Nog meer overlevingsstrategieën, strategieën die vergelijkbaar waren met de truc van de ogen. Deze ingeving wierp een ethisch dilemma op: óf deze vrouw was kwetsbaarder dan iedereen dacht, óf ze was een waardig tegenstandster voor Mallory. Hij zou niets zeggen. Als hij het bij het verkeerde eind had, zou Mallory deze vrouw in stukken scheuren.

O, maar stel dat hij het bij het rechte eind had wat Bitty betreft? Nou, in dat geval kon je er helemáál donder op zeggen dat Mallory haar zou verscheuren.

De rechercheurs van het politiedistrict West Side waren weg en Charles Butler ook. Nadat Bitty Smyth naar de eetkamer was gebracht, bleven alleen de mensen van de technische recherche en hun baas op de plaats van het misdrijf achter, samen met Mallory en de dode man.

De jonge rechercheur keek door de hal naar de open voordeur. De hulplijkschouwer stond op de stoep een sigaret te roken. Hij keek naar haar en tikte toen op zijn horloge om haar eraan te herinneren dat zijn mannen nog steeds stonden te wachten om het lijk mee te nemen. Ze keerde hem de rug toe om hem duidelijk te maken dat het haar lijk was en niet dat van hem.

Toen liep ze op haar dooie gemak naar de voet van de trap en mat langzaam de stappen van Nedda Winter en haar slachtoffer uit, waarbij ze zich baseerde op de verklaring van de oude vrouw. Mallory eindigde haar pantomime van een moord door naast de dode man op haar hurken te gaan zitten en met haar vingers door zijn haar te strijken. Doe het licht uit, gebaarde ze naar de technisch rechercheur die bij de ingang van de hal stond.

Hij deed het, en toen – alsof de plotselinge duisternis dat voorschreef – werd het doodstil. Niemand sprak of bewoog zich. De straatlantaarns schenen door de gordijnen, en alleen het schaduwbeeld van de technisch rechercheur was in het flauwe licht te zien. Verder was alles in diepe duisternis gehuld. Zelfs het gezicht van de dichtstbijzijnde man, de man op de vloer, kon ze niet zien.

Mallory glimlachte.

'Ik weet wat je denkt, meisje,' bulderde Hellers stem door de lege ruimte. 'Dat ze het niet in het donker gedaan kan hebben.'

'Ja, dat kon ze wel, en dat heeft ze ook gedaan. De eerste keer heeft ze hem in het donker gestoken; de tweede keer niet.'

'Maar hij is maar eenmaal gestoken.' Dr. Morgan, de lijkschouwer, was het huis weer binnengeslopen, en er klonk ergernis door in ieder woord. 'Er is maar één ingangswond, één…'

'Hij is tweemaal gestoken,' zei ze. Nu ging het erom wie gelijk had.

'Licht aan,' riep Mallory. En er was licht.

Heller ging de keuken in en installeerde zijn logge gestalte in een stoel naast die van Nedda Winter. Hij had een doos met spullen om vingerafdrukken te nemen bij zich. Nadat hij zich had voorgesteld, stak hij glimlachend zijn hand uit. 'Mag ik?' vroeg hij, bijna hoffelijk. Heller galant, wie had dat gedacht?

Ze glimlachte, legde haar dooraderde en gerimpelde hand in de zijne en wachtte afwezig, terwijl het hoofd Forensische Geneeskunde routineus haar duim inktte en hem heen en weer duwde op een wit kaartje. 'Sorry voor de viezigheid,' zei hij. 'Maar het gaat er zo weer af. Het nemen van vingerafdrukken is nu eenmaal usance bij een zaak als deze.'

'Dat is niet waar,' sprak ze hem tegen, zonder een zweem van wrok.

'Oké, een formaliteit dan.' Heller ging kalm verder met het zetten van de zwarte vingerafdrukken op zijn kaarten. 'Niets om u zorgen over te maken, mevrouw. Tenzij u een strafblad hebt.' Riker glimlachte om haar te laten zien dat hij een grapje maakte. En zij glimlachte om te laten zien dat ze daar niet intrapte. Hij blies een blauwgrijze wolk sigarettenrook uit en keek uit het raam. Het was of hij een onschuldige vraag over het weer stelde toen hij vroeg: 'U hebt nooit iemand vermoord, hè?'

'O, laat dat nog even wachten, rechercheur. We zitten hier nog de hele nacht.'

Hij vond het prettig om met deze vrouw te redetwisten en hij verloor zoetjesaan zijn ontzag voor haar, al was hij nog nooit zo dicht bij een legende geweest. Als zijn vader eens zou weten tegenover wie hij nu zat. En zijn grootvader… Ach, had die dierbare oude man maar lang genoeg geleefd om deze avond mee te maken.

'We nemen altijd vingerafdrukken van de bewoners,' zei Heller, alsof ze niet net had gezegd dat dat een leugen was. 'Weet u, op die manier sluiten we uit dat…'

'Nee,' zei ze, nog steeds glimlachend. 'Het is niet nodig om vingerafdrukken te nemen. Het gaat jullie niet om wat hij heeft aangeraakt of wat wij hebben aangeraakt, niet bij een zaak als deze: een inbraak met een dode verdachte.' Ze wendde zich tot Riker. 'Sorry, ik heb gewoon te veel televisiegekeken.'

Er was berusting op haar gezicht te lezen toen ze zich tot hem richtte. Ze wist waarom de politie er was en waarom ze zo lang waren gebleven.

'Oké, u hebt ons door,' zei Riker. 'We hebben u niet de waarheid verteld over de vingerafdrukken. Maar we hadden er goede redenen voor. We zitten hier met een aantal problemen.' Hij stak een nieuwe sigaret op, keek de kringelende rook na en vroeg zich af of hij haar vermoedens in een andere richting kon buigen. 'Burgers denken dat het er bij het echte politiewerk net zo aan toe gaat als op televisie. Wanneer een trouw belastingbetaler, zoals uzelf, een misdadiger doodt, zoals onze vriend daar,' Riker knikte in de richting van de woonkamer, 'denken jullie dat de politie alleen maar uit beleefdheid komt. Dat ze jullie van het lijk willen verlossen, misschien zelfs de troep komen opruimen. En dat ze jullie vervolgens een excuusbriefje schrijven vanwege de moord.'

Hij wuifde dit idee weg met zijn hand. 'Nee, dus. Wanneer we een lijk aantreffen met een schaar in de borst, noemen we dat een onnatuurlijke dood. Het doet er niet toe of het slachtoffer een schurk is – en, geloof me, de benaming schurk is nog veel te goed voor dit hier. Zijn zaak krijgt toch onze volledige aandacht. Goed, we moesten eerst uitzoeken waar de jurisdictie lag. Als de dader u had willen beroven, zou de zaak naar de afdeling Roofmoord gaan. Is dat niet het geval, dan zou de politie van West Side de aangewezen instantie kunnen zijn. Die was er het eerst, en dit is hun wijk. Verder zijn Mallory en ik er nog. Wij zijn van de afdeling Zware Delicten. Het is mogelijk dat de zaak ons toekomt, omdat we ons al met de dode man bezighielden.'

'En hoeveel rechercheurs vechten om het lijk?'

'Er is er nog maar één over, daar ergens.' Heller keek in de richting van de gang. 'Het lijk behoort toe aan rechercheur Mallory, de collega van Riker.'

'Dat had ik voorspeld.' Riker keek Nedda aan. 'Zij is de rechercheur die de dode man heeft gearresteerd voor drie moorden. Verrekte zonde dat we uw ijspriem niet hebben kunnen vinden.' Hij zag hoe Nedda Winter zich ontspande nu ze geloofde dat ze alleen verdacht werd van doodslag en het gevoel had dat ze uit de gevarenzone was.

'Ja, ik begrijp het probleem,' zei ze. 'Pas als jullie er zeker van zijn dat de ijspriem van hem is, kunnen jullie de zaak afsluiten. Maar zoals ik al zei: ik heb nooit een ijspriem gebruikt.'

32

'Nou, het is een groot huis,' zei Riker. 'Hebt u een dienstmeisje of een huishoudster?'

'We hadden een huishoudster voor dag en nacht. Bitty, mijn nichtje, wilde haar ziel redden en ze is het huis uit gevlucht. Nu laat Cleo, mijn zus, mensen via een uitzendbureau komen. Iedere week sturen ze iemand anders.'

Toen hij klaar was met het nemen van vingerafdrukken, veegde Heller voorzichtig de inkt van haar handen en stopte zijn kaarten in een envelop. Hij was net bezig met de etiketten, toen Riker en hij opkeken en Bitty Smyth aarzelend in de deuropening zagen staan, met een vragende blik of ze binnen mocht komen.

'Kom binnen, lieverd,' zei Nedda. 'Dit is meneer Heller, meneer Riker ken je al.'

Even dacht Riker dat Bitty een knixje zou maken, maar in plaats daarvan stak ze haar bijbel uit, als een geschenk, alsof zijn ziel het meest gebaat was bij religie. 'Het is een geschenk,' zei ze. 'U bent toch christen?'

'Ik ben van Finnegan's kerk.' In de kerk van Riker draaide het niet om wijwater of miswijn, maar om bourbon en bier. Finnegan's was de politiebar onder zijn flat in Greenwich Village. Gratis drankjes, welwillend beschikbaar gesteld door zijn nieuwe verhuurder en kroegbaas, maakten elke avond tot een spirituele ervaring.

De lilliputachtige vrouw gaf hem een klapje op zijn voorhoofd, alsof ze een hond beloonde.

'Bitty,' zei haar tante, 'weet jij soms waar de ijspriem is?'

'Op de vloer naast het lijk.'

'Nee, lieverd. Waar ónze ijspriem is.'

De jongste van de twee vrouwen schudde niet-begrijpend het hoofd. Plotseling schoot haar vinger omhoog, en die wees, alsof het een wichelroede was, in een bepaalde richting. Ze liep in een rechte lijn naar een la naast het aanrecht, haalde er een ijspriem uit, legde hem voor Nedda op tafel en verliet de keuken. Heller liep achter haar aan met zijn vingerafdrukuitrusting in de hand, en riep: 'Mevrouw? Mevrouw Smyth? Een ogenblikje, graag.'

Nedda Winter bekeek de armoedige ijspriem nauwkeurig. Het houten handvat was gebarsten en afgesleten. 'Past niet helemaal bij de zilveren ijsemmer, hè?'

'Nee, mevrouw, dat doet hij inderdaad niet.' Hij had deze priem al ontdekt bij een eerdere zoektocht in de keuken. Rikers ogen waren op de gang gericht, waar Mallory om de hoek van de keukendeur op gedempte toon met de politiefotograaf stond te praten. Ze liep verder de gang op, ongetwijfeld wilde ze foto's van de naaikamer met de ontbrekende scharen. Hij wendde zich weer tot Nedda en keek haar aan. 'We blijven zoeken tot we de andere ijspriem hebben gevonden, de goede.'

Als ze dit als een dreigement beschouwde – en dat was het – dan liet ze dat niet merken. Ze boog zich naar Riker toe en zei op haar gebruikelijke droge toon: 'Onze Bitty is een soldaat in het leger van Christus, voor het geval dat het u mocht zijn ontgaan. Ze is ook heel gevoelig. Hopelijk ziet u haar niet als een vrouw die een voorliefde heeft voor gevaarlijke mannen, ze naar haar huis lokt en ze daarna vermoordt.'

'Ik waardeer uw gevoel voor humor, mevrouw Winter.' Hij had al geraden dat als Bitty, de christelijke soldaat, oog in oog kwam te staan met een fruitvliegje, ze zeven kleuren bagger zou schijten.

Uit de voorkamer klonk een gil, toen begon Bitty Smyth te krijsen: 'Geen vingerafdrukken! Nee, dit kunt u niet doen!'

Riker zag Kathy Mallory weer langs de keukendeur lopen, met onwrikbare vastberadenheid op weg naar de voorkamer. Hij had al te doen met de kleinere, zwakkere vrouw. De kleine soldaat was inderdaad breekbaar wat lichaam en geest betrof.

O ja, die vingerafdrukken kwamen er, en wel meteen.

Mallory's aandeel in het gesprek was van die afstand niet te horen, maar Riker kon zich het tafereel in de andere kamer voorstellen: de houding van zijn collega die de vage zwavelgeur van de hel opriep en misschien een beetje zwaveldamp; Bitty's opengesperde en verwilderde ogen.

'Nee!' gilde Bitty Smyth. 'Ik wil een advocaat!'

Bitty Smyth dribbelde heen en weer door de kamer en keek iedereen smekend aan, op zoek naar steun. Ze vermeed de blik van Mallory, van wie de ogen groene lichtreclames waren met de tekst GEEN GENADE.

Nedda Winter kwam de kamer binnen, met in haar kielzog de tragere Riker, die zich trouwens over het algemeen langzamer bewoog dan een oude dame. Maar Riker wist dat zijn collega deze witharige vrouw niet als oud zou betitelen; het vermiste meisje uit de jaren veertig was waarschijnlijk maar vijftien jaar ouder dan hij.

Mevrouw Winter liet haar niet staan en verdween in de wc in de hal.

Alle ogen waren gericht op die dichtvallende deur. Verbijsterd doordat ze aan haar lot overgelaten werd, bleef zelfs Bitty Smyth rustig staan kijken.

Toen de oude vrouw weer naar buiten kwam, had ze een glas water in haar hand. Ze liep op haar nicht toe, bracht het glas naar Bitty's lippen en drong eropaan dat ze het zou opdrinken. 'Grote slokken, meisje. Alles is in orde.'

Bitty Smyth keek tersluiks naar Mallory en schudde toen langzaam het hoofd, als om aan te geven dat dit alles niet waar kon zijn.

'Ze hebben mijn vingerafdrukken al.' Nedda Winter liet haar nicht plaatsnemen op de bank. 'Je kunt ze rustig laten nemen.'

Heller trok een stoel bij, pakte voorzichtig de kleine vrouwenhand en kuste hem.

Nou, dit was niet eerder vertoond. Bitty was verbaasd, maar er was iemand die nog verbaasder was: Mallory.

Het hoofd forensische geneeskunde deed vanavond niet alleen het werk van zijn ondergeschikten, maar hij stak ook in een zeldzaam diplomatieke vorm, en Mallory keurde dat af. Ze had liever dat de mensen die ze onder handen nam uit het lood geslagen waren en gemakkelijk te intimideren: dat was minder werk. Voor Heller de derde vinger had kunnen inkten, zakte het hoofd van Bitty op de leuning en vielen haar ogen dicht. Mallory wendde zich tot de oudere vrouw. 'Wat hebt u in dat water gedaan?'

'Een kalmerend middel.' Mevrouw Winter opende haar hand en liet het etiket op het flesje zien. 'Dit huis kan bijna doorgaan voor een apotheek. Deze pillen zijn van mijn zus Cleo.'

Deze beschaafde dame bleef verrassend kalm. Mallory besloot om daar iets aan te gaan doen.

Terwijl Heller de klus afrondde, kwam een van de assistenten van de lijkschouwer terug om de rechercheurs eraan te herinneren dat de vleeswagen nog steeds buiten stond. Mallory wierp hem een vernietigende blik toe: wegwezen. Nu!

Nedda Winter nam de nog aanwezige mensen op en richtte zich toen tot Riker. 'Is meneer Butler al weg?'

'Ja,' zei Riker. 'Hij had niet veel tijd nodig om die foto's in Bitty's kamer te bekijken.'

'Is er kans dat hij het mijn nicht moeilijk gaat maken?'

'Het zou mij niets verbazen.' Mallory keek even naar de kleine vrouw, die op de bank lag te slapen. 'We waren verplicht om hem te waarschuwen, dat stelt de wet. We zijn daar altijd heel strikt in als we een stalker en een lijk ontdekken.'

'Mijn nicht doet geen vlieg kwaad.'

'Gelooft u dat echt?' Mallory maakte de knoop van haar blazer los, wachtte even en liet toen een groot vuurwapen zien – plus haar gezag in deze kamer. Ze nam het wapen in haar andere hand en haalde uit haar borstzak een gekreukeld vel papier. 'Dit lag in de prullenbak in uw slaapkamer. Het is volgeschreven met steeds dezelfde regel: *gekke mensen maken gezonde mensen gek.* Mallory wierp een blik op de kleine slaapster op de bank. 'Werkte Bitty u op de zenuwen?'

De oude vrouw zag eruit alsof iemand haar zojuist had geslagen.

Mallory kwam langzaam wat dichterbij. 'Als u soms een pil nodig hebt, mevrouw Winter? Ik zag daarstraks al die medicijnen in uw kamer.'

'Nee, dank u, ik voel me prima.'

Mallory wees op een stoel vlak bij het lijk. 'Ga zitten,' zei ze.

Nedda Winter schudde het hoofd. Ze weerstond het bevel en bleef liever staan. 'Ik heb te lang achtereen gezeten.' Terwijl ze haar ene schouder iets optrok, zei ze: 'Je weet wel, oude botten.' En zo bleef ze haar waardigheid behouden, althans voorlopig.

'Echt waar?' Mallory liep in een wijde boog om mevrouw Winter heen, waardoor ze de vrouw dwong om om haar as te draaien. 'De lijkschouwer zegt dat uw conditie uitstekend is voor iemand van uw leeftijd. Een goed gehoor en een goede coördinatie. Helemaal geen verward gedrag. Dokter Morgan vond dat vreemd, gezien al die medicijnen die u slikt. Volgens hem zouden zulke hoge doseringen een enorme verwarring moeten veroorzaken die grenst aan dementie, maar u bent juist heel helder.'

'Dank je.'

Opnieuw keek Mallory naar haar slapende nicht. 'Weet Bitty dat u die pillen iedere dag doorspoelt?'

Het enige wat ze waarnam was dat Nedda Winters hoofd zich een fractie boog, een klein gebaar dat betekende: petje af. De vrouw moest nu doorhebben dat de ondervraging door Riker maar een kleine warming-up was geweest.

Tijd voor wat vuurwerk.

'Bovendien verbaasde dokter Morgan zich over de kleur van uw huid. Volgens uw nicht verkeerde u in het laatste stadium van kanker en was uw huid helemaal geel. Maar nu maakt u een volkomen gezonde indruk.' Mallory hield op met rondjes om haar slachtoffer lopen. Ze stonden oog in oog. 'Hebt u daar een verklaring voor?'

'Dat is vertrouwelijke informatie tussen arts en patiënt,' zei de oude vrouw. 'Mijn gezondheidstoestand behoort niet tot het domein van een politieonderzoek.'

'U vergist u.' Mallory keerde de oudere vrouw de rug toe. 'Ik mag u alles vragen wat ik wil.' En dat was waar. Vragen was toegestaan volgens de wet. 'En nu gaan we de zwakke plekken in uw verklaring langs, net zolang tot ik iets geloofwaardigs hoor. Misschien hebt u nu wel behoefte om te gaan zitten. Dit zou wel eens de hele nacht kunnen gaan duren.'

En na deze wat meer beleefde uitnodiging, dit begrip voor haar welbevinden, ging Nedda Winter inderdaad zitten. Maar dit was niet het overwicht dat Mallory had gewenst. Ze had inschikkelijkheid gewild, maar het enige wat ze had gekregen was lijdzaamheid. Mevrouw Winter liet zich niet van de wijs brengen en haar houding was koninklijk: ze zou zich door niets laten dwingen om haar tegenstandster in de ogen te kijken.

De rechercheur ging achter de vrouw staan, boog zich tot vlak bij haar oor en zei: 'Ik vind het altijd interessant als het motief geld is.' Mallory liep net vlug genoeg om de stoel heen om nog een glimp van een glimlach op te kunnen vangen.

'Ik heb de portefeuille van die man niet aangeraakt,' zei Nedda Winter.

'Ik wel, hij had een hoop geld bij zich. Maar u hebt de verbalisant verteld dat er niets weg was uit de muurkluis. Daar was u heel stellig over.' Ze gaf Riker een teken dat hij de politieagent moest halen, die buiten op de trap stond te wachten. Nadat ze was gaan zitten in een stoel aan de andere kant van het lijk, bleef ze de vrouw negeren en richtte al haar aandacht op de bladzijden van een notitieboekje.

De jonge agent kwam de voorkamer binnen. Hij glimlachte naar mevrouw Winter en tikte met een vinger tegen de klep van zijn pet als groet. Mallory wist zijn aandacht te trekken, en met een blik die weinig goeds voorspelde maakte ze een einde aan al die vriendelijkheid. Hij stond in de houding, stutpilaar van Mallory en de wet, precies zoals het hoorde.

De rechercheur keek weer in haar aantekeningen. 'U kent agent Brill toch, hè? Hij komt altijd als er bij u ingebroken is.'

'Ja, ik ken hem. Maar de eerste keer ging het alleen om een poging tot inbraak.'

Mallory bleef in haar notitieboekje kijken. 'Volgens agent Brill waren uw familieleden toen ook de stad uit. Wat een samenloop van omstandigheden.' Ze keek op naar de trap en naar het kleine toestel dat zo goed verborgen zat in het houtwerk. 'O, en het filmrolletje uit uw beveiligingscamera is weg. Nog een toevalligheid? Kijk niet zo naar agent Brill. Hij is geen huisvriend. Hij hoort bij ons.'

Maar dat was van korte duur. Met een kort knikje stuurde ze de man terug naar zijn post bij de voordeur. Nedda keek de jonge agent na. Het was duidelijk dat ze het jammer vond dat hij wegging.

'We beginnen opnieuw.' Mallory nam een gele blocnote van Riker aan, haalde een ballpoint tevoorschijn en drukte hem afwezig in. 'U hebt verteld dat u de inbreker gestoken hebt met een schaar.'

Klik, klik.

'Ja.' Mevrouw Winter haalde een pakje sigaretten uit een zak van haar jurk. 'Dit is al de vierde keer dat ik dit toegeef. Ja, ik heb hem neergestoken met de schaar.'

'Maar zijn wapen,' zei Mallory, 'de ijspriem, dat is uw priem. En verspil niet mijn tijd door het me te laten bewijzen.'

Klik, klik, klik, klik.

'Ik heb nooit beweerd dat de ijspriem niet van mij is.' Ze tikte een sigaret uit het pakje. 'Ik heb alleen gezegd dat ik de priem niet herkende.' Ze zocht in haar zakken naar vuur. 'Best mogelijk dat hij het ding hier in huis heeft gevonden.'

'In het donker? Volgens uw verklaring brandde er geen licht. En u hebt het licht pas aangedaan toen alles voorbij was. Hoe heeft hij die ijspriem in het donker kunnen vinden, in een vreemd huis?'

Klik, klik, klik, klik.

'Volgens mij lag er een kleine zaklantaarn op de grond bij de…'

'Ja, een penlight.' Riker stapte naar voren met een brandende lucifer voor haar sigaret. 'Die was van hem. We hebben zijn vingerafdrukken aangetroffen op de lantaarn en de batterijen, lege batterijen.'

Mallory boog zich naar voren. 'Nu u bezig bent om uw verklaring te herzien, wil ik u een raad geven: geen fabeltjes over de lichten, oké? Als de lampen hadden gebrand, had hij zijn mes getrokken en dan was ú het lijk op de vloer geweest.' Ze bukte zich, stroopte een broekspijp van het lijk op en toonde het lange jachtmes dat in een leren messchede aan zijn been gegespt zat. De oude vrouw was even uit het lood geslagen, maar ze hervond zichzelf bliksemsnel.

'Ziet u het probleem, mevrouw Winter? Te veel wapens. Als hij een mes had, waarom zou hij zich dan nog de moeite getroosten om op zoek te gaan naar…'

'Goed dan, ik heb gelogen. Nadat ik hem gedood had en zag dat hij geen wapen had – tenminste geen wapen dat ik kon zien – heb ik hem een ijspriem in de hand gedrukt. Ik dacht dat dat de politie welwillender zou maken. Maar het wás donker. En ik wás bang dat ik vermoord zou worden.'

'Van alles wat u hebt gezegd is dit het enige wat ik geloof.'

'Het spijt me dat ik u misleid heb.'

Mallory keek weer in haar aantekeningen, alsof de volgende vraag er voor haar helemaal niet toe deed. 'Is uw spijt groot genoeg om een test met een leugendetector te ondergaan?'

'Ja, natuurlijk, als u dat wilt.'

'Dat is mooi,' zei Riker. 'En geef nu hier maar eens een verklaring voor.' Hij hield een kleine plastic zak in het licht van de kroonluchter, zodat ze duidelijk de sleutel erin kon zien. 'Er zat modder in het slot van de voordeur, en deze sleutel lag in de plantenpot buiten op de trap. Onze vriend heeft hem teruggelegd, nadat hij de deur had opengemaakt. Bevreemdde het u niet dat het alarm bij de inbraak van vorige week wel afging en bij de inbraak van vanavond niet?' Hij knikte naar het lijk. 'Deze meneer kende de code om het alarm uit te zetten. Weet u wat dat betekent?'

'Het is hier een komen en gaan van personeel. Ik denk dat een van hen het plan heeft opgevat om ons te beroven.'

'Nee, daar geloof ik niets van.' Mallory duwde met de punt van haar loopschoen tegen het lijk. 'Iemand wil u dood hebben, mevrouw Winter. Deze man was een moordenaar, geen inbreker. Hij plukte zijn slachtoffers van de straat. Tot nu toe had hij nooit ingebroken in een huis, en in dit huis was het hem ook niet om geld te doen. Dus zeg het me maar, wie spint er garen bij uw dood?'

'Van mijn dood wordt niemand beter.'

Riker keek naar de kleine vrouw op de sofa. Bitty Smyth lag te snurken. 'Dan is uw nicht misschien het doelwit. Dat zou een reden te meer moeten zijn om ons te helpen bij ons onderzoek.'

'En doet u dat niet,' zei Mallory, 'dan pakken we u op wegens het knoeien met bewijsmateriaal, tegenwerking van een moordonderzoek en het afleggen van valse verklaringen aan de politie. Geen prettig vooruitzicht, of wel soms?'

'Mijn medicijnen veroorzaken verwardheid,' zei Nedda Winter, die de woorden van de jonge rechercheur gebruikte. 'En daar gaat uw tenlastelegging.'

'Handig geprobeerd,' zei Mallory. 'Maar dat versterkt alleen mijn gedachte dat u een geheim hebt, dat uw dood zal worden, die van u en van uw nicht. Hoe zit het met uw broer en zus? Zij waren tijdens beide inbraken de stad uit.'

'Dat is niet zo vreemd. Lionel en Cleo zijn vaak buiten de stad.'

Mallory stond op en boog zich over de bewusteloze Bitty Smyth. Haar lange rode nagels streken langs het haar van de slapende vrouw. 'Heeft Bitty ook geheimen? Of laat ik het anders zeggen: zou u uw nicht een geheim toevertrouwen?'

Nedda Winter stond op en ging naast de rechercheur staan. De sigaret die ze in haar vingers geklemd hield, was bruin geworden en gloeide niet meer, en ze brak hem in tweeën.

Mallory bleef haar ogen op Bitty Smyth gericht houden, haar gijzelaar bij deze ondervraging. 'Alle deuren in dit huis hebben ouderwetse sloten en sleutelgaten, behalve de slaapkamerdeur van uw nicht. Uw broer en zus zijn hier bijna nooit. Waarom niet?' Haar blik ging naar Nedda Winter. 'Is uw hele familie bang voor u?'

Riker deed een paar passen naar voren om de klap uit te delen waar hij zich al de hele avond op voorbereid had. 'Vindt u het erg als ik u Red noem?'

Nedda Winter glimlachte, misschien van opluchting nu het er eindelijk uit was. '*Red Winter* was de titel van een schilderij,' zei ze, 'een portret van mij. Vroeger was mijn haar rood, maar Red werd ik nooit genoemd.'

Bitty Smyth werd 's nachts wakker, maar niet in haar bed. De ramen van de voorkamer tekenden zich af als flauwe lichtvlakken. Op de tast herkende ze de gehaakte sprei die altijd over de sofa hing. Haar tante moest haar daarmee toegedekt hebben terwijl ze lag te slapen. Bitty trok hem op tot aan haar kin. Het dunne, beschermende wollen dek gaf haar een beetje troost. En nu speelde ze het kinderspelletje, dat bestond uit het verjagen van de schaduwmonsters.

Een donkere schaduw gleed langs een raam, de schaduw van iemand in het huis. Ze hield haar adem in en hoorde het geruis van een zijden jurk en van pantoffels. Het was de rijzige gestalte van tante Nedda die heen en weer liep, een bejaarde schildwacht, die bij ieder raam even stilstond, haar hoofd tussen de gordijnen stak en naar buiten keek. Maar de gestalte en het gezicht van haar tante losten op in het donker en zo zegevierde de schaduw in Bitty's waanvoorstellingen.

Oude monsters stierven nooit.

2

ALS JE HOOFDLIJKSCHOUWER EDWARD SLOPE ZO DOOR DE GANG naar zijn kantoor zag lopen, zou je hem voor een militair kunnen houden. Hij had een stap die grensde aan looppas, en zijn gezicht had de levendigheid van een granieten oorlogsmonument. De arts was een vroege vogel. Hoewel hij een klein leger ondergeschikten had, was hij altijd als eerste op zijn werk. Hij koesterde de stille uren van de dageraad, wanneer de doden het best vonden als hij eerst zijn krantje las en de levenden hem niet lastigvielen als zijn koffie nog warm was. Met een beetje geluk, zou een van zijn assistent-lijkschouwers het eerste lijk opensplijten, en zou hij een dossierachterstand kunnen wegwerken. Maar eerst… een beetje eenzaamheid. Hij maakte de deur van zijn werkkamer open met de bedoeling om de kruiswoordpuzzel in *The Times* op te lossen.

Mooi niet.

Kathy Mallory lag in zijn stoel te slapen.

Nou, dit ontkrachtte de theorie van rechercheur Riker dat ze als een vleermuis ondersteboven hing te slapen. Nu haar koude ogen waren gesloten, had ze meer van een kind dat een dutje doet na een nachtdienst bij een moordbrigade, en na wat escapades op verboden terrein. Op het vloeiblad op zijn bureau lag een open fluwelen zakje met glanzende stukjes metaal.

Arm ding.

Blijkbaar had de slaap haar overmand voor ze haar lopers op kon bergen.

O, verrassing nummer twee.

Haar ogen schoten open, op de mechanische manier van een pop, of van een robot. Ze hoefde niet over te schakelen van slapen en dromen naar waaktoestand. Ze was simpelweg wakker, wat zijn theorie geloofwaardigheid verleende dat ze een aan-en-uitschakelaar had.

'Goedemorgen, Kathy.'

'Mallory,' zei ze, om hem aan de regels te herinneren. Ze hield van afstand en formaliteit.

Was het niet doodzonde?

Hij kende haar als Kathy vanaf haar tiende, hoewel ze indertijd had volgehouden dat ze twaalf was. Louis Markowitz, zijn oudste vriend, had na enig onderhandelen een compromis bereikt, elf, zodat hij de formulieren voor de wezenzorg kon invullen.

Elf, maak dat de kat wijs.

Maar wie kon de juiste leeftijd inschatten van een dakloos meisje dat ook nog eens een doortrapte jokkebrok was – en erger nog. Kathy was de zwakke plek in het opgeblazen zelfbeeld van de arts dat hij een eigenzinnig persoon was. Toen haar pleegvader bij de uitoefening van zijn beroep stierf, had Edward Slope die leegte op willen vullen. Hij had haar liefde voor twee gegeven, maar hij was niet iemand die over zich heen liet lopen. En dat brutaalweg inbreken in zijn kantoor… Nou, hij was niet van plan dat over zijn kant te laten gaan. Zijn hand schoot uit om haar lopers op het bureau te pakken, met de bedoeling ze te gebruiken als concreet bewijs, terwijl hij haar de les las.

De lopers lagen er niet meer.

Ze had ze in een handomdraai in haar zak gestoken, en de arts wist maar al te goed wat dat betekende: was er geen bewijs van haar binnendringen, dan was er geen misdaad geweest die ze zou moeten bekennen.

Kathy Mallory legde haar handen plat op het bureau, háár bureau nu. Wat hield ze van deze priesterlijke strategietjes van meubilair en psychologische macht. 'Ik wil een sectie, met alles erop en eraan.'

'Je moet je beurt afwachten.' Slope ging in een bezoekersstoel zitten. 'Best mogelijk dat het een paar dagen duurt.' Hij sloeg zijn krant open, een hint aan haar om te vertrekken, alsof die ooit succes zou kunnen hebben. 'Ik zal dokter Morgan de…'

'Nee, jij moet het doen.' Ze was bijna opstandig. 'Het moet nu gebeuren.'

'Je bent niet in de positie om mij zo'n opdracht te geven,' zei hij. En hij liet zijn zin – gewoon uit balorigheid – volgen door 'Kathy'.

'Mallory,' zei ze koppig.

Ze hield een stapel foto's omhoog, legde ze als een spel kaarten open en deelde ze een voor een uit, net als haar vader had gedaan. Louis Markowitz was een welgedane man geweest met de kaken van een jachthond en een charmante manier van doen. Charme was nooit een eigenschap van Kathy geweest, en toch, zo nu en dan, had hij het idee dat hij dingetjes van Lou ontdekte in zijn pleegkind. In een gebaar, of in de manier waarop ze zich uitdrukte.

Kortom, Lou's dochter wist hoe ze hem moest manipuleren.

Ook al was hij zich volledig bewust van haar calculerende instelling, van deze doelbewuste en onverschillige manier om zijn hart te breken, toch wist ze hem iedere keer weer voor haar karretje te spannen. De arts boog zich naar voren om de foto's te bekijken. Het waren allemaal opnamen van de romp, en iedere camerahoek liet een schaar zien die uit de borst van het slachtoffer stak.

'Trefzekere hand,' zei hij. 'Keurige wond. Bijna geen bloedverlies, dus de dood is snel ingetreden. Maar dat wist je natuurlijk al.' Hij was werkelijk nieuwsgierig naar de reden van dit verzoek om een volledige autopsie, maar hij kon het haar niet rechtstreeks vragen. In de betrekking waarin ze tot elkaar stonden golden de regels van het duel. Hij maakte het zich gemakkelijk in zijn stoel en liet zijn sarcasme de vrije loop. 'Dus… je hebt enige twijfel over de doodsoorzaak van deze man.'

'Nee, maar de schaar was het niet.' Ze toonde de enige glimlach in haar beperkte expressiearsenaal die spontaan was, en die glimlach zei: gelukt!

Nedda Winter lag roerloos in de grijze schemer van haar slaapkamer te wachten tot de paniek zou wegebben. Zelfs haar adem hield ze in. Ze vond het altijd angstaanjagend om haar ogen te openen en te ontdekken dat ze alleen was. En hoe stil dat was. Ze had te veel jaren voortdurend in gezelschap van anderen geleefd. Ze was nooit op een normale manier wakker geworden. Ze was altijd wreed uit haar slaap gerukt door het vroege-morgenorkest van de monotone klaagster in het bed naast haar, en de schreeuwster in het bed daarnaast en het koor van feeksen dat een dreigend lied zong van 'Kop dicht! Hou verdomme je kop dicht!' of 'Zuster, zuster, ik heb het koud, ik ben nat'. Nedda had voor publiek gespeeld, afwezig in de richting van het geluid gestaard en zich afgevraagd hoe ze ook deze dag weer door moest komen. 's Avonds en 's nachts had ze de tijd verdreven met het smeden van plannen voor haar eigen, langzame dood. Maar dat was inmiddels verleden tijd. Ze had een nieuw plan en iets om voor te leven.

Haar hart klopte weer normaal, en haar ogen dwaalden kalm over het madeliefjespatroon van het honderd jaar oude behang. De bloemen waren allang vergeeld, generaties voor ze geboren werd. Tijdens haar afwezigheid waren alle andere slaapkamers opnieuw behangen. Hier was niets veranderd. Het meubilair was nog precies hetzelfde als ze het op twaalfjarige leeftijd had achtergelaten, op de hutkoffer na, die aan het voeteneinde van haar bed had gestaan. Alle kinderen uit het gezin Winter hadden zulke koffers gehad. Die van haar was vermoedelijk volgens de gewoonte van het huis naar de zolder verhuisd toen men had aangenomen dat ze dood was. Afgezien daarvan zou dit een willekeurige ochtend uit haar kindertijd kunnen zijn.

Alleen de muziek ontbrak.

Ze stak haar hand uit naar het nachtkastje en zette de oude radio aan. Hij was afgestemd op een zender waar ze de hele dag jazz uitzonden, de lievelingsmuziek van haar vader, zover als ze in haar herinnering kon teruggaan. Toen Quentin Winter nog leefde, hadden trompetten en pianoloopjes dit huis gevuld, dag en nacht, het luidst als er een feest was. Zacht smeltende saxofoons hadden de boventoon gevoerd bij het aanbreken van een nieuwe dag, en halverwege de morgen had papa blues opstaan als achtergrondmuziek bij zijn kater.

Nedda trok haar jurk aan en liep de badkamer in, waar haar ogen de vreemde oude vrouw in de spiegel vermeden. Ze keek naar de rijke collectie medicijnflesjes die naast elkaar op de rand van de wasbak stonden. Een voor een spoelde ze haar ochtenddoseringen door. De medicijnen waren voorgeschreven voor een ziekte die ze nooit had gehad en nu keek ze toe terwijl de tabletten door de wc-pot wervelden. Wat een luxe was dit. Jarenlang had ze pillen opgeraapt die andere patiënten hadden uitgespuugd, waarna ze ze had ingeslikt, de gal van andere mensen had geproefd, hun ziekten en allerlei bacillen had gekregen. Hoe moeilijk zou het niet zijn om iemand uit te leggen dat deze langzame poging tot zelfmoord de daad van een gezonde vrouw geweest was. Nu ze geen medicijnen meer nam, werd ze iedere dag sterker, tot teleurstelling van haar broer en zus.

Blootsvoets liep ze haar kamer uit. Aan de andere kant van de deur kwam ze haar stiefmoeder tegen op de dag van de slachting. Op de wijze van een marionettenspeler liet haar geheugen Alice Winters ledematen bewegen, en de aantrekkelijke vrouw stapte over de drempel om een andere versie van Nedda te wekken: de jonge Nedda met het lange rode haar. In het huis was alles in rust geweest, toen op een zondagmorgen de zwakke batterijen van negen slaperige kinderen waren leeggelopen.

Terwijl Nedda de trap af liep, klom haar vader haar tegemoet. Over een paar uur zou hij dood zijn. Achtenvijftig jaar geleden had ze op haar tenen gestaan om hem in het voorbijgaan een kus te geven. Nu keek ze simpelweg toe hoe hij passeerde in zijn zijden pyjama en kamerjas. Wat een mooie man was hij, met lang blond haar, als een prins uit een ander tijdperk. Hij had een glas bij zich met de onwelriekende ingrediënten van het middel tegen zijn kater. De stem van de onzichtbare Billie Holiday zweefde achter hem aan de trap op, volgde hem als een schaduw vanaf de grammofoon beneden en zong klagend de blues voor hem.

Weer terug in de volgende eeuw voltooide Nedda haar afdaling naar de salon, waar Bitty als een bult ter grootte van een kind onder de gehaakte sprei op de bank lag. Ze ging op een stoel naast haar slapende nicht zitten en wachtte. Een paar minuten gingen voorbij, voordat de jongere vrouw voelde dat er iemand anders in de kamer was. Kleine handen pakten de sprei vast en ze opende haar ogen, eerst op haar hoede, kijkend door spleetjes om te zien of er geen gevaar dreigde. 'Tante Nedda?'

Bespeurde ze een zweem van angst in Bitty's stem? Ja, en Nedda huiverde.

'Goedemorgen, meisje. Ik was gewoon nieuwsgierig. Wat heb je gedaan met de band uit de beveiligingscamera? De politie vroeg ernaar.'

'Ik heb hem ergens in gestopt waar ze nooit zullen willen kijken.' Bitty rommelde wat met de sprei, haalde haar bijbel uit de wollen plooien tevoorschijn en sloeg hem open.

O jee, het was helemaal geen boek.

De bijbel was een ingenieuze doos, en verborgen in een rechthoekig vak lag de videoband.

De lijkenhuismedewerker van de nachtploeg zat niet aan zijn bureau. De hoofdlijkschouwer was net van plan om Kathy Mallory te vragen wat ze met het lijk van de arme man had gedaan, toen de dubbele deuren openzwaaiden en Ray Fallon verscheen, levend, maar niet op zijn gemak. Hij was zenuwachtig – die uitwerking had Kathy op hem – en transpireerde van de recente inspanning.

De medewerker gaf een zak van de delicatessenwinkel aan de rechercheur en kreeg een vorstelijke fooi, maar een bedankje kon er niet af. Niet dat het Fallon wat uitmaakte, zo hevig verlangde hij ernaar om weg te komen. 'Ik ben naar de wc,' zei hij tegen zijn baas.

En Slope wist dat de man pas weer terug zou komen als Kathy het gebouw had verlaten. 'Heb je hem erop uitgestuurd om je ontbijt te halen?' De arts wendde de berispende toon voor die hij altijd gebruikte wanneer hij vermoedde dat ze vals speelde met kaarten. 'Als je denkt dat ik dat pik...'

'Ik wilde hem even uit de buurt hebben.' Ze tastte in de bruine papieren zak en haalde er een bagel uit. 'Ik kan niet riskeren dat er gelekt wordt in deze zaak, en hij spant op dat punt de kroon. Weet je, je had die gluiperd jaren geleden al de laan uit moeten sturen.'

Dit was haar beste truc: de schuld bij een ander leggen. Hij had er bedacht op moeten zijn, want ze had gelijk.

Kathy Mallory nam een hap van haar bagel. Met haar vrije hand trok ze de metalen la uit waarin háár lijk lag. Het slachtoffer zat nog steeds in de lijkenzak en er hing geen label aan. Van de foto's die ze op de plaats van het misdrijf had laten maken, was er niet één bij die een lichaamsdeel onder of boven de romp toonde. Nu trok ze de rits open om de patholoog-anatoom een blik te gunnen op het gezicht. 'Het is Willy Roy Boyd.'

'Aha,' zei Slope, 'jouw ladykiller. En gezien zijn huidige toestand – dood als een pier – vermoed ik dat je boos bent geworden toen hij op borgtocht vrijkwam.'

Haar striptease ging verder naar onderen, tot ze de schaar had onthuld die in de borst van de man stak.

'Ik begrijp wat je bedoelt,' zei hij. 'Dat is niet jouw stijl.' Als Kathy deze wond had toegebracht, zou de schaar meer symmetrisch zijn geplaatst en in een volmaakte rechte hoek naar het vlees. Ze was daarin bijzonder; dwangmatig netjes.

De arts trok de rits verder open, zodat ook de rest van het lichaam te zien was. 'Als ik hem omdraai, krijg ik dan nog ander letsel te zien?' 'Nee,' zei ze. 'Daar gaat het niet om.'

En het spelletje ging verder.

Hij inspecteerde de ogen en de vingernagels van de man. 'Zo op het oog geen sporen van vergiftiging.' Hij keek naar de borstkas. 'Die schaar heeft een joekel van een steekwond gemaakt. Je zou meer bloed verwachten.'

'Precies. Hij was al dood toen hij met de schaar gestoken werd, maar dokter Morgan begreep dat niet. Hij beweerde dat de schaar het bloeden tegenhield als een kurk in een fles.'

'Goed, dat is een mogelijkheid,' zei dr. Slope, om zijn jonge, onervaren en misschien wel onbekwame lijkschouwer te verdedigen. Dit was bijzonder pijnlijk. Haar verklaring was het meest plausibel. De man was slank, zijn borst concaaf en de schaar was diep binnengedrongen. Het viel niet mee om het menselijk hart zo keurig te doorboren, niet met een wapen van deze grootte en dikte. 'Om het zeker te weten, moet ik eerst zijn borstkas openbreken. Dus jij gelooft niet dat hij werd doodgestoken?'

'Natuurlijk werd hij doodgestoken.' De eigenzinnige dame zweeg een ogenblik om te genieten van deze kleine overwinning en de uitdrukking van verbazing op zijn gezicht. Ze wees naar de borst van de man. 'En dat is de enige wond.'

Edward Slope moest glimlachen. Ze had dit gestoorde spelletje van hem geleerd. De leerling was bezig de meester te overtreffen.

Kathy Mallory haalde haar hand door het haar van de man. 'Zie je dit bloedvlekje op de schedel?' zei ze, nadat ze iets gevonden had wat haar interessant leek.

Slope zette zijn bril goed en boog zich over het lijk. 'Ja, en op zijn bovenlip zit er nog een. Een klein spikkeltje.'

'En deze druppel op zijn shirt.' Een rode vingernagel wees de plek aan. 'Dat zijn alles bij elkaar drie drupjes. En nergens zit bloed waar je dat zou verwachten als de schaar hem had gedood. De spetters zijn naar achteren geslagen, dus de wond moet door een smaller en puntiger

48

voorwerp veroorzaakt zijn.' Ze bukte zich om haar rugzak te pakken en haalde er een zak met een label van Forensische Geneeskunde uit. Er zat een ijspriem in. 'Ik houd dit voorwerp voor het primaire wapen. Ik wil de gegevens over zijn maaginhoud. Ik wil weten wat hij het laatste heeft gegeten en waar hij het heeft gegeten. Ik wil dat hij getest wordt op drugs. Als hij gebruikt, wil ik weten wanneer hij zijn laatste shot heeft genomen. En ik wil…'

'Hou op.' De arts stak een hand op, zoals een verkeersagent dat doet. 'Wat het zwaarst is moet het zwaarst wegen. Een paar druppels weggespat bloed bewijzen nog niet dat het een ijspriem was. Ik weet trouwens niet eens of er nog een wapen was. Ik heb je al honderd keer gezegd dat de casus uit de handboeken zelfs niet in de buurt komen van het scala aan verwondingen dat ik op mijn sectietafel aantref.'

'Ik heb dit niet ontdekt door het lezen van een boek.' Ze opende de zak met het bewijsstuk en hield hem onder zijn neus. 'Snuif maar eens.'

Dat hoefde niet. De geur van bleekmiddel drong zich op. 'Iemand heeft de priem schoongemaakt.'

Ze hield de zak met het bewijsstuk ondersteboven om hem het witte overblijfsel van het afgepulkte prijsje aan de onderkant van het handvat te laten zien. 'Die ijspriem is gloednieuw, het oppervlak is volkomen glad. Heller zegt dat het bloed zich ook zonder bleekmiddel niet aan het metaal gehecht zou hebben, vanwege de luminal in zijn bloed. Maar dít is het wapen. Het klopt helemaal met het teruggespetterde bloed.'

'Weet je ook wie hem gedood heeft?'

'Een oude dame.'

'Opgeruimd staat netjes,' zei Slope, die dit niet meer dan rechtvaardig vond, tenslotte had Willy Roy Boyd drie vrouwen vermoord. En nu begreep hij ook beter waarom de politie zo beducht was voor lekken naar de kranten. Hij zag de kop al voor zich: OUDE VROUW VERMOORDT VROUWENMOORDENAAR.

Kathy Mallory scheidde het haar op de schedel van de dode man. 'Deze druppel loopt horizontaal. De vrouw heeft verklaard dat ze beiden stonden toen ze hem stak.'

En bloed stroomt naar beneden en niet naar opzij. 'Dus of de wet van de zwaartekracht is veranderd, of de oude vrouw liegt.'

'Nee, ik geloof haar op dat punt. Hij stond toen ze hem voor de eerste keer stak. Maar hij lag dood op de grond toen ze de ijspriem uit zijn borst trok. Dat verklaart de horizontale streep bloed.'

De arts knikte. 'En de schaar werd in hem gestoken toen hij plat op de vloer lag.' Hij glimlachte. 'Gefeliciteerd. Nu kun je een oude dame arresteren wegens het verminken van een lijk, maar in beide gevallen is hij even dood en nauwelijks de moeite van...'

'Ik wil die sectie. Ik wil het bewijs dat die ijspriem het moordwapen was.'

'Enig idee waarom die vrouw nog een wapen heeft gebruikt?'

'Ja.'

'Maar dat ga je me niet vertellen. Nee, natuurlijk niet. Hoe kon ik dat ook denken? Dus je wilt bewijs om haar beroep op zelfverdediging aan te vechten.'

'Nee, dat blijft overeind,' zei ze. 'Willy Roy Boyd kende maar één kunstje. Hij was in dat huis om een vrouw te vermoorden.'

Hoewel Edward Slope het niet allemaal meer kon bijbenen, vertikte hij het om dat te laten merken. De arts keek naar haar met zijn beste pokergezicht, maar dat van haar was beter.

Eindspel.

Kathy Mallory had het voor elkaar gekregen dat de hoofdlijkschouwer een volledige autopsie zou verrichten, want hoe waarschijnlijk was het dat hij iemand anders dit lijk liet onderzoeken, nu hij erin getuind was?

Aan het wachten op de uitbarsting, jongens?

In de bovenste helft van de muur zat een groot raam met uitzicht op de ruimte van de agenten. Met de rolgordijnen niet naar beneden was het privé-kantoor van inspecteur Coffey een godgeklaagde goudviskom, waar vijftien paar ogen op gericht waren. Hij deed net of hij de mannen aan de andere kant niet zag, die openlijk zijn richting uit keken.

De inspecteur was nog maar zesendertig, wat aan de jonge kant voor een leidinggevende positie, maar hij werd snel ouder in zijn vak. Stress had nieuwe lijnen in zijn gezicht gegutst, die hem een uitdrukking van constante pijn gaven. En juist op dit moment, terwijl drie rechercheurs brutaal naar het raam liepen om hun baas beter te kunnen observeren – de arme sodemieter met het dunner wordende bruine haar, met de spanningshoofdpijn, met de knoop in zijn darmen – kostte het hem veel moeite om niet te schreeuwen.

De afdeling Zware Delicten kon de gigantische werkdruk niet meer aan. En de nieuwe burgemeester, een man met de mentaliteit van een interimmanager, was van plan om te snijden in het personeel en de kosten van het bureau. Elke dag verliep in een hartverlammend tempo en toch waren er geen tekenen die erop wezen dat dit de slechtst denkbare tijd was om Jack Coffey in de maling te nemen. Ook was hij nog niet tekeergegaan tegen Mallory en Riker, die onbeschadigd aan de andere kant van het bureau zaten. Hij had niet eens een wapen op ze gericht, iets wat de andere rechercheurs vast zou bevreemden.

Toen hij weer naar de glaswand keek, zag hij hoe er met geld gezwaaid werd in de agentenkamer. De smeerlappen, ze sloten weddenschappen af op deze bespreking.

Laat de troepen nooit zien dat je grient als een klein meisje.

Dat was zijn mantra van die dag.

Riker en Mallory gedroegen zich deze morgen voorbeeldig en wachtten rustig tot hij het politieverslag van een ander district had doorgenomen over een gewone inbraak die uit de hand gelopen was. Hij verfrommelde het omslagblad in zijn hand. Nou, fantastisch, deze shit. Waarom kwamen zijn twee rechercheurs hiermee aanzetten, dit was toch een achttienkaraats elite-eenheid?

'Mallory, laat de rolgordijnen zakken!'

Dit was een test en het gaf hem voldoening om te zien dat ze het meteen deed, zonder zijn woede te prikkelen door het te rekken.

Kapitale fout, Mallory.

Nu wist hij dat hij het voor het zeggen had in deze kamer. Beter nog, nu de rolgordijnen naar beneden waren en niemand hen kon zien, kon hij met deze twee doen wat hij wilde. Hij boog zich naar voren en schonk hun zijn welwillendste glimlach, met de bedoeling om ze uit hun evenwicht te brengen. De collega-rechercheurs wisselden blikken van 'O jee, shit'.

Dus ze wilden deze zaak echt heel graag hebben.

Goed, hard aanpakken.

Want hij moest gewoon weten waarom.

Hij haalde een vel uit de papierwinkel, de resultaten van het vingerafdrukonderzoek waar ze om hadden gevraagd. 'Het zal jullie deugd doen om te horen dat geen van jullie vrienden uit de beau monde een strafblad heeft. Wat een verrassing, hè?' Hij verfrommelde ook dit velletje tot een prop, gooide hem over zijn schouder en pakte een aantal formulieren, waarin de overdracht van de man aan zijn bureau geregeld werd. 'En dit maakt het officieel: vernaaid in drievoud.' Hij nam de tijd om ook deze papiervellen tot een prop te verfrommelen. Hij gooide hem tegen de achterwand. Nadat hij de overgebleven paperassen had uitgespreid, koos hij twee blaadjes uit de hele ris. 'Hé, wat hebben we hier?' Kon zijn sarcasme nog uitgesprokener? Was het nog nodig om daaraan te vijlen? 'Ik heb hier twee getuigenverklaringen voor me. Een is van een oud dametje, tachtig...'

'Dat is een typefout,' zei Mallory. 'Nedda Winter is nog maar zeventig.'

'En ze is minstens even lang als Mallory,' zei Riker.

'Misschien zelfs een paar centimeter langer.'

'Ja,' zei Riker. 'Dan komen we op een meter tachtig.'

Coffey keek dreigend naar zijn rechercheurs. Vervolgens keek hij weer in zijn papieren en zei: 'En verder hebben we nog een hele hoop bijbelcitaten van Bitty Smyth, een heel kleine negenenveertigjarige vrouw.' Hij zweeg en keek naar Mallory. 'Zeg het maar als ik iets zeg wat niet klopt, oké?' Zijn echte boodschap aan haar, die alleen viel op te maken uit de toon waarop hij sprak, was een andere: als je je bek opendoet, vermoord ik je.

De inspecteur richtte zich tot zijn hoofdrechercheur, van wie het gezicht makkelijker te doorgronden was. 'De rechercheurs die de misdaad constateerden, waren het dus met je eens. Zij dachten dat het om een in scène gezette misdaad ging. Oké, Hellers verslag ondersteunt hen daarin. Maar in haar verklaring legt de oude dame het uit. Ze was bang dat de politie niet veel begrip zou tonen als bleek dat ze een ongewapende inbreker had gedood. Dus heeft ze hem een ijspriem in de hand gedrukt.' Jack Coffey maakte het zich gemakkelijk in zijn stoel en vouwde zijn handen ineen achter zijn hoofd. 'Goed, ik zou niet weten wat daar voor kwaads in steekt. Daar komt ze mee weg. Je zou haar nog rozen sturen ook voor het doden van die slager.' Hij draaide zijn stoel en keek Mallory aan. 'Het verbaast me dat je geen dikke maatjes met Nedda Winter bent. Willy Roy Boyd was jouw verdachte. Vind je een snelle dood te goed voor dat kleine monster? Had je liever jarenlang gewacht tot de staat hem, nadat zijn beroepsmiddelen waren uitgeput, met een injectienaald uit zijn lijden had verlost?'

'Die oude vrouw loog over de...'

'We kunnen mevrouw Winter niets maken, Mallory.' Coffey pakte de gewijzigde verklaring en liet zijn ogen over het papier dwalen tot hij de zin had gevonden die hij zocht. 'Ze zegt dat ze door haar medicijnen niet meer helder kan denken.'

'Dat loeder.' Riker zond Mallory een glimlach toe. 'Nedda was goed, hè?'

Jack Coffey zag de humor er niet van in. 'Misschien hadden jullie haar mee moeten brengen om voor jullie het woord te doen. Ik heb de oude dame zelf gebeld, en het kostte me vijf minuten om erachter te komen dat het idee van een inbraak door bekenden kant noch wal raakt. Ze vertelde me dat er altijd een reservesleutel in de bloembak bij de voordeur ligt, en ze kon zich niet herinneren of ze de avond ervoor het inbraakalarm had ingesteld. Dat wat betreft het idee dat onze dader het alarm uitgeschakeld zou hebben met een veiligheidscode. Verder had ze ook een verklaring voor het mysterie van de verdwenen videoband. Een politieman die Brill heet, heeft de band uit de beveiligingscamera gehaald.' Coffey keek op van zijn aantekeningen. 'Dat was vorige week, na een poging tot inbraak. De agent heeft hem teruggegeven aan Bitty Smyth, maar zij is er gewoon niet toe gekomen om hem weer in de camera te stoppen. De dames denken dat de huishoudster de band weggegooid heeft met het huisvuil.'

De inspecteur pakte het verslag van Mallory, maar nam niet de moeite om het in te zien. Hij maakte liever zijn eigen, nauwkeuriger, samenvatting. 'De rechercheurs die de misdaad constateerden zagen geen kans om de zaak af te schuiven op roofmoord. En waarom niet? Omdat die jongens zo verstandig waren om zich al in een vroeg stadium terug te trekken. Vervolgens zijn de stillen van West Side hem gesmeerd toen jullie even niet keken en hebben jullie met hun troep laten zitten. Nu weet ik dat jullie deze zaak op het bordje van een andere brigade hadden kunnen deponeren als de wil daartoe aanwezig was geweest. Jullie krijgen een halfuur om het administratief af te doen als noodweerexces.'

Jack Coffey veegde alle verslagen en verklaringen bijeen tot een keurige stapel, toen Mallory zich naar voren boog.

Zwaar weer.

'Er zit meer achter,' zei ze. 'West Side heeft geblunderd. Willy Roy Boyd was ingehuurd om een moord te plegen. Het staat allemaal hierin.'

Ze wees op haar eigen verslag, het verslag dat hij niet gelezen had. 'Er is geen speld tussen te krijgen.'

'Maak het niet te lang, Mallory.'

'De politie van West Side doet te weinig moordzaken. Ze hebben naar hetzelfde bewijsmateriaal gekeken, maar vonden geen aanwijzingen. Als wij deze zaak als gesloten beschouwen, zal een van deze vrouwen dat met de dood moeten bekopen.'

'Geen overhaaste conclusies,' zei Coffey. Nee, hij liet zich niet opzadelen met deze waardeloze zaak. 'Als jullie gelijk hebben met je huurmoordhypothese,' en hij was niet van plan om daarin mee te gaan, 'waarom hebben de vrouwen dan geen politiebescherming gevraagd?' Hij wendde zich tot Riker in afwachting van een antwoord.

Mallory kwam ertussen. 'Er wonen nog twee mensen in dat huis: de zus en broer van de oude vrouw. Bij die poging tot inbraak van vorige week waren ze toevallig de stad uit, en gisteravond waren ze weer niet thuis.'

'Zelfs al ben je iets op het spoor,' en Coffey betwijfelde dat kennelijk, 'dan is dat nog geen zaak voor Zware Delicten. Er is een speciale politie-eenheid voor dat soort...'

'Het heeft niets met een bende of met gangs te maken,' zei Mallory. 'Willy Roy Boyd had daar geen banden mee. Maar hij werd op de borgtochthoorzitting bijgestaan door een dure advocaat en de borgtocht kostte hem een fortuin. Hij had geen bezittingen en was werkloos; toch zat zijn portefeuille vol met briefjes van honderd dollar. Iemand had hem ingehuurd om een van deze vrouwen te vermoorden. Als wij deze zaak niet doen, doet niemand hem.'

'En je collega is gebiologeerd door ijspriemmoordenaars,' zei Coffey. 'Dat moet je er nog wel even bij vertellen.'

Dat was geen grap. Zijn rechercheurs hadden geen uitnodiging ontvangen voor het feestje van de vorige avond op Upper West Side. Iemand moest Riker een tip hebben gegeven over die ijspriem.

Men zei dat Riker overal opdook waar een ijspriem het moordwapen was, en dit was ook Jack Coffey ter ore gekomen. Zware Delicten had maar eenmaal zo'n misdrijf behandeld. Zulke moorden waren uitzonderlijk, doodslag vond meestal plaats bij straatroof en huiselijke ruzies. Zolang hij zijn beroep uitoefende was Riker op de plaats van het delict te vinden geweest. Waarom wist niemand.

'Waarom?' De vraag drong zich zo op, dat Coffey hem wel moest stellen, anders zouden de tanden uit zijn kaken spatten. Als Riker nu maar antwoord op zijn vraag gaf, dan kon hij deze verrekte zaak houden. De andere beweegreden van de inspecteur was dat hij niet in verlegenheid wilde worden gebracht door een dode belastingbetaler. 'Vanwaar die fascinatie voor ijspriemen, Riker?'

'Hij heeft geen normale hobby's,' zei Mallory, kregel vanwege Coffeys uitstapje.

De inspecteur stond op het punt om haar hard aan te pakken wegens insubordinatie toen haar collega haar te hulp schoot.

'Ik hou ijspriemmisdrijven bij,' zei Riker, 'omdat mijn vader dat deed. Mijn grootvader deed het ook al.'

'Dat lijkt me een wat schamele verklaring,' zei Coffey en hij was verbaasd door zijn eigen gebrek aan sarcasme.

'Willy Roy Boyd werd ingehuurd door amateurs,' zei Riker, 'maar misschien was het een beroeps die hem doodde, iemand met enige ervaring op het gebied van ijspriemen. Misschien waren de vrouwen gisteravond niet de enige mensen in het huis.'

'Een beroeps?' De inspecteur was met stomheid geslagen door deze escalatie van een aardige oude dame naar een beroepsmoordenaar. 'Een beroeps... met een ijspriem?' Hij schudde langzaam het hoofd. O, nee, dit was de eeuw van technische hoogstandjes, van langeafstandswapens die voorzien waren van een infraroodvizier, waarmee je in het donker kon zien. 'Sinds de jaren veertig heeft geen huurmoordenaar meer een ijspriem gebruikt.'

'Er is nog een oude zaak die nooit is opgehelderd,' zei Mallory. 'Een meervoudige moord. Hoe zou je het vinden als we deze week negen onopgeloste moorden konden afsluiten?'

O, christeneziele!

Jack Coffey zocht tevergeefs naar woorden om deze twee zijn kantoor uit te gooien. De beide collega's wachtten beleefd tot hij zijn stem had hervonden. Het lukte hem. Hij liet zijn vuist dreunend neerkomen op het bureau. 'Nee, dit kan niet waar zijn! Riker, zeg me dat ze het niet over de Luciferman heeft?'

Mallory antwoordde in Rikers plaats. 'Alle eer zou naar Zware Delicten gaan, en juist nu kunnen we een goede pers prima gebruiken. De timing kan niet beter... Het is de tijd van bezuinigingen,' voegde ze er als geheugensteuntje aan toe.

Normaal waren dit magische woorden, maar dit keer niet. Jack Coffey, die zich wat draaierig voelde, sloeg zijn handen voor zijn gezicht, bang dat zenuwtrekkingen en trillingen afbreuk zouden doen aan zijn imago van iemand die het heft in handen hield.

Mallory zou wel de laatste moeten zijn die geloof hechtte aan dit verhaal van een ouderwetse psychopaat uit de vorige eeuw. Ze was blasé en stond met beide benen op de grond. Iedere politieagent kon zich een voorstelling maken van haar jeugd in de straten van New York, waar ze kinderpooiers en pedofielen moest zien te ontlopen en waar ze, een meisje nog, aan het einde van de dag uitgeput en zonder een cent op zak op zoek moest gaan naar een plek die veilig genoeg was, zodat ze haar ogen een paar uur kon sluiten om te slapen. In veel opzichten had ze nog steeds iets ongetemds en stond ze wantrouwig tegenover iedereen met wie ze kennismaakte en tegenover alles wat haar werd verteld. Dat zij in een griezelverhaal geloofde intrigeerde Riker meer dan dat hij erin geloofde.

Coffey, die zelf een goed rechercheur was, had meteen door waar de schoen wrong. Deze twee hielden iets achter, een onaangename verrassing. Een andere verklaring was er niet. 'Riker, heb je enig idee hoe oud Luciferman nu zou zijn?'

'Ik denk het wel, ja.' De toon van de man verraadde dat dit misschien niet zo'n slimme vraag was. Tenslotte was hij dé expert op het gebied van ijspriemgerelateerde moorden.

'Goed, eens kijken of ik dit goed begrepen heb.' De inspecteur zette zijn bril af en keek Riker vermoeid aan. 'Je wilt de Winter House-zaak heropenen. Heb ik gelijk of niet?'

Riker haalde alleen zijn schouders op, wat zoiets wilde zeggen als: ja, dat klopt wel zo ongeveer. En zijn collega controleerde of er ook vuile vegen op haar loopschoenen zaten.

Jack Coffey schudde het hoofd. 'Riker, ik geef je twee minuten. Vertel me de rest van het verhaal of verdwijn.'

'Oké, oké. De oude vrouw met wie je vanmorgen hebt gebeld, was Red Winter.'

'Natuurlijk was het Red Winter.' Jack Coffey liet die speciale glimlach zien die hij gebruikte als hij met gekken te maken had. 'Ik had het kunnen weten.' Hoewel hij knarsetandde, verdween de glimlach geen moment van zijn gezicht. 'Dus… toen jullie aan Red Winter vroegen waar ze de afgelopen zestig jaar…'

'Achtenvijftig jaar,' zei Mallory. 'Ze was twaalf toen ze verdween. En nu is ze zeventig.'

'Kop dicht,' zei Coffey. Hij had alleen interesse voor zijn hoofdrechercheur.

'Ja, inderdaad,' zei Riker. 'We hebben haar gevraagd waar ze al die tijd was geweest, maar ze gaapte alleen maar en liep de trap op om te gaan slapen. Liet het aan ons over om het huis af te sluiten.'

Met een boze zwaai veegde Coffey de paperassen van zijn bureau, zodat ze op de grond vielen. Hij was een woede-uitbarsting nabij, de uitbarsting waar zijn mensen op zaten te wachten en waar ze weddenschappen op afgesloten hadden. En op dat ogenblik werd hij zich ervan bewust dat hij nog steeds glimlachte, eigenlijk grijnsde, wat geen goed teken was, geen gezond teken.

Mallory bukte zich om de papieren op te rapen die overal om haar stoel lagen. 'We hebben de lijkschouwer zover gekregen dat hij een week wacht met het onthullen van Willy Roy Boyds identiteit.' Ze ging er al van uit dat hij het meest belachelijke verhaal dat ooit was verteld tussen deze vier muren voor zoete koek zou aannemen. 'We moeten ons op de vlakte houden,' zei ze terwijl ze de velletjes bijeenraapte en netjes in een stapel op een hoek van het bureau legde. 'De pers zal hier geen lucht van krijgen.' Ze ging weer zitten en ordende aandachtig de papieren, zodat ze allemaal precies op elkaar lagen. 'Misschien is het beter als de rest van de afdeling het ook niet...'

'Ik zal het niemand vertellen,' zei Jack Coffey. En dat zou hij inderdaad niet, net zomin als hij naakt door de straten zou rennen en onderweg rozenknopjes zou rondstrooien. Hij bleef glimlachen en voelde zich merkwaardig kalm. Hij had gewoon een moment voor zichzelf nodig, dat en een gigantische fles Jack Daniel's. Maar waar hij het meest behoefte aan had, was dat deze twee rechercheurs zouden opkrassen. Daar hing erg veel van af: zijn gezondheid, zijn maagslijmvlies en wat er nog restte van zijn haar. Hoewel de rolgordijnen neergelaten waren, voelde hij dat de horde te hoop liep en zich vol spanning voor het raam verdrong, wachtend op het moment dat hij uit zijn vel zou springen.

Dat kon elk moment gebeuren.

'Jullie krijgen tweeënzeventig uur,' zei Coffey. 'Ik wil jullie drie dagen niet zien. Gesnopen?'

Wat wilde hij zijn hoofd graag op het bureau leggen, er een paar keer mee tegen het blad beuken, maar zijn rechercheurs zaten nog steeds in hun stoel. Waarschijnlijk hadden ze nog niet helemaal door waar ze aan ontsnapt waren.

'Wegwezen,' zei hij. 'Nu.' En wegwezen deden ze.

Helaas lieten ze de deur openstaan en ving hij een stukje van hun gesprek op.

'Wat gaan we nu doen?' vroeg Riker aan zijn collega.

'We gaan een advocaat de duimschroeven aandraaien,' antwoordde ze.

'Zo mag ik het horen, meisje.'

Geld verwisselde van eigenaar in de agentenruimte, maar het kon de inspecteur niet meer schelen wie de winnaar of verliezer van deze ronde was. Hij besefte dat Mallory het voorzien had op de advocaat, die, tegen alle verwachtingen in, een borgtochthoorzitting had gewonnen voor een stuk schorem dat drie vrouwen had vermoord. Boyds laatste slachtoffer, een leerlinge van een middelbare school, was nog praktisch een kind geweest. Het was Jack Coffey die de ouders op de hoogte had gebracht, die hun de foto van hun dochter had laten zien. De foto, een opname uit het lijkenhuis, was zo gemaakt dat hij de minst gekneusde en gebroken delen van het gezicht toonde. De moeder had de foto aangeraakt, hem met haar vingers gestreeld. Vervolgens had ze over het glanzende oppervlak gewreven, alsof ze in haar wanhoop door de afbeelding heen had willen breken om bij haar enige kind te komen.

Beide ouders hadden gehuild.

Het moreel van de eenheid had een knauw gehad toen die seriemoordenaar op borgtocht werd vrijgelaten. Hij was de deur uit gewandeld en had op het trottoir gespuugd, en op de wet. Alsof de duivel ermee speelde, werd precies op dat moment het schoolmeisje begraven. En dus peinsde de inspecteur er niet over om Mallory van haar confrontatie met de advocaat te weerhouden. Eindelijk begreep hij waarom zij het lijk van Willy Roy Boyd had opgeëist.

Ze was uit op wraak.

Coffey vroeg zich af of Mallory de advocaat in zijn kruis zou trappen. Er waren een paar zaken in het leven die het offer van zijn rang en pensioen waard waren; het ontmannen van een advocaat was er een van.

Hij doorliep zijn rolodex, tot hij het kaartje met het telefoonnummer van de ouders van Boyds laatste slachtoffer had gevonden. Allereerst zou hij hen bellen en hun vertellen dat de man die hun leven kapot had gemaakt dood was, doodgestoken door een vrouw op leeftijd. Misschien dat ze de ironie ervan gepast zouden vinden.

Nee, ze zouden huilen.

Nedda Winter trok de vitrage van het voorraam iets opzij om de oude Rolls-Royce beter te kunnen zien. De Rolls was ooit van haar vader geweest en behoorde nu toe aan haar broer. Een tiental koffers werd uit de kofferbak geladen. De lange Lionel, negenenzestig, tilde de koffers met verbazingwekkend gemak, maar van harte ging het niet, want de meeste bagage was van Cleo Winter-Smyth, zijn zus. Volgens Bitty zaten de kasten en laden van het zomerhuis in de Hamptons propvol met kleren van haar moeder. En in Cleo's kamer hingen een heleboel haute-couturejurken van het soort dat ze nu aanhad.

Vanwaar dan al die koffers? Wat had het voor zin om twee huizen te hebben als je je niet gemakkelijk van het ene naar het andere kon verplaatsen?

Zonder haar ogen van het raam af te wenden, richtte Nedda het woord tot de kleine vrouw achter haar. 'Daar zijn ze, Bitty.' Ze keek achterom naar haar nicht, die nog altijd haar bijbel vasthield. 'Ga maar naar je kamer als je dat graag wilt. Ik praat wel met ze.'

Deze oplossing kwam haar niet goed uit, en ze sloop met overdreven omzichtigheid de trap op. Misschien was ze bang dat Cleo en Lionel haar voetstappen zouden horen, maar die kans was te verwaarlozen, want de muren waren dik.

Nedda richtte haar blik weer op de bedrijvigheid op het trottoir. Haar broer stond naast de auto en schudde het hoofd. Hij vertikte het om de koffers de stoep op te zeulen. Lionel bracht twee vingers naar zijn lippen en floot. De conciërge van het naburige flatgebouw kwam aangerend en glimlachte als een hond dat zou doen, gesteld dat zo'n dier kon glimlachen. Geld verwisselde van eigenaar. Lionel gleed achter het stuur van de Rolls en reed de auto naar de parkeergarage. Hij liet het aan zijn zus over om toe te zien op de conciërge, die haar koffers optilde. Cleo keek omhoog naar het woonkamerraam, zag haar oudere zus staan en keek onmiddellijk weg. Dit was maar een van de vele blijken van geringschatting.

Nedda begreep het. Ze zouden het haar nooit vergeven dat ze weer thuisgekomen was.

Hoewel Cleo en Lionel maar een week weggeweest waren, was Nedda iedere keer weer verbaasd als ze haar zus en haar broer zag, deze twee chique mensen, op wie de tijd zo weinig invloed had gehad. Cleo was begin zestig, maar je zou haar eerder de leeftijd van haar dochter geven: vijfenveertig. Er zat niet één grijze haar in haar volmaakte asblonde kapsel, en haar huid en lichaam waren verdacht glad en stevig.

Nedda liet het gordijn vallen en liet zich in de stoel zakken bij het raam. De voordeur ging open en de hal vulde zich met de contrasterende accenten van de Amerikaanse prima donna en de Spaanse immigrant. De conciërge hield het voor gezien en stapelde de koffers vlak bij de deur op, terwijl Cleo de voorkamer inspecteerde, op zoek naar tekenen van een plotselinge dood. Of maakte ze zich ongeruster over eventuele breukschade?

Cleo wendde zich tot haar zus met een nietszeggende glimlach. Het was een glimlach die je professioneel zou kunnen noemen, de manier waarop een stewardess naar haar passagiers glimlacht, ook al heeft ze een hekel aan hen en wenst ze hen dood. 'Je ziet er fantastisch uit. Je hebt een veel betere kleur.'

De gele tint was al maanden geleden verdwenen in het hospice. Haar broer en zus hadden verwacht dat ze daar een natuurlijke dood zou sterven.

Ik heb jullie allemaal om de tuin geleid. Sorry. Dat was ik niet van plan.

'Maar je ziet nog steeds een beetje bleek, Nedda. Je bent echt toe aan wat zon en frisse lucht. Je moet een keer meegaan naar de Hamptons.'

De zussen wisten beiden dat die dag nooit zou komen. De buren op Long Island zouden te veel vragen stellen. Het was veel gemakkelijker om hinderlijke familieleden in de meer anonieme stad te verbergen. De voorraad koetjes en kalfjes was uitgeput en nu zwegen ze, een stilte die voor Nedda pijnlijk, maar voor haar zus gemakkelijk was.

Toen de conciërge de laatste koffer naar binnen had gezeuld, vernam hij tot zijn teleurstelling dat hij de rest van zijn geld pas kreeg als hij de bagage naar de slaapkamer had gebracht. Hij keek langs de wenteltrap omhoog – en omhoog, en omhoog – en hij schudde het hoofd om aan te geven dat hij er geen zin in had. Ten slotte werd het karwei geklaard. Inmiddels was Nedda's broer teruggekeerd van de garage, die een huizenblok verder stond. Lionel bleef even voor een spiegel staan om zichzelf te fatsoeneren en streek een gebruinde hand door zijn haar, dat net zo wit was als dat van Nedda.

Je kon haar broer nog steeds een knappe man noemen. Hij zag er verbazingwekkend jeugdig uit, zoals een wassen beeld nooit ouder kan worden. Zo zag iemand van negenenzestig er dus uit in de eenentwintigste eeuw. Nedda bekeek zichzelf bijna nooit in de spiegel, want ze was nu een ander mens. Elke vergelijking met wie ze vroeger was, klopte niet. Weliswaar had ze veel gebruikgemaakt van de gymnastiekruimte op de tweede verdieping, maar de loopband en de gewichten gaven haar geen minuut van de verloren tijd terug. Ze werd getekend door de rimpels en de littekens van een zwaar leven.

Voor Lionel en Cleo gold dat niet.

Bij haar terugkeer had Nedda haar broer en zus goed geconserveerd aangetroffen in het barnsteen van voorbije dagen. Ieder wezen dat zo geconserveerd werd, was dood, en toch ging de vergelijking op. Er was geen leven in hun donkerblauwe ogen. Dode ogen, vliegen in het barnsteen.

'Neddy,' was alles wat Lionel bij wijze van groet tegen haar had gezegd.

Ze had gezien hoe het hem had geërgerd dat hij zich dat 'Neddy' had laten ontvallen, maar hij had haar nooit anders gekend dan bij haar kindernaam. Het was navrant, maar de goedhartige jongen van weleer deed haar nu aan haar vader denken. Quentin Winter was ook een kouwe kikker geweest. Men had van papa gezegd dat hij als jongen op een zomerse dag voetafdrukken van ijs achterliet op de vloer van een warme kamer. Ze herinnerde zich hoe Lionel toen hij vijf was op een dag in juli zijn vader was gevolgd om te kijken of dit waar was.

En in zekere zin wás het waar.

Ze draaide zich om naar haar zus en zocht, zoals altijd, in haar gezicht naar tekenen van het kind dat Cleo was geweest. Tot haar vijfde had Cleo zich door de dagen heen gedanst, altijd op het ritme van de muziek, die non-stop had aangestaan; een vederlicht lachebekje dat zich met vloeiende gratie bewoog op de maat van drums en pistons. Het was papa's kleine Boogie-woogie Wonderkind nooit gelukt om deze lange naam uit te spreken, en dus had iedereen haar Jitterbug genoemd. Maar Nedda liet zich de naam niet per ongeluk ontvallen. Zij sprak haar zus altijd met deze oude koosnaam aan. Eigenlijk was hij nu niet meer op zijn plaats, want Cleo was – wat alles betrof – een beetje stijf geworden.

Nedda vroeg zich af welke herinnering haar broer en zus aan haar bewaarden. Ze huiverde, die gedachte was als een koude rilling. Lionel liep naar het midden van het vloerkleed. 'Was het hier? Bitty was niet erg duidelijk toen ze belde.'

'Ja, dat is de plek waar de man stierf.' Nedda richtte zich tot haar zus. 'Charles Butler was gisteravond hier. Heeft Bitty je dat verteld?'

Cleo liet plotseling een brede glimlach zien. 'De kikkerprins? Nee, daar heeft Bitty niets over gezegd.' En nu was haar iets minder leuks ingevallen, iets wat ongetwijfeld met de relikwieën in Bitty's kamer te maken had. De vrouw ging zitten. 'Mijn god, heeft de politie de...' zei ze, op serieuzere toon.

Nedda knikte.

'En hebben ze Charles Butler gevraagd om hier te komen? Hebben ze hem...?'

'De relikwieën in Bitty's kamer laten zien? Ja, die heeft hij gezien.'

Lionel en Cleo keken elkaar aan en voerden via de ogen een van hun griezelige gesprekken. Het leek sterk op de geheimtaal van kleine kinderen die samenzweren tegen een volwassene, zijzelf. Ditmaal was het niet moeilijk te raden waar de discussie over ging. 'De politie denkt dat Bitty meneer Butler stalkte,' zei ze in antwoord op hun onuitgesproken vraag.

'Charles Butler?' zei Lionel. 'Woonde die niet in Gramercy Park?'

'Ja, schat,' zei Cleo. 'Zijn vader beheerde het *social register*. Charles is de enige van de familie die nog leeft, maar in Gramercy Park wonen al jaren geen Butlers meer. Hij woont nota bene in SoHo. Hij bezit daar een flatgebouw.'

Op Cleo kon je bouwen als je iets wilde weten over de rijke families die haar niet te woord stonden als ze belde en over de buurten waar ze niet welkom was. Het gezin Winter had zich al ver voor de slachting onmogelijk gemaakt in societykringen.

'Charles Butler,' zei Cleo. 'Wat zal Bitty opgetogen zijn geweest.' Waarna ze de zaak van de andere kant bekeek. 'Goed, we moeten iets doen voor dit uit de hand loopt. Ik zal Bitty's vader bellen. Sheldon weet wel hoe hij dit moet aanpakken.'

'Jezus,' zei Lionel bij het horen van de naam van zijn ex-zwager, de advocaat. 'Heeft de politie Bitty dan gearresteerd?'

Beiden keken naar Nedda. Met hun van afschuw vertrokken gezicht over de publiciteit die dat zou geven, leken ze wel een tweeling.

Ze schudde het hoofd, en terwijl ze daar in ijzige stilte stonden – wat de normale toestand was als ze samen waren – nam ze in de spiegel een beweging waar. Nedda draaide zich om en zag haar nicht langzaam de grote trap af komen, zag hoe ze aarzelde en zich met opengesperde ogen afvroeg of de kust al veilig was. Bitty was qua lichaamslengte en de dingen die haar bezighielden onvolgroeid en had een heilig ontzag voor haar moeder en haar oom. En toch was dit dwergvrouwtje op een dag, dapper als een ridder, een hel binnengelopen en had Nedda er levend en wel weggehaald.

'Dag, schat. Kusje, kusje,' zei Cleo in plaats van echte affectie te tonen voor haar dochter. 'Ik vind dat we vanavond maar eens een dineetje moesten geven. Ik zal de kikkerprins ook uitnodigen. Ik denk dat hij wel komt.'

Bitty bleef stokstijf op de onderste tree staan en bracht een hand naar haar hart, alsof haar moeder haar daar geraakt had.

'Ja, schat,' zei Cleo. 'De jou zo dierbare Charles Butler. Is dat niet geweldig?'

Bitty knikte gedwee, wendde zich toen van hen af en ging weer de trap op.

Inspecteur Coffey had een rustig uurtje, iets wat zelden voorkwam, en hij genoot ervan. Twee moordzaken waren voor het middaguur afgerond: een prima dag. Als Riker en Mallory maar wat hadden meegewerkt, waren het er drie geweest. Maar ze waren beiden uitgeput en hadden hun rust hard nodig. Op die manier rationaliseerde Jack Coffey zijn irrationele gedrag van die morgen, toen hij ze had toegestaan om drie dagen te werken aan een nepzaak.

Red Winter, mooi niet.

Hij stond op om zijn benen te strekken en zag de papierproppen liggen die hij op de grond had gegooid. Vroeg of laat zou hij ze weer uit de kreuk moeten halen. Hij raapte ze bijeen en streek de velletjes glad op zijn bureau. Hij had nu de tijd om ze te lezen, maar zijn ogen bleven gefixeerd op het adres waar het misdrijf had plaatsgevonden. Ze had niet alleen het formele adres genoteerd, maar ook de naam waaronder het huis zijn bekendheid genoot. Mevrouw Winter was niet simpelweg een belastingbetaler met een veelvoorkomende achternaam. Ze woonde in Winter House.

De inspecteur keek met een schuldige blik naar het oplichtende beeldscherm dat een halve meter van zijn bureau stond. Het dossier van deze oude zaak, die dateerde uit de jaren veertig, zou wel niet zijn ingevoerd. Bijna tegen zijn wil in gleed zijn stoel langzaam naar de computer. Hij tikte Red Winters naam in de zoekmachine in en kreeg een selectie te zien van enkele honderden websites. Nadat hij zich door de verkopers van boeken, video's en souvenirs had heen gewerkt, klikte hij op een site voor misdaadfreaks.

Kleurrijk.

Iedere keuze op het menu werd aangegeven door een bloedrode schedel, en de Winter House-slachting stond bijna aan het eind van dit knekelalfabet. Toen het beeld opnieuw veranderde, keek hij naar het beroemde naaktportret van een kind met lang rood haar en hij zag dat ze lang voor haar leeftijd was geweest, buiten alle verhouding met het haar omringende meubilair. Burgers en politiemensen die de zaak kenden, hadden haar altijd Red Winter genoemd. Hier werd vermeld dat haar echte naam Nedda was, dezelfde naam als de vrouw – een lange vrouw – die Willy Roy Boyd had doodgestoken. Riker had haar lengte op ongeveer een meter tachtig geschat, en haar leeftijd was volgens de schatting van Mallory zeventig. Nedda zou dan een twaalfjarig meisje zijn geweest in het jaar dat Red Winter verdwenen was.

Nee, nee, nee!

Ze wilden hem er vast op een ingenieuze manier in laten tuinen. En hoeveel weddenschappen werden er ditmaal op hem afgesloten?

Hoewel de rolgordijnen niet naar beneden waren en de deur openstond, viel niemand hem lastig. Zijn mensen hadden in de gaten dat het maar beter was om hem alleen te laten, terwijl hij naar een blind stuk van een muur zat te staren. Zo nu en dan liep een van de mannen naar het raam toe om te zien of de lichaamshouding van hun baas ook iets veranderd was. En nu bezorgde Jack Coffey hun een kleine opwinding. Zijn hoofd bewoog langzaam van de ene naar de andere kant, terwijl hij zijn stoel achteruitschoof, bij de computer vandaan.

Het zag ernaar uit dat twee van zijn rechercheurs Red Winter hadden ontdekt, het vermiste kind, het oudste mysterie in de annalen van de NYPD. En hij had hun maar drie dagen gegeven om Luciferman te ontmaskeren en de zaak van de eeuw op te lossen.

3

Om zijn collega af te leiden van haar favoriete sport, het hebben van bijnadoodervaringen in het verkeer, vertelde Riker haar een verhaal, en zo reed de geelbruine sedan veilig door Madison Avenue. Mallory hield stil bij de trottoirband. In het centrum was nergens een plek waar je parkeren mocht, maar bushaltes waren er zat. Ze zette de motor af. 'Waarom hebben ze hem Luciferman genoemd?'

'De rechercheur die het onderzoek naar de Winter House-slachting leidde, heeft het monster die naam gegeven.' Riker stapte uit, het trottoir op. 'Er zijn nog maar twee of drie politiemensen die nog zouden weten waarom hij die naam koos, en die zitten in een verpleeghuis.'

Hij zweeg even om een sigaret aan te steken. Het waaide en pas bij de derde lucifer lukte het. Vol ongeduld sloeg Mallory het portier dicht, maar nog steeds nam hij de tijd. Terwijl hij naar een kantoorgebouw midden in het blok liep, blies hij een rookwolk uit. 'Een van de kinderen uit het gezin Winter hield een pasteltekening in zijn handen geklemd toen ze hem aantroffen. Het was een luciferachtig poppetje, zonder details. Je weet hoe kinderen tekenen, en het jongetje was nog maar vier. Het papier vertoonde een klein gaatje en er zat wat bloed op van de steekwond in zijn hart. De rechercheur, Fitzgerald heette hij, heeft de kindertekening toen ingelijst en opgehangen in de agentenkamer. In het begin wisten alleen de mensen die aan de zaak werkten hoe belangrijk die tekening was.'

'Dus Fitzgerald dacht dat de jongen een portret van zijn moordenaar had gemaakt?'

'Ja,' zei Riker. 'En in zekere zin was dat ook zo. Er werden dertig rechercheurs op deze bloedige zaak gezet. Ze hebben er een jaar onafgebroken aan gewerkt en ze hebben nooit één tip gehad die tot een compositietekening leidde. Snap je het? De tekening van het kind paste bij de zaak. Hij heeft jaren aan de muur gehangen. Ze werden er gek van.'

Hij bleef staan en keek naar de lucht, alsof het weer hem ook maar een sikkepit interesseerde. Hij vroeg zich af hoeveel van het verhaal hij kon achterhouden. Toen Mallory nog een snotneus was en hij haar nog Kathy mocht noemen, was ze dol geweest op zijn griezelige politieverhalen. Hoe meer bloed, hoe beter, als het maar geen spookverhalen waren. Uiteindelijk zou hij haar moeten vertellen dat Luciferman met moorden was begonnen in 1860.

En dan zou ze hem moeten neerschieten.

'Mijn grootvader heeft niet aan deze zaak gewerkt,' zei Riker, 'maar hij had het er altijd over.' En het was het enige geweest waar grootvader echt belangstelling voor had gehad. De oude man had een studie gemaakt van ijspriemwonden die een volle eeuw besloeg. Maar Mallory hoefde dat niet te weten, nog niet. En nu waren ze aangekomen bij het adres van Willy Roy Boyds advocaat, en was het verteluurtje voorbij.

De twee rechercheurs passeerden de glazen deuren van de rattendoolhof. Verdieping na verdieping bestond uit advocatenkantoren, opgestapeld tot de hemel. Riker hield een politiepenning onder de neus van de beveiligingsmedewerker, die hen wilde verhinderen om de lift naar het penthouse te nemen. Op de vloer van de cabine lag tapijt, aan de wanden hingen spiegels en de verlichting bestond uit een kleine kroonluchter. Het was een stijl die de New Yorkers schreeuwerig noemden. De liftdeuren sloten zich en ze schoten omhoog door de toren van advocatenkantoren, op weg naar het duurste kantoor. Riker verheugde zich op dit gesprek, en hij was niet van plan om Mallory's enthousiasme om verhaal te halen te temperen.

De lift ging niet verder, en ze stapten uit en snelden langs een jonge vrouw bij de ontvangstbalie. Ze riep hen achterna of ze wel een afspraak hadden, maar ze schonken er geen aandacht aan. De volgende vrouw die die vraag stelde was een brunette die meer ontzag inboezemde. Haar bureau stond als een wachtpost voor een deur van een advocaat. De secretaresse richtte alleen het woord tot Mallory, of, om preciezer te zijn, tot de kleren van Mallory, het zijden T-shirt en de getailleerde blazer, die een harmonieus geheel vormden met de luxueuze omgeving. De brunette liet duidelijk merken dat Rikers pak toch echt naar boven had moeten komen in de goederenlift aan de achterkant van het gebouw. Mallory's kleren bogen zich over het bureau. 'Wij hebben geen afspraak nodig,' zeiden ze.

Vond de donkerharige vrouw haar verontrustend, gevaarlijk wellicht?

'Juist, ja.'

De secretaresse zat doodstil, met samengeknepen handen en witte knokkels, terwijl de jonge rechercheur over haar bureau heen reikte en de knop indrukte die hun toegang zou verschaffen tot het heiligdom van Sid Henry. Riker liep achter Mallory aan de deur door, maar niet zonder nog een blik geworpen te hebben op de overdonderde vrouw achter het bureau.

Prima gedaan.

De deur zwaaide open. Stralend licht stroomde binnen door de panoramaramen. De advocaat, peperduur gekleed, leunde achterover in een leren stoel en koesterde zich in de zon als een hagedis. De man bewoog zich zelfs als een reptiel. Hij schrok en zijn hoofd ging schoksgewijs omhoog. Toen de advocaat opstond van achter zijn bureau en verbaal in de aanval wilde gaan, klapte zijn opengesperde mond plotseling dicht. Kwam het door Mallory's bekoorlijke gezicht? Nee, Riker had zo het idee dat het door het enorme wapen kwam, een .357 Smith & Wesson-revolver. Ze hield een hand op haar heup en haar losgeknoopte blazer was opzijgeschoven. Het grof geschut kon hem onmogelijk ontgaan zijn.

Sid Henry ging zitten, zonder stampij te maken.

Riker genoot geweldig van deze momenten, want Mallory had haar politiepenning nog niet laten zien, en gezien het feit dat deze advocaat onlangs een seriemoordenaar als cliënt had gehad, zou de arme kerel echt niet weten of hij met een krankzinnige of met een agent te maken had. Zou hij blijven leven of zou hij sterven?

Riker maakte aan de spanning een einde en hield zijn gouden penning omhoog.

Mallory haalde een grove bruine envelop tevoorschijn, scheurde hem open en hield een foto van een lijk omhoog dat in het lijkenhuis op een snijtafel lag, een lijk na de sectie, een lijk minus alle vitale organen, een lijkbleek lijk. 'Herkent u uw voormalige cliënt? Nee? Nou ja, het is geen goed gelijkende foto. Willy Roy Boyd was de psychopaat die drie vrouwen afslachtte en hen ontwijde met een jachtmes. U was degene die hem op borgtocht vrij kreeg.' Ze liet de foto op het bureau vallen. 'Daagt het u?'

'Voor de schuldige moet u bij de NYPD zijn.' Sid Henry grijnsde naar haar, iets te veel overtuigd dat ze hem niets konden maken. 'De zaak tegen mijn cliënt was bepaald niet waterdicht.'

Mallory liet haar vuist met de kracht van een hamer neerdalen op het bureau. 'Mijn zaak was volkomen rond!'

De advocaat deinsde terug en zijn ogen verwijdden zich met een plotselinge helderheid, want hij zag opeens zijn vergissing in: zij was de rechercheur die het onderzoek in deze zaak had geleid, en ze kon niet erg goed met kritiek overweg.

'Ik heb elk precedent opgezocht dat u op de borgtochtzitting aanhaalde,' zei ze. 'U had niets. Het was allemaal uit de duim gezogen. U wist dat de rechter nooit zou toegeven dat hij de jurisprudentie met betrekking tot opsporing en aanhouding niet kende. U bevond u op het randje van meineed.'

'Dus,' zei Sid Henry, 'dit is vergelding? U wilt me de stuipen op het lijf jagen?' Hij tikte op de foto. 'Het is zo zinloos.' Hij draaide de foto om. 'Dit theater, deze weerzinwekkende foto.'

Riker had al voorspeld dat de man zich snel zou hervinden. Volgens de heersende mening bij de politie waren advocaten zo veerkrachtig als kakkerlakken en kon een onthoofde advocaat nog wel drie dagen doorgaan met procederen.

Mallory liep terug naar de deur en deed hem dicht, zodat alle geluid geweerd werd en niemand getuige was. Ze deed het langzaam en met een glimlach, iets wat Sid Henry niet kon zijn ontgaan.

'Zo, Sid, laat me eens raden,' zei Riker. 'Je bent gewoon een medewerker, hè? Geen partner in de maatschap? Nou ja, daar ben je nog te jong voor. Ik durf er zelfs een flink bedrag onder te verwedden dat die ouwe lullen niet eens weten dat je geld hebt aangenomen om die slachter op borgtocht vrij te krijgen.'

'Waarschijnlijk,' zei Mallory, 'heb je ze wijsgemaakt dat het een pro-

Deozaak was. Al het geld dat je met die zitting hebt verdiend, liep natuurlijk niet via de salarisadministratie van het kantoor.' In ieder geval had ze er geen post van gevonden toen ze de database van het advocatenkantoor binnendrong. Wat ze wel had gevonden, was een grote geldstorting op de persoonlijke rekening van de advocaat.

Sid Henry zweeg en Riker wist dat ze de man in de tang hadden omdat hij geld van de maatschap in eigen zak gestoken had. Nu was hij aan hen overgeleverd. En het mooiste van alles was dat er geen klacht wegens politiehandtastelijkheden zou komen, zelfs niet als Mallory sporen op hem achterliet.

'Je hebt niet gevraagd hoe je cliënt stierf,' zei Riker, die de advocaat geen tijd gaf om zich af te vragen hoe de politie toegang had tot de salarisadministratie van het kantoor. 'Het heeft niet in de krant gestaan, en op tv is het ook niet geweest. Maar jou schijnt het niet te verbazen.'

'Ik heb Willy sinds de borgtochtzitting niet meer gezien.' Sid Henry pakte de foto van zijn overleden cliënt op en reikte hem met een geforceerde glimlach Mallory aan. 'Dus hij is dood. Mag ik veronderstellen dat dit jouw werk is, rechercheur? Een nogal excessief gebruik van geweld.'

Mallory negeerde het gebaar en liet de foto tussen hen in de lucht hangen, tot de arm van de man moe werd en hij er niet meer in geloofde dat hij haar met zijn blik kon dwingen als eerste de ogen neer te slaan. Ze haalde haar zakhorloge tevoorschijn, dat ooit van wijlen Louis Markowitz was geweest. 'Je hebt twee minuten om jezelf vrij te pleiten van huurmoord.' Dit handigheidje met tijdsdruk, de pressie van een tijdbom, was nog een erfstuk van haar pleegvader. 'Slaag je daar niet in, dan voeren we je in handboeien af.' Met haar ogen op het horloge gericht, wachtte ze in stilte. 'Nog een minuut en vijfenvijftig seconden.'

Sid Henry's stem was schor. 'Als jullie denken dat je...'

'We willen weten door wie je werd betaald voor die borgtochtzitting.' Riker rukte de foto uit de hand van de advocaat. 'En kom niet aan met dat gelul dat een advocaat mag zwijgen over wat er voorvalt tussen hem en zijn cliënt. Die schoft die jou heeft ingehuurd, valt daar niet onder. We weten dat Willy zich nog geen vijftien minuten van je tijd kon veroorloven. Dus voor de draad ermee: wie heeft je honorarium betaald?'

'Een minuut en vijftig seconden,' zei Mallory.

'Dit is een arrestatiebevel.' Riker wapperde met een dubbelgevouwen vel papier. Er stond geen handtekening van een rechter op, maar het werkte prima als pressiemiddel. 'De aanklacht luidt poging tot moord. Jouw cliënt probeerde gisteravond opnieuw een vrouw te vermoorden, een rijke vrouw. Nou zou het best eens kunnen zijn dat de oudere advocaten hier, de jongens met naambordjes op hun deur, haar kennen. Al die rijke mensen kennen elkaar, zo is het toch?' Hij wendde zich tot zijn collega. 'Nieuwsgierig, Mallory? Dan kunnen we het ze straks wel even vragen, als we weggaan.'

Ze knikte. 'Een minuut en dertig seconden.'

Riker haalde de handboeien tevoorschijn en gooide vervolgens een Miranda-kaart, waar de rechten van een arrestant op staan, op het bureau. 'We nemen aan dat je op de hoogte bent van je rechten. Ik heb zo het vermoeden dat je van plan bent om gebruik te maken van je zwijgrecht.'

'Een minuut en vijftien seconden.'

Riker grijnsde naar haar. 'Volgens mij loopt je horloge te langzaam, meisje. Ik vind dat we hem maar in de boeien moesten slaan.'

Het gebeurde razendsnel. Ze had de andere kant van het bureau al bereikt, voordat de advocaat besefte dat ze het op hem had gemunt. Haar hand hield zijn stropdas vast – op die manier kreeg je geen kneuzingen – en hij werd half uit zijn stoel gehesen en naar voren getrokken. Snel werd hij voorover op het bureau gedrukt met zijn gezicht tegen het vloeiblad, en draaide ze zijn armen op zijn rug.

Riker wierp haar de handboeien toe. Terwijl ze de honneurs waarnam, keek hij van een afstandje toe en glimlachte. Dit was een moment om nooit te vergeten: Sid Henry die voorovergebogen stond en iedereen zijn reet toonde.

Klaarblijkelijk beschouwde de advocaat zijn lichaamshouding als een voorbode van wat hem in de gevangenis te wachten stond. 'Ik weet niet wie me de opdracht gegeven heeft!' schreeuwde hij.

Nee, het was meer een schrille kreet.

'Dat is niet wat we horen willen,' zei Mallory.

'Ook al zou ik het willen, ik kan het jullie niet zeggen!' En toen stroomden zijn woorden over zijn lippen. 'Ze betaalden contant, anoniem. Vraag maar aan mijn secretaresse. Zij heeft het eerste pakketje opengemaakt. Er werd in twee termijnen betaald, een voor de hoorzitting en een erna.'

'En jij hebt de secretaresse een deel gegeven, zodat ze haar mond zou houden, zo is het toch?' Riker stopte het arrestatiebevel in zijn zak en de advocaat keek meteen een stuk opgeluchter. 'Oké, ik geloof niet dat het zin heeft om hiermee door te gaan, als je verhaal tenminste klopt.' Hij wierp nog een blik op de man die over zijn bureau gebogen stond en wendde zich toen tot zijn collega. 'Kunnen we niet een foto van dit tafereeltje nemen voor we hem de handboeien afdoen?'

Nee, hij kon zien dat Mallory in de startblokken stond om het volgende verhoor af te nemen. Goed, één advocaat op de knieën en nog één te gaan. Het tweede doelwit die dag was de advocaat die het familievermogen van de Winters beheerde. Hij was ook de vader van Bitty Smyth.

De ontvangsthal van de Harvard Club droeg het stempel van rijkdom en macht: verspilling van ruimte op schaamteloze schaal. Het hoge plafond was dicht bij God en bij de overleden oud-studenten.

Het gebeurde bijna nooit dat Charles Butler een voet zette in dit gebouw. Als wonderkind had hij niet veel vrienden gemaakt onder zijn oudere studiegenoten. Sheldon Smyth, loot van een van de oudste en eerbiedwaardigste advocatenkantoren in New York, had hem uitgenodigd om samen de lunch te gebruiken. Smyth had erbij gezegd dat zijn zoon ook mee zou eten. De ouwe koesterde de illusie dat Charles en Paul op de universiteit dikke vrienden waren geweest.

Nee dus.

Paul Smyth was op de kruiwagen van zijn vader – een vermogende oud-student – Harvard binnengerold, terwijl er aan Charles getrokken werd. De beste universiteiten aan de Oostkust hadden tegen elkaar opgeboden. Paul en hij hadden elkaar maar één keer op de campus ontmoet: in het voorbijgaan. Toen Paul net aan zijn studie begon, was Charles al bijna klaar. Hij was nog maar achttien en zou een semester later zijn dissertatie verdedigen. Tientallen jaren waren voorbijgegaan zonder dat hij aan deze 'studiemakker' had gedacht. Maar de vorige avond hadden de foto's in Bitty's slaapkamer oude wrokgevoelens doen herleven, die teruggingen tot de zandbak.

Aan de muren van de met eikenhout gelambriseerde eetzaal hingen, vereeuwigd in enorme olieverfportretten, de beschermheren en beschermvrouwen, wier daden en namen allang vergeten waren. Maar de beroemde kaassaus van de club was onvergetelijk.

Hij liep achter een ober aan de zaal door. Zou deze hem niet voorgegaan zijn, dan had hij nooit de juiste tafel gekozen, zo sterk was zijn oude vijand veranderd door de tijd. Paul had een buikje, een dubbele onderkin en zijn haar was dunner geworden. Maar Charles, met zijn volle bos haar en maar één kin, was zo weinig veranderd dat ze hem direct herkenden. Dus bestond er toch nog gerechtigheid in de wereld. Paul stond op om hem de hand te schudden.

Zo op het eerste gezicht was Pauls vader een dikke, zilverkleurige haarbos met dikke zwarte wenkbrauwen. Maar toen de oudere man opstond, bleek hij Charles' lengte van een meter vijfennegentig te evenaren. Sheldon Smyth stak een hand uit over de tafel om zijn lunchgast te begroeten. De ogen van de oude man waren de magische spiegels waar iedere narcist vurig naar verlangde, helderblauwe reflecties van de coda van de egoïst, die tot de aanschouwer zegt: mijn god, ik vind je fantastisch! Zijn mond zei: 'Wat goed dat je op zo'n korte termijn kon komen.'

Charles was verbaasd, maar niet gecharmeerd. 'Hoe maakt u het, meneer?'

Afgaande op de manier waarop Sheldon Smyth zich gedroeg en glimlachte, zouden de andere gasten kunnen denken dat ze goede vrienden waren die iedere dag samen lunchten. 'Ik heb gehoord dat de politie je gisteravond uit je bed getrommeld heeft,' zei de oudste Smyth toen ze zaten en de menukaart bestudeerden. 'Mijn ex-vrouw heeft me vanmorgen gebeld. Je zult je haar ongetwijfeld herinneren. Cleo Winter-Smyth.'

'Nee,' zei Charles, 'we hebben elkaar nooit ontmoet.' Overigens kon hij zich ook niet herinneren of hij Pauls vader ooit had ontmoet. Op al die bijeenkomsten waar kinderen gedwongen werden om zich met elkaar te meten, was Paul altijd vergezeld geweest van een kindermeisje.

'Maar je hebt haar een keer ontmoet,' zei Paul. 'Toen je tien was, ongeveer vijf seconden. Je gaf een verjaarspartijtje en mijn moeder zette mijn zus en mij bij jullie af. Bitty was natuurlijk niet uitgenodigd, maar ze zeurde mijn vader de kop gek en ik moest haar wel meenemen.'

Sheldon Smyth schraapte zijn keel om te laten weten dat deze lasterpraat hem niet lekker zat. 'Bitty is het enige kind uit mijn eerste huwelijk, mijn huwelijk met Cleo.'

Charles knikte beleefd om belangstelling te tonen. 'Ik zie de familiegelijkenis.'

'Bitty is geadopteerd,' zei Paul.

Dat was een verrassing, want de vrouw had een aantal gelaatstrekken gemeen met haar vader: de vorm van zijn grote ogen – hoewel de kleur verschilde – de kin en de mond. Paul daarentegen vertoonde geen...

'Ze is familie,' zei Seldon Smyth, die wilde voorkomen dat zijn zoon nog iets zei. Met een vriendelijker uitdrukking op zijn gezicht richtte hij al zijn aandacht op Charles. 'Cleo en ik hebben Bitty geadopteerd toen mijn nicht tijdens de bevalling stierf. Vertel me nu eens wat de reden is dat de politie jou lastigvalt over een paar foto's.'

'Volgens mij zijn ze verplicht om me te informeren over een mogelijke stalker.'

'Maar je hebt ze natuurlijk verteld hoe de vork in de steel zit, dat ze een bloedverwant is.'

Dat was nieuw voor Charles, die geen nog in leven zijnde verwanten had. Hij glimlachte beleefd en wachtte op een verklaring.

'De achterneef van jouw moeder, Charles. Zijn halfbroer was een Smyth. Geen bloedverwantschap misschien, maar toch, ik zei het al. Familie.' De oude advocaat had het woord afzonderlijk uitgesproken, zodat het werd beklemtoond met een eerbiedige stilte die de draagwijdte ervan onderstreepte.

Charles was niet verbaasd. Hij geloofde al heel lang in de zes verwantschapsgraden van separatie: de theorie dat iedereen op aarde op een of andere manier verbonden is met iemand anders door een opeenvolging van verwantschappen. Het geslacht Smyth had het echter tot een elitair uiterste doorgevoerd door huwelijken te sluiten met iedereen in de staat New York die puissant rijk was.

'Dus je hebt een stalker,' zei Paul, die niet goed doorhad dat dat nou net het woord was waar zijn vader de lont uit wilde halen. De oude heer probeerde zijn aandacht te trekken, maar hij zag het niet, net zomin als hij diens blik van teleurstelling zag over een zo stupide zoon. 'Zoals popsterren.' Paul grinnikte en gaf Charles een stomp tegen zijn arm, wat onmiddellijk de tijd opriep toen de jonge Paul geniepige stompen had uitgedeeld, hem terwijl hij vluchtte bont en blauw had geslagen en hem daarna had afgemaakt met woorden die nog harder aankwamen dan vuisten. Charles was iedere keer dat ze elkaar tegenkwamen duizend doden gestorven.

Maar vandaag niet.

Sheldon Smyth was er eindelijk in geslaagd om de aandacht van zijn zoon te trekken. Hij vernauwde zijn ogen en zond hem een stekende blik toe, een waarschuwing dat hun gast niet nog een keer gestompt mocht worden. Hij wierp een blik op zijn horloge. 'Paul, ik zal je niet langer ophouden,' zei hij. Hij pakte een broodje en een botermesje en zijn gezicht zei de rest: ga weg, of rijg jezelf aan het tafelzilver.

Ineens vond Charles Sheldon een stuk sympathieker.

Nadat Paul was opgestaan en zich geëxcuseerd had, en de ober was vertrokken met de menukaarten en hun bestellingen, boog Sheldon Smyth zich naar voren. En hij dempte zijn stem. 'Ziezo, jongen, Cleo zei dat het huis vol politie was: alleen nog maar staanplaatsen. Waarom al die ophef over een inbreker?'

'Nou, het was wel een dode inbreker. Wist u dat niet?'

'Nee, mijn ex heeft er niet bij verteld dat er een lijk was. Typisch Cleo,' zei hij, alsof een lijk in huis tot de dagelijks terugkerende vervelende gebeurtenissen behoorde. 'Ik denk dat ze zich ongeruster maakte om de problemen die jij Bitty zou kunnen bezorgen. Toen ik vanmorgen mijn kantoor belde, vertelden ze me dat de politie op bezoek was geweest. Nou, dat is natuurlijk… Ik vroeg me af of je ook van plan bent om een aanklacht tegen mijn dochter in te dienen.'

'Nee, dat is niet bij me opgekomen.'

'Goed zo.'

Tijdens de stilte die volgde werden de salades gebracht. Daarna ging Charles verder met het geruststellen van Bitty's vader. 'Ik had gisternacht een lang gesprek met Bitty,' zei hij. 'Volgens mij is ze totaal ongevaarlijk.'

'Volkomen juist. Het is niet meer dan een simpele schoolmeisjesverliefdheid. Je vond het vast heel charmant.'

Vanuit het gezichtspunt van zijn gastheer gezien kon Charles dit begrijpen. Echt heel komisch. Iemand zoals hij, iemand die gekenmerkt werd door een adelaarssnavel en kikkerogen, zou zo weinig keus hebben, dat hij wel gevleid moest zijn door de fixatie van een neurotische elf.

Tussen de gangen door kwam hij te weten dat Smyth-Advocaten de familie Winter al meer dan een eeuw als cliënt hadden. De blik van de oude man was onafgebroken op Charles gericht, alsof hij zijn gast als de belangrijkste man ter wereld beschouwde. Het was een van de trucs waar een advocaat zich van bediende als hij een jury – en een slachtoffer van stalking – op zijn hand wilde krijgen, maar Smyth had van deze illusie een ware kunst gemaakt, en Charles voelde dat zijn immuniteit voor vleierij verminderde.

Ondertussen draaiden aan alle andere tafels de hoofden zich de andere kant op. Mallory was binnengekomen. De uitwerking die ze op een zaal had, was altijd dezelfde. Niemand dacht erover om haar tegen te houden terwijl ze over de brede vloer liep. Ze was overduidelijk een van de mensen die de lakens uitdeelden in dit gezelschap. Welke ober zou het risico nemen om door haar onder de voet gelopen te worden? Er waren goedkeurende knikjes alom. Ja, verzekerden de klanten elkaar, zij was een van hen, hoewel er erg weinig gasten waren die een vuurwapen meenamen als ze gingen lunchen. Terwijl ze haar blazer naar achteren sloeg en in de achterzak van haar spijkerbroek naar haar politiepenning tastte, werd haar wapen zichtbaar, heel doelbewust, naar Charles' mening.

Nu pas besefte Smyth dat zijn tafel veel bekijks trok. Hij keek op en zag de jonge rechercheur van moordzaken naast zijn stoel staan. Ze toonde niet langer haar wapen, maar liet alleen onopvallend haar politiepenning zien.

Mallory gaf Charles een kort knikje. 'Dag, doctor Butler,' zei ze. Ze sprak hem aan met een titel die hijzelf nooit gebruikte, ook al was hij er toe gerechtigd. En met deze nadrukkelijke formaliteit veegde ze hun vriendschap, hun partnerschap en de jaren dat ze elkaar kenden weg. Ze waren slechts mensen die elkaar sinds kort kenden, dat was haar boodschap aan hem. En toen, nadat ze Sheldon Smyth had gedwongen om te wachten tot deze kleine schijnvertoning voorbij was, richtte ze haar ogen op hem. 'Op uw kantoor zeiden ze tegen me dat u hier zou zijn.'

'Is dat zo?' Met die drie woorden liet Smyth doorschemeren dat een ondergeschikte ongenadig op zijn falie zou krijgen, zodra hij weer op kantoor was.

Mallory had geen zin om een uitnodiging af te wachten en trok een stoel onder de tafel vandaan. 'Kunt u een reden bedenken waarom iemand de dood van uw dochter zou willen?' vroeg ze, alsof ze Smyth' volledige aandacht nog niet had.

Smyth staarde haar aan, schudde toen het hoofd en volhardde in stilzwijgen. Mogelijk dat hij vasthield aan een gedragslijn van advocaten om geen vraag te stellen waarop het antwoord nog niet vaststond. Waar natuurlijk nog bij kwam dat hij perplex stond. Als ze hem had neergeslagen met de kolf van haar pistool zou hij niet verbaasder geweest zijn. Blijkbaar had Mallory plezier in die reactie. Heel veel plezier. 'Geld vind ik altijd een plausibel motief. Wie erft er als uw dochter sterft?'

Het antwoord liet even op zich wachten. 'Niemand,' zei Smyth. 'Ik heb haar testament eigenhandig opgemaakt. Haar nalatenschap gaat naar de Stichting Rechtshulp.'

'Ik weet dat er een familiefonds is.' De toon waarop Mallory sprak, impliceerde dat ze de man op een leugen had betrapt.

'Mijn dochter heeft daar geen belang in. De enige begunstigden zijn haar moeder en haar oom.'

'En Nedda Winter?'

De oude man knikte.

'Leg me eens uit waarom uw dochter niet profiteert van het familiefonds.'

Het duurde even voor Sheldon Smyth zich had aangepast aan het feit dat hij dit verhoor niet naar zijn hand kon zetten. Hij vereerde haar met een stralende glimlach, een experiment dat onmiddellijk strandde. Ze had een natuurlijke afweer tegen charisma, en dit wekte blijkbaar zijn irritatie op. De oude man keek omslachtig op zijn polshorloge en hij wenste haar niet aan te kijken toen hij weer sprak. 'Ik kan het fonds niet met u bespreken.' Hij richtte zich tot de lege stoel aan de andere kant van de tafel. 'Het is vertrouwelijke informatie. Wel kan ik zeggen dat Bitty geen aandeel in de trust nodig heeft. Ze krijgt een royale toelage van mij.'

'Dat is geen antwoord op mijn vraag.' Mallory boog zich naar voren en verhief haar stem, alsof de oude man hardhorend was. 'Dus afgezien van uw toelage bestaat haar enige bron van inkomsten uit haar rechtspraktijk?'

Charles ging wat meer rechtop zitten. 'Bitty is advocate?'

'Ja, mijn dochter was op Columbia University de beste van haar jaar.' De oude man interpreteerde de geschokte uitdrukking op het gezicht van Charles verkeerd. 'Natuurlijk was het mijn wens dat ze naar Harvard zou gaan, maar ze vond het prettiger om dichter bij huis te blijven.'

Mallory zorgde ervoor dat ze Smyth' aandacht weer kreeg. 'Waar is de praktijk van uw dochter gevestigd en in welk deel van het recht is ze gespecialiseerd?'

'Ze heeft altijd voor mijn kantoor gewerkt, maar nu heeft ze een sabbatical. Ze heeft zich toegelegd op verbintenissenrecht.'

'Behoort het openbreken van beheerde vermogens daar ook toe?'

'U doelt toch niet op het beheerde vermogen van de familie Winter?' Smyth kon zijn oren niet geloven. 'Wat zou het voor zin hebben als ze...'

'Ik wil kopieën van alle documenten die betrekking hebben op dat fonds,' zei de rechercheur. 'En wel vandaag.'

'Hebt u daartoe een rechterlijke machtiging, rechercheur?' Smyth leek plotseling gerustgesteld door Mallory's langdurige zwijgen. 'Nee,' zei hij, 'ik heb zo het idee van niet.'

'U bent de executeur,' zei Mallory. 'U kunt me elk...'

'Het fonds heeft een lange geschiedenis. De documenten – iedere rekening, kwitantie en verrekende cheque, administratieve afhandelingen van decennia – zouden een kloeke bergruimte vullen.' Hij boog zich met hernieuwd zelfvertrouwen naar haar over. 'Er zou een klein leger voor nodig zijn om al dat papierwerk te kopiëren, en de originelen mogen mijn kantoor niet uit.'

'Heb ik u niet gezegd dat ik het leven van uw dochter wil redden?'

'En hebt u geluisterd toen ik zei dat niemand een motief heeft om haar kwaad te doen?'

'Het behoort tot mijn taak om dat te bepalen,' zei Mallory. 'U bent maar een advocaat. Ik vertegenwoordig de wet.'

Sheldon Smyth neigde zijn hoofd en glimlachte, misschien omdat hij het eens was met deze onderscheiding, maar waarschijnlijker omdat hij meeging in wat ze vroeg, een plotselinge verandering in zijn mening over deze jonge tegenstandster. 'Rechercheur Mallory, ik kan u de basisstructuur van de trust geven. Cleo Winter-Smyth en haar broer hebben recht op een maandelijkse toelage uit het fonds.'

'En Nedda?' vroeg Mallory, die hem nog eens herinnerde aan het bestaan van deze vrouw. 'Zij zou ook een doelwit kunnen zijn. Dus als zij sterft...'

'Dat heeft geen invloed op de hoogte van de uitbetaalde som. Het is ook belangrijk om te weten dat het fonds uiteindelijk voor een goed doel is bestemd. Met de generatie van Lionel en Cleo houden de uitbetalingen op.'

'En Nedda,' zei Mallory. 'U vergeet haar elke keer.'

De glimlach verdween van het gezicht van Sheldon Smyth en hij legde zijn servet op tafel. 'Ik geloof dat we hier klaar zijn. Bel mijn secretaresse als u meer informatie nodig hebt. Zij zal dan een afspraak regelen.' En omdat hij waarschijnlijk voelde dat ze zich niet gemakkelijk liet commanderen, voegde hij eraan toe: 'We vervelen Charles vast met al deze dingen.'

'O, integendeel. Ik vind het reuze boeiend,' haastte Charles zich te zeggen, nadat Mallory hem onder tafel een schop had gegeven.

'Nou, Charles,' zei Smyth, 'als dat zo is, dan stel ik voor dat je vanavond op het familiediner komt. Je bent uitgenodigd door mijn ex. Ik weet zeker dat Bitty het prettig zou vinden om netjes haar excuses aan te bieden voor het onaangename voorval met de politie.'

'Ik verzeker u dat daar geen enkele reden voor is,' zei Charles, die zijn benen buiten de aanzienlijke actieradius van Mallory bracht.

'Zeg ja,' zei Smyth. 'Ik vraag het als een gunst. Bitty is erg snel terneergeslagen. Zeg me dat je komt.'

Mallory inspecteerde haar vingernagels, alsof ze bijgevijld moesten worden. Haar versie van subtiliteit.

'Natuurlijk kom ik,' zei Charles.

Nadat hij zijn handtekening had gezet onder de rekening voor de lunch en de ober instructies had gegeven om voor zijn gasten te zorgen, vertrok Sheldon Smyth, waardoor het energieniveau van de eetzaal gehalveerd werd.

Enige ogenblikken later kwam Riker binnen, en ook hij bleek de aandacht te trekken, want overal in de eetzaal draaiden de hoofden zijn kant op. Hij slenterde naar de tafel, op de voet gevolgd door een ober, die deze slecht geklede man er ongetwijfeld van verdacht dat hij met het snode plan rondliep om het tafelzilver te stelen. Charles stond op om de rechercheur te begroeten, waarna de ober enigszins opgelucht wegliep.

Toen Riker op de hoogte was gebracht van de finesses van Mallory's verhoor, nam hij een slok koffie en grijnsde naar Charles. 'Dus Mallory heeft je gestimuleerd om informant te worden. Prima werk. Tel de neuzen als je aan tafel zit. Best mogelijk dat er iemand in huis woont die wij niet kennen, misschien wel degene die deze brief heeft geschreven.' Hij gaf hem een hoes van doorzichtig plastic waarin een vel papier zat. 'Dit hebben we meegenomen bij de advocaat van de overleden man. Het werd samen met een kist geld bezorgd.'

Charles las de keurig getypte, schaarse gegevens. Het papier vermeldde de naam van de cliënt en bevatte een toezegging van meer geld als de borgtochtzitting het gewenste resultaat had. 'Godver, ik had hem moeten herkennen van zijn foto in de krant. Willy Roy Boyd, dat is toch die dode inbreker?'

'Hou dat voor jezelf,' zei Mallory. 'Kun je ons iets vertellen waar we wat aan hebben?'

Charles schudde het hoofd. 'Enkel brokstukken van zinnen. Geen stijl, zinswending of uitdrukking die de schrijver verraadt. Ik kan je alleen zeggen dat je niet met een gek te maken hebt. Heb je daar wat aan?'

'Nee, waarschijnlijk niet.'

'Dat spijt me dan.'

Een middag van zeuren om rechterlijke machtigingen was slecht afgelopen. Hoofdofficier van justitie John J. Buchanan had het laatste verzoek om assistentie van het openbaar ministerie persoonlijk afgewezen. Als zeldzame uitzondering op het protocol had hij een paar doodgewone rechercheurs een onderhoud toegestaan, en dat op zich was al reden genoeg geweest om Riker achterdochtig te maken.

De hoofdofficier had duidelijk gemaakt dat het advocatenkantoor van Smyth verboden terrein voor de NYPD was en dus onaantastbaar. Ook Bitty Smyth, een voormalige partner van het kantoor, viel onder deze instructie.

Het was avond toen de twee collega's naar SoHo terugkeerden. Ze stapten uit en liepen door de straat naar een bekend ontmoetingspunt, waar Riker een nieuwe onaangename confrontatie zou wachten. 'Nou ja, het is een verkiezingsjaar,' zei hij onder het lopen. 'Smyth spekt vast de strijdkas van de hoofdofficier. Verdomde Buchanan.'

Ze bleven staan bij een raam van een helder verlicht café aan de overkant van het politiebureau. De tafel aan de andere kant van het raam lag vol met gidsen en camera's, en de stoelen waren bezet door vrouwen van middelbare leeftijd.

Verdomde toeristen.

Alle agenten die ze konden zien, waren zo netjes geweest om andere tafels te nemen. Een vrouw met grijs haar zat in de stoel die ooit de vaste stoel van Mallory's pleegvader was geweest. De toeriste, zich er niet van bewust dat ze zich op verboden terrein had begeven, keek op en zag het gezicht van de jonge rechercheur van Moordzaken vlak bij het raam, en de koude ogen die op naderende kogels leken. Kennelijk stonden er in de nieuwe toeristenfolder van de burgemeester tips die echt nuttig waren, zoals: vermijd elk oogcontact met een psychopaat, want de vrouw keek snel op haar menu, terwijl ze wenste dat die groenogige verschijning weg was.

Riker stootte zijn collega aan. 'Ze bestellen een toetje. We kunnen straks terugkomen.'

Nee, dat zou te simpel geweest zijn.

De vrouw die in de stoel van de overleden man zat, keek weer op naar het raam en nu was ook de nieuwsgierigheid van haar vriendinnen gewekt. Dit was het teken voor Mallory om de tafel vrij te maken, snel en doeltreffend. Maar voor zijn collega de zijkant van haar blazer terug kon slaan om deze provincialen angst aan te jagen met de aanblik van haar schouderholster, zei Riker: 'Nee, deze keer is het mijn beurt. Jij blijft gewoon hier staan, oké?'

Hij ging het café binnen en ging bij de tafel van de dames op zijn hurken zitten. Zachtjes praatte hij met hen over de jonge vrouw aan de andere kant van het raam, de vrouw met de zo verontrustende blik. Het was eigenlijk nog maar een kind, zei hij tegen hen. Hij praatte over haar pleegvader. Dat hij een fantastische politieman was geweest, maar dat hij nu dood was en dat Kathy Mallory zich nooit had kunnen neerleggen bij het feit dat ze hem nooit meer zou zien. Dat het te moeilijk voor haar was om te geloven dat Lou Markowitz niet aan deze tafel zou zitten als ze langs het café kwam. Hier zweeg Riker even en gaf een tikje op de tafel, een zacht tikje.

Hij vertelde de dames dat er altijd even dit kleine ritueel was, voor het meisje zich omdraaide naar het raam en zag dat de stoel van de oude man leeg was. Dan ging ze binnen op hem zitten wachten, omdat, God hebbe zijn ziel, hij altijd te laat kwam. En dan, al was het maar voor even, leefde Lou nog. Dan was hij niet bij de uitoefening van zijn plicht om het leven gekomen, had hij zijn kind niet eenzaam en alleen achtergelaten in politieland.

Een meisje nog maar, zei hij nog een keer.

En hij vertelde ze over Gurt, de serveerster die de tafel op dit uur altijd had vrijgehouden zodat er geen andere gasten gingen zitten, tot ze nog niet zo langgeleden met pensioen ging. En weer was het meisje een vast punt in haar leven kwijtgeraakt. Ach, Gurt, zei hij tegen hen, die engel (ze was een sarcastische oude heks, die al jaren eerder met pensioen had moeten gaan). En dus, zoals de dames zelf konden zien – hij wees naar Mallory – kon het meisje niet goed met verandering omgaan. Het... verontrustte haar.

Ze wendden zich allemaal naar het raam, alsof ze wachtten tot Mallory ging huilen.

Ze konden wachten tot ze een ons wogen.

Hij was nog steeds aan het praten, toen de vrouwen opstonden, allemaal met een glimlach op hun gezicht, die vriendelijke gezichten uit hartje Amerika, waar alle goede mensen wonen. Ze pakten hun borden en glazen, bestek en servetten en verhuisden naar een leeg tafeltje achter in de zaal.

Riker keek door het raam, maar Mallory was weg.

'Wat heb je tegen ze gezegd?' Ze stond achter hem. Hij schrok en bracht een hand naar zijn hart, gewoon voor de zekerheid. Het klopte nog.

'Ik heb ze de waarheid verteld,' zei hij, en dat was voldoende om haar de mond te snoeren. Mallory had moeite met dat simpele concept. En met het idee van menselijke vriendelijkheid had ze nog meer moeite...

Toen ze op hun maaltijd zaten te wachten, ging Riker verder met het uit de doeken doen van de geschiedenis van Nedda, alias Red Winter.

'Je hebt het schilderij gezien,' zei hij. 'Zoals iedereen, vermoed ik. Maar in die tijd – we praten over de jaren veertig, besef dat goed – was een naaktportret van een jong meisje op zijn minst choquerend. Op de andere schilderijen had het kind kleren aan, maar het naaktportret met z'n tweeënhalve meter lengte was het grootste schilderij. En Nedda was toen nog maar elf. De politie viel de kunstgalerie binnen en haalde alle schilderijen weg.'

'De kunstschilder was haar vader, hè?'

Riker knikte. 'Haar rijke vader. Dat zal, denk ik, ook de reden zijn dat de hele zaak overwaaide: een kop in de kranten, verder niets. In een paar boeken over Red Winter wordt geopperd dat ze wegliep omdat haar vader een monster was. En sommigen zeggen dat ze hem heeft vermoord.'

'En alle anderen in het huis?' Mallory schudde het hoofd. 'Een jong meisje dat er lustig op los moordt, nee, daar geloof ik niet in.'

Dat had hij kunnen voorspellen. Zijn collega zag meer in financiële motieven.

'Ho,' zei Riker. 'Ik vertel deze geschiedenis ook maar zoals ik haar gehoord heb. Wil je haar nou horen of niet?'

Hij wist dat ze het verhaal wilde horen. Haar kin ging een beetje omhoog als een belofte om zich te gedragen, en ze was eventjes weer de Kathy van vroeger, gewoon een klein meisje dat rondhangt in een politiebureau, omgeven door mannen met pistolen en menselijk uitschot in handboeien.

Riker had soms in de uren na schooltijd voor kinderoppas gespeeld om ervoor te zorgen dat het kleine, half verwilderde straatdiefje het bureau niet beroofde terwijl de oude man zich bezighield met de wat zwaardere crimineel. Riker had Lou's pleegkind op het rechte pad gehouden door haar alle verhalen te vertellen die in zijn familie van vader op zoon doorgegeven werden, verhalen over de tijd van Legs Diamond, Lucky Luciano en Murder Incorporated, verhalen waarbij iedere keer tientallen mensen vermoord werden.

Wat een deal.

Thuis had Kathy zulke bloederige smulverhalen nooit te horen gekregen. Haar pleegmoeder zou het niet toegestaan hebben. De zachtmoedige Helen Markowitz had vreemd genoeg altijd het idee gehad dat Kathy Mallory een normaal kind was, een kind dat van de boeman zou kunnen dromen. Wat Helen nooit had begrepen, was dat de kleine Kathy de nachtmerrie over de boeman al langgeleden aan den lijve had ondervonden.

'Hoe dan ook,' zei Riker. 'Na de inval in de kunstgalerie is Quentin Winters dochter beroemd. Iedereen in de stad heeft dan een theorie over wat er in het Winter House plaatsvindt. Dan – we zijn inmiddels een jaar verder – krijgt de politie op een dag een telefoontje van een ander klein meisje. Ze vertelt hun dat ze net met haar broer Lionel uit het park thuisgekomen is. In haar woorden: alle mensen in huis zijn dood, behalve de baby. En de baby huilt. Het meisje aan de telefoon zegt dat ze Cleo heet. Ze was nog maar vijf.'

Toen Charles aanbelde, was het Sheldon Smyth die opendeed. De oude man had een sprint naar de voordeur gewonnen door een jonge vrouw met een evaatje voor te blijven die achter hem aan snelde met een schaal met hors d'oeuvres in haar hand.

'Nu niet,' zei Smyth en hij maakte een zwaaiende beweging naar haar alsof ze een insect was dat hij wilde verjagen. 'Dag, Charles.' Hij keek achter zich en was tevreden toen hij zag dat het meisje wegliep. 'Niet de beste cateraars, helaas. Het moest ook allemaal op zeer korte termijn.' Charles vroeg zich af waarom Smyth zo loog. De bestelwagen die voor de deur stond was van de meest exclusieve cateraar van Manhattan. Het was een cateraar die je maanden van tevoren moest boeken en geen zaak van het soort dat geïmproviseerde dineetjes verzorgt, behalve natuurlijk als je bereid was om er het dubbele of het driedubbele voor te betalen.

Met de hand van de advocaat op zijn rug werd Charles vriendelijk maar resoluut de voorkamer binnengestuwd, en opnieuw werd zijn blik getrokken door de waanzinnig onpraktische trap. De architect moest afkomstig zijn uit een bouwschool die opdrachtgevers als profiteurs van het huis beschouwde en die zich door het toewijzen van ruimte voor keukens, badkamers en dergelijke slechts met tegenzin aan hen onderwierp. En daarmee waren alle redelijke verklaringen voor zijn plotselinge onbehagen uitgeput. In een wat minder zakelijk deel van zijn geest geloofde hij dat het huis vijandig was.

Belachelijk natuurlijk.

Onder aan de trap was een goed voorziene bar en daar werd hij voorgesteld aan Bitty's oom. Terwijl Charles Lionel Winter een hand gaf, voelde hij dat er aan zijn gastheer iets niet klopte. Misschien had hij geen hartslag. De man was simpelweg niet aanwezig, of anders verborg hij zijn persoonlijkheid. Gezien zijn sneeuwwitte haar had zijn gezicht er ouder moeten uitzien, en Charles vroeg zich af of het gebrek aan ouderdomsrimpels werd veroorzaakt door de afwezigheid van een gevoelsleven. Door compassie en vreugde kreeg een gezicht het patina van een eigen geschiedenis.

Sheldon Smyth stuurde een jongeman van de bediening weg en nam zelf de rol van bartender op zich. 'Eens zien wat je drinken wilt, Charles.' Hij schonk een dubbele Chivas Regal in in een cognacglas. 'Whisky puur, als ik het goed heb?'

'Ja, dank je.' Dit was inderdaad Charles' lijfdrank, maar die middag bij de lunch had hij geen Chivas gedronken. En hij kreeg nog meer bewijs dat Smyth veel werk had gemaakt van dit etentje, want zijn lievelingsgerechten stonden op het menu. Maar de oude advocaat had niet gemerkt dat Charles alleen van klassieke muziek hield, hoewel hier ook de oude jazz onder viel die Nedda Winter bij zijn vorige bezoek aan het huis op had staan. Deze keer was hij gedwongen om naar muzak te luisteren, populaire liedjes die op saaie wijze instrumentaal vertolkt werden door een ongeïnspireerd orkest. Ook de geluidskwaliteit was in één nacht veranderd. Het geluid omringde hem. Hij hoefde niet naar de radio te kijken om te weten dat de afstemschaal donker was, dat de muziek daar niet vandaan kwam.

Lionel Winter deed zijn eerste poging om een gesprek aan te knopen en zaagde tot vervelens toe door over de gecompliceerde geluidsinstallatie die in iedere kamer in het huis te horen was.

Toen Charles gewag maakte van de jazzwijsjes van de vorige avond, viel zijn gastheer stil en staarde hem alleen maar aan.

Seldon Smyth verbrak deze ongemakkelijke stilte. 'De dames kunnen zich elk moment bij ons voegen. Ach, vrouwen, nooit zijn ze eens op tijd. Maar ja, wat is het nut van een grote trap als je geen oogverblindende entree kunt maken?'

En nu kwamen de dames de trap af geschreden in lange avondjurken. De lange vrouw moest wel Cleo Winter-Smyth zijn. Schitterend gekleed in een donkerblauwe avondjapon – de kleur van haar ogen – torende ze boven haar dochter uit.

Arme kleine Bitty. Haar strapless jurk in iriserende kleuren deed denken aan een schoolfeest met discomuziek, en haar guitige gezicht was verpest door een dikke laag lipstick, een poederdoos rouge op elke wang en afschuwelijke, met haarlak gemaakte spuuglokken. Verbijsterd wendde Sheldon Smyth zich van zijn dochter af en keek naar zijn ex, en Charles vroeg zich af of Bitty onder dwang in een circuspaard was veranderd. Het dwergvrouwtje deinsde terug. Alleen de uitdrukking op het gezicht van haar vader was al genoeg om haar te doen beseffen hoe dwaas ze eruitzag.

Cleo Winter-Smyth leek op Lionel, haar broer. Beiden waren lang en blond en beiden hadden geen sprankje menselijkheid in hun ogen. De vrouw hield haar hoofd schuin, en dit was de enige aanwijzing dat de houding van haar ex haar verraste. Ze wendde zich van hem af en slaagde erin om haar gast te begroeten met een hagelwitte podiumglimlach.

Tijdens het nu volgende gebabbel over het weer en over dode inbrekers ging Charles zich steeds minder op zijn gemak voelen. Opnieuw probeerde hij de schuld te geven aan de trap, die almaar naar boven wegliep. En aan al die lange spiegels: ze vingen iedere beweging van een gedeeltelijk afgewend hoofd op en weerspiegelden haar in een horde hoofden, die allemaal in staat van alarm waren, zoals dieren wanneer ze zich naar een geluid of geur die op gevaar duidt keren. Ook het kleine schilderij boven de bar had qua penseelstreek, lijn en kleur iets manisch. Tussen twee borrels door vernam hij dat Bitty Smyth in dit verontrustende huis was opgegroeid. En als ze dus iets schichtigs had, in haar ogen en in haar gedrag, dan kon haar dat niet kwalijk genomen worden.

Cleo Winter-Smyth hief haar hoofd een heel klein beetje op en keek in een van de spiegels aan de muur. Ze sprak tegen de weerspiegeling van nog een andere vrouw, achter haar op de trap. 'Nedda, ik wist niet dat je er vanavond ook bij zou zijn.'

Impliceerde de toon waarop ze het zei dat de oudere vrouw niet welkom was?

Nedda Winter schreed de trap af in een lange zwarte satijnen japon die aan de zwartwitfilms uit een eleganter tijdperk deed denken. Een losjes geweven sjaal van zilverdraad hing over haar schouders en haar witte opgestoken haar was als een gevlochten kroon. Ze was een paradox van dit huis. De snit van haar japon was elegant en klassiek, de vrouw majestueus, haar houding fier, en ondanks haar rimpels en het wit geworden haar, was het geheel van een grote schoonheid. En wat een kalme autoriteit had deze vrouw, genoeg om Sheldon Smyth te degraderen tot een nerveus kind dat zich voor de gelegenheid bijzonder goed gedraagt. Haar lichtblauwe ogen namen de ingrijpende metamorfose van haar nicht op. Als de aanblik haar al niet beviel, liet ze er niets van blijken, maar toen Bitty haar blik op iets anders richtte, keek mevrouw Winter enigszins afkeurend naar Cleo. De jongere zus deed net of ze het niet zag.

Toen ze beneden was, neigde de oude dame haar hoofd en gaf Charles een dooraderde hand. 'Wat prettig u weer te zien. Jammer dat we gisteravond niet de kans hadden om met elkaar te praten.'

'Nou,' zei Sheldon Smyth, 'dat kunnen we dan vanavond goedmaken.' En met die woorden werd de gewelddadige dood van een mens teruggebracht tot een sociale gebeurtenis uit het verleden.

Nedda sloeg een beschermende arm om Bitty's schouders en leidde haar nicht vervolgens naar de eetzaal, gevolgd door de anderen.

Een ober trok een stoel naar achteren, zodat Cleo Winter-Smyth naast Charles kwam te zitten. 'Ik heb je ouders ooit ontmoet,' zei ze. 'Toen Sheldon en ik Bitty inschreven voor het Marshal Framton Institute.' De woorden 'voor begaafde kinderen' liet ze weg uit deze lange naam. 'Ze maakten de indruk dat ze dol op je waren.'

De vrouw was nog net zo fatsoenlijk om niet te zeggen dat Marion Butler een beetje te oud was geweest voor het moederschap. Charles' geboorte was een grote schok voor zijn ouders geweest. Zo'n late zwangerschap. Zijn ouders waren van ouderdom gestorven toen hij nog een tiener was. En, ja zeker, ze hadden hem op scholen gedaan die recht deden aan zijn waanzinnig hoge IQ. Hij staarde naar de tafel en vroeg zich af hoe hij Bitty Smyth had kunnen vergeten, want voor het Frampton Institute gold een beperkte inschrijving.

'Je hoeft je hersenen niet te pijnigen, jongen,' zei Sheldon Smyth. 'Ik had me nog niet omgedraaid of Bitty's moeder haalde haar van school. Ik geloof dat ze er nog geen twee dagen op gezeten heeft.'

Het onderwerp kwam weer ter sprake toen de eerste gang werd opgediend.

'Het was niet de goede school voor Bitty.' De toon waarop Cleo sprak was een beetje defensief. 'Ik heb haar op een betere school gedaan, een school waar ze de juiste connecties kon aanknopen.'

'Connecties?' Smyth lachte. 'Ze behoorde niet tot de beau monde. Ze was nog maar vijf.'

Bitty zonk weg in haar stoel. Het leek of ze steeds kleiner werd terwijl er over haar gepraat werd, zonder dat men haar hier in deze kamer als persoon erkende. Ze was zo klein, werd zo gemakkelijk over het hoofd gezien in deze familie van reuzen. Charles stelde zich haar leven in dit huis voor als dat van een muis die van het ene vluchtgat naar het andere rent. Hij wachtte tot ze zijn kant uit keek en glimlachte toen. 'Zonde dat je niet op Frampton bent gebleven. Dan hadden we elkaar misschien veel eerder leren kennen.'

Bitty glimlachte en gooide haar glas water om. Terwijl een ober de tafel droogdepte, knikte Nedda goedkeurend naar Charles. Het onderwerp was gesloten en de vrede was teruggekeerd, zolang het duurde.

Al voor het laatste hoofdgerecht was opgediend, begonnen het huis en zijn gezelschap – met uitzondering van Nedda – Charles de keel uit te hangen. Zonder iets te proeven at hij zich moeizaam een weg naar de laatste gang. De glimlach van Cleo en Lionel ging aan en uit als een gloeilamp, en uit dit vreemde gedrag maakte hij op dat het huis een onderwerp was dat je moest vermijden. Iedere excursie op dit terrein werd direct afgekapt, waarna men op een ander onderwerp overging. Nog vreemder was het onderlinge gedrag van broer en zus. In bepaald opzicht deden Lionel en Cleo denken aan een oud getrouwd stel dat elkaars zinnen kan afmaken, of dat helemaal geen woorden meer nodig heeft. Maar duidelijke genegenheid tussen hen ontbrak. Ze kwamen simpelweg als span. Ontmoette je de een, dan ontmoette je ook de ander.

Charles nam de uitdaging aan om het paar te splijten. 'Lionel, wat doe je voor werk?'

'Werk?'

Cleo gaf antwoord voor haar broer. 'Beleggingen, schat. Aandelen en obligaties.'

'Dus je werkt op Wall Street,' zei Charles in een poging behulpzaam te zijn. O, wacht even. Daar had je dat nare woord weer. Wérk? Wij?

'Nee, we beheren onze eigen beleggingsportefeuille,' zei Lionel. 'Maar het is nogal tijdrovend.'

Ergens tussen de chocolademousse en het digestief was het gesprek op waarzeggers gekomen. Wie het onderwerp te berde had gebracht wist Charles niet, maar hij vermoedde dat Bitty het met een dun stemmetje had aangesneden, waarna het over de tafel bij haar moeder terechtgekomen was, die voor zulke dingen een gewillig oor had.

'Ik heb me een paar maal de kaart laten lezen, tarotkaarten,' zei Cleo. 'Het stond gelijk aan jarenlange therapie. Maar er is niets geheimzinnigs aan. De waarzegger leest de persoon, niet de kaarten. Sommige kaartlezers zijn verrassend intuïtief.'

Charles maakte hieruit op dat een waarzegger zich ooit in vleiende bewoordingen over haar uitgelaten had. Nee, dat was niet aardig en in strijd met zijn toegenomen gevoel van empathie. Hij vermoedde dat deze vrouw innerlijk verwond was, dat haar psyche een behoorlijke klap had gehad. Je kon er veilig van uitgaan dat haar broer en zij deze pijn gemeen hadden, wat die vreemde band tussen hen verklaarde. Er was hun iets overkomen, een of ander diep trauma.

Bitty sloeg haar cognac achterover en reikte naar de karaf. 'Tante Nedda kan tarotkaarten lezen,' zei ze. Van het hele gezelschap was Nedda Winter wel het meest verbaasd door deze mededeling. Bitty glipte van tafel. Ze liet de eetkamerdeur op een kier staan en liep wankel de voorkamer door. Toch struikelde ze maar één keer.

Toen Cleo haar afwezigheid ten slotte bemerkte, haalde ze verontschuldigend haar schouders op tegenover Charles. 'Ze komt vast wel terug.'

'Misschien zou het beter zijn als ze dat niet deed,' zei Lionel. 'Ze heeft veel te veel gedronken.' Hij richtte zich tot Charles. 'Mijn nicht is niet gewend aan alcohol. Het godvruchtige leven, denk ik. Haar huidige kerk...'

'Godvrúchtig?' Sheldon Smyth sprak het woord uit alsof hij het voor de eerste keer hoorde. 'Bitty? Ze is niet eens op zondagsschool geweest.'

'Ze heeft een hele fase doorgemaakt,' zei zijn ex-vrouw. 'De afgelopen drie jaar.' Er klonk duidelijk kritiek in door op het kennelijke gebrek aan interesse van Sheldon Smyth voor zijn kind.

Lionel wendde zich tot zijn vroegere zwager. 'Dus Bitty heeft het jou nooit verteld toen ze katholiek werd.' Aan zijn stem was niet te horen dat Sheldons onwetendheid hem verbaasde. 'Nou, het is oud nieuws hoor.'

'Bitty is nu protestants,' zei Cleo terloops tegen Charles. Bloody Heart of the Redeemer, geloof ik. Zoiets. Het is een sekte, of nee, eigenlijk meer een cultus. Veel gereis en zendingsarbeid om de heidenen te bekeren.'

'Ik weet zeker,' zei Lionel, 'dat Bitty het verdomd jammer vindt dat de protestanten geen kloosters hebben.'

Bitty dook plotseling achter de stoel van haar oom op. 'Het is doodzonde dat ze de biechtstoel niet kennen,' zei ze. Ze zigzagde een beetje en veroorzaakte een ongemakkelijke stilte bij iedereen aan tafel. 'Stel je eens voor, een kleine ruimte waar je je ziel kunt zuiveren van zonden.'

Deze opmerking werd in doodse stilte aangehoord. Charles wendde de distantie van de buitenstaander voor. Hij had zijn ogen neergeslagen en gebruikte zijn lepel alleen om het dessert op zijn bord te verplaatsen.

'Je hebt nu wel genoeg gedronken.' Cleo was gedecideerd en had kennelijk nog steeds het gezag om haar veertigjarig kind dingen te verbieden, want ze zette de karaf met cognac een eind uit de buurt van haar dochters stoel.

Bitty lette niet op haar moeder, passeerde haar eigen stoel en liep met een langzame, ietwat onvaste stap naar Nedda. In haar hand hield ze een doosje met een spel kaarten. Op het karton, versleten door de ontelbare keren dat het was vastgepakt, stond een tarotplaatje van de gehangene. Ze legde het voor haar tante neer, alsof ze haar een kostbaar kunstvoorwerp gaf. 'Misschien kun je Charles de tarotkaart lezen.'

Nedda Winter staarde enigszins geschrokken naar het spel kaarten. Ze keek alsof haar nicht een dood beest op de tafel had gelegd. Het duurde even voor ze haar evenwicht had hervonden. Vervolgens liet ze het spel in haar schoot glijden, waar het door het tafellaken aan het zicht onttrokken was. 'Niet vanavond, schat. Ik ben veel te moe.'

'Een stevige borrel zal je goeddoen.' Sheldon Smyth stond op, hielp haar galant uit haar stoel en leidde haar van de tafel naar de bar in de voorkamer. De anderen volgden hun voorbeeld. Terwijl de advocaat hun een drankje inschonk, werd Charles opnieuw gefascineerd door de trap.

'Jij voelt het ook,' zei Bitty met een knikje. 'Op die trap spookt het.'

Hij bemerkte een plotselinge ontzetting bij haar en draaide zich om om te zien waar ze naar keek. Weer zo'n verrekte spiegel. Je kon je kont niet keren of je werd geconfronteerd met jezelf. Bitty had zich naast hem in de spiegel gezien. Wat verzonk ze in het niet bij hem. Ze zagen eruit als het duo reus en dwerg in een voorprogramma. Ze keek nu eens deze kant, dan weer die kant op, maar zag overal hetzelfde tafereel.

Alle twee keken ze omhoog om te ontsnappen aan de spiegels, en nu zagen ze de omhoogslingerende trapleuning die een lichtkoepel omcirkelde in de nok van het huis. In een ander tijdperk, met door paarden getrokken rijtuigen en schonere lucht, had je daarboven misschien sterren gezien.

'Een huis met veel geschiedenis,' zei hij.

'Al die moorden, bedoel je,' zei Bitty.

Daar was Cleo's glimlach weer, een beetje asynchroon en helemaal voor Charles. 'Ik neem aan dat je de geschiedenis van Winter House kent. Die kent iedereen.' Ze keek weer naar haar dochter. 'Het is een oud en afgezaagd verhaal, schat.'

Alle blikken waren op Charles gericht. De verbazing was van zijn gezicht te lezen. Het begon hem te dagen. Hij herinnerde zich de berichten uit de kranten, die de geschiedenis van de slachting zo ongeveer elke tien jaar voor het leesplezier van een zondagmiddagpubliek herkauwden.

O, jezus.

Riker en Mallory hadden het tegen hem moeten zeggen. Ze hadden hem moeten waarschuwen.

Hij vergat zijn manieren en gaapte over Bitty's hoofd de overlevende kinderen van het gezin Winter aan, allemaal volwassen inmiddels.

'Er was nog een moord, een die niet beroemd is geworden.' Bitty richtte zich tot Charles' voeten. 'Je staat op de plek waar Edwina Winter stierf. Ze was de moeder van tante Nedda.'

Hij deed een paar stappen naar achteren. 'Viel ze?' Hij keek recht omhoog. Het lichaam kon niet op deze plek terechtgekomen zijn, niet als je van de trap viel. De vrouw moest over de leu...

'Nedda is onze halfzus,' zei Cleo, alsof haar gast zich daar het hoofd over brak. 'Verschillende moeders. En háár moeder dronk nogal veel. Ziedaar het oudste familieschandaal. Edwina Winter was dronken toen ze over de leuning viel.'

'Mijn vader en zijn broer James zagen het gebeuren,' zei Lionel, die omhoogkeek naar een groot schilderij dat boven de overloop op de eerste verdieping hing. 'Dat is hun portret.'

Charles keek op naar het olieverfschilderij van twee jongemannen. Ook van deze afstand kon hij zien dat het een erg slecht werk was, bijna een karikatuur.

'Hun beschrijving was niet erg nauwkeurig,' zei Bitty.

'Er is maar één verslag en dat is van papa en oom James,' zei Cleo.

'Hoe kan het...'

'Quentin en zijn eerste vrouw konden elkaar niet luchten of zien.' Bitty nam kleine teugjes sherry en de alcohol gaf haar een beetje moed. 'Ik heb de echtscheidingsdocumenten gevonden die vlak voor de dood van Edwina waren ingediend. Ze beschuldigden elkaar van overspel.'

'Zo is het genoeg, Bitty,' zei haar moeder. 'Hou een beetje rekening met je tante.'

'Nee, laat je door mij niet weerhouden,' zei Nedda. 'Ik heb mijn moeder nooit gekend. Ik was nog een baby toen ze stierf.' Ze schonk haar niet een bemoedigende glimlach. Kennelijk kon haar weinig karakteristieke gedrag de goedkeuring van haar tante wegdragen.

'Al het geld behoorde toe aan Edwina Winter.' Bitty's valse moed

91

raakte op. Ze liep naar de bar en schonk zichzelf nog wat dapperheids-elixer in. 'De trap is vol met geesten. Het is een gespook om angstig van te worden. Voelen jullie het niet?'

'Ik begrijp wat ze bedoelt,' zei Sheldon Smyth. 'Dit huis heeft altijd iets vreemds gehad. Ik heb dat altijd zo gevoeld, precies zoals zij zegt. En die verdomde trap. Daar deugt gewoon niets van.'

'Die trap is de trots van het huis,' zei Cleo. '*Architectural Digest* heeft er een nummer aan besteed. De schrijver noemde hem de definitieve overwinning van vorm op functie. Zo zeiden ze het.'

Sheldon Smyth toonde een neerbuigende glimlach. De belediging in dat citaat was zijn ex ontgaan, en nu was ze gedoemd om deze spot ten koste van zichzelf te herhalen tegen wie er maar luisteren wilde. Beleefdheid verhinderde Charles om haar in te lichten, haar te vertellen dat het leven niet op de trap geleefd werd, maar in de kamers waar de mensen van de geneugten des levens konden genieten, zich konden voortplanten, konden dromen. Maar niet in dit huis. Hier draaide alles om de spanning van de trap; de inertie van treden die naar boven liepen scheen het enige te zijn wat voorkwam dat hij niet instortte.

Nu Bitty haar moed hervonden had, glimlachte ze en pakte Charles bij zijn arm. 'Oordeel zelf.'

Zijn beleefdheid verhinderde hem zich te verzetten en hij liep met haar de trap op tot de eerste verdieping. De andere eters werden ook meegetrokken en volgden op een afstandje, zonder het zelf te willen. De dynamiek van het diner was veranderd. Vreemd genoeg had Bitty de leiding. Ze bleef staan en wees met het aplomb van een reisleider naar de plaats op de trap waar Quentin Winter was gestorven bij de beroemde slachting. Charles keek naar achteren en zag hoe Nedda, als sluitstuk van de rij, met een boog om deze plek heen liep alsof ze, voor ze verder naar boven kon lopen, het lijk van haar vader moest passe-ren.

Het spookte niet op de trap, het spookte bij Nedda.

'Edwina Winter stierf bijna twaalf jaar voor de slachting.' Bitty stond onder het schilderij van de gebroeders Winter en zei tegen Charles dat hij bij de leuning moest blijven. 'Daar heeft ze gestaan toen ze "viel". Denk er goed aan dat iedereen lang is in de familie Winter en dat ze allemaal met lange mensen trouwden, mensen van jouw lengte. Zou jij per ongeluk kunnen vallen, wat denk je?'

Hij stond met zijn rug naar de leuning, die hoger was dan je zou verwachten – nog een foutje in het ontwerp – en hij probeerde zich een situatie voor te stellen waarin hij over de leuning zou vallen, bijvoorbeeld als de treden glibberig waren of als hij struikelde. Nee, dat zou niet kunnen. Zijn zwaartepunt zou zich nog steeds onder de leuning bevinden. 'Lastig, hè?' Bitty liet een hand op het gladde ronde hout rusten. 'Was de leuning gebroken, dan zou dat een afdoende verklaring zijn, maar ze verkeert nog in de oorspronkelijke staat, nog helemaal gaaf. Geef je het op?' Zonder op antwoord te wachten wendde ze zich van hem af en opende een deur die toegang gaf tot een slaapkamer. Daarbinnen was het donker. Ze wees naar de plek waar hij stond. 'Blijf,' zei ze, alsof ze een bevel gaf aan een kalf van een hond.

Het lilliputvrouwtje werd opgeslokt door de schaduw. Even later schoot ze terug in het licht en rende met uitgestrekte handen en met haar handpalmen naar voren op hem af, alsof ze hem een duw wilde geven. Wat was ze snel. Hij had geen tijd om de leuning vast te grijpen, zelfs niet om zijn handen uit te steken. Luttele centimeters van zijn borst stond ze stil, een noodstop. Met een glimlach sloeg ze haar ogen naar hem op. 'Alleen op die manier kan het gebeurd zijn. Quentin Winter heeft zijn eerste vrouw vermoord.'

'Zo is het genoeg geweest,' zei Cleo. 'Ik verbied je om zo over mijn vader te spreken.'

'Waarom niet?' zei haar ex. 'De broertjes Winter waren bepaald geen heiligen, als ik mijn vader mag geloven. Deze theorie doet niet onder voor een andere.'

'En nu de andere geesten.' Bitty daalde in vrolijke dronkenschap de trap af tot ze halverwege het hoge plafond en de salonvloer was. Daar draaide ze zich om en keek naar Cleo. 'Hier stierf jouw moeder.' Bitty richtte haar ogen op Charles. 'Alice heette ze. De tweede mevrouw Winter was het lievelingsmodel van mijn grootvader. Hij was namelijk kunstenaar.'

Alle ogen volgden Bitty's theatraal wijzende vinger. 'Er lag nog iemand in de...'

'Hou op! Je was er helemaal niet bij!' schreeuwde Cleo tegen haar dochter. 'Je was nog niet eens geboren! Je weet er niets van.'

Ook Nedda Winter scheen zich hier niet prettig bij te voelen. In een plotselinge behoefte aan steun greep ze de leuning vast.

Waren de twee zussen er getuige van geweest hoe de andere leden van het gezin afgeslacht werden? Afgaande op het weinige wat Charles van deze oude zaak wist, was dat niet zo.

Terwijl ze met de eters de trap af liep, babbelde Bitty door over de andere doden en over waar ze hadden gelegen. 'En dan was er ook nog de baby,' zei ze, bijna alsof het haar op de valreep te binnen schoot. 'Net geboren. Sally heette ze. Ze overleefde de slachting. Wat is er daarna met haar gebeurd, moeder?'

Nedda bleef zwijgend op de laatste tree staan, keek Cleo aan en wachtte op het antwoord. Het was duidelijk dat ze volledig in het duister tastte over de verblijfplaats van haar kleine zusje. Hoogst merkwaardig. Charles vroeg zich af of er nog een kind van het gezin Winter... kwijt was.

'Sally Winter.' Sheldon Smyth was de eerste die de bar bereikte. 'Het is jaren geleden dat ik die naam voor het laatst gehoord heb.' Hij glimlachte naar Charles. 'Iedereen noemde haar Baby Sally. Ik was nog maar een kind en zat op school toen ik het nieuws hoorde. Ze liep weg. Zo is het toch, Lionel? Heeft de kinderjuffrouw dat niet aan de politie verteld?'

'Het kindermeisje,' zei Cleo. 'Sally had een kindermeisje.'

'Precies,' zei Sheldon. 'Als ik me het goed herinner, heeft oom James die vrouw ontslagen omdat ze stal.' Hij richtte zich tot Charles, want die zou als buitenstaander wel behoefte hebben aan een simultaanvertaling. 'James Winter was hun voogd na de moord op de andere leden van het gezin. Ja, ik weet nog dat hij het kindermeisje confronteerde met haar diefstal.'

'Je haalt de dingen door elkaar, ouwe,' zei Lionel. 'Oom James was degene die stal.'

'Ja, natuurlijk,' zei Sheldon Smyth. 'Dat is de reden dat hij de stad zo overhaast verliet. Als ik me het goed herinner was dat in het jaar dat jij eenentwintig werd.'

Lionel keerde de man de rug toe, schonk zich aan de bar een dubbele whisky in en sloeg het glas achterover.

Nedda was bleek geworden. Ze sukkelde terug naar de trap, waarbij ze hen passeerde zonder ook maar iemand goedenacht te wensen. In doodse stilte keken ze toe terwijl Nedda de trap op liep en in een kamer op de verdieping erboven verdween. Bitty, de belichaming van wroeging en berouw, sleepte zich achter haar tante aan.

Sheldon Smyth pakte een aktetas die onder in een wandkast stond en liep achteruit naar de deur om weg te gaan. Als verontschuldiging voerde hij aan dat hij al vroeg een afspraak had. Hij spoorde zijn gast aan om nog wat te blijven en nog een afzakkertje te nemen. De cateraar was vertrokken, en Cleo en Lionel waren ook weg. Charles opende de deur van de eetkamer in de hoop hen daar te vinden. Dan kon hij hun goedenacht wensen en ervandoor gaan.

Daar waren ze niet. Maar waar dan wel?

Naar boven waren ze niet gegaan. Nadat hij in de keuken en de naaikamer had gekeken, keerde hij naar de voorkant van het huis terug en zag Cleo en Lionel bij de deur naar de hal staan. Het enige wat hun gast kreeg was een knikje, waarna ze zich omdraaiden en wegliepen. Charles hoorde de voordeur achter hen dichtslaan. Nou, dit was een beetje de omgekeerde wereld, de gastheer en gastvrouw die het huis verlaten vóór de gast.

'Een zeer ongebruikelijk etentje,' zei Nedda Winter.

Hij draaide zich om en zag haar achter de bar staan, bezig een fles wijn te ontkurken.

'Mijn familie amuseert zich niet erg meer.' Ze glimlachte. Ze was weer helemaal de oude. Wat een bekoorlijke glimlach. Ze drukte op een knop van een bedieningspaneel naast de bar en het lawaai uit de geluidsinstallatie maakte plaats voor een weldadige stilte. 'Hèhè, dat is beter. U hebt me niet gevraagd waar ik al die jaren ben geweest. Daarvoor wil ik u graag bedanken.'

'Om eerlijk te zijn wist ik niet zeker of u wel Red Winter was. Ik ken de geschiedenis minder goed dan ik dacht.'

'Houdt u van jazz, meneer Butler?'

Op de bar, tussen twee wijnglazen, kwam nu een stapeltje ouderwetse grammofoonplaten te liggen. Charles bekeek ze één voor één. Elke hifi-freak zou je kunnen vertellen dat ze uit het midden van de vorige eeuw stamden. 'Wat een prachtige verzameling,' merkte hij op.

'Jammer genoeg zijn ze allemaal kromgetrokken en een en al kras. De muziek die mijn zus onder het diner op had staan, was nou niet bepaald mijn genre.'

'Ook niet dat van mij.' Hij trok een grammofoonplaat uit de hoes. Het was een plaat van hard plastic, de voorloper van de vinylplaat, het cassettebandje en de cd. En hij was onherstelbaar beschadigd. Doodzonde.

Nedda wendde zich af om het bedieningspaneel van de geluidsinstallatie te bestuderen. 'Ik hoopte dat u me kon laten zien hoe de radio op dit ding werkt. Het geluid is prachtig en ik weet een zender die uitsluitend jazz uit de jaren dertig en veertig uitzendt. Ik heb één keer geprobeerd om op die zender af te stemmen. Cleo was de wanhoop nabij. Ze zei dat ik de programmering van al haar favoriete zenders had veranderd. Zij weet ook niet hoe deze installatie werkt.'

'Ik weet het ook niet.' Als cadeau voor zijn verjaardag had Mallory in zijn flat vergelijkbare apparatuur geïnstalleerd, en het geluid, dat moest gezegd, was prachtig, maar het ding was al even gebruiksonvriendelijk. 'Ik heb thuis ook een geluidsinstallatie, maar van een ander type en de knoppen zijn met kleur gecodeerd.' Mallory had de zenders geprogrammeerd en de knoppen van de voorkeurzenders gemerkt met rode nagellak.

Hij liep op zijn gemak naar de antieke radio die ze gisteravond had aanstaan. 'Maakt niet uit, van deze weten we dat hij het doet.'

De ramen aan de voorkant stonden open. De gordijnen waaiden de kamer in; de klanken van Duke Ellington en zijn band waaierden uit over de straat.

Charles Butler, die niet zoveel op had met technische vooruitgang, was in zijn nopjes. Hij zat buiten op de stenen trap en beëindigde de avond probleemloos. Een zoel nazomerwindje beroerde zijn haar op de maat van kwikzilverachtige pianotonen. Ze hadden het afscheid nog wat gerekt en waren bezig aan hun laatste fles wijn.

'De laatste keer dat ik me bezatte aan wijn, was toen ik twaalf was,' zei Nedda Winter.

'Ik heb de indruk dat u behoorlijk vrij bent opgevoed.'

'U moest eens weten.' Ze keek omhoog naar de voorzijde van haar huis en glimlachte. 'Het was een feest dat jaren duurde. Mijn ouders waren kinderen van het jazztijdperk en ze lieten zich niets gelegen liggen aan keurige mensen uit goede families. Onze gasten waren stukken interessanter.' Ze somde een indrukwekkende rij acteurs, schrijvers, gangsters en gokkers op die aan de eetkamertafel hadden gezeten. 'Maar ik vond de danseressen het aardigst. Ze lieten me koud bier proeven en leerden me vloeken.' Ze haalde een pakje sigaretten uit de plooien van haar sjaal tevoorschijn. 'En ze leerden me hoe ik rookkringetjes moest blazen.' Vervolgens blies ze een kringetje, dat in de stille nachtlucht bleef hangen. 'U houdt niet erg van mijn huis, hè?'

'Het werkt op mijn zenuwen.'

'Ja, dat zag ik. Maar gisteravond had u er toch geen last van? Niet met al die politie over de vloer, al die bedrijvigheid… en met deze muziek op de radio.'

'Eh, nee.'

'O,' zei Nedda, breed glimlachend. 'Wat houdt het huis van een goed feest. Vanavond hebben we maar een tamelijk armzalige show opgevoerd. Bij lange na niet genoeg mensen. En dan die stomvervelende muziek.' Ze streek met haar hand over de smeedijzeren leuning. 'Arm huis. Het werd gebouwd voor een wilder nachtleven.'

Hoewel hij het misdaadgebeuren niet als een wild feest wilde betitelen, begreep hij wat ze bedoelde. 'Dus ik zie vanavond het huis niet in zijn context. Het interieur is eigenlijk ontworpen voor grote gezelschappen, zo is het toch?'

Ze knikte en schonk hem nog wat wijn bij. 'Mijn vaders werk. Hij heeft de voorkamer uitgebroken, jaren voor mijn geboorte. De trap was het pièce de résistance. Hij komt het beste tot zijn recht wanneer er honderd mensen op de treden rondhangen die whisky naar binnen gieten en met hun voeten op de maat van keiharde muziek tikken. We kregen musici uit iedere club in de stad over de vloer. Jamsessies tot zonsopgang. Pianisten en trompettisten, zangeressen die met hun stem het dak naar beneden konden laten komen. Iedereen bewoog, iedereen danste. Ook als ze zaten. En dan de spiegels: papa hing ze op om de illusie te wekken dat er meer mensen waren dan het huis kon bevatten. Hij liet zelfs de muren schuin aflopen om de spiegels meer reikwijdte te geven.'

'Dus daarom kun je nooit ontsnappen aan de veelvoudige reflecties?'

Ze knikte. 'Je kunt nooit ontsnappen aan mijn vaders illusie. Al die energie. Het huis wordt gevoed door de mensen en de muziek.' Haar hand streelde de stenen trap waarop ze zat. 'Arm huis. Nu verhongert het, smachtend naar het volgende grote feest.'

Terwijl Charles de laatste van haar sigaretten opstak, keek hij op zijn horloge en was verbaasd toen hij merkte dat er alweer een uur voorbij was. Hij vond deze vrouw enorm sympathiek. Maar hij wist dat ze moe

97

moest zijn. Met enige spijt stond hij op om haar gedag te zeggen, wachtte tot ze veilig binnen was en nam afscheid van haar prettige gezelschap.

Lionels Rolls-Royce, de Wraith, bouwjaar 1939, was alles voor hem. De productie van dit type had maar twee jaar geduurd, de laatste twee jaar voor de oorlog, en er waren er slechts 491 van gebouwd. De Wraith was van zijn vader geweest en de auto was motorisch in vrijwel perfecte staat. De Rolls reed soepel en geruisloos. Hij gaf buitensporige fooien aan de monteur voor een beetje toverkunst uit een spuitbus. Dan rook het leer weer als nieuw, net als in 1939, toen hij op zijn vaders schoot zat en de Wraith door de straten van de stad stuurde. Telkens als hij in deze auto reed, leefde hij in dat jaar.

Maar deze avond was het moeilijk om aan de eenentwintigste eeuw te ontsnappen, en hij kon alleen maar denken aan zijn nicht. Wat had dit allemaal te betekenen? Sinds Bitty niet meer op het advocatenkantoor van haar vader werkte, was ze zich steeds buitenissiger gaan gedragen. Die indruk had hij tenminste op de dagen dat ze in zijn gezichtveld verscheen. Over het algemeen merkte hij haar nauwelijks op. Hij kon niet alleen maar de wijn de schuld geven voor de totale mislukking van deze avond. Hoe lang koesterde ze deze verdenkingen al en hoeveel wist ze eigenlijk?

Hij zoefde over de Henry Hudson Parkway. Schepen op het water, verlichte stad, elektriserend, New York bij nacht. Wat vond hij het heerlijk om te rijden, steeds weer te pendelen tussen het zomerhuis en zijn huis in de stad. Daar bestond zijn hele leven uit: met volle vaart ergens naartoe, en altijd alleen, in zichzelf gekeerd.

Hij dacht aan Nedda. Waarom leefde ze nog? Een ouderwetse dokter in het verpleeghuis had hem verzekerd dat zijn oudere zus voor de maand om was dood zou zijn, en dat er geen onderzoek nodig was om hem te vertellen dat behandelen zinloos was. Ze had alle symptomen van terminale kanker gehad: haar huid was afgrijselijk geel, haar buik opgezwollen en de rest van haar lichaam weggeteerd. En toch was Nedda, maanden later, teruggekomen naar Winter House. En daar woonde ze nu, blakend van gezondheid.

Artsen waren vreselijk onbetrouwbaar. Een wetenschap kon je hun activiteiten nauwelijks noemen, toch?

Kennelijk had men in het geval van zijn zus jammerlijk gefaald bij het stellen van de diagnose. Dus woonde ze in zijn huis, en elke dag vergaarde Nedda haar gal om hem strak aan te kijken. Iedere glimlach in zijn richting was een karikatuur. En nu gebruikte ze Bitty en zette ze haar nicht op tegen haar eigen familie. Lionels vingers klemden zich om het stuur en de auto schoot vooruit over de snelweg. Langs de achterlichten van tragere auto's, langs de geel verlichte ramen van hoge gebouwen en langs de heldere weerspiegelingen in de rivier. Steeds sneller ging het.

Waarom ben je teruggekomen, Nedda?

Oom James had hun telkens weer verzekerd dat hun zus nooit naar Winter House terug zou keren.

Hij draaide zich naar de passagiersstoel om naar zijn zus te kijken, die in haar eigen, belendende, melkwegstelsel aan de andere kant van de auto zat. Haar gezicht werd zwak verlicht door de dashboardlampjes.

'Cleo? Je kunt je er zeker weinig meer van herinneren, hè? Toen we die dag thuiskwamen uit het park... en zagen dat iedereen dood was.'

'Nee.' Ze huiverde lichtjes, alsof ze ontwaakte en een droom van zich af wilde schudden. 'Nee, ik herinner me er niet veel van.'

Vreemd was dat niet. Zijn zus was nog maar vijf toen ze thuis waren gekomen en hun ouders vermoord op de trap hadden aangetroffen. En de overleden huishoudster, hoe heette ze ook alweer?

Deed er ook niet toe. De naam van de kinderjuffrouw herinnerde hij zich ook niet. O, maar de anderen, zijn broers en zussen. Hen zag hij weer voor zich, wit en roerloos.

De meest levendige herinnering had hij aan zijn ouders. Wat een foto zou dat zijn voor het familiefotoalbum: Cleo die zich vastklemde aan hun dode moeder, die nog warm aanvoelde, hun moeder, die door die warmte nog troost gaf aan een van haar kinderen, maar niet aan Lionel. Terwijl hij vlak bij zijn vader op de trap had gestaan, was hij mijlenver van de plek verwijderd geweest. Het liefst had hij toen op de maan gezeten en van grote afstand naar de wereld geluisterd.

Terwijl hij nu luisterde naar een herinnering – die echt van heel ver moest komen – kon hij Cleo's korte trieste telefoongesprek met de politie nog horen, het gesprekje waarin ze vertelde hoeveel er vermoord waren en hoe ze heetten. 'Komt u?' had ze ten slotte heel naïef gezegd.

Lionel keek in de achteruitkijkspiegel naar zijn maskerachtige gezicht, wierp een blik op het masker van zijn zus en keek toen weer naar de voorruit.

Opnieuw alleen.

4

DE KANTOORSUITE VAN CHARLES BUTLER WAS VOORZIEN VAN EEN hypermoderne keuken, en Mallory droeg er zorg voor dat de techniek altijd up-to-date was. De meeste apparatuur was ondoorgrondelijk en had functies waar hij slechts naar kon raden, maar het apparaat waar hij zich het meest aan stoorde was het hightech koffiezetapparaat. Als een groot tegenstander van de mechanisering van het wereldbeeld gaf hij de voorkeur aan koffie waar geen computerchip aan te pas was gekomen. Die morgen maalde hij zoals gewoonlijk zelf zijn bonen en zette koffie in een percolator die op een ouderwetse gasvlam stond. Vervolgens liep hij met kop en schotel door de hal naar een deur met matglas. BUTLER & COMPANY stond er in gouden letters op het glas. Ooit had er MALLORY & BUTLER gestaan, maar weer had de politieleiding haar wenkbrauwen gefronst bij deze openlijke schending van het beleid dat moest tegengaan dat opsporingsvaardigheden werden aangewend in de privésector. Dus hadden ze haar naam van de deur gehaald.

Terwijl Charles zijn sleutel in het slot stak, haalde hij diep adem. Hij had maar zes seconden om het inbraakalarm uit te schakelen, meer tijd stond Mallory's programmering hem niet toe. Het was onwaarschijnlijk dat hij dat ooit zou vergeten. De oorverdovende sirene had hem eenmaal hoorndol gemaakt en dat had hem voorgoed van zijn verstrooidheid genezen.

Maar de deur zat niet op slot.

Nou, dat was geen veelbelovend begin van de dag, niet hier in New York. Slechts twee andere mensen hadden een sleutel: de schoonmaakster en zijn zakenpartner. Maar mevrouw Ortega kwam nooit zo vroeg en Mallory kwam nooit zo laat. Hij keek op zijn horloge. Mallory kon elk moment het politiebureau van SoHo binnenlopen, haar enige legale werkplek.

Hij duwde de deur open en zag dat in de ontvangstruimte alles in orde was. Zo te zien stond alles er nog. De antieke meubels in het vertrek waren kostbaar, maar een inbreker had waarschijnlijk liever dingen die wat gemakkelijker meegenomen konden worden, Mallory's buitensporig dure elektronica bijvoorbeeld.

Met de ontspannen tred van iemand die goed verzekerd is, liep hij door een smalle gang naar de kantoorruimte aan de achterkant. De werkkamer van Mallory werd zwak verlicht door de stralen van een beamer op een groot projectiescherm. Hij staarde naar het portret van een roodharig kind. Het meisje was op muurgrootte afgebeeld: twee meter vijfenzeventig hoog. Op drie computerbeeldschermen zag je een kleinere versie van hetzelfde schilderij, maar om een of andere reden had de rechercheur het noodzakelijk gevonden om dit kleine meisje uit te vergroten. Mallory was zo verdiept in haar werk dat ze zijn aanwezigheid nog steeds niet had opgemerkt.

Charles keek toe terwijl het ene schilderij overging in het andere. In dit nieuwe portret droeg het roodharige meisje het uniform van een particuliere school en poseerde ze, met haar benen over een gepolsterde armleuning van een stoel geslagen. Een stukje van haar witte onderbroek was nog net zichtbaar. Geklik en gezoem van de computer kondigde het volgende schilderij aan, en dit portret was gedenkwaardig. Dit was het pronkstuk van de Quentin Winter-collectie, het enige grote kunstwerk van een verder tamelijk onbetekenende schilder. Dit was het kind van de kunstenaar en ze was naakt. Waar zich nu nog slechts een lichte glooiing vertoonde, zouden op een dag borsten zitten. Schilderijen klikten achter elkaar voorbij en hij zag hoe Nedda Winter – twee meter vijfenzeventig hoog op Mallory's muur – alle stadia van de puberteit doorliep. Hij voelde zich een voyeur.

'Zie je wat ik zie?' vroeg Mallory, zonder zich om te draaien.

Je kon het gerust vergeten om haar ongemerkt van achteren te naderen. Er volgde een klik en Mallory baadde weer in het licht van Red

Winter, het beroemde schilderij. Hij begreep waar ze heen wilde. 'Nou, het ligt niet voor de hand dat een kunstenaar zijn eigen kind *au naturel* schildert.'

'Die schoft heeft haar uitgekozen,' zei Mallory. 'Nedda was een van zijn negen kinderen. Hij heeft een hoop naakte vrouwen geschilderd, maar ze was het enige kind.'

'Denk je dat hij zijn dochter misbruikte, en dat op basis van alleen maar een schilderij?'

'Ik ben er voor negentig procent zeker van.'

Charles schonk geen aandacht aan de toon waarop het gezegd werd. Hij verdiepte zich liever niet in bepaalde hoekjes van Mallory's jeugd, waar haar oordeel ongetwijfeld zijn oorsprong vond. Hij draaide zijn hoofd naar de projectie op de muur en herinnerde zich een foto die zijn oude vriend Louis Markowitz altijd in zijn portefeuille met zich mee-droeg: een portretje van zijn pleegkind. Toen Kathy Mallory net zo oud was als het jonge meisje op de muur, had ze net zulke waakzame ogen gehad. De dagen die ze als straatkind had doorgebracht, waren hard en verhardend geweest. Maar Nedda Winter was in welstand en luxe opge-groeid. Twee totaal verschillende gevallen, en dit zou een aanwijzing kunnen zijn voor een problematische gezinssituatie in Winter House.

En voor incest?

Nu hij in die perverse richting zat te denken, vroeg hij zich tegen zijn wil af of het woord *red* in de naam van het schilderij duidde op het rode haar van de jonge Nedda of op haar verkrachting.

Mallory deed de tl-verlichting aan en de hele kamer was plotseling helverlicht. Het licht werd weerkaatst door de beeldschermen en deed de metalen meubels en elektronische componenten schitteren. Het saaie grijze projecttapijt was ongetwijfeld gekozen om de houten vloe-ren voor cement te laten doorgaan. Ze liep de kamer door naar de sta-len rolgordijnen die de sierlijke lijnen van de boogramen aan het ge-zicht onttrokken. Haar computers was voorlopig het zwijgen opgelegd. Wanneer ze werden opgestart, traden ze zoemend in verbinding met el-kaar en zij met hen, en meteen was dan de gevoelstemperatuur in haar werkkamer altijd tien graden lager dan een normaal mens prettig zou vinden.

Met een druk op de afstandsbediening rolde het projectiescherm omhoog en verdween in een metalen cilinder vlak bij de lijst van het plafond. Nu werd een mededelingenbord van kurk zichtbaar dat de hele muur besloeg. Alle briefjes zaten even ver van elkaar en waren volmaakt evenwijdig aan elkaar vastgeprikt. Mallory prikte punaises met de precisie van een machine.

Haar aantrekkelijke gezicht mocht dan strijdig zijn met deze omgeving, wat daaronder lag was dat niet. En dat ze er geen idee van had dat deze kamer haar persoonlijke eigenaardigheden liet zien – haar eigen klikken en zoemen, al die beangstigende dingen waarin ze afweek van haar medemensen – was iets wat hem echt ontroerde, wat hem het meeste raakte.

Dit kantoor toonde Mallory in al haar naaktheid, in heel haar kwetsbaarheid.

En wat zag ze als ze naar hem keek? Was het iets triests en zieligs? Of was hij komisch in haar ogen?

Ze konden elkaar nooit de waarheid vertellen. Ze waren vrienden.

'Goed,' zei Mallory. 'Stel dat Quentin Winter zijn dochter heeft misbruikt. Kun je je voorstellen dat het meisje daarom uit woede aan het moorden is geslagen?'

'Wat? Nedda? Ik was in de veronderstelling dat een buitenstaander al die mensen heeft vermoord.'

'Een ijspriem heeft ze gedood,' zei ze. 'En die inbreker van gisteravond? Die is niet vermoord met een schaar. Het was een steek in het hart, net zoals bij alle slachtoffers van de slachting.'

'Ik begrijp het probleem.' Hij ging op Mallory's bureau zitten. 'Was er in de jaren veertig iemand die het kind verdacht?'

'Nee, maar ík zou dat wel gedaan hebben.'

Maar ja, Mallory verdacht altijd iedereen van iets.

'Mag ik daaruit afleiden,' zei Charles, 'dat de vader een hele serie steekwonden had?'

'Nee. Het was één enkele stoot in het hart. Bij alle slachtoffers.'

Hij zou hier aan kunnen voeren dat dit erop duidde dat er geen woede of haat in het spel was, maar Mallory had hem niet gevraagd om haar te wijzen op zwakke plekken in haar logica. En nu begon hij zich af te vragen of ze zichzelf in Nedda Winter verplaatste. Misschien was dit de manier waarop Mallory het, als kind, gedaan zou hebben: in koelen bloede, efficiënt en snel.

'Wraak,' zei hij, terwijl hij over dit idee nadacht. 'Dus ze vermoordt haar vader vanwege het seksuele misbruik en vervolgens maakt ze de getuigen van kant, al die mensen? Hoe oud was Nedda ook alweer, twaalf jaar?'

'Maar ze was heel groot voor een twaalfjarige.' Mallory startte de computer weer op om het schilderij *Red Winter* te laten zien, en daar was het bewijs: de grootte van het kind gerelateerd aan haar omgeving. 'En dit meisje bleef na het bloedbad niet op de komst van de politie wachten.'

'Ik dacht dat de kranten de theorie huldigden dat het om een psychotische moordenaar en een kidnapping ging.'

'De politie ook,' zei Mallory. 'En wat dan nog? Het is nu mijn zaak. Deze moordenaar was koelbloedig en precies. Je kunt het niet bevatten, hè? Een heel koelbloedig klein meisje dat systematisch het huis afwerkt en al die mensen doodsteekt.'

Dat kon hij wel, maar wat hij zag was een kleinere versie van Mallory en het zou hem veel tijd kosten om dat beeld weer uit zijn hoofd te krijgen.

Ze maakte het scherm leeg. 'De enige andere mogelijkheid is een huurmoordenaar met een geldmotief. Niets persoonlijks, gewoon een keurige snelle klus. Maar er zit een zwakke plek in die theorie.'

'Ja, ik zie het probleem.' En deze keer kon hij geen fout in haar redenering ontdekken. 'Als de kinderen de enigen zijn die van het familiefonds profiteren, wie betaalde dan het...'

'Nee, dat is niet wat ik bedoel. Daar heb ik wel een oplossing voor.'

'Oké dan.' Even tijd om opnieuw positie te kiezen, bedankt. 'Beroepsmoordenaars kidnappen over het algemeen geen kinderen.'

'Dat doen ze nooit.' Ze knikte even, als aanmoediging om door te gaan.

'En het moet een hoop onrust teweegbrengen als er plotseling iemand opduikt in een woning vol mensen.' Tot nu toe ging alles nog goed, er waren nog geen hobbels op zijn pad. 'Een gezinslid daarentegen kan vrij door het huis lopen en zijn slachtoffers overrompelen zonder alles in rep en roer te brengen.'

Ze knikte. Nu ben je er! wilde dat zeggen.

'Oké, ik wil je niet tegenspreken.' Hij hield zijn handen omhoog, ook al besefte hij dat dit een defensieve houding was. *Je hoeft me niet af te maken. Ik probeer ook maar iets te bedenken.* 'Maar nu een ander scenario. Stel dat het inderdaad een beroepsmoordenaar was. En stel dat Nedda hem op tijd had gezien, zodat ze had kunnen vluchten.' Charles wist dat hij een fout maakte door haar zijn eigen theorie te geven, maar hij kon zichzelf niet tegenhouden. 'Dan zou de moordenaar achter haar aan moeten, haar moeten vinden, of niet soms? Veronderstel dat ze buiten – misschien in het park aan de andere kant van de straat – aan hem had weten te ontkomen? Dan heb je een klein meisje dat denkt dat ze niet meer naar huis kan, omdat het huis de plek is geworden waar het monster op haar wacht. Dus de theorie van een kind dat van huis was weggelopen, zou...'

'Mij lijkt die theorie plausibel.' Riker stond in de deuropening. Alleen aan de kleur van zijn pak en zijn das was te zien dat hij andere kleren aanhad dan gisteren. 'Ja, een weggelopen kind. Uitstekend werk, Charles.' Riker glimlachte, wat erop neerkwam dat hij zich vierkant tegenover Mallory opstelde. 'Ik denk niet dat Nedda Winter al die mensen heeft vermoord,' zei hij terwijl hij haar aankeek.

Mallory sloeg haar armen over elkaar als waarschuwing dat ze niet blij was met deze scheuring in de gelederen.

Riker haalde zijn schouders op en stak een sigaret op. Nou, dat is dan jammer, wilde dat zeggen.

En nu wendde ze zich tot de argeloze Charles, die alleen maar de meest voor de hand liggende...

'Dus,' zei ze. 'Ik neem aan dat Nedda uit eigen beweging bijzonderheden heeft verteld over waar ze de afgelopen achtenvijftig jaar is geweest.'

'Nee,' zei Charles. 'Sorry, ik ben vergeten ernaar te vragen.'

'Heb je niets voor ons,' vroeg Riker, 'helemaal niets?'

'Willen jullie misschien ontbijt?' vroeg hij.

Bitty's kamer was vroeger de kamer van Leo de Lezer geweest. Leo van acht. Leo met de jampotglazen die zijn blauwe ogen groter en vriendelijker maakten. Elke keer dat Nedda deze kamer betrad zag ze haar broertje wijdbeens in zijn stoel bij het raam zitten met een boek in zijn kleine handen, een klein gat in zijn pyjama en een beetje bloed uit zijn jonge hart.

Nedda ging op de rand van het bed zitten en bracht het glas naar Bitty's lippen. 'Drink maar op, schat. Je wilt vast niet weten wat erin zit.'

Haar nicht slikte het mengsel van rauw ei, melk en vleesbouillon gehoorzaam door.

'Mijn vaders favoriete middel tegen een kater,' zei Nedda.

'Was hij alcoholist?'

'Eh, ja, schat, maar wie was dat in die dagen niet?' Ze nam het lege glas aan en zette het op het nachtkastje. 'Bovendien dronk hij alleen na drieën. Hij had zo zijn principes.'

'Was mijn opa een gewelddadig mens?'

Daar had je de theorie over de moord op Edwina Winter weer. 'Nee. Het enige waardoor hij geagiteerd raakte was een gevecht met mijn stiefmoeder. Soms kreeg Lionel een niet al te harde mep op zijn achterste. Hij kwam altijd tussenbeide om zijn moeder te beschermen. Niet dat die hulp nodig had. Wanneer ze achter mijn vader aan zat, had ze altijd iets zwaars in haar hand.'

'Ik kan me oom Lionel niet als klein jongetje voorstellen.'

'Ik denk dat je hem toen wel aardig gevonden zou hebben. Hij was de enige die zich tegen mijn vader durfde te verzetten. Hij was een moedig kind. Daarom hield ik van hem.'

'Hield je van je vader?'

'Ja, maar Lionel hield meer van hem. Ik vraag me soms af of hij die klappen alleen maar incasseerde omdat hij wilde dat papa hem aandacht schonk.'

Bitty sloeg de dekens opzij en haar gezicht vertrok van pijn door de overhaaste beweging. Ze bedacht zich en liet zich terugvallen op haar kussen. 'En de anderen? Herinner je je Sally?'

'Natuurlijk. De baby. Ze huilde veel. Dat was de reden dat de kinderkamer zich op de hoogste verdieping bevond. En ze was niet in orde. Ik kan me herinneren dat er voortdurend artsen naar boven gingen om haar te onderzoeken.'

'Wat was mijn moeder voor iemand?'

'Ze was nog maar vijf toen ik... vertrok. Een heel teder kind. Een grote zonnige glimlach. Arme kleine Cleo. Ze moet hebben gedacht dat ik haar in de steek gelaten had. En dat heb ik vermoedelijk ook gedaan.'

'Tante Nedda. Ik heb erge spijt van gisteravond. Die kwestie van jouw moeder...' Ze drukte haar gezicht in het kussen.

'Het geeft niet, Bitty. Ik heb je al verteld dat ik mijn moeder nooit gekend heb. Jouw moordhypothese heeft me helemaal niet van mijn stuk gebracht. Ik weet dat mijn vader haar niet heeft vermoord. Alice, zijn tweede vrouw, leek sprekend op Edwina. Dus wat kun je daaruit opmaken?'

'Dat hij van haar hield?'

'Waanzinnig veel. Eén keer – ik was toen nog niet geboren – konden ze elkaar een week niet zien. Ze schreven elkaar iedere dag. Hun liefdesbrieven liggen op zolder, in haar hutkoffer. Je zou ze eens moeten lezen. Ik ken elke zin uit mijn hoofd.'

Een piepstemmetje riep: 'Wat?' Het was Rafel. De manke kaketoe was uit zijn kooi gekomen en werkte zich met behulp van snavel en klauwtjes langs de beddensprei omhoog naar zijn meesteres.

'Arm beestje,' zei Nedda. 'Wat is er met hem gebeurd? Waarom kan hij niet vliegen?'

'Zijn vleugel is geplet door het schuifraam. Dat viel er gewoon op. Nee, het klápte erop. Ik zag het gebeuren. Mama zegt dat het huis niet van vogels houdt.'

'Nee, dat doet het inderdaad niet,' zei Nedda. 'Elk jaar ligt er na de eerste vorst een dode vogel buiten op het raamkozijn. En van vliegen houdt het huis ook niet.' Ze keek naar het dode insect op Bitty's vensterbank. 'Dat zei de oude mevrouw Tully altijd. Zij was de huishoudster toen ik nog een klein meisje was. "Het kan zijn dat je zo nu en dan een dode vlieg ziet, maar een levende hoor je hier nooit zoemen, niet lang tenminste," zei mevrouw Tully altijd.'

'Was ze krankzinnig?' Bitty's hand schoot omhoog om haar mond te bedekken, alsof ze zojuist een sociale misstap had begaan door de aandacht op een gebrek te vestigen in aanwezigheid van een invalide. Nu ze haar blunder besefte, leek ze een huilbui nabij.

Nedda schonk haar niet een geruststellende glimlach en tastte met haar hand in de zak van haar japon. 'Er is iets anders waar we over moeten praten.' Ze haalde een klein versleten doosje tevoorschijn en hield het omhoog om het aan Bitty te laten zien. 'Herinner je je dit? Gisteravond tijdens het diner?' Het doosje was van karton dat voorzien was van een dikke gomlaag. Het was niet machinaal, maar ambachtelijk vervaardigd, en beschilderd met de tarotvoorstelling van de gehangene.

Een *memento mori* uit de hel.

Nedda maakte het doosje open en trok het spel kaarten eruit. De kaart van vernietiging, een afbeelding van een brandende toren, lag bovenop. 'Vertel me eens waar je mijn tarotkaarten hebt gevonden.'

De boekenkasten in Charles Butlers bibliotheek waren vierenhalve meter hoog, en een trap op wieltjes liep schuin van de vloer tot de bovenste plank. Hoog in de lucht rolde hij langs de kasten, op zoek naar het boek dat Mallory wilde hebben. 'Ik heb het gekregen van een vriend van mijn vader. Hij zei dat mijn collectie over de geschiedenis van New York niet volledig zou zijn zonder dit boek.'

Hoewel hij er nooit over gedacht had het boek te lezen, was het terechtgekomen op de bovenste plank, samen met soortgelijke boeken. Na kritische lezing van de eerste bladzijde was hij tot de slotsom gekomen dat het beroerd geschreven was, maar het zou van slechte manieren en van literaire ketterij getuigd hebben als hij het boek in de vuilnisemmer had gegooid. Hé, waar was het gebleven?

Hm, dit was lastig.

Het boek stond niet waar het moest staan. Er waren wel een paar jaar verstreken sinds hij het daar had neergezet, maar hoe kon het dat het weg was? Nadat generaties bibliothecarissen hem doordrongen hadden van het nut van regels, was het praktisch onmogelijk dat hij een boek op de verkeerde plaats in de kast zette. Elke boekrug was voorzien van een etiket met het Library of Congress-nummer om dit soort vermissingen tegen te gaan. Maar nu zag hij dat alle boeken op de bovenste plank verkeerd stonden.

Dat hem dit gebeurde, nee, dat kon niet waar zijn.

Hij keek omlaag naar Mallory. Ze staarde naar de clubfauteuils die hij onlangs had aangeschaft, zes stuks die in een kring stonden. In het midden zou je, ja, wat zou je daar verwachten? Nou, een zeer kostbaar meubelstuk bijvoorbeeld, een tafel van grote historische waarde uit het vierde decennium van de negentiende eeuw. Maar deze wijde kring werd slechts opgevuld door zijn herinnering aan een pagina in een antiekcatalogus.

Ze sloeg haar ogen naar hem op. 'Charles, ze hebben je spullen gejat.'

'Nee, ik heb mijn speeltafel weggegeven, nadat ik een nieuwe had gekocht. Ze zouden hem vanmorgen bezorgen, maar er is gisteravond brand geweest in het magazijn.'

Hij keerde terug naar het probleem van de verdwenen boeken en ontdekte dat op de bovenste plank geen stof lag. Opeens was alles hem duidelijk. Blijkbaar had zijn schoonmaakster hier, vierenhalve meter hoog, stof afgenomen en daarna alle boeken gerangschikt naar grootte, zodat de rij op de bovenste plank er niet meer zo ongelijk uitzag. Mevrouw Ortega's overdreven hang naar netheid deed alleen voor die van Mallory onder. Omdat hij het werk dat de vrouw had verzet niet teniet wilde doen, prentte hij beleefd de nieuwe volgorde van zijn boeken in zijn geheugen.

'Dus je had het idee dat je beter zou gaan pokeren als je een nieuwe tafel had?' riep ze onder aan de ladder.

'Nee. Eh, ja.' Charles liet zijn leven minder beheersen door magisch denken dan andere mensen, maar pijnlijke ervaringen uit het verleden konden psychologisch doorwerken. En bij poker...

'Weet je,' zei ze, 'je moet vals spelen om die smeerlappen te verslaan.' Hij zuchtte.

Ze had gelijk. Psychologie zou hem niet helpen. Hij had het verkeerde gezicht voor dit spel. Zijn gezichtsuitdrukking verraadde alles wat hij dacht en voelde. Erger nog: hij had de dieprode blos van zijn moeder geërfd, die het hem vrijwel onmogelijk maakte om te liegen of te bluffen. Helaas was hij genetisch zo geprogrammeerd dat hij een eerlijk man was, en een slechte pokeraar.

De smeerlappen, zoals Mallory hen liefhebbend noemde, waren de oorspronkelijke leden van een heel oud wisselend pokerclubje. Na het overlijden van Louis Markowitz, haar pleegvader, had Charles zijn plaats ingenomen en er drie vrienden bij gekregen. Het was de bedoeling geweest om volgende week in zijn flat te spelen, aan een antieke tafel die ooit opgeluisterd was door een beroemd politicus en kaartspeler van wereldformaat. 'De tafel was niet bepaald nieuw. President Ulysses S. Grant zat ooit als toeschouwer bij een partij in...'

Ach, wat maakte het nog uit. Dat stuk geschiedenis was inmiddels verkoold.

Hij wist dat Mallory hun wekelijkse spelletje poker maar niets vond. Naar haar smaak ging het er veel te vriendelijk aan toe: alleen maar lage inzetten, of, zoals zij het uitdrukte, wisselgeld van de kruidenier. Ze had ook bezwaar gemaakt tegen jokers die veranderden met de schijngestalten van de maan of met de data van de vuilnisophaal. Eén keer had ze geklaagd dat het spel toch wel erg veel weg had van het bingoavondje voor oude dames in de kerk.

'Deze week,' zei Charles, 'wordt er bij Robin gekaart. Mocht je zin hebben om te komen, dan weet ik zeker dat ze allemaal met plezier volgens jouw regels willen spelen.'

Blijkbaar was het nauwelijks een uitdaging om de oude vrienden van haar vader in een genadeloos spelletje kaalplukpoker van hun centen te ontdoen. Vergeet het maar, zeiden haar ogen. Maar ze liet haar hand over de nieuwe stoelen glijden, als teken dat de kwaliteit van het leer haar goedkeuring kon wegdragen.

Hij rolde de ladder naar het eind van de muur en zijn ogen kregen het boek in het vizier waar hij naar zocht. 'Hebbes. Het telt ongeveer duizend bladzijden.'

Blijkbaar trof het nieuws haar onaangenaam. 'Kun je mij de essentie van het boek geven?'

'Ik heb het nooit gelezen.' Hij keek naar zijn exemplaar van *De slachting in het Winter House*. 'Niet echt mijn smaak.'

'Is het zo slecht?'

'Nou, de informatie zal best betrouwbaar zijn. De schrijver is een historicus van naam en faam. Had ik het maar gelezen. Dan had ik mezelf gisteravond een paar pijnlijke verrassingen bespaard.' Hij daalde de trap af en stond naast Mallory. 'Je had me wel eens kunnen waarschuwen dat Nedda Red Winter is.'

'Oprechte verrassing werkt beter.' Ze keek naar het stofomslag met zijn illustratie: één enkele druppel bloed.

'Maar ik kende de geschiedenis van Winter House.' Welke geboren en getogen New Yorker kende die niet? 'Wat is dan eigenlijk de verrassing?'

Mallory wachtte geduldig tot zijn verontwaardiging wat afgenomen was, en hij moest toegeven dat hij zelfs het adres niet had herkend toen hij de plaats van het misdrijf bezocht. En, zoals de meeste mensen die geloven dat ze alle bijzonderheden van historische gebeurtenissen kennen, had hij de betekenis van een ijspriem – in Winter House nota bene – niet begrepen.

'Als je gisteravond had geweten wie Nedda was,' zei ze, 'dan was dat verdacht geweest.'

'Ze heeft gelijk,' klonk een stem achter hen.

Charles draaide zich om en zag Riker door de bibliotheek lopen met een kop koffie in zijn hand. Vermoedelijk vroeg hij zich af wanneer de rest van het ontbijt klaar zou zijn. De rechercheur miste het geduld voor zelfgebakken croissants.

'Trek het je niet aan,' zei Riker. 'Na vijfenvijftig jaar legt alleen een politieagent de link met Nedda Winter nog, en dan nog niet eens iedere agent. Zelfs ik had er wat tijd voor nodig, terwijl ik ben grootgebracht met die geschiedenis. De meeste mensen kennen haar alleen als Red Winter.'

Mevrouw Ortega's stofzuiger ging haar vooraf en alle conversatie in de bibliotheek stokte. 'Effe die hoeven optillen,' zei de pezige kleine vrouw met de donkere Spaanse ogen en het Brooklyn-accent, terwijl het zuigende mondstuk gevaarlijk dicht bij Rikers vuile schoenen kwam. Ze zette de zuiger net lang genoeg uit om haar lippen te tuiten en een aanmerking te maken op zijn pak. Ze pakte een stapeltje papierstrookjes uit haar schort en stak ze in het borstzakje van het jasje. 'Dat zijn bonnen voor de stomerij. Je weet wel waarvoor.' Ze deed de stofzuiger weer aan en bewoog hem heen en weer over het tapijt.

Charles gaf het boek aan Riker en verhief zijn stem om zich verstaanbaar te maken. 'Hier, een cadeautje. Kan zijn dat het behoorlijk droge kost is. Daar staat deze auteur om bekend.'

'Ik heb het gelezen,' zei Riker.

'Wát?' De stofzuiger werd uitgezet, en mevrouw Ortega nam een moment van stil ongeloof waar. Deze rechercheur had ooit bekend dat hij alleen maar de sportpagina las. En de illustratie van het omslag kon geen rol spelen. Ook met die felgekleurde druppel bloed bleef dit een dikke pil. Ze duwde de stofzuiger de kamer uit, waar nog enig gemompel klonk van hoe dit alles in jezusnaam mogelijk was.

Riker haalde zijn schouders op. 'Ik moest het wel lezen,' zei hij als excuus voor zijn geletterdheid. 'Toen ik nog klein was, was het bloedbad mijn verhaaltje voor het slapen gaan.' Hij tilde het boek met een hand op. 'Maar dit boek zou je weinig geholpen hebben, gisteravond. De vent die het heeft geschreven vermeldt niet eenmaal de echte naam van Nedda. Hij noemt haar alleen Red Winter. Historici, hè?' Hij sloeg het boek open op de titelpagina. 'Mijn exemplaar is trouwens gesigneerd.'

Toen ze met zijn allen om Charles' keukentafel zaten, verdwenen de warme croissants in rap tempo. De rechercheurs namen niet de tijd om de stukjes bladerdeeg te proeven, maar werkten ze naar binnen met grote slokken koffie. Vervolgens maakten ze korte metten met de flensjes.

Af en toe hield een van hen op met eten om informatie uit hem te trekken, in plaats van rustig naar zijn relaas te luisteren. Misschien was hij wel eens te lang van stof en wilde hij hun korte...

'Ten tijde van de moorden,' zei Mallory, die de boekhouding bijhield, 'woonden er in Winter House negen kinderen en vier volwassenen.'

'Van wie vier kinderen het bloedbad overleefden.' Charles gebruikte een servetje als bladwijzer, zodat hij hun namen in de juiste volgorde, van oud naar jong, zou kunnen oplezen.

'Maar er zijn er nog maar drie over,' zei Mallory. 'Dat verhaal over de verdwenen Sally Winter geloofde je toch niet?'

'Dat heb ik niet gezegd. Ik heb gezegd dat het verhaal in sommige opzichten wrong. Lionel had een merkwaardige reactie die ik niet kon toeschrijven aan... Hoe moet ik het zeggen?'

'Vooral kort,' zei Riker. 'Als je niet zo'n goede kok was, had Mallory je twintig minuten geleden al een kogel door je lijf gejaagd.'

Ze knikte alsof ze het ermee eens was, terwijl ze de gemarkeerde passage over het jongste kind uit het gezin Winter las. 'Deze schrijver volgt Cleo en Lionel gedurende hun middelbareschooltijd en hun studentenjaren. Hij geeft de inschrijvingsdata en de data van diploma-uitreikingen. Maar het enige wat hij over Sally vermeldt is haar geboortedatum.' Ze keek op naar Charles. 'Best mogelijk dat er sprake is van nog een moord. Heb je ze erover uitgehoord?'

'Nou... nee. Na Bitty's kleine voorstelling op de trap, raakte de rest van hen in een shocktoestand. Het zou wat cru zijn geweest als ik had gevraagd of ze Baby Sally hadden vermoord.'

Uit het snelle klikken van Mallory's pen maakte hij op dat een simpel 'nee' zou hebben volstaan.

'Goed van Bitty,' zei Riker, aan wie het kennelijk was toegestaan om tussen grote happen aardbeienflensjes door futiele opmerkingen te maken.

'Ze moest er eerst dronken voor worden,' zei Charles. 'Ze heeft een passief-agressieve persoonlijkheid. Het paste helemaal niet bij haar aard om...'

'Op wat voor manier agressief?' Mallory leunde naar voren, geïntrigeerd door deze bijzonderheid.

'O, niet op een fysieke manier. Ze is meer een sluipschutter, maar het blijft strikt verbaal. Volgens mij sprak Nedda gisteren de waarheid toen ze bekende dat ze de inbreker had gedood. Bitty had dat nooit kunnen doen.'

'Ik heb ook nooit gedacht dat zij het gedaan heeft,' zei Mallory, en haar toon was een tamelijk scherpe herinnering aan het feit dat ze dat de vorige avond ook al tegen hem had gezegd en dat ze niet graag in herhalingen trad. 'Bitty is een schijtlijster.'

Riker was milder in zijn oordeel. 'Maar gisteravond heeft ze toch maar haar hele familie aan de kaak gesteld.'

'Ik vermoed dat dat een tactiek was om aandacht te krijgen,' zei Charles. 'Bitty is in haar emotionele ontwikkeling wat achtergebleven.'

'Waar bleek dat uit?' vroeg Riker. 'Die schoolbaljurk, of die teddyberen in haar kamer?'

Charles schonk geen aandacht aan zijn sarcasme en nam een hap. De betekenis van Bitty's bizarre make-up en de jurk die ze aan tafel aanhad was hem gisteravond bijna ontgaan. Eerst had hij geloofd dat haar moeder verantwoordelijk was voor die bespottelijke kleding. Later had hij beseft dat dat een vergissing was. Cleo Winter-Smyth zou zich nooit zoveel aan haar dochter gelegen laten liggen. De moeder had eenvoudig verzuimd om haar kind voor spot te behoeden. Het ontbreken van een emotionele band met haar ouders zou veel dingen verklaren. En nu at hij kalm zijn bord leeg, want hij had geleerd om uit zichzelf geen gedetailleerde verklaringen meer te geven.

Riker legde zijn servet weg en glimlachte tevreden. 'Er is dus sprake van een verstoord gezinsleven.'

'Het is nog vreemder,' zei Charles, die Riker koffie inschonk en zijn voornemen beknopt te zijn onmiddellijk weer vergat. 'Er is geen echte familiedynamiek. Het zijn net eilandjes, allemaal. Ik had duidelijk het gevoel dat Sheldon Smyth zich tegenover Bitty alleen voor de vorm als vader gedroeg. Bij Cleo en Lionel iets dergelijks: correcte antwoorden zonder de daarmee corresponderende toon en expressie.'

'Ik begrijp het,' zei Riker. 'Vergelijkbaar met een stel buitenaardse wezens die een menselijke familie imiteren.'

'Precies. Het doet denken aan...'

'Je hebt het nog niet over Nedda gehad.' Mallory tikte met haar pen op de tafel. 'Hoe voegde zij zich naar haar omgeving?'

'Dat deed ze niet. Ze maakte op mij de indruk van iemand die van een afstandje toekijkt. Hoewel ik zag dat ze een oprechte genegenheid voor Bitty voelde. En er was een zekere spanning tussen haar en haar broer en zus. Afwijkend gedrag heeft Nedda niet laten zien, als je dat soms bedoelt.'

'Maar ze is heel lang weg geweest,' zei Riker. 'Wij hebben het idee dat ze in een inrichting heeft gezeten.'

'Nou, ik kan het mis hebben,' zei Charles, 'maar in dat geval zou je meer symptomen moeten zien van...'

'Ik ben er absoluut zeker van,' zei Mallory. 'En ik weet dat het niet de gevangenis was. We hebben haar vingerafdrukken gecontroleerd. Ze heeft geen strafblad.'

Charles duwde zijn stoel naar achteren. 'Dus je denkt dat ze al die jaren in een gesticht heeft gezeten? Nou, dan moet ze zich bij dat dineetje behoorlijk thuis gevoeld hebben. Maar zij was degene aan tafel die normaal was. En heel charmant.'

Hij kon zien dat ook Riker het niet eens was met Mallory's idee dat Nedda een officieel krankzinnig verklaarde gekkin met een bloedig verleden was. Deze rechercheur was de enige die Charles' veronderstelling onderschreef dat het om een onschuldig weggelopen kind ging. Hij maakte de indruk dat hij volledig aan Nedda's kant stond en haar graag wilde geloven.

Maar toen het gesprek op een oud spel tarotkaarten kwam, een spel dat aan Nedda toebehoorde – het spel dat de vorige avond getoond was aan de eettafel – betrok Rikers gezicht.

Een licht ontbijt had Bitty Smyth weer kracht gegeven. Ze bevond zich op de trap en leidde bijna opgewekt de expeditie naar de zolder.

Nedda Winter liep vlak achter haar nicht en perste zich tegen de leuning om te vermijden dat ze op de lichamen van haar vader en stiefmoeder stapte. Op de tweede verdieping kwamen ze langs de kamer van Henry, waar de kunstenaar in de dop, vier jaar oud, dood tussen zijn kleurkrijt, potloden en tekenpapier lag. Haar kleine broertje Wendell, nog maar zeven toen hij stierf, lag op de grond in de volgende kamer.

Ze klommen verder en passeerden een aardedonkere wandkast waarin Erica, haar negenjarige zusje, doodsbang ineengedoken zat, luisterend naar de voetstappen van het monster en hopend dat de dood aan haar voorbij zou gaan. Nedda liep kalm langs deze deur en verbeeldde zich dat ze het hart van een kind hoorde bonzen.

Het spijt me verschrikkelijk.

Ze naderden de laatste overloop voor de zolder, en de trap versmalde zich. Hier ontweek ze een klein lijkje dat op de trap lag. Mary was de kinderkamer uit gevlucht, had als een gek gerend – voorzover je daar bij een tweejarige van kan spreken, het was eerder waggelen – en was op weg naar beneden gestorven.

De doden waren onzichtbaar voor Bitty, die sterk in het heden leefde. Het leven van Nedda speelde zich voor een groot deel in het verleden af: de kinderjuffrouw op het tapijt in het portaal was nog maar net dood, haar lichaam was nog warm en het beetje bloed op haar borst nog niet geronnen. Nedda keek omlaag naar het gezicht van deze teenager, Glen Rawley, die even daarvoor nog geloofd had dat ze onsterfelijk was. Waarom? leken de wijkende lippen van het meisje te willen zeggen. Achter het lijk van de jonge kinderjuffrouw bevond zich de deur naar de kinderkamer.

In de nieuwe eeuw hadden ze hem dichtgemaakt.

Bitty en Nedda bleven een paar ogenblikken staan onder de grote glazen lichtkoepel die de derde verdieping kroonde en de zolder in tweeën verdeelde. Hier vertakte de trap zich als een gevorkte tong. De treden die naar rechts afbogen leidden naar de zolder die op het noorden lag en dienstdeed als opslag. Bitty nam de trap naar de zolder die op het zuiden lag en waar de bezittingen van de overledenen werden bewaard. Al sinds de negentiende eeuw was dit een familiegebruik.

Nedda liep achter haar niet aan en betrad een smalle kamer met schuine dakspanten, waar de oude vertrouwde geur hing van vergaan verleden en stof. Licht viel binnen door een reeks kleine Saksische vensters. De kamer leek onveranderd. Zo veel jaren waren haar vroege herinneringen het enige geweest waar ze op kon teren, dat de beelden uit die tijd haar nog helder voor de geest stonden.

Ze keek naar de hutkoffers die in rijen opgestapeld stonden en die generaties van haar voorgeslacht representeerden. Wat erin zat was het allegaartje dat het leven op aarde vormde. Haar blik werd getrokken door de koffer van haar moeder. Als kind had ze hier vele uren doorgebracht met het tellen van jurken, kanten zakdoekjes, haarspelden en dergelijke, herinneringen aan een vrouw die van haar had gehouden, een vrouw die stierf toen Nedda nog te jong was om haar gezicht te onthouden. Deze morgen sloeg ze hem over en liep achter haar niet aan tussen de koffers van de vermoorde leden van het gezin Winter door, volwassenen en kinderen.

'Weet je waar deze plek me aan doet denken?' Bitty liep de zolder over en trok aan een koord om de lampen aan het plafond aan te doen. 'Aan de vroegchristelijke catacomben, met skeletten die opgestapeld liggen als vademhout. Alleen zijn hier natuurlijk geen echte lijken.'

Van alle koperen plaatjes op deze rij hutkoffers had iemand met een vinger het stof verwijderd om de in ouderwets schrift geëtste letters beter te kunnen lezen. Nedda knielde neer op de grond om de namen te lezen.

Bitty hurkte naast haar neer. 'Ik kon geen koffer vinden voor Baby Sally. Ook niet op de zuidelijke zolder of in het souterrain.' Ze sloeg haar ogen op naar haar tante. 'Sally had een eigen koffer, hè?'

'Ja, schat, we hadden allemaal een eigen koffer. Ik weet nog dat Sally's hutkoffer aan het voeteneind van haar wieg stond.'

Er was in de familie niet over dit onderwerp gepraat, er waren al genoeg doden. Ze had geen vragen aan Lionel en Cleo gesteld omdat ze zich niet bloot wilde stellen aan nog meer verdriet. Bovendien had ze het onnodig gevonden. Bij de geboorte was al voorspeld dat de baby niet oud zou worden. Het meisje leed aan een ernstige hartkwaal, een erfelijke ziekte die voorkwam in de familie van Quentin Winters tweede vrouw.

'Dit zul je misschien wel interessant vinden.' Bitty reikte achter de rij hutkoffers en haalde een canvas zak tevoorschijn, die vergeeld en gebarsten was van ouderdom. 'Kijk er maar eens in.'

Nedda maakte het trekkoord los en liet de inhoud op de vloer glijden. Tussen de kleding lag een zeilpak waarvan het materiaal was aangetast, een pak van een klein meisje. De tijd was deze voorwerpen – die niet in de met cederhout beklede hutkoffers werden bewaard – niet goedgezind geweest. Het volgende voorwerp uit de stapel was een doopjurk, die verpulverde in haar handen. Het enige wat heel bleef was het kleine stukje stof waarin Sally's initialen geborduurd waren. Nedda's hand gleed over kleine, wit uitgeslagen knuffeldieren en boekjes met kinderrijmpjes. Ze bekeek voorzichtig de rest van de kleding, kleding in de verschillende maten van een opgroeiend kind dat na het bloedbad nog drie of vier jaar had geleefd.

Bitty vouwde de kleren van het kind op en deed ze in de zak. 'Mijn vader zegt dat Sally weggelopen is in het jaar dat Lionel eenentwintig werd. Dan zou ze tien zijn geweest. Maar waar is haar hutkoffer? Een meisje van tien dat van huis wegloopt en een koffer met zich meesleept, kun jij het je voorstellen?'

'Nee,' zei Nedda. 'Ik niet.'

Sally was nooit ergens heen gevlucht. Een hele rij hartspecialisten had als verwachting uitgesproken dat ze als gevolg van haar chronische ziekte heel jong zou sterven. Wist Bitty dit? Nedda kon het niet vragen, en er waren andere vragen die nooit beantwoord zouden worden. Had Sheldon Smyth gelogen toen hij zei dat Sally van huis was weggelopen, of had iemand, Cleo of Lionel, tegen hem gelogen? Nedda had de moed verloren om de doden nog langer lastig te vallen. 'Waar is míjn hutkoffer?'

Bitty stond op en liep naar het eind van de rij met vermoorde kinderen. Eén koffer stond tegen de muur, apart van de andere. 'Dit is hem. Je bent nooit officieel doodverklaard, maar ik denk dat ze na een tijdje alle hoop opgegeven hebben.' Ze maakte het deksel open. 'Maar dit is niet de koffer waarin ik de tarotkaarten heb gevonden.'

Nedda liep naar haar nicht toe en las haar naam op een koperen plaat. Hier, op deze zolder, was het alsof ze haar grafsteen zag. Ze liep met Bitty mee naar het andere einde van de zolder, de rustplaats van een oude koffer, die groter dan alle andere was en vol reisstickers zat. Wat deed deze oude koffer hier op de zolder van de overleden Winters?'

Bitty opende hem als een kast. 'Ik vond het paspoort van oom James in deze koffer en dat is vreemd, want hij heeft er zelf een, net zoals de anderen. Hij staat op de noordelijke zolder.'

'Dit is een meubelkoffer,' zei Nedda. 'Je grootouders gebruikten hem voor oceaanreizen.' Aan een kant zat een rij laden. Ze bekeek ze. In de onderste la trof ze een allegaartje aan kleding in heldere kleuren aan: goedkope, bonte kleding die herinneringen opriep.

'Ik heb een lange rode haar gevonden,' zei Bitty. 'Hij zat vast in het doosje met tarotkaarten.' Ze draaide haar hoofd om naar de onderste la te kijken die haar tante had opengetrokken. 'Daar heb ik de kaarten gevonden. En in al die kleren zat afgeknipt rood haar, dus ik vroeg me af of je haar...'

'Ja, ze hebben het afgeknipt... heel kort.' Zo kort als bij een jongen. Nedda herinnerde zich hoe haar haar, dat tot haar middel kwam, op de grond viel. Het knippen van de schaar, het was of het die morgen gebeurd was. Ze had op een houten stoel gezeten in een kleine armoedige kamer met haveloze dichtgetrokken rolgordijnen, terwijl deze verminking de vloer bedekte. Een grote kakkerlak was door het afgeknipte haar gelopen en in zijn voetspoor waren de rode strengen krullend en kronkelend tot leven gekomen. En Nedda had de hele tijd gehuild en geluisterd naar het gestage tikken van de regen tegen het raam en naar het knippen van de schaar.

Bitty haalde een jurk uit de onderste la. 'De maat is wel dezelfde als die van de jurken uit jouw koffer, maar verder lijkt hij er totaal niet op.'

Inderdaad, dit was een tamelijk armoedig dingetje voor een kind uit een rijk gezin. Nedda kon de nieuwsgierigheid van haar nicht goed begrijpen. Omdat ze niet in staat was om betrouwbare informatie van haar familie te krijgen, had Bitty tijdens het diner de tarotkaarten laten zien in de hoop om via een verrassingsaanval antwoorden op haar vragen te krijgen. En nu deze... zachtaardige hinderlaag.

'Ik had een hypothese over Sally,' zei Bitty. 'Ik dacht, misschien ben je jaren na het bloedbad teruggekomen. Voor haar.'

Dappere Bitty.

De rechercheurs liepen al pratend door Greenwich Village, maar steeds moesten ze hun gesprek onderbreken omdat ze met vragen bestookt werden door toeristen met een verwilderde, radeloze blik. Daar waar West Fourth Street zich op West Tenth Street stortte om hem in tweeën te splitsen, klopten de coördinaten niet meer. Twee grijsharige mensen stonden op het kruispunt, niet in staat hun weg te vervolgen. Ze staarden naar het onaannemelijke straatnaambordje en probeerden er chocola van te maken.

'Dat we dit doen, het is niet te geloven.' Geërgerd gebaarde Mallory het oudere echtpaar dat ze de boom in konden, met als gevolg dat ze de boodschap op hun I-Love-New-York-draagtassen vergalde.

'We zijn er bijna.' Riker tikte zijn peuk weg in een goot. 'En het uitstapje loont de moeite. Dit is de enige plek in de stad waar je een tarotkaartvoorspeller en een ijspriemmoordenaar in één gemakkelijk bereikbaar woonblok bijeen vindt. Het is de buurt waar Luciferman dood en verderf zaaide, een prooi vlak bij huis.'

Mallory sloeg *De slachting in het Winter House* open – het boek dat ze

had geleend – en haalde de folder eruit die ze had gebruikt als bladwijzer. De folder was geschreven door dezelfde auteur, en met sarcasme las
ze de titel op. '"Moordgids voor Greenwich Village", wat krijgen we nou?'
'De publicatie van het boek heeft die vent nooit veel geld opgeleverd.
Een slechte schrijver, als je het mij vraagt. Dus verdient hij nu zijn kost-
je met deze wandelexcursie.'

'Als je de excursie al een keer hebt gedaan, waarom moeten we dan
onze tijd…'

'En dat is hem dan.' Riker knikte in de richting van een kleine groep
mensen en hun gids, een kale kinloze man van middelbare leeftijd, die
niet veel langer dan een meter vijftig was.

Martin Pinwitty sprak zijn niet erg enthousiaste gehoor toe, dat van
buiten de stad kwam. Alleen toeristen luisterden altijd beleefd naar deze
monotone opsomming, terwijl hun ogen glazig werden van vermoeid-
heid. Een gehoor uit New York had allang de vloer met hem aange-
veegd. De man wist hen warempel te vervelen met het verhaal van een
door de maffia gefinancierde moordmachine en met bijzonderheden
over moorden met een pistool en een honkbalpet en – Rikers persoonlijke favoriet – met een ijspriem. De belangstelling van de groep her-
leefde plotseling toen Pinwitty hun vertelde dat ze precies op de plek
stonden waar een ijspriemmoord was gepleegd. Ze keken allemaal naar
de grond, wellicht in de verwachting meer dan een halve eeuw later nog
bloedvlekken te vinden.

'Dat doen ze altijd,' zei Riker, die zich samen met Mallory onopvallend aan de buitenkant van de groep ophield.

'Hoeveel keer heb je deze excursie gedaan?' Iets in haar toon gaf aan
dat ze alle respect voor hem verloren had.

'Ik ga eenmaal per jaar mee. Deze vent doet nog steeds onderzoek en
zijn verhaal is wel langdradig, maar elke keer anders.'

Martin Pinwitty en zijn groep liepen een paar meter het trottoir af,
en de lezing ging verder. 'Het slachtoffer was een journalist die begin jaren veertig de rechtszaken over Murder Incorporated versloeg. Nu vond
dat onderzoek jaren voor deze moord plaats. Daarom vermoed ik dat
de journalist nieuw bewijsmateriaal had ontdekt. Materiaal over een
beroepsmoordenaar.'

Mallory keek even naar Riker. Die knikte. 'Op dit punt heeft hij volgens mij gelijk.'

De schrijver ging door met het opdreunen van zijn verhaal. 'De politie heeft zeer grondig onderzoek in deze buurt gedaan. Alle bewoners van dit woonblok zijn verhoord, iets waar ze dagen mee bezig zijn geweest. En toen was de waarzegster aan de beurt.' Hij wees op een smal gebouw aan de overkant van de straat. 'De winkelpui van de vrouw bevond zich precies daar.'

Alle hoofden draaiden zich tegelijkertijd en staarden naar het proeflokaal met een lichtreclame voor bier en rookwaren. Een dronkelap stond voor het voorraam en kotste op zijn schoenen. Toch verloor het uitzicht zijn bijzondere charme voor het gehoor op het trottoir hierdoor niet.

'De politie toonde grote belangstelling voor de waarzegster,' zei Pinwitty. 'Ze was de enige die ze voor verhoor meenamen naar het bureau. En daar is ze gestorven. Volgens het overlijdensbericht was het een hersenbloeding.'

'Dat klopt niet,' zei Riker, die op gedempte toon praatte om het droge, eentonige verhaal niet te verstoren. 'Het was veel interessanter dan hij het vertelt.'

'Wat is er dan echt gebeurd?'

'Dit is uit de tweede hand. Ik was nog maar een kind toen ik het hoorde, en dat was ruim twintig jaar na de gebeurtenis. De rechercheurs lieten de waarzegster achter op een bank om een verhoorkamer vrij te maken. Langer dan vijf minuten zal dat niet geduurd hebben. Toen ze terugkwamen om de oude vrouw te halen, stond de agent van de wacht over haar lijk gebogen. En die diender vertelt aan de rechercheur dat ze het ene moment nog rechtop zat en het volgende moment dood was, en dat er niemand bij haar was toen ze omviel. Goed, ze zijn op zoek naar een ijspriemmoordenaar, hè? En door een aantal lijken die ze in de jaren veertig opgegraven hadden, waren ze op de hoogte van ijspriemgaatjes in het trommelvlies. Dan lijkt het net een beroerte. Nou, natuurlijk schijnen ze in het oor van die vrouw en zien bloed van een ijspriemwond. Vervolgens hebben ze die politieagent het vuur aan de schenen gelegd.'

'Loog die agent?'

'Dat dachten die rechercheurs. Dat die smeris misschien voor een paar centen de andere kant had uit gekeken. Of dat hij de oude vrouw misschien zelf om zeep had geholpen. Maar nee. Volgens andere getuigen had de agent simpelweg niet opgelet toen iemand bleef staan om met de aangehouden vrouw te praten. Langer dan om 'hallo' en 'tot ziens' te zeggen had de bezoeker daar niet gestaan. Een paar tellen later zakt de vrouw naar voren. De agent duwt tegen haar schouder en vraagt of alles goed met haar is. Dan valt ze op de vloer, morsdood. De moordenaar liep zo een politiebureau binnen en vermoordde deze vrouw, terwijl ze er met hun neus bovenop stonden.'

'En de rechercheurs hebben het verdoezeld.'

'Uiteraard. Dit gebeurde zo'n tien of twaalf dagen na de Winter House-slachting. De pers zou het hele bureau aan het kruis genageld hebben. Men liet een ijspriemmoord voor een beroerte doorgaan, en zo verdween hij naar de overlijdensadvertenties. O ja,' zei hij, alsof hem nog iets te binnen schoot. 'En die oude vrouw was geen zigeunerin met een glazen bol. Ze was kaartlegster. Tarotkaarten.'

'En ze had een stevige band met de huurmoordenaar.'

Riker knikte in de richting van Pinwitty. 'Daar gaat hij het nu over hebben.'

De schrijver wees naar boven, naar een raam op de eerste verdieping. 'Na de arrestatie van de waarzegster hebben rechercheurs nog diezelfde avond die flat doorzocht. Bij vorige bezoeken was de huurder nooit thuis geweest. Die avond namen ze zelfs niet de moeite om te kloppen. Helaas was de huurder verdwenen en zijn spullen ook. Niemand was in staat om de politie een naam of een signalement te geven. Eigenlijk kon geen buurtbewoner zich herinneren dat hij de geheimzinnige huurder ooit had gezien, hoewel hij de flat al jaren huurde.'

Mallory stootte Riker aan. 'Dus de winkelpui van de waarzegster was een dekmantel voor geldzaken, en de oude vrouw was tussenpersoon bij de moorden van de huurmoordenaar?'

'Ja. Twee waarzegsters gebruikten hetzelfde adres. Ze werden alle twee vermoord, maar Pinwitty weet dat niet.' Riker keek toe en zag dat de schrijver zijn gehoor kwijtraakte. Eén voor één maakten ze zich los van de groep, als ontsnapte gevangenen. 'Toch had Pinwitty het met een paar dingen bij het rechte eind.' Hij keek omhoog naar de eerste verdieping. 'Nadat de rechercheurs de deur hadden ingetrapt, kwamen ze tot de ontdekking dat de flat schoon was, en met schoon bedoel ik smetteloos. Nergens vingerafdrukken. Dan moet je lef hebben, hè? De hete adem van de politie in je nek en dan rustig de tijd nemen om de muren en de meubels af te nemen.'

'En nu hebben we Nedda Winter met haar tarotkaarten,' zei Mallory.
'Denk je dat Luciferman een twaalfjarig meisje zou kidnappen om zijn waarzegster te vervangen?'
'Er zit nogal wat tijd tussen. Vergeet niet dat het meisje twaalf dagen voor de moord op de waarzegster uit Winter House verdween.'

'Gesteld dat Luciferman dacht dat de politie hem op de hielen zat, best kans dat hij dan eerst van plan was om het meisje in te werken als zijn nieuwe tarotkaartlegster, voordat hij de oude vrouw vermoordde. Nedda was groot voor een twaalfjarige. Je had haar voor een tiener kunnen houden.'

'Zou kunnen.' In feite had Riker hieraan al gedacht. Maar waarom zou een beroepsmoordenaar geloven dat een klein meisje met dat idee akkoord zou gaan?

De bijdehante bliksem naast hem had zijn gedachten gelezen. 'Misschien,' zei ze, 'was Nedda wel helemaal niet zo kapot van de moorden. Misschien wist ze al wat er met haar familie zou gebeuren voor Luciferman op de stoep stond.'

Riker gaf een aarzelend knikje. 'Het is mogelijk.' Er was een overvloed aan mogelijkheden, en misschien klopte er allemaal geen hout van.

Mallory richtte haar aandacht weer op de schrijver en de paar toeristen die nog over waren van zijn groepje. Hij was verder de straat in gelopen, naar een plek waar zich een andere misdaad had afgespeeld. Ze luisterde nog een paar ogenblikken naar het verflauwende gezwam. 'Zei je nou dat hij nog steeds bezig is met onderzoek?'

Lionel stond onder aan de trap op hen te wachten. Bitty deinsde achteruit, bedacht dat ze op de bovenverdieping iets beters te doen had en trok zich terug.

Heel verstandig.

Na wat er de vorige avond was gebeurd, wilde Bitty een confrontatie met haar oom vermijden.

Nedda nam de kop koffie aan die haar broer haar aanbood. Absurd hoe dankbaar ze was voor dit kleine gebaar, en hoe ze verlangde naar meer, maar hij keek haar met zo veel achterdocht aan. Of was het haat? Het was moeilijk om Lionels gedachten nog te lezen. Als kind was hij nooit ijzig tegen haar geweest. Ooit was er een band tussen hen geweest: de twee oudste kinderen hand in hand tegen de verwarrende en soms gewelddadige wereld van hun ouders.

Terwijl broer en zus in de eetkamer zaten, richtte Nedda haar blik op de glazen deuren die op de achtertuin uitkwamen. De tuin zag er erg triest uit. Er stonden nog maar een paar struiken en één boom. Vroeger had aan de onderste tak van de boom een schommel gehangen. Haar broer was dol op klauteren geweest en had de voorkeur gegeven aan hoge takken. Het was een mooie, behendige jongen geweest met een gebruind gezicht en met knieën die doorlopend geschaafd waren.

'En nu,' zei Lionel, 'vraag je je af wat er met Baby Sally is gebeurd.'

Nedda schudde het hoofd. Nee, een oude herinnering die ze aan hem wilde vertellen had haar de deur uit gedreven, iets gemeenschappelijks. Ze wilde alleen wat praten en met hem samen zijn, verder niets.

'Cleo en ik zaten op school toen Sally... toen ze wegliep. Ik heb veel over die dag nagedacht. Het kwam niet door ons. We waren...'

'Dat is verleden tijd.' Nedda wuifde de rest van zijn woorden weg. Ze zou zo graag haar hand over de tafel willen uitsteken, zijn hand in die van haar nemen en zeggen hoe goed het was om weer thuis te zijn. Maar op dit moment was ze een grotere lafaard dan Bitty. Ze verwachtte dat Lionel onder haar aanraking ineen zou krimpen, dat hij zijn hand zou terugtrekken en in ijs zou veranderen.

Haar handen bleven gevouwen in haar schoot.

Martin Pinwitty was buiten zichzelf van vreugde. Twee echte rechercheurs van moordzaken waren te gast in zijn bescheiden woning. Bescheiden in het kwadraat. Er was maar één kamer, tenzij je de bergruimte meerekende, waarin zich de wc bevond, en dat deed Mallory niet. De badkuip, die afgedekt was met een brede houten plaat, deed ook dienst als tafel, en de slaapbank was haastig ingeklapt, opnieuw een teken van een armoedig, geïmproviseerd leven.

Het was niet moeilijk voor Mallory om te raden hoeveel procent van het inkomen van de man dagelijks werd opgeofferd aan postzegels. Overal waar geen boeken met bladwijzers lagen, lag correspondentie opgestapeld. De poststempels bestreken een groot gebied, en op een paar enveloppen stonden politiebureaus van andere staten als afzender vermeld.

Terwijl ze op weg naar zijn flat waren, had Pinwitty erop aangedrongen dat ze bij een kruidenier zouden binnenwippen. Hij wilde hen voor deze speciale gelegenheid op donuts trakteren, want zoals iedere burger verkeerde de schrijver in de veronderstelling dat het hoofdvoedsel van elke agent uit deze lekkernij bestond. En nu aten de beide rechercheurs, nog berstensvol van Charles Butlers croissants en flensjes, met poedersuiker bestrooide donuts, dronken thee die afschuwelijk was en deden of ze dankbaar waren.

Riker deed nog een paar scheppen suiker in zijn kopje. 'Dus die journalist die in de Village stierf, was de laatste ijspriemklus?'

'Door een beroepsmoordenaar gepleegd? Ja, dat geloof ik wel,' zei de schrijver. 'Ik heb overal mijn informanten zitten. Als er ergens een onopgeloste moord met een ijspriem is, dan kom ik het te weten. De priem was al jaren uit de mode toen die man vermoord werd.'

Mallory keek een van de dossiers van Pinwitty door, een lange lijst van moorden en gevallen van straatroof, en legde het toen weg. Ze was het met Riker eens dat dit een amateuristisch onderzoek was. 'Wat kun je ons vertellen over het onmens dat het gezin Winter vermoordde? Denk je dat hij na de slachting met pensioen gegaan is?'

'Zeker weten,' zei Pinwitty. 'Of hij is gepensioneerd, of hij is overleden. Weet je, er is zelfs een tijd geweest dat ik geloofde dat Red Winter hem had vermoord. In de staat Maine werd een man doodgestoken met een ijspriem.' Hij stond op en liep naar een boekenplank die volgestouwd stond met publicaties, documenten en goedkope bruine enveloppen. 'Ik heb een apart dossier voor dat geval. Het is nooit iets geworden.' Hij trok er een map uit en glimlachte. 'Ik ben er zelfs een paar dagen voor naar Maine gegaan om het te checken.'

Dit prikkelde Mallory's nieuwsgierigheid, want dat zakenreisje moest voor deze verarmde kleine man een rib uit zijn lijf zijn geweest.

Pinwitty maakte het zich gemakkelijk in een stoel en opende de map op zijn schoot. 'Ik zal jullie uitleggen wat deze gebeurtenis zo interessant maakte. Het doodgestoken slachtoffer was een man die Humboldt heette.'

Rikers theekopje bleef halverwege in de lucht hangen. Al zijn aandacht was plotseling op de schrijver gericht, en Mallory moest zich wel afvragen wat daarvan de reden was.

Pinwitty ging door. 'Humboldt heeft ooit in een cel gezeten met iemand uit New Orleans die van moord werd verdacht. Die medegevangene werd ervan beschuldigd dat hij een politicus met een ijspriem had vermoord.'

Rikers kopje klapte terug op het schoteltje.

'Deze verdachte...' De schrijver zweeg even om het papier dichter bij zijn bijziende ogen te brengen. 'Ach, zijn naam weet ik niet, wel dat hij met een "H" begon. Nou ja, maakt ook niet uit. De man bleek onschuldig te zijn. Terwijl hij in de gevangenis zat, werd er opnieuw een moord gepleegd. Maar ik kreeg het idee dat Red Winter dat niet wist en Humboldt voor de verdachte van de ijspriemmoorden heeft aangezien. Misschien heeft ze een wat verwarrend verslag over de moord in New Orleans gehoord. De eerste keer dat ik dit verhaal hoorde – eigenlijk was het meer een gerucht – werd Humboldt namelijk door een meisje met rood haar vermoord. Ik nam aan dat Red Winter de verkeerde man had opgespoord en per abuis de celgenoot doodde, omdat ze in de veronderstelling verkeerde dat Humboldt haar ouders had vermoord.'

Mallory glimlachte. Slecht onderzoek, de dood ten gevolge hebbend. 'En wanneer is dit gebeurd?'

'Twee jaar na de slachting. Ik was eerst geneigd te geloven dat het veel later was gebeurd. Red Winter heeft Humboldt in elk geval niet vermoord. Ze was op dat moment een meisje van veertien. Toen ik in Maine was, ontdekte ik dat hij was vermoord door een volwassen vrouw, een inwoonster van die staat.'

Op het moment van deze ijspriemmoord zou Red Winter lang genoeg geweest zijn om ouder geschat te worden dan ze was. Mallory keek even naar Riker, die knikte als teken dat hij hetzelfde dacht.

Zonder acht te slaan op dit woordeloze onderonsje ging Pinwitty door met zijn uiteenzetting. 'Ook gebeurde het niet met voorbedachten rade, nog een aanwijzing dat mijn hypothese niet klopte. Volgens de politie was het zelfverdediging. Het schijnt dat de man de slaapkamer van de vrouw was binnengedrongen en haar aanviel. Ik moet er wel bij zeggen dat ik deze informatie vele jaren na het gebeurde heb gekregen. Aanvankelijk had ik maar één bron, een hoogbejaarde man die later in een verpleeghuis is gestorven. Een proces-verbaal was er niet.'

Mallory en Riker zaten allebei op het puntje van hun stoel.

'Ik weet wat jullie denken,' zei de schrijver. 'Ik vond het zelf ook vreemd. Maar dit was een klein plaatsje, meer een pleisterplaats voor truckers. En ik kon de bewoners niet interviewen, want die waren er niet. De aanleg van een nieuwe snelweg had alle huizen en openbare gebouwen van de kaart geveegd. De registers van de burgerlijke stand en de gegevens van de belastingen waren op een andere plaats ondergebracht, maar de politiedossiers met processen-verbaal waren simpelweg verdwenen. Weet je, de politiemacht in die plaats bestond uit slechts één man. Dat was inspecteur Walter McReedy. Omdat de kans bestond dat hij de dossiers mee naar huis had genomen toen hij met pensioen ging, spoorde ik zijn dochter op, Susan. Ze was nog tamelijk jong toen het gebeurde. Kon zich er nauwelijks meer iets van herinneren. Nu had die vrouw die Humboldt neerstak rood haar en volgens de dochter van inspecteur McReedy klopte dat inderdaad, maar nadat ze er een minuut of twee over had nagedacht, durfde ze er geen eed op te doen dat rood de natuurlijke haarkleur van de vrouw was. In feite dacht ze een minuut later van niet. Ze wist nog dat de vrouw iemand uit de plaats zelf was, maar haar naam kon ze zich niet herinneren. Susan McReedy dacht dat die vrouw met dat rode haar van middelbare leeftijd was, maar voor een kind van zeven lijken mensen algauw oud. Dat tochtje had ik in ieder geval net zo goed niet kunnen maken.'

Mallory hield haar exemplaar van *De slachting in het Winter House* omhoog. 'Dus er staat niets in uw boek over Humboldt?'

'Eh, nee. Wat zou daarvan de zin zijn? Hij was alleen de celgenoot van een man die er ten onrechte van beschuldigd werd dat hij een moord met een ijspriem had gepleegd. Daar kom je geen steek verder mee.'

Maar Humboldts dood was veroorzaakt door een ijspriem en het belang daarvan was de schrijver ontgaan; hij was gestruikeld over dit vérstrekkende gecompliceerde feit en had het niet gezien. Mallory stond in dubio: of Martin Pinwitty was meer geneigd om in toeval te geloven dan de gemiddelde politieagent... of hij had hun niet alles verteld. Er was iets niet koosjer met deze kleine man. En hetzelfde kon ze van haar partner zeggen.

Na het aanbod van nog meer oudbakken donuts en gootwater te hebben afgeslagen, ontvluchtten de twee rechercheurs de flat van de schrijver, gewapend met de geleende map over het incident in Maine. Riker bleef een paar ogenblikken op de stoep staan, alsof hij niet in staat was om verder te gaan.

'Nedda heeft Luciferman gedood,' zei Mallory.

Hij stak zijn hoofd in de strop door een langzaam knikje. Riker hield beslist iets voor haar achter, net zoals de dochter van de politieman in Maine iets voor Martin Pinwitty had achtergehouden.

Op de terugweg naar SoHo zat ze te wachten tot haar collega het verlossende woord zou spreken, tot hij zou verklaren hoe hij Humboldts naam had herkend, een naam die hij in geen enkel boek had gelezen. Maar hij zei niets.

Cleo kwam met een kop koffie in haar hand de eetkamer binnen, knikte vaag in Nedda's richting en ging zitten aan Lionels kant van de eettafel. De scheidingslijn werd altijd op deze manier getrokken: twee tegen een.

'Heb je goed geslapen, Nedda?'

De vraag 'Waarom ben je nog niet dood?' zou beter bij de toon van haar zus gepast hebben. Tenslotte had Nedda zonder het te weten geen gehoor gegeven aan de prognose, de potentiële belofte, van een spoedig overlijden.

Cleo's ogen vernauwden zich. 'Houdt Bitty ons vanmorgen geen gezelschap?'

'Ze heeft vroeg ontbeten,' zei Nedda.

'Ze verbergt zich, hè?' Cleo stond op en verliet zonder op een antwoord te wachten de kamer, gevolgd door Lionel.

Nedda bleef eenzaam en alleen achter. De illusie van haar thuiskomst was de bodem in geslagen. Ze haalde het spel tarotkaarten uit haar zak, en met gebogen hoofd spreidde ze de kaarten op tafel uit om te kijken of die haar hoop konden bieden. Maar hoe de schikking van de geschilderde afbeeldingen ook was, steeds domineerde de brandende toren. Een oude vrouw had dit spel aan de toen nog heel jonge Nedda gegeven en had op het doosje met de illustratie van de gehangene getikt. 'Memento mori, gedenk te sterven,' had ze erbij gezegd. Het was een waarschuwing geweest, maar dat had het kind toen niet beseft.

Charles Butler beëindigde het interlokale gesprek met Susan McReedy uit de staat Maine, hing de hoorn aan zijn antieke haak en haalde verontschuldigend zijn schouders op. 'Het spijt me, mevrouw McReedy werkte niet erg mee,' zei hij tegen de twee rechercheurs die aan de andere kant van zijn bureau zaten.

'Wat denk je?' vroeg Riker. 'Houdt die vrouw iets achter?'

'Daar kun je vergif op innemen,' zei Charles. 'Het feit dat ze achterdochtig was en op haar hoede, zegt genoeg. En ze had zelf een paar vragen. Waar ik die roodharige vrouw had ontmoet. Welke naam ze nu gebruikte. En hoe ik wist dat de overleden man Humboldt heette. Ze was niet erg blij toen ik op geen van haar vragen antwoord gaf.'

'Je bent een zielenknijper,' zei Riker. 'Je kunt ons toch nog wel wat meer vertellen?'

'Op grond van een telefoongesprek?' Charles zuchtte. Hij had de pest aan het woord 'zielenknijper'. Bovendien was het niet van toepassing op hem. Weliswaar beschikte hij over de juiste papieren en had hij een bijzondere belangstelling voor de abnormale neigingen van de psyche, maar hij had nooit een eigen praktijk gehad of ook maar één patiënt behandeld.

Mallory boog zich naar voren. 'Mevrouw McReedy heeft tegen Pinwitty gelogen, hè?'

Hij moest haar niet sterken in haar idee dat hij een menselijke leugendetector was. Haar mening was gebaseerd op het feit dat hij feilloos kon voorspellen wanneer zijzelf loog. Maar deze keer had ze gelijk. Tijdens het vraaggesprek dat de schrijver tien jaar geleden met mevrouw McReedy had gehad, had ze inderdaad gelogen. Het bewijs daarvoor was te vinden in het dossier dat open op zijn bureau lag. Pinwitty had het gesprek woordelijk weergegeven.

'Als we nou eens beginnen met aan te nemen dat deze vrouw Pinwitty wilde misleiden…'

'Dat deed ze,' zei Mallory.

'Goed. Dan was de roodharige moordenares van Humboldt een jonge vrouw en geen vrouw van middelbare leeftijd. En ik zou zo zeggen dat het haar van de mysterieuze vrouw van nature rood is en niet geverfd. Anders zou Susan McReedy zich niet zo veel moeite geven om dat kleine detail te vermelden, terwijl ze verder deed alsof ze de naam van de vrouw was vergeten en niet wist wat er van haar geworden was. Het valt niet mee om in een gat dat omschreven wordt als een pleisterplaats voor truckers een moordenares verkeerd te plaatsen. En haar defensieve houding aan de telefoon zou kunnen wijzen op een beschermende rol ten opzichte van de roodharige.' Hij haalde zijn schouders op als teken dat hij er niet meer over kon zeggen. 'En nu gaan jullie naar Maine om haar te ondervragen?'

'Nee,' zei Mallory. 'Ze belt je terug. En wanneer ze dat doet, krijg je meer uit haar dan wij.'

'Hoe weet je dat?'

'Ze heeft je niet afgepoeierd,' zei Riker. 'Ze heeft een heleboel vragen aan je gesteld. Dat betekent dat ze iets van je wil.'

'Iets wat ze al heel lang wil,' zei Mallory.

'Lijkt me logisch.' Charles wendde zich naar het raam, keek omhoog naar de blauwe oktoberhemel en vroeg zich af waar zijn eigen vermogen tot logisch denken was gebleven. Hoe was het mogelijk dat hij er in zijn eerste beoordeling van Nedda Winter zo naast had gezeten? 'O, dit zou ik bijna vergeten. Ik heb mevrouw McReedy een datum voor de ijspriemmoord gegeven die twee dagen verschilde met de werkelijke datum. En ze corrigeerde me. Volgens mij versprak ze zich. Wat doet ze voor werk? Onderwijzeres, iets in die richting?'

'Bibliothecaresse,' zei Mallory. 'Gepensioneerd.'

'Dan zat ik er niet ver naast. Dus Nedda was een meisje van veertien toen Humboldt werd doodgestoken. Geloof je echt dat ze…'

'Ja,' zei Riker. 'Alles grijpt in elkaar. De ijspriem is blijkbaar al haar hele leven het wapen waar ze zich bij voorkeur van bedient.'

Mallory maakte het zich gemakkelijk in haar stoel en Charles was meteen op zijn hoede. Als ze een kat was zou haar staart als een gek heen en weer zwaaien.

'Je vindt Nedda Winter aardig, of niet soms?' Dit was geen vraag. Het was een beschuldiging, want mevrouw Winter zat nu duidelijk in het vijandelijke kamp. Mallory richtte ook een koele blik op Riker, die ze ongetwijfeld van hetzelfde hoogverraad verdacht.

'Ik mag haar inderdaad,' zei Charles. 'Maar ik kan niet zeggen dat ik veel op heb met de rest van haar familie.' Hoewel Bitty zeker recht had op zijn medelijden.

'Wanneer degene die je het meest mag een seriemoordenaar is,' zei Riker, 'weet je dat je met een gestoorde familie te maken hebt.'

5

NEDDA BLEEF RUSTIG. ER WAS GEEN ANGSTIG HANDENWRINGEN EN
ook waren er geen tekenen van heimelijke paniek, hoewel ze alleen was.
De nieuwe huishoudster, de laatste in een stoet van tijdelijke krachten, deed boodschappen en Bitty was een paar dagen weg om een boodschap uit te dragen. Nedda had geen idee waar haar broer en zus heen
waren. Lionel en Cleo waren gewoon de deur uit gelopen, zonder een
woord tegen haar te zeggen. Waarom zouden ze ook? Zij was dood voor
hen. Je trad niet in overleg met de doden over je dagelijkse plannen. Het
verdriet om deze geringschatting was nooit te zien in haar ogen. Ze
bleef zich gedragen alsof ze voortdurend uit iedere hoek van elke kamer
werd gadegeslagen en geen enkele emotie wilde tonen die opgemerkt en
in kaart gebracht kon worden.

Arme Bitty.

Haar nicht moest veel verwacht hebben van hun eerste familiebijeenkomst. Nedda herinnerde zich de onthutste gezichten van Cleo en
Lionel op de dag van hun bezoek aan het verpleeghuis. Wat een geweldige verrassing was dat geweest. Bitty had met een theatraal gebaar de
deur naar de privé-kamer opengegooid en hun hun zus getoond, die zo
lang spoorloos was geweest en van wie ze hadden gedacht, gehoopt, dat
ze dood was. Na een spervuur van vragen die alleen een echte zus kon
beantwoorden, had zich een onvervalst afgrijzen van hen meester gemaakt. 'Waarom ben je teruggekomen?' hadden Cleo en Lionel haar

unisono gevraagd, toen ze er uiteindelijk van overtuigd geraakt waren dat Nedda geen zwendelaarster of valse erfgename was.

Nedda's blije gezicht was verstard tot een dwaze grijns en die uitdrukking was gebleven tot haar broer en zus de kamer verlieten. Wat een krankzinnige indruk moest ze op Bitty hebben gemaakt in het moment dat daarop volgde. Smartelijk huilen, dwaas glimlachen.

Mallory boog af in oostelijke richting en nam, juist op het tijdstip waarop de grootste stroom forensen onderweg is, de middelste rijstrook van Houston Street. Riker zat naast haar, zonder zich ervan bewust te zijn dat er iets schortte aan hun verstandhouding.

Plotseling bracht ze haar geelbruine sedan tot stilstand door vol op de rem te gaan staan en zette de motor uit. Auto's zoefden langs en de bestuurders rekten hun hals om te kijken naar haar stilstaande auto, die een vreemde aanblik bood midden in de spits, het tijdstip waarop alle automobilisten van New York en masse gek werden. De gele taxi achter haar kwam met gierende remmen tot stilstand en een lange rij auto's daarachter kon ook niet tijdig van rijbaan veranderen. Automobilisten toeterden uit alle macht en verwensingen klonken op, maar Mallory bleef onverstoorbaar onder het lied van de stad. Ze keek alleen maar naar de voorruit, alsof ze wilde controleren of er ook vlekken of insecten op zaten. Uit haar ooghoek zag ze hoe het hoofd van Riker haar kant op draaide. Wat bezielt je, sprak uit zijn houding.

'Je houdt iets voor me achter.' Geen moment verhief ze haar stem om boven het helse koor van getoeter en geschreeuw uit te komen. Daardoor werd Riker gedwongen om zich naar haar toe te buigen en moest hij ingespannen luisteren om ieder woord te verstaan.

Mooi zo.

Nu had ze zijn aandacht. 'Toen Pinwitty de naam Humboldt noemde, zag ik dat er een lichtje bij je ging branden, maar je had de naam niet uit een boek of een…'

'Ja, nogal wiedes,' zei Riker. 'Ik ken alle namen van Luciferman.'

Schoft!

Terwijl ze wachtte tot hij meer zou vertellen over de kleine onaangename verrassing waarvoor hij gezorgd had, ontstond er achter hen een lange file die liep tot aan een kruispunt, waar alles muurvast zat. Met het aantal claxons was ook hun volume verdubbeld, en nu werd er een nieuwe noot toegevoegd aan de kakofonie. Ze hoorde portieren dicht-slaan, het nijdige blikkerige geluid van personenautoportieren en het zware metalen geluid van vrachtwagenportieren. De bestuurders had-den hun wagen verlaten, vast van plan om iemand de schuld te geven en enige genoegdoening te peuren uit de aframmeling die ze haar zouden geven.

Ja, dat is precies de bedoeling.

Een blik op Riker volstond om haar te vertellen dat hij iemand was die geloofde dat het verkeer agressie bij mensen opwekt. Een verkeers-opstopping zoals deze was in staat om van de meest ingetogen non een moordenares te maken.

'Dus vertel me eens.' Mallory sprak langzaam en volslagen kalm, als-of ze de hele godvergeten dag de tijd had voor dit gesprek. 'Wanneer was je van plan om me al die namen mee te delen?'

Een oude man stond op de cementen middenberm die het verkeer scheidde dat naar het oosten en het westen reed. Weliswaar was de be-jaarde voetganger niet betrokken bij deze gebeurtenis, maar toch was hij even woedend als de bestuurders die zich om haar auto hadden ver-zameld. Hij balde zijn vuist en mompelde met tandeloze mond boze woorden die in het gekrakeel verloren gingen. Andere mannen ver-drongen zich bij elk raam. Riker hield zijn politiepenning omhoog, als-of dat de oplossing van alles was.

Mallory wendde langzaam haar hoofd en keek hem dreigend aan, een waarschuwing dat hij maar beter meteen van wal kon steken. De mensen die de auto omringden waren buitengewoon kwaad, en dit was beslist niet het moment voor een van zijn langdradige verhalen.

En dus vertelde Riker haar een verhaal.

Charles Butler zat aan zijn bureau en bekeek opnieuw het verslag over een cliënt van Butler & Company. Dit was hun briljantste, maar ook meest problematische cliënt tot nu toe. De tiener had zijn school vroeg-tijdig verlaten en was in een zware depressie beland. Daarna was hij van de aardbodem verdwenen. Mallory had de politierapporten over ver-miste personen bestudeerd – met commercieel oogmerk, iets wat be-slist niet mocht – en een aanknopingspunt gevonden. Vervolgens had ze de jongen opgespoord in een gat in het moeras aan het eind van de we-reld, haar eufemisme voor een motel in New Jersey.

Bij het *assessment* had de jongen op alle vragen met betrekking tot het persoonsprofiel het juiste antwoord gegeven, en dat was een indicatie dat er een probleem was: niemand was zo evenwichtig. Maar dat hij de mouwen van zijn overhemd niet had opgerold op een ongewoon warme dag was een eerste waarschuwing geweest. Mallory had aan drugs gedacht. Charles had verondersteld dat de mouwen de littekens verborgen van een zelfmoordpoging.

Hij keek op van zijn lectuur en zag zijn exemplaar van *De slachting in het Winter House* op de achterste tafel liggen, bij de divan. Dus Mallory had toch maar besloten het niet te lezen. Heel verstandig. Wat was geschiedenis toch dodelijk saai als het werd geschreven door iemand die niet schrijven kon. Hij verdiepte zich weer in zijn werk en las het meest recente onderzoek dat zijn zakenpartner naar hun jonge sollicitant had gedaan.

Ze had ontdekt dat de jongen bij zes therapeuten in behandeling geweest was, wat verklaarde hoe het kwam dat de tiener door alle tests gerold was – kwestie van oefening. Charles las de opschriften van Mallory's documenten: ze waren allemaal geroofd uit ziekenhuiscomputers. Op een andere manier had ze er niet aan kunnen komen. Ook als je ze niet eigenhandig had gestolen, was het niet ethisch om ze te lezen. En wat zou Mallory's pleegvader hebben gezegd van deze… diefstal van vertrouwelijke patiëntengegevens?

Goed gedaan meisje!

En dat zou Louis met grote trots gezegd hebben.

Gedachten aan deze man verbonden zich met het beeld van Nedda Winter, die haar schimmen op de trap ontweek op de avond van het diner. Hij had dat nooit tegenover Mallory genoemd als aanwijzing voor een verwrongen geest. Was dat waar, dan moest hij zichzelf als een dubbele oen beschouwen.

De bruine leunstoel naast de divan was de meest comfortabele zitplaats in dit kantoor, en toch zat hij er nooit. Het was Louis' stoel, ook nu nog. Die brave oude man had zo vaak 's avonds in deze kamer gezeten wanneer hij de slaap niet kon vatten omdat zijn vrouw gestorven was. In zekere zin waren alle verhalen van Louis over zijn leven met de opmerkelijke Helen Markowitz spookverhalen geweest. Was zij niet tot leven gekomen in deze kamer? Na een tijdje was ook Charles gaan treuren om Helen, hoewel hij haar nooit had gekend. En hij had nog steeds vreselijk veel verdriet om de dood van Louis. Hij miste die geweldige man iedere dag.

En Charles zag zijn vriend nu duidelijk naast zich zitten, met zijn jachthondenkaken in een verblindende glimlach. En was er niet een sprankje medelijden in de gerimpelde bruine ogen van de oude man? O, ja. Alleen Louis kon het dilemma waarin Charles verkeerde ten aanzien van de door Mallory ontvreemde documenten ten volle begrijpen. Als voormalig hoofd van de afdeling Zware Delicten had inspecteur Markowitz erg veel voordeel gehad van zijn pleegdochters handigheid met het kraken van computernetwerken.

Charles keek naar de gestolen informatie, verderfelijk fruit uit Mallory's hand. Nou ja, ze hadden in elk geval een goede reden als zijn vermoedens over hun cliënt juist bleken te zijn. Het ging om leven en dood. Hij las de gestolen gegevens nauwkeurig door en ontdekte dat het psychiatrisch onderzoek iedere keer had plaatsgehad als de jongen in de cel zat na een poging tot zelfmoord met Halloween. Hoe groot was de kans dat hij dit jaar zijn polsen niet zou doorsnijden?

Goed, plaatsing in een betrekking was uitgesloten, maar nu kon hij hem doorverwijzen en zorgen dat hij de juiste, langdurige therapie kreeg. Mallory had wellicht het leven van de jongen gered met deze informatie. Dat die gegevens gestolen waren, deed er dan niet toe. Charles sloeg zijn ogen op en keek naar de leunstoel, Louis' stoel. Zijn oude makker, de dode man, haalde zijn schouders op en maakte toen een beweging met zijn hand. *Zo begint het altijd, de verleiding*, leek hij daarmee te willen zeggen.

Charles merkte dat hij instemmend knikte tegen een man die er niet was. Ja, hij had eigenlijk een inbreuk op de ethiek weggeredeneerd, een schending die niet nodig was geweest. Mallory's diefstal had inderdaad alleen maar zijn eigen vermoedens ondersteund. Hij was eigenlijk heel goed in zijn vak, ook al gebruikte hij zijn deskundigheid om de talenten en geschiktheid van een eventuele cliënt voor een beroep te analyseren.

Hij liep naar de divan en strekte zich uit om op zijn gemak de rest te lezen. Hij sloeg een bladzijde om en was verbaasd toen hij Mallory's loopbaanadvies zag. Ze stelde voor om de jongen in een afgelegen gemeenschap van wetenschappers te plaatsen. Als freak tussen de freaks zou hij daar niet meer eenzaam zijn en niet meer ieder jaar met Halloween een zelfmoordpoging doen: Mallory's argument om een onevenwichtige gegadigde voor een baan te verkopen.

Ach, *natuurlijk*. De kosten speelden geen rol. En hier diende hij haar van repliek met haar eigen standaardfrase: 'Ja, precies.'

Mallory, de filantroop, had ervoor gezorgd dat ook de cliënt er bij deze transactie goed afkwam. De New Mexico-denktank werd gefinancierd met een werkelijk onfatsoenlijk bedrag aan subsidiegelden. Het mooiste van alles – en dit was haar nieuwste wapenfeit – was dat het hoofd Personeelszaken niet geschrokken was van de onthulling dat de jongen suïcidale neigingen vertoonde en dat het project zou voorzien in een langdurige psychotherapie.

Tot nu toe was dit het enige argument voor plaatsing.

Het enige wat restte was de ondertekening van het contract dat Mallory had gemaakt.

Hij vertraagde zijn leessnelheid tot normaal niveau, want zijn zakenpartner week soms van het standaardcontract af en hij had geleerd om elke regel langzaam en nauwkeurig te lezen voordat hij ergens zijn handtekening onder zette. Zoals gebruikelijk had ze een duizelingwekkend honorarium in rekening gebracht – zelf zou hij er het lef niet voor gehad hebben – en haar voorwaarden bestreken een grensgebied tussen ethiek en alles wat in het zakelijk verkeer toegestaan is. Ze had een boeteclausule opgenomen die inhield dat hun honorarium verdubbeld zou worden als het project in New Mexico er niet in slaagde om de jongen met Halloween in leven te houden.

Charles staarde naar het plafond om niet te hoeven kijken naar de lachende dode man.

Las je de slotbepaling van het contract op de meest positieve manier, dan was Mallory er niet echt op uit om profijt te trekken van een dode. Nee, ze wilde er alleen maar voor zorgen dat de jongen in leven bleef.

Hij draaide zich om om naar zijn herinneringsbeeld van wijlen Louis Markowitz te kijken, die haar het best kende.

De oude man trok een wenkbrauw op. *Je bent er toch niet helemaal zeker van, waar of niet, Charles?* wilde dat zeggen.

Op een normale dag zou hij als een bezetene in de weer zijn om de bepalingen van Mallory's absurde contract te herschrijven, maar nu legde hij zich er simpelweg bij neer en ondertekende het contract.

Nu zijn dagelijkse werkzaamheden waren afgerond, richtte zijn aandacht zich op de telefoon aan het andere einde van de kamer. Wat wilde hij graag dat er werd gebeld. Hij keek verlangend uit naar een tweede gesprek met Susan McReedy, de vrouw uit Maine. Mallory had volgehouden dat de vrouw weer zou bellen. De contracten van de rechercheur waren lichtelijk onbetrouwbaar, maar haar intuïtie was voortreffelijk. Ja, mevrouw McReedy zou beslist terugbellen. Hij zag de vrouw nu duidelijk voor zich. Ze zat bij de telefoon. Haar haar was grijs geworden, net zoals haar leven, het grauwe eentonige leven na het pensioen. Op ditzelfde moment zouden oude herinneringen aan een gedenkwaardige, roodharige, met een ijspriem zwaaiende vrouw mevrouw McReedy geheel in beslag nemen.

Hij stak zijn hand uit naar de tafel en pakte het boek. Terwijl hij de bladzijden omsloeg verbaasde hij zich er opnieuw over dat Riker deze gortdroge tekst in zich had opgenomen zonder vaardigheid in snellezen en zonder de weldaad van een snel einde. Hij las de geschiedenis vluchtig door en kwam Mallory's theorie tegen: de betrokkenheid van een twaalfjarig meisje bij het bloedbad in Winter House.

Hij gooide het boek door de kamer, een daad van ketterij voor een bibliofiel. Daarna deed hij afstand van de logica en verving die door geloof en gevoel. Hij vond Nedda Winter aardig. In de tijd die was verstreken tussen het diner van acht uur en de laatste fles wijn in de vroege ochtenduren was hij haar als een kameraad gaan beschouwen.

Nedda Winter zat in de keuken. Met haar hoofd over haar bord gebogen at ze haar avondeten op, waarna ze, hoewel er een afwasmachine was, haar bord afwaste in de gootsteen. Ze was van plan om vroeg naar bed te gaan om haar broer en zus een nieuwe ontmoeting te besparen, ook al hunkerde ze naar hun gezelschap, naar welk gezelschap dan ook. Alles was beter dan alleen zijn, want dan kreeg de herinnering haar in haar greep.

Er waren ook prettige herinneringen. Die ene herinnering aan mevrouw Tully bijvoorbeeld. Mevrouw Tully, net zo breed als ze lang was, was de kokkin en huishoudster die bij de slachting was omgekomen. Deze keuken was het domein van die oude vrouw geweest, en oktober was altijd Tully's favoriete tijd van het jaar. Al weken voor Halloween kreeg ze de vrije hand om het kroost van haar werkgever de stuipen op het lijf te jagen. Die laatste keer, toen vijf van de kinderen uit het gezin Winter nog maar een paar dagen te leven hadden, waren ze allemaal in de keuken bijeen geweest, allemaal op Baby Sally na. Wiegelend op de ballen van hun voeten, hadden de jongelui tussen angst en genot gezweefd. En toen was het langverwachte moment aangebroken. De huishoudster had de kelderdeur naar het pikdonkere trapgat opengezwaaid en was met hen de trap afgedaald.

Cleo van vijf had al afwisselend gelachen en gegild, voor Tully zelfs maar met haar enge dingen was begonnen. Erica, die dat jaar negen was geworden, gedroeg zich veel meer als een vrouw. Ze deed blasé en wilde beslist voorkomen dat de oude vrouw haar aan het gillen zou krijgen. De rest van de kinderen stond te popelen om zich een hoedje te schrikken.

'Ik gebruik nooit muizenvallen,' had de oude vrouw gezegd, terwijl ze de stoet kinderen de donkere kelder binnenleidde bij het licht van maar één kaars. Ze had de vlam onder haar gezicht gehouden om het duivels te laten lijken als ze naar hen grijnsde. 'Nee, vallen zijn niet geschikt. Die zouden per ongeluk een of twee kinderen te grazen kunnen nemen en jullie kleine vingers en tenen breken. Maar geen angst. Het huis vindt jullie aardig, allemaal. Maar het huis heeft een hekel aan ongedierte. Het maakt het dood.' Tully had zich gebukt en hield haar kaars bij een kleine veldmuis die onder een gevallen doos lag te vergaan. Een andere muis was verpletterd door een moersleutel die van een plank met gereedschap was gevallen. 'Het lijkt een ongeluk, hè? Maar kijk eens om je heen, mijn kleine schatten. Hebben jullie ooit zo veel ongelukken op één plek gezien?' En vervolgens had ze gelachen, een hoge, kwaadaardige lach, en met haar kaars had ze in de hoeken geschenen, waardoor andere nietige kadavertjes zichtbaar werden die waren gevangen of verpletterd onder omstandigheden die op ongelukjes leken.

O, wat waren het er veel.

Erica gilde.

Nedda keek naar de klok aan de keukenmuur. Ze kon maar beter naar boven gaan. Lionel en Cleo konden elk moment thuiskomen.

Ze kwam langs de eetkamer en liep in een vreemde hoek naar de trap, zodat ze het uitgestrekte en levenloze lichaam van mevrouw Tully in haar eenvoudige grijze jurk zou kunnen omzeilen. Nu ging Nedda de trap op, waarbij ze zich tegen de leuning drukte om niet op een lichaamsdeel van haar vader te trappen. Wat verder op de trap lag het lijk van haar stiefmoeder, met uitgespreide armen en benen. Een kleine bloedvlek ontsierde het bovenstuk van een blauwzijden kamerjas en haar ogen waren naar boven weggedraaid, alsof ze het een vernedering vond om gezien te worden in deze weinig flatteuze houding.

Nedda tilde één voet op, want ze was zojuist op haar vaders lijkwitte hand gestapt.

Het spijt me.

Ze keek naar zijn omhooggerichte gezicht, naar zijn verschrikte ogen, zo vol ongeloof over het feit dat hij ging sterven.

Achter zich hoorde ze de vertrouwde stem van oom James vanuit de andere kant van de kamer en vanuit een andere eeuw naar haar roepen. 'Mijn god, Nedda, wat heb je gedaan?' vroeg hij op klagende toon.

Mallory liep achter haar collega aan de trap op. Zijn nieuwe flat bevond zich boven een bar: Rikers grote droom.

'Mijn grootvader heeft nooit op deze zaak gezeten,' zei hij, 'maar hij deed het erbij. Zijn hele leven heeft hij eraan gewijd. Hij bezocht iedere *locus delicti* waar een ijspriem als wapen was gebruikt.' Riker maakte de deur open, deed het licht aan en gebaarde haar binnen te komen.

Terwijl haar collega neerplofte op de bank, waardoor er een wolk van stof opsteeg uit het kussen, bleef Mallory staan. Hoewel hij hier nog maar een paar weken woonde, lag er overal troep en was alles bedekt met een dun grijs laagje. Waar haalde hij zijn voorraad stof vandaan?

'Dus je grootvader deed huiselijke twisten en caféruzies?'

'Alles,' zei Riker. 'Neem plaats.'

'Hoezo?'

Hij begreep haar verkeerd. Zonder zich beledigd te voelen stond hij op, rukte de leren zitting van een leunstoel en kieperde zijn ongeopende post op de vloer. 'Ga je gang.'

Ze ging zitten, waarbij ze ervoor zorgde dat ze de gecapitonneerde leuningen niet aanraakte. Wie weet wat daar net nog gelegen had. Vervolgens vroeg ze zich ironisch af of hij misschien wat ouwe troep uit zijn oude huis had meegenomen omdat hij vond dat zo'n indrukwekkende verzameling van in elkaar gedrukte bierblikjes een huiselijk tintje gaf.

'Waarom zou jouw grootvader flutzaken doen? Waarschijnlijk niet omdat hij verwachtte dat ze verband hielden met Luciferman.'

'Mijn vader vond dat ook vreemd.' Ter ere van Mallory liep Riker de kamer rond, hij bukte zich, pakte vuile sokken op en propte ze achter de

kussens van de bank. 'Toen grootvader met pensioen ging, had hij geen toegang meer tot de plaats van het misdrijf, dus verzamelde mijn vader alle bijzonderheden voor hem.'
'En nu doe jij dat.' Wanneer zouden ze eindelijk eens aan het waarom toekomen? Ze tikte met haar voet op de vloer, terwijl Riker uit de koelkast twee koude blikjes bier pakte. Ze nam het blikje van hem aan. 'Waarom Riker?' vroeg ze hem opnieuw. 'Wat kun je leren van huis-, tuin-, en keukensteekpartijen?'
'Alle manieren waarop je iemand met een ijspriem neer kunt steken.' Deze keer ging hij voorzichtiger op de bank zitten, zodat het stof maar half zo hoog opstoof. 'De rechercheur die het onderzoek leidde, ging ervanuit dat het om een psychopaat ging en niet om een beroepsmoordenaar, maar mijn grootvader dacht daar anders over. Mijn opa bracht de werkwijze van Luciferman in kaart. Welnu, die is heel anders dan bij een impulsieve daad. Bij Luciferman verdwijnt de priem volkomen horizontaal in het lichaam, zodat hij door de ribbenkast dringt. Geen verkeerde bewegingen, nooit een botschilfertje. Kan niet beter. De priemen waren altijd gewet en naaldscherp. Zo gaan ze gemakkelijker door kleding en spieren. Daarna maakte Luciferman een kleine hoek naar rechts en doorkliefde het hart. Dat vergrootte de ingangswond. Dan haalde hij de priem er behoedzaam uit. Op die manier krijg je geen bloedspetters. Het bloederige uiteinde veegde hij af aan de kleren van het slachtoffer. Hij had een bataljon kunnen afslachten zonder een spat op zijn kleren te krijgen. Na grootvaders pensionering heeft mijn vader zijn ontdekking gebruikt om oude autopsieverslagen na te trekken en toen hebben ze een aantal ijspriemmoorden gevonden die op die manier waren gepleegd. De steekwonden van Luciferman waren uniek. Bijna een eeuw lang gebruikte hij diezelfde werkwijze. De politie heeft hem tweemaal gepakt, en twee keer is hij gestorven.'
Een spookverhaal.
Mallory balde haar vuisten. Ze had de schurft aan spookverhalen.

Nedda liep achteruit weg van de trap en bleef toen plotseling stokstijf staan.
Wat was dat?
De miljoen kleine haartjes op haar lijf gingen overeind staan, terwijl ze de geluiden van het huis probeerde thuis te brengen. Licht getik op

glas kwam uit de richting van de tuin, waar een bladerrijke tak tegen de ramen van de deuren sloeg. Ergens anders tikte een klok. Ze draaide zich om en keek door de voorkamer naar de hal en het inbraakalarm. Er brandde geen lampje dat haar verzekerde dat het alarm was ingeschakeld. Ze redeneerde dit weg. De nieuwe huishoudster was vast vergeten om het in te stellen toen ze de deur uit ging, iets wat vaak genoeg voorkwam. Ze bleven nooit lang en maar een paar van hen hadden tijd of zin gehad om de elke dag wisselende code uit het hoofd te leren die zorgde dat het alarm bij thuiskomst niet afging.

Was de deur eigenlijk wel op slot?

Weer een geluid, een slag, toen een plof. Daarna het geluid van brekend glas.

Werktuiglijk liep Nedda via de kamer en de hal naar de keuken, de bron van haar angst. Zichzelf tegenhouden kon ze niet, hoewel ze op haar benen wankelde. Voortgedreven door een onweerstaanbare drang die ze niet kon verklaren en met benen die uit zichzelf bewogen, was ze als een van de oude vrouwen op de ziekenafdeling.

Nu stond ze op de keukendrempel, haar ogen op de kelderdeur gericht. Gebiologeerd en bang liep ze erheen. Met trillende hand hield ze de deurkruk vast en deed de kelderdeur open, waarachter volledige stilte heerste, dat moment tussen de ene voetstap en de volgende, het stille vacuüm van iemand die zijn adem inhoudt. Opnieuw klonk er een geluid. En bij het zwakke licht dat van de keuken doorschemerde naar beneden zag ze een muizenval bij de rand van de onderste tree. Ze wilde heel graag geloven dat het een knaagdier was, een groot dier met voldoende gewicht om het geluid van knerpend glas te maken. Maar ze was niet zo bedreven in het zichzelf een rad voor ogen draaien.

Nedda liep achteruit weg van de kelderdeur, en terwijl ze de deur geen moment uit het oog verloor tastte ze naar de la die het dichtst bij haar in de buurt was. Dit was de la waar Bitty de oude ijspriem met het houten handvat had gevonden, de priem die ze had laten zien om rechercheur Rikers nieuwsgierigheid te bevredigen. En nu bevond die priem zich in Nedda's hand.

Achteruitlopend verliet ze de keuken, terwijl ze haar blik geen seconde van de kelderdeur afwendde. Toen draaide ze zich om en rende met lichte tred door de hal naar de trap. Bitty's kamer op de tweede verdieping had een deur die voorzien was van een stevige grendel.

Nedda pakte de leuning en bleef toen roerloos staan, met één voet op de tree. Ze schudde het hoofd. Ze mocht zich niet verbergen, ze kon het risico niet nemen. Stel dat de insluiper de eerstvolgende onschuldige verraste die door de voordeur binnenkwam?

Nou, dan zou ze de politie bellen.

En wat zou ze dan zeggen?

Ik hoor geluiden in mijn huis? Mijn inbraakalarm werkt niet?

Ze kon zich niet herinneren dat ze op de avond van de inbraak de luxe had gehad om zich af te vragen wat haar volgende stap zou zijn. Nedda keek naar de ijspriem in haar hand.

Zo nodig deed ze het weer.

Riker stond op een stoel om een doos te pakken die achter in zijn wandkast stond. Hij zette hem met een klap voor Mallory's voeten op de grond. 'Deze spullen werden elke avond na het avondeten op de keukentafel uitgespreid. Ik was toen nog maar een kind. Mama noemde onze keuken de moordkamer.' Hij tilde de doos op en liep ermee naar zijn eigen keukentafel. 'De eerste gevallen dateren uit de achttiende eeuw, de laatste uit de jaren veertig van de vorige eeuw, het Winter House-bloedbad. Maar alle gevallen dragen het keurmerk van Luciferman.'

'Hoeveel generaties moordenaars zijn dat?' vroeg Mallory, iets milder gestemd door Rikers haastige ontkenning dat het om een spookverhaal zou gaan.

'Drie.' Hij ging zitten en deed de doos open. 'De eerste was een gekke kleine smeerlap in Hell's Kitchen. Hij werkte voor de Ierse *gangs*. Begon toen hij nog maar dertien was. Priem werd hij toen genoemd. Waar de plaatselijke bevolking echt van opschrok, was dat hij mensen op klaarlichte dag vermoordde. Dan liep hij midden op de dag op iemand af en vermoordde hem eenvoudigweg ter plekke.'

'Te gek om zich te bekommeren om getuigen.'

'Precies. En wie wil zich de vijandschap van de dorpsgek op de hals halen? Dus iedereen wist wie hij was, zelfs de plaatselijke klabak. Niemand die praatte.'

Riker haalde een aantal vergeelde documenten en foto's, diagrammen en papiertjes met aantekeningen uit de doos. Hij tikte met zijn vinger op een gesealde foto uit een oude krant. 'Dit is zijn moeder. Een slimme tante. Ze bemiddelde bij al zijn klussen. En nu komt de verrassing: ze las tarotkaarten. Dat was haar dekmantel voor de huurmoord-transacties, en ze heeft nooit één dag in de gevangenis doorgebracht. Nou, haar zoon was gek, en met gek bedoel ik stapelgek. Maar zijn moeder kocht de agenten af toen ze vragen gingen stellen. Dan wordt er op een dag een nieuwe commissie gevormd die corruptie bij de politie moet onderzoeken. Dus haasten die agenten zich om haar zoon op te pakken, gewoon om hun ijver te tonen. En daarmee is op een achterna-middag een twintigtal moorden opgelost en krijgt de politie een lovend commentaar in de ochtendkrant.' Hij grijnsde naar Mallory. 'Een stadje om te zoenen, hè?'

'En toen was het afgelopen met Priem.'

'De eerste keer? Nee, nog niet. Na zijn arrestatie werd hij opgesloten in een gekkenhuis. En daar kwam hij in contact met Jay Holly, een ziekenbroeder die zijn opvolger zou worden.'

Riker had zijn dossiermappen geordend in stapeltjes van tien, en elk dossier stond voor een slachtoffer. De hele tafel lag vol. 'Dit soort dingen vind je niet in politieverslagen of in geschiedenisboeken. Het onderzoek van Pinwitty verbleekt bij dat van mijn grootvader.' Hij vond een foto van de verdachte, gemaakt door een politiebureau uit New Orleans. 'Dit is Jay Holly. Hij sloot een deal met de waarzegster.'

'Laat me eens denken. Ze sloot een overeenkomst om haar eigen...'

'Haar eigen zoon? Ja. Het was een te groot risico om haar gekke zoon in leven te laten. In dat geval zou het slechts een kwestie van tijd zijn voor men zijn moeder met de moorden in verband bracht.' Riker rommelde in de papieren en haalde een lijst met bezittingen tevoorschijn: dure huizen en aankopen die buiten het bereik van een waarzegster lagen. 'Maar de oude vrouw voelde er niets voor om een mooie bron van inkomsten op te geven. Dus nam ze Jay Holly in de arm om haar zoon in het gekkenhuis te vermoorden. Priem werd gesmoord met een kussen.' Hij schoof een oude kopie van de overlijdensakte over de tafel.

Mallory keek even naar de datum en pakte toen een vergeeld krantenknipsel. 'En vijf dagen later wordt er een nieuwe ijspriemmoord gepleegd. Oké, ik begrijp het. Ze betaalt Jay Holly om het te laten lijken alsof haar overleden zoon onschuldig is. En de oude vrouw zelf loopt nu ook geen gevaar meer.'

'Ja.' Riker schoof haar een ander dossier toe, nog een slachtoffer. 'En daarna...'

'De dag erop oefent ze haar nering weer uit,' zei Mallory, 'nu als tussenpersoon voor de nieuwe huurmoordenaar. Maar om de politie maakt ze zich niet meer druk.'

'Mijn grootvader zou dol op je zijn geweest, meisje. Ja, zo zag hij het ook. Jay en de oude vrouw ging het voor de wind, tot ze stierf. De doodsoorzaak zou een hartverlamming zijn, maar waarschijnlijker is dat ze vermoord werd. Er heeft geen sectie plaatsgevonden. Grootvader had het idee dat dit de eerste keer was dat het trommelvlies met een ijspriem werd doorboord. Een andere waarzegster betrok hetzelfde pand, en deze vrouw was jong en mooi. Niet lang daarna werd Jay Holly in New Orleans gepakt. En daar maakte hij in het huis van bewaring kennis met onze man.'

'Humboldt.'

'Ja, maar dat was niet zijn werkelijke naam.' Hij gaf haar een ander papier. 'Dit zijn de aliassen die Humboldt gebruikte. Hij heeft zo'n beetje alle gevangenissen van het Zuiden vanbinnen gezien omdat hij vrouwen van hun spaarcenten afhielp. Een echte charmeur. De laatste vrouw trok de aanklacht in. En zo stond Humboldt op het punt de gevangenis te verlaten, toen Jay Holly in verzekerde bewaring werd gesteld.'

'Ze delen een cel, ze sluiten een deal.'

'Ja. Dus nu kent Humboldt het klappen van de zweep. De dag dat hij vrijkomt wordt er weer een ijspriemmoord gepleegd, en weer is de werkwijze dezelfde. Gevolg: de politie laat Jay Holly gaan. Dan sterft Holly, maar niet door een ijspriem. Daar is Humboldt te slim voor. Jack Holly werd dood aangetroffen op de vloer van een bar. Hij was vergiftigd, en er waren geen sporen die de politie naar de man konden leiden met wie hij die nacht had zitten drinken.'

'Humboldt gaat terug naar New York en gebruikt dezelfde waarzegster als zijn tussenpersoon.'

'Precies. En hij laat haar een hele tijd in leven. Ze was al een oude vrouw toen hij haar vermoordde op het politiebureau.'

'Twaalf dagen na de moorden in Winter House.' Mallory trommelde met haar vingernagels op de tafel. 'En is je vader nog steeds met deze zaak bezig?'

'Nee, hij hield er op de avond dat mijn grootvader stierf mee op.'

'Denk je dat hij ons kan helpen?'

'Nee, dat kan ik mijn vader onmogelijk vragen. Het is een lang verhaal.'

Mallory's gezicht was een studie in grimmige berusting.

Het had geen zin om de schakelaar van het licht in de kelder aan te raken. Van boven aan de trap kon Nedda de glasscherven zien die uit de fitting van de plafondlamp staken. De laatste keer dat ze de kelder had bezocht, was om een huishoudster te helpen bij het vervangen van een gesprongen stop, en toen was ze met haar hoofd rakelings langs het peertje gegaan. Dus de insluiper moest een lang iemand zijn van zeker een meter tachtig.

De nieuwe huishoudster was ook lang, maar Nedda had niet de illusie dat ze de vrouw daar beneden zou aantreffen voor een of andere onschuldige boodschap. Wel zou dit kunnen verklaren waarom de indringer het had gewaagd om binnen te komen via de voordeur. Hij had vast het huis geobserveerd en gezien hoe iedereen wegging. Misschien had hij haar voor de huishoudster gehouden. En toen moest hij voetstappen hebben gehoord en had hij zijn toevlucht genomen tot het souterrain.

Nedda hief de ijspriem hoog op. En omdat ze bang was, verzamelde ze haar dode broertjes en zusjes om zich heen. Mevrouw Tully, een bezield lijk van enorme omvang, leidde de stoet de keldertrap af.

Net als vroeger.

Het keukenlicht werd na de onderste tree zwakker. Op de stoppenkast links van haar moest een zaklantaarn liggen. Maar nu zag ze de heldere rechthoek van een open deur aan de andere kant van het souterrain. Degene die had ingebroken was allang gevlucht; voorbij de drempel voerden tien treden naar de tuin. Een luchtstroom deed Nedda opkijken naar een hoog venster. Het zware houten raamwerk werd omhooggehouden door een stok. Op die manier moest de indringer zich toegang hebben verschaft. Terwijl ze het venster naderde, liepen haar broer en zussen met haar mee en gaven haar steun. Allemaal keken ze omhoog. Bij het raam zagen ze een veldmuis die met opgetrokken neus en geprikkelde snorharen de kelderlucht onderzocht. Zijn kleine roze voorpoten waren bijna menselijk toen hij de houten onderdrempel beetgreep. Het kleine wezentje was half binnen en half buiten. En hoewel de wind was gaan liggen en er geen zichtbare kracht was, viel de stok. Het raamwerk klapte naar beneden en brak het ruggetje van de muis. Zijn bekje sperde zich open en verrast gaf de muis de geest.

Mevrouw Tully lachte.

Nedda verwijderde zich samen met de kinderen van het raam. Bij het goede licht van de open deur zag dit kleine publiek van doden en levenden verse bloeddruppels op de trap die naar de achtertuin leidde.

Wat had het huis met de indringer gedaan?

'Mijn vader weet niet eens dat ik deze spullen heb,' zei Riker.

'Heb je ze van hem gestólen?'

Riker schudde het hoofd. 'Ik heb ze in mijn bezit gekregen op de avond dat grootvader stierf. Die oude man werkte letterlijk tot het einde aan deze zaak. Hij had sectierapporten uit zes staten, die samen een tijdschaal gaven van de opdrachten tot huurmoord, maar er was geen enkel rapport uit de periode na de Winter House-slachting. Er is nu twintig jaar voorbijgegaan en het onderzoek zit vaster dan ooit. Dat is het moment dat grootvader tot de overtuiging komt dat Luciferman in de jaren veertig gestorven moet zijn, in het jaar van de slachting.'

'Nou, dan zat hij er maar twee jaar naast,' zei Mallory, terwijl ze haar nagels bekeek. 'Als Nedda degene was die Luciferman vermoordde in Maine.'

'Ja. Doodzonde dat grootvader de politie van Maine niet op zijn radar had. Dan had hij de zaak misschien af kunnen sluiten.' Riker wist dat ze zich afvroeg wanneer deze familiekroniek eindelijk eens zou eindigen. Hij probeerde altijd contact met haar te maken op een menselijk niveau en vergat dan met wie en wat hij te maken had.

'Nu jouw vader,' zei ze, hem aansporend om de reden te geven waarom deze deur voor hen gesloten was.

'Oké,' zei hij. 'Houd daarbij voor ogen dat mijn vader en opa jarenlang aan deze zaak gewerkt hebben, vanaf de dag dat mijn grootvader met pensioen ging tot de dag waarop hij stierf. Welnu, opa was altijd opgefokt. Hij moest en zou Red Winter vinden, of ze nu dood was of leefde. Mijn vaders ouweheer praatte nooit met hem, met uitzondering van al die avonden dat ze samen aan de keukentafel zochten naar aanwijzingen en brainstormden over ideeën.'

Deze zwijgzame familietraditie had zich tot in Rikers generatie voortgezet.

'Het enige deel van de dag dat mijn pa zich echt gelukkig voelde, was wanneer hij de keuken met sigarenrook vulde en samen met mijn opa een fles whisky soldaat maakte en over het vak praatte. Daarom was het ook zo moeilijk te begrijpen wat pa deed toen zijn ouweheer stierf. Die stierf op de avond dat mijn vader thuiskwam met een tweeëntwintig jaar oud sectierapport over de tweede waarzegster, die stierf na de Winter House-slachting. Nadat opa het had gelezen, raakte hij in grote opwinding. Hij was sprakeloos. Hij stond op, omhelsde mijn vader – misschien wel voor de allereerste keer – en viel toen dood neer, dwars over de keukentafel. Die avond stond mijn moeder bij de deur op de lijkwagen te wachten. En mijn pa was in de keuken bij zijn vader. Ik zie hem nog op handen en voeten over de vloer kruipen en alle papieren oprapen die overal heen gevlogen waren toen opa de hartaanval kreeg. Toen mijn vader alle dossiers bij elkaar had, heeft hij ze in de vuilnisbak gegooid en nooit meer over de zaak gesproken.'

Aan de vlekken op de dossiers die de jonge Riker uit de vuilnisbak had gered, kon je nog zien wat het gezin die avond gegeten had.

'De afkeer die jouw vader van dat dossier had,' zei Mallory, 'is evenredig aan zijn liefde voor jouw grootvader. Het was gewoon te pijnlijk. Daarom gooide hij alles in de vuilnisbak.'

Riker knikte. Hij was dat met de jaren gaan begrijpen, maar dat Mallory de Machine in staat was tot een dergelijk inzicht, en dan ook nog zo snel, kon eigenlijk helemaal niet. 'Maar dat is niet de reden dat ik pa in deze zaak niet om hulp kan vragen.'

'Dat weet ik.' Mallory zette haar lege bierblikje weg. 'Dat komt omdat je nu begrijpt waarom je grootvader zo opgewonden was dat hij niet kon praten. Want in die twaalf dagen tussen de Winter House-slachting en de moord op de waarzegster in het politiebureau leerde Nedda tarotkaarten lezen.'

Dat was het plan: een nieuwe waarzegster om de oude te vervangen. Welke andere reden zou een huurmoordenaar hebben om een kind te kidnappen? En wat een groot kind: een meisje dat door kon gaan voor een vrouw, maar dat je veel gemakkelijker in toom kon houden, een erfgename, die op een dag kon terugkeren om een fortuin op te eisen.

Het laatste stukje viel zo mooi op zijn plaats, dat hij bijna een hoorbaar klikje waarnam in het raderwerk van Mallory's verstand.

Een minuut lang stond Riker haar aan te gapen, maar het leek wel of het een eeuwigheid duurde, zo langzaam kropen de seconden voorbij. Ze kon hem nog steeds voor verrassingen stellen, en soms deed hem dat pijn. Hij had haar zien opgroeien, maar het lukte hem niet haar echt te leren kennen. En dwaas die hij was, hij lichtte zichzelf iedere keer weer beentje als hij haar onderschatte, en toch leerde hij er nooit van.

Hij knikte. Ze had het bij het rechte eind.

Toen zijn grootvader de symptomen van een zware hartaanval had bespeurd, toen vreugde de angst en pijn had overvleugeld, moest dat het moment zijn geweest dat de oude man besefte dat het gekidnapte kind misschien nog in leven was. Riker keek naar de rommelige papiermassa op zijn eigen keukentafel: de traditie van vaders en zonen.

'Mijn vader was een geweldige politieman. Er is geen betere. Die vermoorde waarzegster was de sleutel. Als hij verder was blijven werken aan deze zaak, zou pa Humboldt zijn blijven volgen. Het spoor zou hem naar de ijspriemmoord in Maine geleid hebben en naar een roodharig meisje.'

Mallory knikte. 'Dan had hij het mysterie Red Winter veertig jaar geleden opgelost.'

'Ik kan het niet over mijn hart verkrijgen om hem dat te vertellen.'

'We moeten elkaar maar niet meer op deze wijze ontmoeten. Daar komen praatjes van.'

'Ja, mevrouw.' Agent Brill deed zijn best om hoffelijk te glimlachen bij dit zinnetje, dat al oud was voor Nedda werd geboren. Nadat hij de kelderdeur had geopend, knipte hij zijn zaklantaarn aan, en ze volgde hem naar beneden. De gele lichtstraal gleed over het gebroken glas op de grond. Hij vond een stuk dat hem interesseerde en stopte het in een plastic zak.

'Zit er bloed op dat glas?'

'Ja, mevrouw, inderdaad. Hebt u uzelf gesneden?'

'Niet in mijn handen.' Ze bekeek haar handpalmen. 'En ik had schoenen aan.'

'En u hebt ook niemand gestoken, mevrouw?'

'Nee, dat is afgelopen.'

Agent Brills glimlach verbreedde zich tot een onvervalste grijns. 'Daar ben ik blij om.' Hij keek naar boven en richtte zijn zaklantaarn opnieuw op het gebroken peertje. Aan een scherf die uit de fitting stak, zat ook bloed. 'Dus we zoeken naar een man met een verband om zijn hoofd. Dat is een duidelijker signalement dan we doorgaans krijgen.' Toen ze weer boven waren, bood ze de politieman thee aan. Die accepteerde haar aanbod, maar stond erop de thee zelf te zetten. Zo te zien wist hij de weg in een keuken. Ze vermoedde dat hij een grootmoeder van haar leeftijd had, en in de loop van hun gesprek bleek dat ook zo te zijn. De jongeman woonde in de Bronx, te midden van een uitgebreide familie, onder wie zijn grootouders, over wie hij met warmte sprak. Hij schoof een stoel voor Nedda naar achter en liet haar plaatsnemen aan de tafel.

Toen het theewater kookte en de ketel een schril gefluit liet horen, stond hij snel op en draaide het gas uit. Terwijl hij heet water op de theezakjes in hun theekopjes goot, zag hij het spel tarotkaarten liggen, en hij glimlachte. 'Mijn oma geeft iedere maandag tien dollar uit om zich de toekomst te laten voorspellen.'

'Nou, dat is niet duur. Dan moet ze een eerlijke waarzegster kennen.'

Door de uitdrukking op het gezicht van de jongeman zag Nedda dat hij dit als een contradictie beschouwde. Hoe kon een waarzegster ooit eerlijk zijn?

'Een oude vrouw heeft me tarotkaarten leren lezen.' Nedda haalde de kaarten uit het doosje. 'Deze zijn van haar geweest.' Ze koos de kaarten uit die het meeste op de jonge politieman leken. 'Dit is uw symbool, de Zwaardridder. Hij staat voor wie je bent. Denk nu aan het probleem dat u het meeste bezighoudt.' Ze schudde de kaarten. 'Ik denk dat ik dat ben.' Nadat ze de kaarten drie keer had gecoupeerd, maakte ze er drie stapeltjes van. 'Maak er één stapeltje van en geef het dan aan mij.'

Hij deed wat hem gevraagd werd en ze wist dat hij het alleen deed om een oude vrouw ter wille te zijn, want hij was een kind van de nieuwe eeuw, iemand die sterk gelooft in een wetenschappelijke verklaring voor alle dingen.

Ze pakte de bovenste kaart van de stapel en legde hem op de ridder. 'Deze biedt je bescherming.' De volgende kaart legde ze horizontaal. 'Deze kruist je, met positief of negatief gevolg,' zei ze. Nu legde ze snel achter elkaar vier kaarten op de kompaspunten om de drie kaarten die er al lagen. Daarna legde ze nog vier kaarten aan één kant onder elkaar. 'En nu gaat u mij de toekomst voorspellen?'

'Nee, dat is alleen voor dwazen,' zei Nedda. 'Het soort dat patronen zoekt die er niet zijn, het soort dat in een vervormde aardappel bij de groenteboer de Maagd Maria ziet en vervolgens een toegangsbiljet van tien dollar koopt om het object te aanbidden. Gezien zijn aard, verdient de dwaas wat hij krijgt: een lichtere portefeuille en verder niets.'

Ze legde haar hand op die van de politieman. 'Zo'n type bent u niet. U wilt de toekomst niet weten, zelfs niet als u zou geloven dat dat mogelijk was.' Nee, deze jongeman zou zich nooit neerleggen bij het idee van een in steen geschreven lot. 'U hebt al een mogelijke toekomst voor ogen: de toekomst die u voor uzelf kunt smeden.'

Nedda wees naar de westkaart. 'Hier begint uw toekomst, in uw verleden. U werd politieman, niet om het goede pensioen, maar omdat u mensen wilde helpen. Dat is uw karakter.' Ze wees naar de zuidkaart. 'Dit is het fundament van de materie. U bent precies op uw plaats in de wereld. U bent tevreden met wat u bent en dat is zeldzaam.' Haar hand verplaatste zich naar de noordkaart. 'U streeft ernaar om orde in de chaos te brengen.' Haar vinger kwam op de oostkaart terecht, de naaste toekomst. 'En u zult dat iedere dag doen op kleine en op grote schaal. Maar dat weet u allemaal al. U hebt het tot uw opdracht gemaakt.' Ze bestudeerde de overgebleven kaarten. 'Heb ik gelijk en ben ik uw zorg van dit moment... dan kan ik u nu zeggen dat u me terugziet.'

Maar zou ze dood zijn of leven?

'Dat was een makkie,' zei ze. 'Ik breng een groot deel van mijn dag door bij het raam. Ik zag u van tijd tot tijd langsrijden, waarschijnlijk vaker dan uw plicht is. U mindert altijd vaart bij het passeren van mijn huis. Ik heb het vermoeden dat u me in de gaten houdt.'

Een goede gok. Haar opmerking verraste hem.

Haar hand ging omhoog naar de kaart die het laatst gelegd was, het culminatiepunt van alles wat voorafgegaan was. 'Waar onze paden elkaar in deze aangelegenheid hebben gekruist, zullen we elk oogsten wat we gezaaid hebben. Maar ja, dat geldt voor iedereen. Daar komt nauwelijks magie of telepathie aan te pas.' Ze veegde alle kaarten bij elkaar. 'Het is alleen maar een hulpmiddel om te zorgen dat je je blik voor je op de weg gericht houdt.'

Hij moest intuïtief hebben gevoeld dat dit kaartspel een truc van haar was om nog wat langer in zijn gezelschap te zijn, want hij boog zich naar haar toe en zei: 'Een shock is een merkwaardig iets.' Hij pakte hun kopjes van tafel en zette ze in de gootsteen. 'Soms bezorgt het de mensen knikkende knieën. Soms zijn ze bang om alleen te zijn. Als u geluiden hoort, of als u gewoon een beetje gespannen bent, mag u altijd bellen en dan vraagt u maar naar mij. Mijn dienst duurt nog tot zes uur.'

De schoonmaakster kwam terecht in een of ander straatgevecht – dat zou ze later tenminste vertellen – terwijl ze met haar karretje van metaaldraad worstelde waarin haar spullen zaten. De jonge politieman wilde het met alle geweld voor haar de trap op dragen en door brute kracht won hij.

'Smerissen krijgen van mij geen fooi,' riep mevrouw Ortega met haar Brooklyn-accent.

'Zit ik niet mee,' pareerde de jonge agent met zijn Bronx-accent. 'Kleingeld bederft de strakke lijn van mijn uniform.' En nadat hij het karretje bij de voordeur van het herenhuis had gezet, tikte hij even tegen zijn pet en liep weg. Te verbaasd om hem van repliek te dienen keek ze hem na.

Het was niet nodig om aan te bellen. De deur zwaaide open en een vrouw verscheen, even lang als rechercheur Mallory, maar veel ouder. Haar haar was wit en haar ogen waren lichtblauw, en wat had ze een merkwaardige glimlach. 'U komt van het uitzendbureau?'

'Dat hebt u goed geraden, mevrouw. Als u hier uw handtekening zet.' De kleinere vrouw gaf haar een werkbriefje dat getypt was op Mallory's computer en dat door moest gaan voor het echte stuk. 'Ortega,' stelde ze zich voor. 'U kunt me mevrouw Ortega noemen.' En aan de handtekening zag ze dat dit Nedda Winter was.

En nu moest de schoonmaakster haar best doen om verdere plichtplegingen, het aanbod van thee en pogingen tot gesprek te ontwijken. Maar ze bleef standvastig. 'Ik heb maar een paar uur.' Mevrouw Ortega deed de stofzuiger aan en zei niets meer, totdat ze een uur later de deur van de wandkast in de hal opende. 'Wat is dat, verdomme?'

De planken waren smal voor de planken van een linnenkast en er stonden rijen hoeden op.

'Dit is een hoedenkast,' zei mevrouw Winter.

'Die bestaan niet,' zei mevrouw Ortega. 'Weet u wel hoeveel jaren ik al huizen als dat van u schoonmaak? En goddomme nog wel chiquere huizen dan dit, maar een hoedenkast tref je er niet aan. Dit is een linnenkast, en geen huis dat een linnenkast in de gang heeft. Maar daar had ik het niet over.' Ze boog zich voorover, raapte een hoed op die van een van de lagere planken gevallen was en wees toen naar een gat in de muur. 'Wat is dat?'

'Een muizengat, denk ik. Wilt u een koud biertje?'

Twee uur later zat mevrouw Ortega naast Mallory in de auto, twee huizenblokken verwijderd van Winter House. 'U hebt een echt keurig knaagdier hier, zeg ik tegen mevrouw Winter. Dat is een mooi rond gat. Onder ons gezegd, Mallory, dan moet het wel een muis zijn die een elektrische boor met een diameter van tien centimeter had gebruikt. En het was een erg grote muis. Het gat bevond zich zestig centimeter boven de vloer.'

Mallory knikte, maar luisterde nauwelijks.

'De achterwand van de kast bestond uit goedkoop gipsplaat,' zei de schoonmaakster, in een poging om haar verhaal levendiger te maken. 'Nu is dat vreemd, omdat de zijwanden van cederhout zijn. Het slaat nergens op. Ziet u het probleem?' Nee, ze had de indruk dat Mallory haar belangstelling voor de wandkasten van de rijken verloren had. Bovendien was het mevrouw Ortega nog steeds niet duidelijk welke dienst ze had geleverd die een bedrag van honderd dollar boven op haar normale salaris als schoonmaakster rechtvaardigde.

Van Mallory's gezicht kon de schoonmaakster niets aflezen. Mevrouw Ortega gaf een aanwijzing. 'De Winter House-slachting? Zegt jullie dat iets?'

'Dat was ver voor Mallory's tijd,' zei Riker, die was teruggekeerd na even een broodjeszaak te zijn binnengewipt. 'En ook voor die van mij.' Nadat hij het zich op de achterbank gemakkelijk had gemaakt, gaf hij mevrouw Ortega de bagel en koffie waarom ze verzocht had. 'Kijk, dit is ons probleem.' Hij liet een stuk papier zien met het briefhoofd van de technische recherche. 'Dit is een notitie van een opsporingsambtenaar, een nieuweling in het vak, over een verdacht gat in een ondiepe kast.'

'Technische recherche, hè? Weer een moord. Weten jullie wel hoeveel...?

'Niet zo opgewonden,' zei Riker. 'Het was een diefstal.'

'O ja, natuurlijk,' zei mevrouw Ortega. 'Jullie tweeën rukken uit voor een diefstal.'

Mallory drukte de vrouw opnieuw een flap in haar hand. 'Dat klopt,' zei ze. 'Is daar iets mis mee?'

'Helemaal niet.' Mevrouw Ortega stopte het bankbiljet in haar zak. 'Heeft dat groentje iets genoteerd over de naad om het gat in de wandkast?' Nou, dat wekte hun interesse. 'De achterwand van die kast is oud en verrot. Maar het gat en de naad zijn niet zo oud. Iemand snijdt er een stuk uit en zet het er daarna weer in. Er zit een lijmribbel op de naad van het inzetstuk. En op die ribbel zit stof.'

'Nou, dan is de kans verkeken,' zei Riker. 'Wat daar achter die kastwand zat is nu natuurlijk allang verdwenen.'

'Vertel me over Nedda Winter,' zei Mallory.

'Die was erg zenuwachtig. Liep de hele tijd achter me aan, en dat was niet omdat ze dacht dat ik haar zou beroven als ze me uit het oog verloor. Ze zocht gewoon contact. Daar kreeg ik mijn geld voor. Ik heb haar kamer schoongemaakt. Was eigenlijk niet nodig. Heel netjes allemaal. Persoonlijke spullen waren er niet. Er lag een aluminium koffer onder het bed. Ik dacht dat het haar huis was, maar ze gedraagt zich als een beleefde gast die nog niet weet hoelang hij zal blijven. En toen kwam dat opdondertje thuis.'

'Bitty Smyth.'

'Precies. Meteen toen ik haar zag, wist ik welke kamer van haar was. Het was niet nodig om het te vragen. Het moest wel de kamer zijn met al die knuffeldieren op het bed. Die eruitzag als een meisjeskamer. En dat komt omdat ze zo klein is. Ik weet zeker dat ze nog steeds over haar bol geaaid wordt. Als ze negentig is, liggen die teddyberen nog op haar bed. Goed, zodra ze binnenkwam, ben ik weggegaan.'

'Prima werk.' Mallory knikte naar de surveillancewagen die achter haar auto stond. 'Zeg maar tegen die agent waar je heen wilt en hij brengt je.'

Mevrouw Ortega keek achterom door de achterruit en zag een geüniformeerde agent, dezelfde smeris die haar per se het schoonmaakkarretje uit handen had willen nemen. 'Mooi. Revanche.' Ze deed het portier dicht en boog zich voorover naar het open raam. 'O, nog één ding, mensen. In plaats van jullie af te vragen wát er dan wel achter die wand verborgen was, kunnen jullie je misschien beter afvragen wíé. Het was een verdomd groot inzetstuk.'

Geen indringer kon zich verbergen in het donker van een oud huis. Elke krakende plank en elke voetstap op de trap klonken er als marstrommels en pauken; momenten van stilte waren verdacht en geladen met spanning. Wachten, wachten.

Nedda stapte uit bed en liep naar het raam. Blijkbaar was agent Brill niet onder de indruk geweest van de meest recente inbraak. Er stonden geen politieauto's voor het huis geparkeerd. Ze hield de toneelkijker vast, die ze op zolder uit de hutkoffer van haar moeder had gehaald. Ze richtte de verrekijker op het park, haalde de bladeren naar zich toe om te zien of er ook iets bewoog tussen de takken.

Haar broer en zus waren niet teruggekomen. Weer was er ingebroken, weer waren ze niet thuis geweest, en ze vroeg zich af wat de politie van deze toevalligheid zou denken.

Cleo en Lionel waren vaak in het zomerhuis, en Nedda nam het zichzelf kwalijk dat ze het huis in de stad ondraaglijk maakte. Bitty had een andere theorie verkondigd: ze vonden het gewoon leuk om te rijden. Het was niets voor hen om er een dagtochtje van te maken en maar een paar uur in deze of gene plaats te blijven. Haar nicht meende dat ze het zomerhuis als een uitvlucht gebruikten om een bestemming voor hun autoritten te hebben, anders zouden ze maar rondjes rijden. Het paar had oude kennissen in de Hamptons waar ze op bezoek konden gaan, maar geen echte vrienden.

Maar ze hadden elkaar. En Bitty? Die had alleen een kreupele kaketoe.

Nedda stelde de toneelkijker opnieuw scherp en probeerde een man te ontwaren in het netwerk van bladeren. Nee, daar was niemand, maar ze meende hem achter elke boom te zien. De wind stak op en de takken boden bij iedere vlaag minder dekking.

Wachten, wachten, afwachten.

Ze trok de gordijnen dicht en deed de lamp aan. Daarna ging ze aan haar secretaire zitten en pakte haar pen. Nedda wilde haar familie een verklaring geven van wat ze gedaan had, of beter gezegd dat was haar bedoeling, maar ze had geen idee hoe ze haar brief moest beginnen. In plaats daarvan schreef ze steeds maar weer hetzelfde zinnetje, waarmee ze de beide zijden van het vel briefpapier vulde. Daarna pakte ze een ander vel. Mocht het die avond fout lopen, dan was dit misschien de meest sprekende verklaring die ze achter kon laten. Of was het een soort bekentenis? Steeds meer velletjes met haar handtekening dwarrelden naar de vloer naarmate het later werd. En steeds waren het dezelfde zinnen die ze schreef: *gekke mensen maken gezonde mensen gek.* Ze stond op, deed de lamp uit en keerde terug naar het raam. Er waren geen voetgangers te zien en autoverkeer was er nauwelijks. Ze stelde de toneelkijker scherp. Daar, achter de bomen, bewoog zich iets, een gezicht, vlak bij de stenen muur die een lage scheiding tussen het trottoir en het park vormde. Nedda keek achter zich naar de wekker op haar nachtkastje. Agent Brills dienst zat er al uren op. Wat moest ze zeggen als ze het politiebureau belde?

Ik zie in de bosjes eén bleek gezicht?

Nee, ze zouden niemand naar Central Park sturen om naar verdachte personen te zoeken, niet om deze reden. Ze zouden haar afdoen als een gekke oude vrouw, en misschien hadden ze nog gelijk ook. Ze keek naar het geboomte aan de overkant van de weg en nu zag ze hem duidelijker, maar alleen zijn achterkant, terwijl hij dieper het gebladerte in liep.

Nedda ontkleedde zich en stond naakt voor haar kleerkast. Ze duwde de hangers opzij, op zoek naar iets zwarts. Nadat ze zich had aangekleed, stak ze haar hand onder haar hoofdkussen om de ijspriem met het houten handvat te pakken. Heel stilletjes sloop ze in het donker door de gang naar de trap en daalde langzaam de treden af, ervoor zorgend dat ze niet kraakten. Het lampje van de alarminstallatie in de hal brandde. Ze toetste de nummercode in om het alarm uit te schakelen en vond vervolgens de knop om het licht van de buitentrap uit te doen.

Charles Butler kwam thuis van een liefdadigheidsveiling. Zijn portefeuille was wat lichter door een donatie, maar afgezien van een paar cocktails aan de bar had hij niets gekocht. Geen enkele antieke tafel had ook maar in de verte geleken op de speeltafel van zijn dromen. En nu restte hem nog maar een week om de tafel te vervangen die bij de brand was vernietigd. Al voordat hij de sleutel in het sleutelgat van zijn flat stak, zag hij dat achter de glazen deur van Butler & Company licht brandde.

Mallory? Ze hield van de kleine uurtjes.

Hij liep de ontvangstruimte binnen en zag licht aan het einde van de gang, maar het kwam uit zijn eigen kantoor en niet uit dat van haar.

Charles vond de schoonmaakster in diepe slaap. Ze was boven haar boek in slaap gevallen. Dat was vreemd. Of nee, daar was eigenlijk niets vreemds aan. Ze had zitten lezen in het boek over Winter House, en van die lectuur viel iedereen in slaap.

Hij legde zijn hand op haar schouder. 'Mevrouw Ortega?' Haar ogen gingen open. 'Ik heb nooit geweten dat u zo laat nog werkte.' Hij keek op zijn horloge. 'Het is al twaalf uur geweest.'

Het duurde even voor ze zich liet overtuigen. Eerst keek ze op zijn horloge en toen op dat van haarzelf. 'Krijg nou wat! Ik had vanmiddag geen tijd om uw kantoor schoon te maken,' zei ze. 'Ik moest iets voor Mallory doen. Ik dacht dat u er geen bezwaar…'

'O, maar ik vind het ook niet erg. Zeg, wat moest u voor Mallory doen?'

'Dat kan ik u niet zeggen.'

'O, u hebt geheimhouding beloofd. Op die manier.' Hij liep naar het dressoir achter zijn bureau, keerde terug met een fles sherry en twee glazen en ging naast haar op de bank zitten. 'Maar als ik het raad, schendt u uw belofte niet, toch?'

Aarzelend nam ze het glas aan en liet het door hem volschenken, een aantal keren, met korte tussenpozen.

Hij wees op het boek op haar schoot. 'Ik denk dat het iets met Winter House te maken had.'

'Misschien wel,' zei ze, en toen glimlachte ze. 'Bent u een man die van een gokje houdt?'

'Dat weet u.' Inderdaad, hij werd het nooit beu om met poker te verliezen. 'Wat is de inzet?'

Ze hield het dikke boek omhoog. 'Ik weet wat er met Red Winter is gebeurd.'

'Hartstikke goed.' Charles hield de karaf schuin om haar opnieuw in te schenken. 'Twintig dollar en een ritje in de limo naar Brooklyn.'

'Top. Ik zeg dat Red Winter helemaal niet is weggelopen. Dat kind heeft haar huis nooit verlaten. Ze hebben haar lichaam achter de achterwand van de kast verborgen. Dat is mijn theorie.'

'Nee maar.' Hij schonk haar nog een keer in. Mevrouw Ortega kon erg goed tegen drank en het zou nog wel even kunnen duren voordat hij het hele verhaal uit haar had gekregen.

Nedda stond op het trottoir, gekleed in een lange zwarte leren jas en een zwarte broek. Ze had het koud en voelde zich kwetsbaar. Een auto reed voorbij. Ze wendde zich af van de koplampen en verborg de ijspriem in haar zak. Zo hard ze kon rende ze de boulevard over. Wanneer had ze voor het laatst gerend, voor haar leven of om een andere reden? Ze voelde zich er weer jong door. De wind sloeg haar in het gezicht en plukte aan haar losjes ingevlochten haarband. Ze naderde het lage stenen muurtje als een twaalfjarig kind, klauterde er met groot gemak op en sprong er aan de andere kant weer af. Gebroken takken en dode bladeren knisperden onder haar voeten. Nu speelde ze standbeeldje, het spelletje uit haar jeugd, en bracht haar hart tot bedaren om een vreemde voetstap te kunnen horen.

Ze was doodsbang, verkwikt, vol leven.

Beter zo dan af te wachten tot hij haar op kwam halen. Ze waren vrienden nu, de dood en zij. Elke keer dat ze elkaar ontmoetten, werd het gemakkelijker. En deze keer had zij de ontmoetingsplaats uitgekozen. Ze hoorde een droge tak kraken, en haar hoofd ging met een ruk naar rechts. Ze liep in de richting van de voetstap. Terwijl ze de takken opzijduwde, ging ze steeds verder het bos in. Hier drong het schijnsel van de lantaarns langs het pad niet meer door.

'Red Winter,' zei een mannenstem vlak achter haar.

Haar hand klemde zich om de ijspriem in haar jaszak. Ze draaide zich om om hem tegemoet te treden, maar er was niemand te zien.

'Mijn god, je bent het echt.' Een lange gestalte kwam uit het gebladerte tevoorschijn. Een schaduw slechts, en alleen zijn stem verraadde zijn sekse. 'Red Winter. Je herinnert je me niet, hè?' Hij klikte een zaklantaarn aan en scheen op zijn eigen gezicht, waardoor het een demonische aanblik bood. Scherpe schaduwen lagen over zijn wangen en over zijn diepe oogkassen. Ja, het was een lange man en hij droeg een verband om zijn hoofd, op de plek waar het gebroken glas van het peertje hem had geschramd, precies als agent Brill had voorspeld.

'We hebben elkaar ontmoet, toen je heel ziek was,' zei hij. Zijn toon was verrassend normaal; er klonk nauwelijks dreiging in door. 'Je bent er weer aardig bovenop gekomen, hè?'

Dit was niet wat ze verwacht had: een beschaafde conversatie doorspekt met beleefde vragen naar haar gezondheid. Hadden ze elkaar in een ziekenhuis ontmoet? Het waren er door de jaren heen zoveel geweest. En dan had je ook nog de verzorgingshuizen en ten slotte het verpleeghuis voor terminale patiënten. Ze bleef de ijspriem stevig vasthouden.

Hij liet de zaklantaarn zakken. 'Nee,' zei hij. 'Je zult het je wel niet herinneren, hè? Je was toen echt de kluts kwijt.'

Dit reduceerde het aantal mogelijkheden tot drie. Misschien hadden ze elkaar in het laatste ziekenhuis ontmoet, waar haar gezondheid ernstig achteruitgegaan was. Of in het verzorginghuis, waar ze haar leven zou hebben beëindigd als Bitty er niet geweest was. Of was het in het verpleeghuis voor terminale patiënten geweest? Een van deze plaatsen moest het zijn.

De man kwam dichterbij. Zijn witte handen bungelden uit de mouwen van een ruim zittend flanellen jack dat een heel arsenaal aan wapens zou kunnen bevatten.

'Was je ook patiënt?' vroeg ze, alsof dit een gewoon praatje was met een kennis die ze even niet kon plaatsen.

'Ik? In een verpleeghuis?' Hij glimlachte zowaar. 'Dat lijkt me niet erg waarschijnlijk.'

Nee, hij zag eruit als een dertiger. Dus hadden ze elkaar in het verpleeghuis in Maine ontmoet.

Hij klemde de zaklantaarn onder zijn arm, waardoor het licht op de bomen achter hem scheen. Nu had hij zijn beide handen vrij om de knopen van zijn jack los te maken. Droeg hij een pistool? Een ijspriem kon het niet winnen van een kogel. Hij was een stap dichterbij gekomen en zijn rechterhand ging nog steeds schuil in zijn jas.

Zijn lantaarn, die naar achteren gericht was, bescheen een andere gestalte in het bos, een lieftallig gezicht met de lichtgevende huid van een spook.

Mallory.

De jonge rechercheur stond maar een paar meter bij hen vandaan. Met een fors pistool in haar hand sloop ze als een kat naderbij. Geen takje kraakte. Voor Nedda was het alsof de seconden verliepen in slowmotion.

De man trok zijn hand onder de plooien van zijn jack vandaan. Wat was dat donkere voorwerp in zijn vuist?

Met een glimlach op haar gezicht hief Mallory haar pistool op. De jonge politievrouw genoot van dit moment, en langer dan een moment duurde het ook niet voor Nedda de klap van metaal op bot hoorde. De man maakte minder lawaai toen hij op de grond viel.

Een politieman in uniform stapte uit de bosjes in gezelschap van rechercheur Riker, die haar begroette met een brede glimlach en een 'Hallo, Nedda. Hoe staan de zaken?'

Mallory wees naar de jongste van de twee mannen. 'U kent agent Brill nog wel?'

'Ja, natuurlijk,' zei Nedda. 'Hij komt altijd als er bij ons een misdrijf gepleegd is.' Ze glimlachte naar de politieman. 'Wat fijn om u weer te zien.'

'Goedenavond mevrouw.' Agent Brill tikte tegen zijn pet, en hielp toen Riker bij het optillen van de man die op de grond lag. Ze droegen de bewusteloze man naar het pad dat naar de stenen muur liep. Een politiewagen stond al klaar. Het rode zwaailicht van de auto scheen door de openingen in het geboomte.

Nedda bleef bij Mallory achter, die langzaam haar pistool in haar holster stak.

'Waarom bent u zo laat nog op pad, mevrouw Winter?' De jonge rechercheur draaide om Nedda heen, bleef achter de oudere vrouw staan en liet haar stem dalen tot een fluistertoon. 'Op jacht?' En toen luider: 'Werd het te saai binnenshuis?'

Het enige wat Nedda zag voordat ze een lichte ruk aan haar jas voelde, was de flitsende beweging van een witte hand. Voor ze het besefte had de rechercheur de ijspriem uit haar zak gegrist. Het ging allemaal zo vlug dat ze nauwelijks tijd had om te schrikken.

'Agent Brill was erg bezorgd om u,' zei Mallory. 'En dat terwijl hij weet dat u heel goed bent in het uitschakelen van gewelddadige misdadigers.' Ze keek even achterom, misschien omdat ze zeker wilde weten dat er geen getuigen waren. 'Die man had trouwens een vuurwapen, maar het zat nog in de holster achter zijn rug.' De rechercheur hield een kleine camera omhoog. 'Dit had hij in zijn hand. Dus is het maar goed dat ik ingreep. Anders had u opnieuw een ongewapende burger gedood.'

Dat was inderdaad mazzel. Nedda duwde beide handen in haar zakken, want ze wilde niet dat de jonge vrouw zag dat ze zo trilde.

De rechercheur keek naar de priem die op haar handpalm rustte en daarna naar de camera in haar andere hand. Het leek of ze de voorwerpen tegen elkaar afwoog. 'Ik weet niet wie ik in staat van beschuldiging moet stellen. Het is echt een gok.'

'Mag ik u een raad geven?'

'Ga uw gang.'

Nedda keek naar het duister dat de politie en hun gevangene had opgeslokt. 'Het is misschien beter als u hem in staat van beschuldiging stelt, omdat u z'n hersenpan gekraakt hebt.'

'Goed gezien.' Mallory hield de camera omhoog. 'U kunt behoorlijk snel lopen, mevrouw Winter. We hebben vanuit de bosjes naar u gekeken. Prima sprint.' Ze hield de camera omhoog. 'Er zitten nog drie foto's op het rolletje.' Ze wees door de bomen naar een paadje dat goed verlicht was. 'Ik wil dat u die kant op rent, zo snel als u kunt.'

Nedda aarzelde. 'Vooruit. Schiet op!' zei Mallory.

En Nedda rende. De eerste keer dat ze een klik achter zich hoorde, struikelde ze. Een shot met de camera. Ze keek over haar schouder en was verrast toen ze Mallory achter zich aan zag lopen, die opnieuw een foto nam.

'Prima gedaan! Blijf nu staan!'

Nedda hield op commando stil, als een huisdier, draaide zich om en zag dat de rechercheur het filmrolletje uit de camera haalde.

'Mocht iemand ernaar vragen,' zei Mallory, 'dan heeft mijn gevangene de laatste drie foto's genomen.'

'U vraagt mij om een valse...'

'Hebt u daar moeite mee? Of gaat u liever mee naar het plaatselijke politiebureau om een verklaring af te leggen over wat u in de bosjes deed met een verborgen wapen?' Mallory zette haar hand in haar zij. Het was een gebaar van absoluut ongeloof. 'Ik zie u iedere avond aan het raam zitten. Altijd met uw blik op het park gericht. U houdt iets voor me achter. U zat te wachten tot die man zich zou laten zien. Heb ik gelijk of niet?' Mallory hield de ijspriem omhoog. 'Wilt u nu over deze dingen praten? Nee? Dan verwacht ik u over zes uur in de binnenstad.'

'Wat moet ik daar doen? Moet ik een verklaring afleggen of...'

'Is mijn boodschap niet doorgekomen? U hebt toegestemd in een leugendetectortest, mevrouw Winter. Hij staat voor morgenochtend gepland. Was u van plan zich terug te trekken?'

'Nee, ik kom wel.'

De rechercheurs zaten achter in de patrouillewagen met de bewusteloze arrestant tussen hen ingeklemd. Mallory inspecteerde de inhoud van zijn portefeuille.

'Hier komt herrie van,' zei ze. Ze hield een vergunning omhoog die door de staat Maine was verleend om het beroep van privé-detective te mogen uitoefenen. 'Dus nu weten we dat hij een vergunning voor het wapen heeft,' zei Riker. 'Shit. Jammer dat je hem niet doodgeschoten hebt, meisje. Weinig kans dat we Nedda nu nog uit de krant houden.' Hij duwde een ooglid van de arrestant omhoog en bewoog zijn hand heen en weer tussen de ogen van de man en de lichtkoepel van de auto. 'De pupillen vertonen geen reactie. Ik denk dat je mazzel hebt gehad. Erg snel bijkomen zal hij niet. Misschien wel nooit meer.'

'Oké, jij wint!' Geïrriteerd boog Mallory zich naar de chauffeur toe. 'Laat het politiebureau van SoHo maar zitten en rij naar het dichtstbijzijnde ziekenhuis.'

Het gevangenentransport verliet Seventh Avenue en reed de ingang naar de eerstehulpafdeling van Saint Vincent's Hospital in Greenwich Village binnen.

Riker, de sarcastische paniekzaaier, gaf haar niet de eer die haar toekwam. Ze wist precies hoe ze moest slaan. Ze had de man helemaal niet zo zwaar verwond en hij zou zeker blijven leven. Maar, en dit was een meevaller, het zou in haar voordeel werken als hij niet al te snel uit zijn coma ontwaakte. Nu kon ze de foto's laten ontwikkelen voor de man weer bij bewustzijn kwam.

Op de trap naar haar voordeur nam Nedda afscheid van agent Brill. Ze ging alleen het huis binnen, ondanks zijn vriendelijke aanbod om haar te vergezellen. Slechts geholpen door haar geheugen liep ze de donkere kamer door, greep de trapleuning en begon aan haar klim naar de overloop op de eerste verdieping. Die duurde lang genoeg om diepe wroeging te krijgen.

Waarom was ze in 's hemelsnaam naar het park gegaan?'

De man met de camera was hoogstwaarschijnlijk een journalist, en nu was er onherstelbare schade aangericht. Cleo en Lionel zouden de gevolgen moeten dragen van haar kleine wandeling in het bos. Heel gauw, misschien al in de vroege ochtenduren, zouden ze tot vervelens toe microfoons onder hun neus geduwd krijgen en camera's en vragen moeten ontwijken.

Iedere hoop op verzoening was verkeken.

Ze ging haar kamer binnen, deed het nachtkastlampje aan en bekeek toen haar wanordelijke kleding. Boomtakken hadden haar leren jas gekrast, haar broek was op een paar plaatsen gescheurd en haar schoenen zaten onder de modder. Ze ging voor de enige spiegel in de kamer staan. Om bang van te worden.

Een wirwar van haarstrengen was onder de haarband vandaan gekomen. Een tak had een snee veroorzaakt in haar hals. Ze raakte de wond aan en bekeek haar hand. Er zat bloed aan. Ze trok haar jack uit, en schrok toen de ijspriem op de grond viel. Mallory moest hem stiekem in haar zak hebben laten glijden, maar waarom zou een wetsdienaar zoiets doen?

Achter haar ademde plotseling iemand in. In het besef dat ze niet meer alleen was, draaide ze zich vliegensvlug om en zag haar kleine nicht in de deuropening staan. Met grote ogen staarde ze naar het wapen op de vloer, en naar het bloed aan Nedda's handen.

'O, mijn god,' zei Bitty, 'wat heb je gedaan?'

De oudere vrouw schrok van die woorden, die deden denken aan oom James, haar eerste aanklager. Bitty liep achteruit de gang in, en Nedda boog haar hoofd. Ze had enorme spijt en voelde zich totaal gebroken.

6

Rikers rug was gebroken na vijf uur onrustige slaap op een bultige divan in de ziekenhuishal.

'Ik weet dat je wakker bent,' zei een stem vlak bij zijn oor.

Mallory klonk zo verdomde levendig, maar ze was jong. Ze kon drie dagen aan elkaar rijgen met hazenslaapjes en toch geen behoefte aan slaap hebben. Goed, hij mocht dan wel wakker zijn, maar ze kon hem niet dwingen zijn ogen te openen.

'Ik heb met de politie in de staat Maine gesproken,' zei ze. 'Ze zijn een kijkje wezen nemen bij Susan McReedy.'

Riker wendde zich van haar af door zich om te draaien, en begroef zich in de stoffering.

Mallory's stem werd luider, korzeliger. 'McReedy is verdwenen. De buren zeggen dat ze met honderddertig kilometer per uur de stad verliet. Ze is op de vlucht. Ik heb haar creditcards nagetrokken. Geen uitgaven. Ze betaalt haar benzine contant.'

'Er zijn mensen die nog contant betalen, Mallory,' mompelde Riker. Het ochtendlicht drong door de spleetjes van zijn pijnlijke ogen. 'Misschien was de vrouw gewoon toe aan vakantie.' Het leven in de rimboe van Maine kon wel eens opwindender zijn dan hij aanvankelijk had gedacht. Hij ging op zijn rug liggen met zijn ogen helemaal open nu, en kwam tot de slotsom dat... Nee, Susan McReedy was op de vlucht. 'Verdomme. Dus we hebben alleen nog die privé-detective boven, en anders niets.'

Hij praatte tegen het plafond. Zijn collega liep de hal door, hem dwingend op te staan en haar met rasse schreden te volgen.

Nedda wankelde op de trap. Ze was op weg naar de zuidelijke zolder, waar de hutkoffers van de doden stonden, alle koffers op die van Baby Sally na. Het licht dat door de gevelvensters naar binnen viel, nam af. De morgenlucht betrok en er hing regen in de lucht. Ze dwaalde langs de rijen met opgeslagen bezittingen tot ze haar moeders hutkoffer vond. Ze maakte hem open. Het deksel was zwaarder dit keer.

Ze was zo moe.

Nedda liet de toneelkijker in de hutkoffer zakken en deed het deksel voorzichtig dicht, respectvol. Ze liep verder, naar de nette rij vermoorde ouders en kinderen. Een voor een sleepte ze hun hutkoffers naar een open ruimte. Terwijl ze de koffers in een kring plaatste, klonk boven haar het gerommel van de donder, en bliksemflitsen deden alle vensters oplichten toen ze in kleermakerszit op de grond ging zitten, omgeven door alles wat er was overgebleven van de overledenen.

Dit was het gezin.

Er klonk een ratelende donderslag, gevolgd door regen die de ramen striemde. Terwijl Nedda huilde, deed het huis het ook.

In haar schoot lag de canvas zak met Baby Sally's vergane kleren. Dit kind was nooit ver uit haar gedachten, hoewel ze haar zusje alleen voor zich zag als een pasgeborene met zacht donshaar en onvoorstelbaar kleine vingertje en teentjes. Nedda haalde zich weer voor de geest hoe ze als ernstige kinderen bijeen hadden gezeten in de keuken. De oude Tully, de huishoudster, had het op zich genomen om het dreigende overlijden van hun jongste zusje uit te leggen, en ze had het op een slechte manier gedaan. Ze had hun verteld dat elk mens bezig was om dood te gaan vanaf het moment dat hij werd geboren. 'Als je leeft, ga je dood,' had Tully gezegd.

Niet goed genoeg.

De kinderen, met niet één filosoof in hun gelederen, hadden om een wat concretere verklaring gevraagd. Behulpzaam was de huishoudster de tuin in gegaan en had een slak gevangen. Ze had het slijmerige diertje mee naar binnen genomen en het op de keukentafel gelegd. 'Dit is de dood,' had ze gezegd, terwijl ze een houten hamer ophief, die gebruikt werd voor het mals maken van vlees. De oude vrouw had haar wapen met een klap neer laten komen op de slak. Alles wat er van het diertje had gerest, was een veeg op het tafelblad. 'Daar,' had Tully gezegd. 'Hij is doodgegaan om in de hemel bij Jezus te wonen.'

Nedda hield een jurkje omhoog dat een vierjarige zou kunnen dragen.

Sally, mijn Sally.

Een geestverschijning, niet groter dan een kind, zweefde in een wit nachthemd bij de zoldertrap.

Het was Bitty maar.

Nedda veegde haar behuilde gezicht af met de rug van haar hand, draaide zich toen om naar haar nicht en bereidde zich voor op een nieuwe beschuldiging. Bitty werd verlicht door een bliksemsflits. Haar ogen draaiden omhoog naar de dakspanten en ze verstijfde een beetje, terwijl ze op de klap wachtte.

Die kwam niet.

'Het spijt me, tante Nedda, van gisteravond. Agent Brill heeft me vanmorgen gebeld. Hij wilde weten of alles goed met je was. Hij heeft me verteld wat er in het park is gebeurd. Na alles wat je had doorgemaakt, heb ik je ook nog eens het gevoel gegeven dat je een misdadiger was.'

'Zit er maar niet mee, schat. Het was volkomen begrijpelijk.'

Bitty haalde een stuk papier uit de zak van haar nachtpon. 'Gisteravond na het avondeten was er ook telefoon voor je, maar ik wilde je niet storen. Ik dacht dat je al sliep.' Ze liep naar haar tante en stak haar het velletje papier toe. 'Het is een bericht van die rechercheur,' zei Bitty. 'Die lange blonde vrouw.'

BENG!

De donder dreunde boven hun hoofd. Bitty schrok op en haar handen gingen omhoog als vleugels. Het briefje zweefde naar de vloer.

Nedda stak haar hand uit om het gevallen stukje papier te pakken. Ze wist al wat erin stond voor ze het opengevouwen had. Dit was rechercheur Mallory's bevel om deze morgen op het politiebureau te verschijnen. Ze keek op en zag dat Bitty zich goed hersteld had van het barre weer.

'Tante Nedda?' De bliksem keerde terug en verlichtte haar gezicht en haar bezorgde ogen. 'Ik heb me nooit met strafzaken beziggehouden, maar ik weet dat het altijd beter is om geen leugendetectortest te doen. Ik vind dat je het niet moet doen.'

'Maak je geen zorgen, schat. Ik weet wel wat ik hiermee aan moet.'
BENG!

Het eerste wat de patiënt zag toen hij weer bij bewustzijn kwam, was Mallory, en Riker had medelijden met Joshua Addison, privé-detective uit de staat Maine.

Mallory boog zich over het ziekenhuisbed, haar handen om de metalen stang gekruld. Zulke lange vingernagels. En Riker zag die bekende uitdrukking op haar gezicht: hongerig, alsof ze in dagen geen eten had gehad.

Het leek of de patiënt speelde dat hij dood was, met zijn schrikogen. Riker keek geboeid naar de borstkas van de man en vroeg zich af hoelang Addison zijn adem nog kon inhouden. Het overlevingsinstinct van de privé-detective trad maar langzaam in werking en toen hij eindelijk lucht naar binnen zoog en probeerde zijn armen op te heffen in een beschermende reflex, ontdekte hij dat zijn rechterhand met een handboei vastzat aan de zijstang. 'Wat heeft dit verdomme te betekenen? Wat is er gebeurd?'

'Als ik afga op mijn herinnering,' zei Riker, 'viel je in het park een vrouw lastig, toen je struikelde en viel. Nu ga je de bak in wegens obsceen gedrag.'

'Dat is belachelijk,' zei Addison. 'Je kunt niet...'

'Je hebt een advocaat nodig,' zei Riker, die het beter vond om eerst dit onderwerp ter sprake te brengen. Op het moment dat hun verdachte om een raadsman zou vragen, was het einde verhoor. 'Ja, en zorg dat je een verrekte goeie advocaat krijgt. Een aanklacht wegens perverse...'

'Wat? Je bent gek!'

'Addison, je was een oude vrouw aan het stalken. En misschien moeten we daar een aanklacht wegens aanranding aan toevoegen.' Mallory stak haar hand uit naar het verband dat om het voorhoofd van de patiënt zat. Haar lange nagels bevonden zich gevaarlijk dicht bij de ogen van de man, en hij kromp ineen toen ze het verband terugschoof om een rijtwond te onthullen. 'Het ziet ernaar uit dat de oude vrouw zich heeft verzet,' zei Mallory, hoewel de wond zonder twijfel was veroorzaakt door het gebroken peertje in het souterrain van Winter House. 'Er moet een foto van deze schram gemaakt worden.'

Precies op het juiste moment haalde Riker een wegwerpcamera uit zijn jaszak en maakte een close-up, met de flitser vlak bij Addisons ogen.

'Jullie zijn alle twee van lotje getikt!' Half verblind door de flits keek de privé-detective met samengeknepen ogen naar zijn aanklagers. 'Ik heb die vrouw met geen vinger aangeraakt.'

Mallory legde drie foto's op het beddenlaken. Riker wist dat deze foto's door zijn collega waren gemaakt, hoewel ze hem, door tegen hem te liegen, de mogelijkheid had gelaten om het te ontkennen. In tegenstelling tot alle andere opnamen van Addisons rolletje, lieten deze drie foto's het centrale fixatiepunt van Mallory zien. Nedda Winters hoofd bevond zich precies in het centrum van ieder kader, als in het vizier van een geweer. Op de eerste foto was de camera gericht op de verschrikte vrouw. Op de volgende rende ze weg. Op de derde opname, de mooiste, was Nedda nog steeds op de vlucht en keek ze achterom: een goed gedocumenteerde achtervolging.

'We hebben waterdicht bewijs in deze zaak,' zei Mallory. 'Deze foto's zijn gemaakt met jouw camera.' Ze legde de vergunning van de privé-detective op zijn hoofdkussen. 'Die vergunning kun je wel vergeten. We hebben je in de tang. Je hebt ingebroken in het huis van die vrouw.' Ze haalde een zak voor bewijsmateriaal tevoorschijn waarop de handtekening van agent Brill stond. Er zaten glasscherven in. 'Deze scherven zijn afkomstig van een gebroken gloeilamp in haar souterrain. Het is jouw bloedgroep, O-negatief.'

'Het aanvragen van een DNA-test zou overkill zijn.' Riker glimlachte. 'Dat wordt een fikse gevangenisstraf, vriend.'

'Zo'n oude vrouw,' zei Mallory, alsof ze ooit een zwak voor oude dametjes had gehad. 'Monster dat je bent.'

'Ik was bezig met een zaak.'

'Daar denken wij anders over,' zei Riker op vriendelijker toon. 'Ons bevalt de aanklacht wegens obsceen gedrag beter.'

'Ik werkte aan een klus voor een klant en dat kan ik bewijzen,' zei Joshua Addison.

Riker vond dit fantastisch. Gewoonlijk was het een hele toer om van een privé-detective de naam van een klant los te peuteren. 'Wie heb je voor je karretje gespannen? Je moeder?' Hij keek naar zijn collega. 'Laten we hem in staat van beschuldiging stellen. Ik ben moe. Ik wil naar huis.'

'Die oude vrouw,' zei Addison, 'volgens mij is dat Red Winter.'

Riker veinsde lichte verbazing. 'Wil je het op ontoerekeningsvatbaarheid gooien?' Hij wendde zich tot Mallory en deed of hij het haar moest uitleggen. 'Red Winter was een klein meisje, dat het slachtoffer van kidnapping werd. Ze verdween toen jij nog niet eens geboren was: ongeveer dertig jaar geleden.' Hij keek naar de man op het bed. 'En zover ik weet, wordt ze nog steeds vermist.'

'Nee,' zei Addison. 'Haar huis bevindt zich tegenover het park. Ze is terug.'

'Dat meen je niet,' zei Mallory. 'Is dat je verhaal? Dat je op haar wachtte tot ze thuis zou komen?'

'Weet je,' zei Riker, die op de beddenstang leunde terwijl hij zijn mening gaf. 'De lol gaat zo van ons werk af. De viezeriken worden met het jaar dommer.'

'Bitty Smyth is mijn opdrachtgeefster,' zei Addison. 'Destijds wist ik niet dat ze de nicht van Red Winter was. Ik moest wat voor haar uitzoeken. Maar nu ik...'

'Ja, ik begrijp het,' zei Mallory. 'De nicht huurde jou in om haar tante te stalken.'

'Nee, ze huurde me in om haar tante op te sporen.'

'Nu begrijp ik er niets meer van,' zei Riker. 'Die vrouw was niet verdwaald in het park. Ze ging gewoon een wandelingetje maken.'

'Luister nou naar me!' Gefrustreerd richtte Addison zich met behulp van zijn arm op. 'Ze was verdomme achtenvijftig jaar zoek!' Hij onderzocht eerst het gezicht van de ene rechercheur, toen dat van de andere, maar het enige wat hij zag waren tekenen van ongeloof. 'Ze is Red Winter. En ik was gisteravond niet van plan om haar iets aan te doen. Ik wilde alleen maar een foto, een bewijs dat ze dezelfde vrouw was die ik in het verzorgingshuis had ontmoet, het Bangor Rest Home in Maine. Ze ziet er nu heel anders uit. Zes maanden geleden zag ze helemaal opgezwollen en geel. Maar haar ogen, die ogen.'

Riker trok een opschrijfboekje uit zijn jaszak en zocht toen in zijn andere zakken tot hij zijn pen had gevonden. 'Goed, ik wil dit even duidelijk stellen. Je wilde die vrouw laten doorgaan voor Red Winter en daarvoor had je een foto nodig.' Hij noteerde vlug een paar woorden. 'Een foto die je aan de sensatiebladen kon verkopen?' Riker keek op van zijn notitieboekje. 'Je wilt ons dus vertellen dat je een oplichter bent? Nou,

ik vind het prima, vriend. We voegen het aan de aanklacht toe.'
Riker en Mallory verwijderden zich van de rand van het bed, alsof ze
deze man niet snel genoeg konden verlaten.
'Hé, wacht even,' zei Addison, 'wacht nou!'
Maar dat deden ze niet.

Bitty Smyth hing de hoorn op de haak van de wandtelefoon in de keuken en draaide zich toen met een glimlach om naar haar tante. 'Het is
voor elkaar. Ik heb gesproken met inspecteur Coffey, de superieur van
rechercheur Mallory, een heel aardige man. Er was wel wat diplomatie
voor nodig, maar hij is me in alles tegemoetgekomen.'
'Wat is het toch handig om een advocaat in de buurt te hebben.' Nedda schepte de roereieren uit een pan op voorverwarmde borden. Achter
haar op het fornuis siste de bacon in de koekenpan en borrelde het hete
water in de ketel. 'Je zou terug moeten gaan naar het advocatenkantoor
van je vader.' Misschien zou dat haar schuldgevoel verlichten dat Bitty's
sabbatsverlof haar had bezorgd, al die tijd die Bitty had verloren met het
zoeken naar een sinds lang vermist kind.
Haar nicht deed die suggestie met een schouderophalen af. 'Ik heb
een onafhankelijke beoordelaar bij de leugendetectortest geregeld. Inspecteur Coffey heeft me verteld dat ik tijdens de leugendetectortest
niet in de onderzoekruimte mag zijn, maar ik denk dat ik hem wel op
andere gedachten kan brengen.' Bitty ging aan tafel zitten, pakte haar
vork en zwaaide er als met een dirigeerstok mee in de lucht. 'Bij elke on-
derhandeling is het erg belangrijk dat je timing goed is. We zullen
standhouden voor ze...'
'Nee, Bitty. Het is beter dat ik dit alleen doe.' Nedda haalde de ketel
met theewater van het fornuis voor haar nicht kon schrikken van het gefluit en goot water op de theezakjes in hun kopjes. 'En dan zouden we
's middags een paar makelaars kunnen bezoeken.' Ze ging aan tafel zitten
en pakte een krant die opengeslagen lag bij de advertentiepagina's met
kamers en koopflats. Een aantal advertenties had ze omcirkeld. 'Ik ben
van plan om woonruimte voor mezelf te zoeken in een ander deel van de
stad. Ik denk dat Lionel en Cleo dat wel zouden toejuichen.'
'Maar dit is úw huis, tante Nedda. Nee, het is allemaal mijn schuld. Ik
heb u van streek gemaakt. Eerst die scène bij het diner, en toen dat ge-
doe gisteravond. Het spijt me vreselijk. U mag niet vertrekken. U houdt
van dit huis.'

Ja, dat deed ze inderdaad. Maar het huis hield van niemand, niet meer in ieder geval. Het huis was verdrietig en gek en spuugziek van de liefde.

'Het heeft niets te maken met jou, Bitty.' Nedda nam de kleine hand van Bitty in de hare. 'Je mag met me mee als je wilt. Zie het als een opstapje naar een eigen huis. Je kunt toch niet eeuwig bij je moeder blijven wonen, of wel soms?'

Onmiddellijk verscheen er een trieste uitdrukking op het gezicht van Bitty, en Nedda besefte dat ze was gestuit op een van de geheimen van haar nicht. Hoewel anderen de complexe persoonlijkheid van deze kleine vrouw leken te onderschatten, deed Nedda dat nooit. Soms had ze zelfs bij een simpel gesprek het gevoel dat ze zich in een doolhof met talloze valse bochten bewoog. Ze had geleerd om ieder gesprekspad te mijden dat naar pijn leidde, en nu vouwde ze de krant dicht op haar schoot, zodat Bitty hem niet kon zien.

De rechercheurs hadden op hun gemak ontbeten in de cafetaria van het ziekenhuis, en waren nu bezig met het vastknopen van een riskant los eindje: het wegredeneren van Mallory's optreden van de vorige avond, de mep met het pistool in Central Park.

Ze stonden in een kleine kamer waar het donker was, en de ziekenhuisarts knipte een lamp aan om de röntgenfoto's van Joshua Addison te bekijken. De arts wees op een breuklijn. 'Een hersenschudding, geen twijfel over mogelijk,' zei hij. 'Dat is de reden dat hij jullie niet kan vertellen wat er is gebeurd vlak voor hij het bewustzijn verloor. Afgaande op de verwonding denk ik dat iemand hem heel hard met een…'

'Een kei?' vroeg Mallory. Ze hield een plastic zak op met de genoemde kei waarop een keurige rode vlek zat. 'Zoals deze? Hij lag onder zijn hoofd.' Ze glimlachte hoopvol, alsof ze veel waarde hechtte aan de mening van deze man. 'Of denkt u dat hij is gevallen en met zijn hoofd op de kei terecht is gekomen?'

'Ja, dat zou heel goed kunnen,' zei de arts, die jong was en geen ervaring had met forensische geneeskunde… en die Mallory nog nooit ontmoet had. 'Ja, het kan een ongeluk zijn.'

Riker moest zich wel afvragen hoe ze haar toneelattribuut zo realistisch had gekregen. Hij staarde naar de kei, die meegenomen was van een bouwterrein langs de kant van de weg. De met rode vloeistof aangebrachte vlek leek op echt bloed. Het zou hem niet verbazen als ze het eerste het beste levende schepsel met de kei op zijn kop had geslagen, er liepen zo veel kleine honden in deze buurt rond. Hij hoopte maar dat het ketchup uit de ziekenhuiskantine was.

Mallory keek op de klok aan de muur, een teken dat ze genoeg tijd hadden gedood. Ze namen de lift naar de verdieping van Joshua Addison om de privé-detective nog een keer duidelijk te maken waar het op stond. De man zag er bezorgd uit toen ze de kamer binnenkwamen.

'Je verhaal klopt niet,' zei Riker. 'We hebben dat verzorgingshuis in Maine gebeld. Volgens hun gegevens heeft deze vrouw niet de juiste leeftijd.'

Dit was nog waar ook. Volgens de spaarzame gegevens die ze hadden, was Nedda Winters leeftijd acht jaar te hoog geschat.

'En dan nog iets,' zei Mallory. 'Jouw naam staat op de ontslagpapieren van het verzorgingshuis. Je staat vermeld als haar naaste bloedverwant. En van Bitty Smyth hebben ze nog nooit gehoord.'

'Ja,' zei Riker, 'leg dat maar eens uit. Probeer je de familie Winter soms geld af te persen?'

'Jezus, nee. De nicht vroeg me of ik ervoor wilde zorgen dat haar tante naar een verpleeghuis in New York State werd overgebracht. Ze wilde dat het heimelijk gebeurde.'

Mallory schudde aan de beddenstang om de aandacht van de man te krijgen. 'Probeerde de nicht je te lozen? Is dat de reden dat je die oude vrouw in het park stalkte?'

Met moeite kreeg Addison het woord 'nee' eruit.

'We laten jouw verklaring gewoon links liggen, vriend,' zei Riker. 'Ons lijkt het zwendel.'

'Dan moet u bij de nicht zijn, Bitty Smyth. In dat geval is zij de oplichtster. Het enige wat ik heb gedaan...'

'O ja, dat vergat ik even,' zei Riker. 'Jij deed wat dertigduizend agenten niet gelukt is. Je hebt Red Winter gevonden.'

'Eén ding is jammer,' zei Mallory. 'Ze is het niet.'

Riker gooide een gele blocnote op het bed. 'Leg een volledige schriftelijke verklaring af. Als we geen leugens meer vinden, dan laten we het papierwerk een paar dagen liggen. Maar als we merken dat je deze vrouw door laat gaan voor een lid van de familie Winter, dan is alles waar je van beschuldigd wordt gegrond, ook het bedrog. En we lezen de kranten, vriend. Allemaal.'

En dat zou hem elke lust benemen om Nedda Winter aan de sensatiepers te verkopen. Om de indruk te versterken dat de rechercheurs het onwaarschijnlijke verhaal van Nedda Winters terugkeer zat waren, strekte Riker zich uit op het bed naast dat van Addison. Voor de privédetective het vel half volgeschreven had, lag Riker overtuigend te ronken en sliep hij als een roos.

Een halfuur later wekte Mallory haar collega en gaf hem een voor een de gele velletjes, zo snel als ze ze lezen kon. De met de hand geschreven zinnen van de verklaring bevatten alle bijzonderheden van een zoektocht naar een oude vrouw in Maine. Joshua Addison had honderden vraaggesprekken gevoerd tijdens zijn speurtocht naar iemand die voldeed aan Bitty Smyth' specifieke lijst van kenmerken. In twee jaar tijd had de man de hele staat Maine afgegraasd.

Goed, nu wisten ze dat Bitty de stad niet had verlaten om zieltjes te winnen. Ze had in het noorden verzorgingshuizen bezocht. Maar hoe had de vrouw geweten dat haar tante zich verborg in de staat Maine?

Mallory kwam met een klembord de verhoorkamer binnen en liep naar de andere kant van de lange tafel. Ze negeerde de verbaasde leugendetectortestbeoordelaar, terwijl ze demonstratief op haar horloge keek en de tijd noteerde.

Nedda Winter werd verbonden met het apparaat. Ze had een gummislang om haar borstkas en haar buik om haar ademhaling te meten, een gepolsterde manchet om haar arm voor het meten van haar bloeddruk en metalen topjes op haar vingers om het transpireren te registreren.

De leugendetectortestbeoordelaar schraapte tot tweemaal toe zijn keel, maar slaagde er niet in om Mallory's aandacht te trekken. 'Neem me niet kwalijk, rechercheur,' zei hij, terwijl hij zijn ergernis nauwelijks kon verbergen. 'Ik werk alleen. Mocht u vragen hebben, dan stel ik voor dat u ze opschrijft. Dan kan ik ze tijdens de…'

'Ik wil mevrouw Winter niet ondervragen,' zei Mallory. 'Ik wil u beoordelen.' Ze keek even naar de leugendetector van deze burger en tuitte haar lippen. 'Hoe verouderd is dat apparaat van u eigenlijk?'

De onderzoeker staarde alleen maar naar haar en zocht koortsachtig naar een weerwoord.

'Kennelijk,' zei Mallory, die een aantekening op haar schrijfplankje maakte, 'weet u niet eens hoe oud die apparatuur is. Ik schat minstens tien jaar.' Ze bukte zich bij Nedda en bekeek de gepolsterde manchet, waarbij ze de vrouw niet meer aandacht schonk dan een meubelstuk. De rechercheur maakte opnieuw een aantekening op haar klembord. 'U gebruikt nog steeds cardio-manchetten om de bloeddruk te meten,' sprak ze op luide toon terwijl haar pen over het papier gleed. Ze keerde zich om naar de onderzoeker. 'We hebben u een stoel gegeven met stress-plaatjes. Waarom voelt u daar niets voor?' Ze tikte met haar pen op het notitieblok en wachtte op antwoord. Vervolgens bekeek ze de achterkant van zijn toestel, waar de draden op aangesloten waren. 'Ach, maakt ook niet uit.' Ze maakte nog wat aantekeningen. 'Verouderde apparatuur. Geen aansluitingen voor stressplaatjes,' zei ze al schrijvende.

Ze deed haar blazer uit en hing hem over een stoel, een duidelijk teken dat ze van plan was voorlopig te blijven. En nu werden haar pistool en schouderholster zichtbaar, wat tegen alle regels van een verhoor en tegen alle burgerlijke omgangsvormen indruiste. Alle macht en gezag lagen aan haar kant van de kamer. Ze leunde tegen de achtermuur, nog net in het gezichtsveld van de onderzoeker, maar volledig zichtbaar voor Nedda Winter. 'U kunt beginnen.'

Als de onderzoeker nog tegenwerpingen waren ingevallen, dan had hij ze ingeslikt. Hij stak zijn hand in zijn attachékoffertje en haalde een spel kaarten tevoorschijn. Mallory sloeg haar ogen ten hemel. En Nedda Winter was lichtelijk geamuseerd door de vertoning en glimlachte.

In een kleine zaal met oplopende rijen zaten twee mannen met hun neus voor de doorkijkspiegel. Ze waren er getuige van dat Mallory de onafhankelijke leugendetectortestbeoordelaar vernederde.

Charles wendde zich tot Riker. 'Waar ging dat nou eigenlijk over?'

'Mallory wil hem weg hebben, zodat ze de test zelf kan afnemen. De arme drommel. Hij heeft niets in te brengen.' Riker stak zijn hand uit naar het schakelpaneel en zette het geluid uit. 'De lol is eraf. Wat nu komt heb ik wel honderd keer gezien. Al die idioten hebben een cursus van drie maanden gevolgd.'

De leugendetectortestbeoordelaar boog zich naar Nedda Winter toe, en de manier waarop hij tegen haar praatte was zo te zien vriendelijk.

Omdat er geen geluid was, gaf Riker een vertaling. 'Op dit moment vertelt hij aan Nedda dat hij haar op haar gemak wil stellen. Dat is een leugen. Zijn werk bestaat eruit om haar zo angstig mogelijk te maken. Slaagt hij daar niet in, is ze niet bang voor het apparaat, dan krijgt hij geen responsen die het meten waard zijn.'

'Als Mallory blijft meesmuilen bij alles wat hij zegt, dan is het nauwelijks...'

'Hij houdt het niet langer dan vijf minuten vol. Nu vertelt hij aan Nedda wat al die instrumenten doen, wat ze meten. Zo te zien is ze niet erg onder de indruk. Dat komt omdat ze alles krijgt voorgekauwd door Mallory.'

De onderzoeker legde vier speelkaarten dicht op tafel. Nedda koos er een uit en tilde een hoekje op om te zien welke kaart het was. De leugendetector werd aangezet en de man staarde naar de uitdraai. Terwijl hij opnieuw sprak keek hij naar de golvende lijnen en de scherpe punten en krabbelde korte aantekeningen op het papier dat uit het apparaat rolde met een snelheid van vijftien centimeter per minuut.

'In dit stadium kijkt hij wat voor vlees hij in de kuip heeft,' zei Riker. 'Hij heeft haar opgedragen om een negatief antwoord te geven bij iedere poging van hem om de kaart te raden, ook als hij goed raadt. Hij vertelt haar nu dat hij moet meten welke lichamelijke reacties ze vertoont als hij het goed raadt en ze tegen hem liegt. Dat is gelul. Als hij niet van tevoren wist welk antwoord gelogen was, had hij niks aan zijn apparaat.'

'Dus hij leert de volgorde van de kaarten uit zijn hoofd,' zei Charles. 'Hij weet al welke ze heeft gepakt. Maar wat is dan de zin van deze oefening? Als ze zijn instructie uitvoert, dan is er geen poging tot bedrog.'

'Het heeft veel weg van voodoo. Nedda moet vertrouwen hebben in de leugendetector. Wanneer hij haar kaart raadt, moet dat haar ervan overtuigen dat het apparaat haar gedachten kan lezen. Maar zie je het? Ze gelooft er niet in. Deze test staat en valt met de onderzoeker en Mallory heeft hem neergezet als een debiel.'

'Dus het is waar wat ze zeggen,' zei Charles, en met 'ze' bedoelde hij het Hooggerechtshof van de Verenigde Staten. 'Dat je met een leugendetector net zo veel kans hebt een leugen te ontdekken als wanneer je kop of munt gooit.'

'Precies, maar dat is ook niet de reden waarom we er gebruik van maken. Wanneer een agent deze test doet, is het een volledig verhoor zonder dat er een advocaat bij zit. Handig, hè?'

'Maar deze onderzoeker is geen...'

'Nee, hij is een objectieve beoordelaar. Dat was de deal die we met Bitty Smyth hebben gemaakt. Wij kozen de tijd en plaats; zij de onderzoeker. De enige ervaring die deze knul heeft is het voeren van sollicitatiegesprekken met mensen die op zoek zijn naar laaggeschoolde arbeid.'

Riker ging er gemakkelijk bij zitten, deed zijn ogen dicht en zei: 'Geef maar een seintje als Mallory de boel overneemt, dan zet ik het geluid weer aan.'

Terwijl Riker een tukje deed, keek Charles naar het tafereeltje voor hem. Aan de onbevredigende truc met de kaarten was een voortijdig einde gekomen en ze gingen verder met andere vragen. Na elk antwoord maakte de onderzoeker aantekeningen op het papier dat uit het apparaat rolde. Mallory, die de man een malloot vond, trommelde met haar vingers op het klembord. Nedda keek steeds even naar de rechercheur voor ze een vraag beantwoordde. En toen zei Charles' gevoel hem dat Mallory's houding de voorbode was van een uitval. Hij stootte Riker aan om hem wakker te maken. 'Het is bijna zover.'

Riker deed zijn ogen open. 'Goed. Tijd voor wat rock-'n-roll.' Hij zette het geluid aan.

De onderzoeker stelde de volgende vraag. 'Hebt u ooit iemand gedood?'

'U weet dat dat zo is,' zei Nedda Winter. 'Ik heb al een verklaring getekend met die strekking.'

'Nogmaals, zou u uw antwoorden willen beperken tot "ja" of "nee"?'

'Ja,' zei Nedda.

Mallory stond achter de onderzoeker en keek over zijn schouder toe terwijl het papier uit de machine rolde. 'Je maakt er een puinhoop van.' Met een ruk scheurde ze het papier eruit. De man kwam half overeind uit protest. Ze keek hem woedend aan. 'Ga zitten.'

En hij ging zitten.

De rechercheur maakte haar eigen aantekeningen en vergeleek de antwoorden met ademhaling en hartslag. 'Niet overtuigend, niet overtuigend, niet overtuigend,' zei ze, waarbij ze iedere keer op andere punten in de grafiek tikte. 'U doet maar wat.'

Riker zette het geluid weer af. 'Best kans dat dat de laatste ware mededeling is die je uit die kamer te horen krijgt.' Hij keek weer naar de doorkijkspiegel en zag dat Mallory een klap gaf op de bovenkant van de leugendetector. 'Ze laat hem weten dat zijn apparatuur bij de vuilnis kan.'

'Ik geloof dat ik dat al doorhad,' zei Charles.

De mond van de onderzoeker ging nu niet meer open en dicht. Meer dan de rechercheur vol ongeloof aangapen kon hij niet.

'Gelukkig,' zei Riker, 'heeft ze toevallig net een hypermoderne leugendetector om de hoek van de deur staan. Ons apparaat werkt helemaal niet beter, maar er zitten meer toeters en bellen aan. Dus Mallory heeft deze eenzijdige wedstrijd gewonnen. De man heeft verloren en dat weet hij. Er kan geen sprake van herstel zijn, nu Nedda denkt dat hij een paljas is. Maar heb maar geen medelijden met hem, Charles. Hij is nog jong. Hij kan nog echt werk vinden.'

Mallory droeg een zware koffer de kamer binnen en zette hem op de tafel. Ze maakte de knipsloten open en opende de koffer, terwijl ze met een zijdelingse blik naar de burgeronderzoeker keek. Kijk, dit is pas een leugendetector, wilde ze daarmee zeggen. Ze hield een grote knijper van plastic en metaal omhoog waaraan een draad hing. 'En dit is een omzetter.' Ze bevestigde hem aan Nedda's duim. Bij dit staaltje van aanschouwelijk onderwijs behandelde ze de vrouw als een levenloos onderdeel. 'Dit gebruiken we in de eenentwintigste eeuw voor het meten van de hartslag.' De rechercheur ging door met Nedda te ontdoen van alle spullen die aan de onafhankelijk onderzoeker toebehoorden, waarna ze ze netjes opborg in de koffer van de man.

Voor het eerst zei ze wat tegen Nedda: 'We kunnen dit uitstellen tot een andere dag, of we kunnen het nu doen. Zeg het maar.'

'Ik ben er klaar voor.'

Toen Mallory zich weer omdraaide en de onderzoeker zag, deed ze net of ze verbaasd was hem te zien. 'Nog steeds hier?'

De man sloop de kamer uit en kon de energie niet meer opbrengen om de deur goed achter zich dicht te doen. Mallory knalde hem dicht. Ze klonk ijzig toen ze zich tot de vrouw in de stoel wendde. 'Trek je schoenen uit,' zei ze, nee, beval ze.

Charles wendde zich tot Riker. 'Haar schoenen?'

'Ja.' De rechercheur schokschouderde en liet zich nog verder onderuitzakken in zijn stoel. 'Sommige daders nemen tegenmaatregelen. Ze doen bijvoorbeeld een kopspijkertje in hun schoen, waardoor bij een controlevraag een zeer sterke reactie ontstaat. Reacties op vragen die echt zweet oproepen vallen daarbij in het niet.'

'Dus de respons op een vraag die nauwelijks angst oproept, maskeert de respons op een vraag die veel angst oproept.'

'Goed geraden.' De rechercheur keek naar de andere kamer, waar Nedda inmiddels een ander bevel opvolgde en haar stoel naar de muur sleepte. Blootsvoets en met draden verbonden met het apparaat ging ze met haar rug tegen de muur zitten. 'Die stoel is voorzien van een stressplaatje om mensen erop te betrappen als ze hun spieren spannen. Dat is nog een truc die plegers van een misdrijf gebruiken om de kluit te belazeren.'

'Maar ik neem aan dat jullie niet echt bang zijn dat Nedda tegenmaatregelen neemt.'

'Nee.'

'Eigenlijk mag Mallory dit soort dingen helemaal niet doen, hè?'

'Charles, dat doet er niet toe. Een leugendetectortest wordt door de rechter niet als wettig bewijs beschouwd. Maar nu kunnen we vragen stellen die geen advocaat haar zou laten beantwoorden.'

'Ik kan niet geloven dat Bitty Smyth haar toestaat om deze test af te leggen.'

'Bitty is een advocaat die zich heeft gespecialiseerd in verbintenissenrecht. Ze heeft nog nooit een strafzaak gedaan.'

Charles keek toe terwijl Mallory de benen van de oudere vrouw kluisterde. 'Ik kan wel raden waarvoor dat is. Ze kan nu geen kant op en is hulpeloos.' Hij richtte zich tot Riker in het donker. 'Je weet dat dit niet deugt.'

'Inderdaad, maar zo doen we het nu eenmaal.'

Nedda Winter staarde naar de bedrading die haar bijna tot een onderdeel van het apparaat leek te maken. 'Bitty heeft ervoor gezorgd dat er een onafhankelijk onderzoeker kwam. Misschien moet ik eerst met haar praten voor…'

'Goed idee.' Mallory stond voor haar verdachte. 'Maar ik wil vandaag antwoorden op mijn vragen hebben. Uw nicht is beneden. Als u zich hier niet toe in staat voelt, kan ik háár vastsnoeren. Ik weet zeker dat ze graag uw plaats zal innemen als dit voor u te veel stress oplevert.'

Ja, dit werkte.

Geen advocaat ter wereld zou toestemmen in een leugendetectortest, maar Nedda knikte. Ze wilde Bitty Smyth elk 'onaangenaam' voorval besparen. Blootsvoets, vastgehouden door draden en rubberslangen, en met kluisters aan beide benen, moest de oude vrouw er niet aan denken dat haar angstige nicht in die stoel zat.

Mallory ging aan de tafel voor de leugendetector zitten. Haar ogen vlogen over het vel papier dat ze uit het apparaat van de burger had gerukt. 'We moeten alles overdoen. Als u wilt, kunnen we een paar uur wachten om een onafhankelijke onderzoeker te vinden die zijn vak wel beheerst.'

'Ik heb gezegd dat ik de test zou doen, maar ik...'

'Mooi.' Mallory tastte in de achterzak van haar spijkerbroek en haalde een spel kaarten tevoorschijn dat ze had gepikt van de burgeronderzoeker. 'We gaan een andere truc proberen. Die sukkel gebruikte maar vier kaarten.' Ze schudde de kaarten. 'Wij proberen het met tweeënvijftig. Trek een kaart, maakt niet uit welke.' Terwijl ze een waaier van de kaarten maakte, hield Mallory ze net ver genoeg bij Nedda vandaan om te zorgen dat de oudere vouw moeite moest doen er een te pakken. Nedda had haar keuze nog niet bepaald, of Mallory gaf het antwoord. 'Hartenzeven,' zei ze.

Nedda knikte verbaasd.

'De enige kaarten waar je bij kon, had ik verborgen in mijn hand. Ik had de volgorde ervan uit mijn hoofd geleerd.'

Riker boog zich ver naar voren in zijn stoel, heen en weer geslingerd tussen verbazing en verwarring.

'Je hebt het goed gehoord,' zei Charles. 'Ze heeft haar gewoon de waarheid verteld.' En hij begreep waarom. Nedda moest in Mallory geloven. Ze mocht geen aandacht besteden aan dat stomme apparaat.

'De onderzoeker die uw niet had uitgekozen, was een waardeloze bedrieger,' zei Mallory, terwijl ze het spel kaarten op de tafel legde. 'Slechte kaarttrucs zijn het handelsmerk van de dilettant. Hij wilde u doen geloven dat hij uw gedachten kon lezen. En ik? Het kan me niet schelen wat u gelooft.' Ze wees op de golvende lijnen op het papier boven aan het apparaat. 'Als u uw adem inhoudt, weet ik het meteen.' Een lange rode nagel bewoog langs de andere lijnen. 'Als uw hart een beetje sneller klopt, weet ik het meteen. Wanneer u gaat zweten zie ik het op het apparaat voor het op uw gezicht te zien is.' Ze hield het vel papier op dat ze uit het toestel van de onderzoeker had gerukt. 'Zijn laatste vraag was niet afdoende, dus proberen we het opnieuw.' Ze frommelde het stuk papier tot een prop en gooide het door de kamer. Nedda Winter kromp ineen, misschien omdat ze geloofde dat de papierprop voor haar bedoeld was.

Een prima begin.

Mallory zette het apparaat aan. 'Nu, laten we maar eens een ritje maken.' Ze pakte haar pen. 'Hebt u ooit iemand omgebracht?' vroeg ze, terwijl ze naar het papier keek dat uit de machine kwam. 'Ja of nee?'

'Ja.'

Mallory bekeek de punten op het rollende papier en zette er hier en daar wat bij. 'U was heel kalm op de avond dat we bij u langskwamen, maar nu klopt uw hart veel te snel. Was die inbreker de enige, of hebt u wel eens vaker iemand omgebracht?'

'Wat heeft dit te maken met de…' Nedda's stem was niet veel meer dan een gefluister.

'Ja of nee. Als ik het totale aantal lijken wist, zou ik dan onder de indruk zijn?'

Charles zakte onderuit in zijn stoel. 'Ik geloof dat ik de voorkeur geef aan de onverlichte tijden van vroeger, met hun duimschroeven en pijnbanken. Beseft Mallory wel dat ze stresssignalen leest en geen schuldbekentenissen? Het feit samen met haar in een kamer te zijn is al genoeg…'

'Dat weet ze,' zei Riker. 'Met een beetje voorbereiding kan een hersendode padvindster de boel nog belazeren. Maar je kunt de waarheid spreken en toch de test niet doorkomen.'

'Dus dan heeft het totaal geen zin. Waarom zou…'

'Nedda is ons enige aanknopingspunt. We hebben de politie van Maine naar het huis van Susan McReedy gestuurd om haar een paar vragen te stellen en haar verhaal te checken. Het ziet ernaar uit dat de vrouw verdwenen is. We hebben alleen Nedda nog.' Dat was niet helemaal waar. Het laatste redmiddel zou Bitty Smyth zijn, die onmiddellijk de advocaat zou gaan uithangen. En dan zouden ze hun macht over de vrouw aan de andere kant van de doorkijkspiegel verliezen.

'Ik weet dat je Nedda Winter graag mag,' zei Charles. 'Waarom kun jij haar niet ondervragen in plaats van Mallory?'

'Nee,' zei Riker, 'Wat zij gaat doen, zou ik nooit kunnen.'

Mallory zette het apparaat af. 'Dit ziet er niet best voor u uit. Ik kan u niet helpen als u iets voor me achterhoudt. Dus moeten we een duidelijke reactie van u krijgen. Het enige wat ik op dit moment zeker weet is dat de inbreker niet uw eerste slachtoffer was.'

De rechercheur leunde achterover in haar stoel. Het was niet nodig om de leugendetector te raadplegen, Nedda's gezicht sprak boekdelen. De aanval op de vrouw was verlopen zonder enige verwonding of bloedverlies. Alle pijn stond in haar ogen te lezen. Ze had haar mond halfopen en haar handen waren verkrampt.

'Eens kijken hoe het zit met die een na laatste dode. Stel dat u een ongeluk hebt veroorzaakt, dat u iemand overreden hebt. Dat zou de uitkomst van de leugendetectortest verklaren die ik hier op het apparaat zie. Geef me de omstandigheden, dan kan ik de vorige vraag buiten beschouwing laten.'

Nedda zwaaide met omhooggeheven armen en de draden bungelden aan haar lichaam. Ze keek naar haar rechterhand, die nu een werktuig geworden was, en ze was ontzet.

'Oké dan.' Mallory zette het apparaat aan. 'We zullen een gemakkelijke vraag nemen, een binnenkomer. Ik heb begrepen dat uw nicht op de avond van het diner een oud pak met tarotkaarten aan u heeft gegeven. Ze heeft gezegd dat die van u waren. Is dat waar?'

'U hebt met Charles Butler gepraat.' Nedda draaide zich naar de spiegel. 'Is hij op het ogenblik hier? Bitty zei dat ze hem had uitgekozen als neutrale waarnemer.'

Charles wendde zich tot Riker. 'Wanneer was je van plan geweest om me dat te vertellen?'

'Nooit. Daar was geen reden voor. Als Bitty jouw aanwezigheid niet als voorwaarde voor de test had gesteld, had Mallory je wel gevraagd om te komen. Het sleutelwoord is "neutraal". Je bent Zwitserland, Charles.'

'Ammehoela.'

'Volgende vraag,' zei Mallory. 'Weer een gemakkelijke. Het lezen van tarotkaarten, doet u dat al lang?'

'Ja. Wacht.' Nedda Winter veegde haar antwoord uit met een wissende beweging van beide handen. 'Nee, bedoel ik. Dat was heel langgeleden. De laatste keer dat ik het spel zag, was ik nog een meisje.'

'Een meisje? Was dat voor de slachting?'

Nedda keek op in stomme verbazing. Ze opende haar mond om iets te zeggen, maar ze was sprakeloos.

'Kreeg je het spel tarotkaarten voor de Winter House-slachting? Ja of nee.' Mallory trommelde met haar vingers op de tafel. 'Wat is het probleem, mevrouw Winter? Te veel moorden? Ik heb het over één slachting: uw vader, uw stiefmoeder, vijf kleine kinderen, de kinderjuffrouw en de huishoudster. Negen mensen. Bent u in het bezit gekomen van dat spel tarotkaarten voordat...'

'Nee!' Nedda liet haar stem zakken tot een gefluister. 'Nee.'

Mallory zette het apparaat uit. 'Oké. U bent door de mand gevallen bij deze vraag, maar nu zit ik met nog een probleem.' Ze wachtte een seconde. 'Waarom bent u weer terug naar uw huis gegaan?' vroeg ze toen.

De vrouw keek naar haar handen en haar hoofd bewoog langzaam van de ene naar de andere kant.

Het toestel ging weer aan. 'Wilt u me soms vertellen dat het niet uw idee was?' Ze keek even naar de metingen, hoewel ze die niet nodig had omdat ze het antwoord al wist. 'Zo is het toch? Was het Lionel Winter?' Mallory maakte een notitie bij een lijn met puntjes. 'Nee, hij niet. Was het Cleo Winter-Smyth? Nee, ik krijg hier vreemde reacties. Uw broer en zus waren niet erg blij met uw thuiskomst, hè?' De punten op het papier uit de leugendetector kwamen hoger te liggen. 'Het was geloof ik geen bijzonder warme ontvangst?'

Nedda schudde het hoofd. Nee, een warme ontvangst was het niet geweest.

Mallory boog zich een stukje naar voren. 'Was het uw nicht? Heeft Bitty Smyth u naar huis gebracht?' Het hoofd van de rechercheur boog zich dichter over het apparaat. Weer maakte ze een aantekening. 'Ja, het was Bitty.' Mallory keek op. 'En waar heeft ze u gevonden?'

'In een hospice. Nee, wacht; sorry. Het verzorgingshuis… denk ik. Ik was toen niet erg helder. Ik kwam in een verzorgingshuis terecht nadat er bij mij kanker in het terminale stadium was geconstateerd. Het laatst zat ik in een hospice. Daar was ik heen gebracht om te sterven.'

'Maar u was niet stervende, en dat wist u, ook al wisten de artsen het niet. Niemand herstelt van kanker in het eindstadium. Dus voor het verzorgingshuis lag u in het ziekenhuis?'

Nedda knikte.

'Maar niet in een gewoon ziekenhuis, niet ergens waar ze een kijkoperatie hadden kunnen doen naar een kwaadaardige tumor. Geen dure onderzoeken. Was het misschien een staatsinrichting met een kliniek? Dat is de enige mogelijkheid. Een echt ziekenhuis zou onderzoek naar die kanker hebben gedaan. Wilde u graag dood? Was dat het? Een inrichting is een paradijs voor junkies: al die verslavende geneesmiddelen. Hebt u medicijnen van andere patiënten gestolen? Had u daarom een gele huid en een vreemd bloedbeeld?'

Nedda knikte.

'Hoe wist Bitty Smyth waar u was?'

Nedda keek op met een oprecht nieuwsgierige blik, alsof ze nog nooit eerder over dit probleem had nagedacht. 'Via een privé-detective, vermoed ik.'

'Nee,' zei Mallory. 'Dat lijkt mij weinig plausibel. We wonen in een land met zo'n driehonderd miljoen inwoners en een oppervlakte van bijna tien miljoen vierkante kilometer.' De rechercheur vouwde een omslag open van een van de pulpboeken over de moorden in Winter House. De omslag was verlucht met het schilderij *Red Winter*. 'Ziet u enige gelijkenis tussen dit meisje en uzelf? Nee, zelfs oude familiefoto's zouden niet geholpen hebben om u te vinden. Vraagt u zich nooit af wat Bitty achterhoudt? Waarom zou uw nicht zich focussen op de staat Maine? Ze moet hebben gewerkt met inside-information, informatie die ze alleen van haar familie kon krijgen. Hebt u enig idee wat dit betekent? Het betekent dat uw broer en zus altijd hebben geweten waar u was.'

Nedda bewoog haar hoofd van de ene kant naar de andere kant.

'En ze lieten u wegkwijnen,' zei Mallory. 'Haatten ze u zo erg? Ze hebben nooit gewild dat u terugkwam. Waarom niet? Denken ze dat u het gezin hebt afgeslacht, hun ouders, broertjes en zusjes? Willen ze u dood zien?'

Het hoofd van de oude vrouw maakte een vreemde knik en haar blik was plotseling afwezig, alsof de rechercheur haar zojuist met dezelfde knop had uitgezet als waarmee ze het apparaat afzette. Mallory stond op van de tafel. 'Weet u wat, denkt u er maar eens even over na,' zei ze. Ze scheurde met een ruk de lange reep papier uit de leugendetector. 'Ik wil mijn metingen nog eens doornemen. Misschien voelt u zich weer wat beter als ik terugkom.'

Mocht Charles denken dat Mallory dit uit vriendelijkheid jegens de vrouw deed, dan hielp Riker hem snel uit de droom. 'Welkom in de hel.' 'Je moet hier een eind aan maken. Ze verstoort de relatie van deze arme vrouw met haar hele familie.'

'Dat kan ik niet. Je moet nooit tussenbeide komen als Mallory met een zaak bezig is. En we zitten er zo dichtbij, Charles.'

'Waar dichtbij?'

'Het enige resultaat wat telt bij een leugendetectortest, is een bekentenis.'

'Bekentenis van een slachting. Daaraan zal ik nooit geloof hechten.'

Mallory stond in de deuropening. 'Misschien was de moordenaar bezig met het inwerken van een leerling. Maakt dat het gemakkelijker voor je om het te geloven?'

'Een meisje van twaalf?' Charles schudde het hoofd. 'Ik betwijfel het.'

'New York heeft een subcultuur van criminele jongeren,' zei Riker. 'Volwassenen gebruiken ze voor berovingen, omdat de kinderen te jong zijn om de bak in te draaien. Het zijn volmaakte kleine misdadigers en soms dragen ze dodelijke wapens.'

'En soms vermoorden ze mensen,' zei Mallory. 'Neem nu die dode man op Nedda's tapijt, een paar avonden geleden.' De rechercheur keek door de doorkijkspiegel naar de andere kamer. 'Ze doodde die man in het donker. Trefzeker, mooie wond. Ze bracht hem om zeep, zonder er ook maar over na te hoeven denken. Ik beweer dat ze de nodige praktijkervaring heeft opgedaan.'

'Ze beschermde Bitty en zichzelf.'

'En verder,' zei Riker, 'is er de geschiedenis die niet in Pinwitty's boek staat. Er waren drie generaties ijspriemmoordenaars met dezelfde werkwijze als bij de Winter House-slachting. Dus moeten ze leerlingen hebben gehad.'

'En,' zei Mallory, 'de leerlingen vermoordden de leermeesters. Er kwam een einde aan de ijspriemmoorden toen Nedda een klein meisje was, nadat ze Humboldt had vermoord.'

Charles' aandacht richtte zich op Nedda en ze keek bij toeval zijn kant op. Speurde ze de spiegel af op zoek naar hem, naar een bondgenoot, een vriend? 'Je kunt hier niet mee doorgaan. Ik weet wat je voorhebt. Je zorg ervoor dat ze geen poot meer heeft om op te staan. Nadat je haar van de steun van haar familie hebt beroofd, ben jij de enige bij wie ze nog terechtkan.'

'Ze is veiliger bij mij dan bij haar familie,' zei Mallory. 'De enige misdaad waarvan niemand verwacht dat hij me iets kan schelen, is de dood van Willy Roy Boyd. De man was een stuk schorem, maar hij was míjn stuk schorem. Dat is de zaak waar ik hier aan werk. Iemand heeft hem ingehuurd om een vrouw – waarschijnlijk Nedda – te vermoorden. Dus van tweeën één: of ik martel haar een beetje en ze leeft… of ik laat haar gaan en kijk toe terwijl ze sterft. Zeg het maar.'

'Zoek een derde weg,' zei Charles. 'Hier moet onmiddellijk een eind aan komen. Je ziet toch hoe breekbaar ze is.' En deerlijk gehavend… Nedda was psychisch inderdaad geveld tot op het bot.

Mallory ging terug naar de verhoorkamer, maar niet om de ondervraging te beëindigen. Ze zette de leugendetector weer aan, en Nedda verhief langzaam en triest haar hoofd om haar ondervraagster aan te kijken.

'Ik wil het nog eens hebben over de man die een paar avonden geleden door u werd doodgestoken,' zei Mallory. 'Hebt u het idee dat uw familieleden hem hadden ingehuurd om u te vermoorden?'

'Nee, natuurlijk niet.'

'U denkt niet dat ze tot moord in staat zijn?'

Nedda schudde het hoofd.

'Iemand heeft hem ingehuurd om u te vermoorden. Denk daar maar eens over na. Uw broer en zus zijn altijd de stad uit als er wat gebeurt. Hoeveel mensen weten dat u weer terug bent? En wat is er met uw kleine zusje gebeurd? We zijn er niet in geslaagd om van Sally Winter schoolgegevens te vinden. Denkt u dat ze lang genoeg heeft geleefd om naar school te gaan?' Mallory keek naar het apparaat. 'Uw hart klopt als een idioot.'

'Hou op!'

'Misschien hebben ze de volmaakte moord gepleegd. Dat kleine meisje was...'

'Rechercheur Mallory, zou u op willen houden, alstublieft.'

'Die poging tot moord op ú, dat was een compleet fiasco. Maar wat is er met uw kleine zusje gebeurd? Wat hebben ze met haar lijkje gedaan, denkt u? Kan het u dan niets schelen? We weten niet of ze nog leeft of dat ze dood is, elk spoor ontbreekt.'

Nedda's handen gingen als witte fladderende vleugels omhoog om de woorden af te weren en haar hoofd maakte kleine schokkerige bewegingen: een vogel voor Mallory de kat.

De rechercheur schoof haar stoel achteruit. Haar werk zat erop. Ze kon het moment zo ongeveer voorspellen waarop Charles Butler de kamer zou komen binnenstormen. O, daar was hij al. Wat een heer, wat een woede.

Mallory voegde zich bij Riker in de observatieruimte. Beiden keken ze via de donkere zijde van de spiegel naar de vertoning. Charles verwijderde alle verbindingen en instrumenten waarmee Nedda Winter aan de stoel en aan het apparaat had vastgezeten.

'Met Charles zal ze praten.'

'Ja,' zei Riker. 'Maar ik ben er niet zeker van of ze nog iets overheeft om te vertellen.'

Haar collega was tegen het idee geweest om de niet door een kersverse vertrouweling voor de oude vrouw te vervangen, maar hij had geen beter alternatief kunnen bedenken.

Nedda ging Charles voor toen hij de verhoorkamer verliet. Hij sloeg de deur met een klap achter zich dicht, zo hard als een pistoolschot. Mallory, zijn onopzettelijke doelwit, spande elke spier in haar lichaam. Ze draaide zich om om naar Riker te kijken, maar hij keek weg, omdat hij haar blik niet meer wilde ontmoeten. Deze kleine dingen, het met een knal dichtslaan van de deur en Rikers afgewende hoofd, ze zouden haar de rest van de dag vergezellen als een voorbode van de dingen die komen gingen.

Ze raakte altijd mensen kwijt.

Edward Slope kuierde op het politiebureau van SoHo af, en een geüniformeerde agent haastte zich om de deur voor hem open te houden, hoewel er niets was waaraan de jongere man het hoofd Forensische Geneeskunde had kunnen herkennen: de patholoog-anatoom bezocht dit politiedistrict bijna nooit. Door zijn strenge verschijning en zijn uitgelezen maatpak dwong Edward Slope altijd onmiddellijk respect af. Met zijn bril laag op de brug van zijn neus naderde hij de receptiebalie; dat hij daardoor minder scherp zag, kon hem niet schelen. De arts had deze morgen pro Deo gewerkt in een gratis kliniek twee huizenblokken verderop en hij had even genoeg ellende gezien: dakloze mensen die van ouderdom stierven terwijl ze nog maar in de dertig of in de veertig waren.

Visueel gehandicapt of niet, de ontzagwekkende gestalte van Charles Butler kon hem niet ontgaan, net zomin als hij een kodiakbeer die een stortbad nam zou kunnen missen. De man stond aan de andere kant van het ruime vertrek en stak een kop boven de politiemensen uit die hier en daar in groepjes van twee of drie stonden. Charles was in een intensief gesprek gewikkeld met een witharige vrouw en een kind met puntige oren.

Nou, dát was interessant.

Dr. Slope schoof zijn bril omhoog om beter te kunnen zien, waardoor deze laatste persoon werd teruggebracht tot een aards wezen, een heel kleine vrouw met elfachtig haar, en oren die tot zijn teleurstelling normaal waren.

Nu had hij Charles' aandacht getrokken. Dr. Slope had deze man nog nooit boos gezien. Charles had hem altijd geïmponeerd als de meest aangename bovenmaatse mens die er bestond, iemand die in verlegenheid gebracht leek als hij andere mensen nietig deed lijken. Nou, dit was een imposante aanblik, de breedgeschouderde reus die op hem af liep met een onwrikbare vastbeslotenheid, zijn handen gebald tot vuisten, en alle politiemensen om hem heen leken ermee in te stemmen. Ze draaiden hun hoofden om, omdat ze moeilijkheden roken. Zo indrukwekkend was Charles dat overal in het vertrek handen losjes op pistolen rustten.

7

Toen Riker achter zijn collega het kantoor van inspecteur Coffey binnenkwam, zat het hoofd Forensische Geneeskunde op hen te wachten. De patholoog-anatoom was niet blij, en hun inspecteur evenmin.

Dr. Slope richtte zijn blik op Mallory, een koude blik waaruit afkeuring sprak, en Riker kon een glimlach niet onderdrukken. Dit bracht haar kinderjaren in herinnering, toen de arts haar iedere keer dat ze elkaar zagen had verdacht van een strafbare handeling. De voornaamste grief die Slope tegen haar had gehad, was dat ze vals speelde bij het pokeren. Dat gebeurde op de avonden dat Louis Markowitz voor het kind zorgde en zijn stiefdochter meenam naar het wekelijkse spelletje pennypoker. Volgens Louis Markowitz had zijn dochter Slope regelmatig kaalgeplukt, en dit had de toon gezet voor diens relatie met Mallory door de jaren heen.

'Vertel eens, Kathy,' zei de arts, die totaal niet bang was om tegen haar verbod in haar voornaam te gebruiken, 'wat heb je Charles Butler geflikt?' Omdat hij al voorzag dat ze aan zou komen zetten met haar standaardzinnetje 'Ik heb niets gedaan', gaf hij haar niet de tijd om te antwoorden. 'Ik trof Charles hierbeneden, een paar minuten geleden. Hij kwakte me bijna tegen de muur en vroeg om een recept voor valium. En dus dacht ik natuurlijk aan jou.'

Mallory's enige reactie bestond erin dat ze haar armen over elkaar sloeg, hem buitensloot en duidelijk maakte dat ze niet van plan was om spelletjes met hem te spelen.

De uitdrukking op het gezicht van Slope was wantrouwiger dan anders en in verwarring was hij ook, alsof hij wist dat hij haar op iets betrapt had, hoewel de arts er vooralsnog geen idee van kon hebben waar haar meest recente wandaad uit bestond. 'Wat heb je ter verdediging aan te voeren, Kathy?'

'Mallory,' zei ze. Zoals altijd corrigeerde ze hem, en in haar ogen stond te lezen dat ze hem de schending van deze regel zeker betaald zou zetten.

Trok de arts zich daar wat van aan? Nee, dat deed hij niet.

Slope gaf een envelop aan Riker. 'Dit is het autopsieverslag over jullie lijk. Moeten we hem nog steeds een niet-geïdentificeerde inbreker noemen?'

'Ja,' zei de hoofdrechercheur. 'We kunnen het ons niet veroorloven dat het uitlekt naar de media.'

'Ik kan Willy Roy Boyd voor onbepaalde tijd in de la houden,' zei Slope. 'Maar het is een kwestie van tijd voor iemand het lijk als Mallory's vrouwenmoordenaar herkent. Ik heb de steekwond in zijn hart onderzocht. De punt van de schaar verhulde alles, behalve de punt van een ander voorwerp, iets scherpers en smallers. Een ijspriem zou heel goed kunnen.'

'En hoe zit het met de overeenkomsten?'

'Met Luciferman?' De arts pakte een bundel vergeelde papieren uit zijn dokterstas. 'Hier, de aantekeningen van je grootvader. Ik moet hem mijn compliment maken voor het in kaart brengen van de werkwijze van Luciferman. Uitmuntend politiewerk. Ik heb ook zijn bevindingen over de andere lijkschouwingen gelezen. Maar in dit geval was er zo veel schade aangericht door de schaar, dat het onmogelijk was om op Boyds lijk een teken van de werkwijze van Luciferman te ontdekken. En in de oude autopsieverslagen over de Winter House-slachting was ook niets te vinden. Natuurlijk is het mogelijk om de lijken op te graven; een afwezigheid van botbeschadigingen zou...'

'Vergeet het maar,' zei Jack Coffey. 'Ik ga geen geld spenderen aan het opgraven van mensen die in de jaren veertig gestorven zijn.' Hij keek op naar zijn hoofdrechercheur. 'Ik kan niet geloven dat je echt dacht dat je het kenmerk van Luciferman op Mallory's dader aan zou treffen.'

'Dat heb ik inderdaad gedacht,' zei Riker, 'een minuut of zes. Maar nu denk ik dat Nedda Winter...'

'Nedda Winter?' Slope staarde Riker aan. 'Dat was de naam die van Charles op het valiumrecept moest.' De arts wendde zich tot Mallory met een nieuwe beschuldiging op zijn gezicht, hoewel hij er nog geen naam voor had... nog niet.

Riker wenste dat hij zijn woorden weer in kon slikken. Er ontging Edward Slope erg weinig. Hij kon er donder op zeggen dat de arts nu bezig was om alles te combineren: het verstrijken van de tijd, een recente moord in Winter House, het oude onderzoek naar de slachting, een bejaarde vrouw die hij beneden had ontmoet – iemand met de sporen van Mallory's ondervraging over haar gehele gezicht – en de meest logische schatting van de leeftijd van de vrouw: de leeftijd van Red Winter.

'Grote hemel. Jullie hebben haar gevonden.'

Charles Butlers humeur was verbeterd, misschien door de medicijnen. Hij had de valium opgehaald bij de apotheek, en Nedda Winter had erop gestaan dat hij er een deel van nam, omdat ze terecht vermoedde dat hij net zo'n rotmorgen had gehad als zij.

Terwijl hij bezittingen van Nedda in Winter House verzamelde, was hij al begonnen met het ongedaan maken van de schade die Mallory had veroorzaakt, en nu had hij voor een veilig heenkomen voor de vrouw gezorgd, zodat ze verder kon herstellen. En hij had het idee dat het voor een deel door Mallory's doemscenario kwam dat hij bang was geworden. En Nedda, gold dat ook voor haar? Dat ze zijn aanbod van een toevluchtsoord zo gretig had aangenomen, had hem verbaasd. Hij zette haar koffer in de logeerkamer, draaide zich om en merkte toen dat zijn gaste zoek was. 'Nedda,' riep hij luid, terwijl hij de gang af liep.

'Ik ben hier,' zei ze.

Hij liep de bibliotheek in en zag haar zitten in de kring van nieuwe clubfauteuils. Ze leek zich daar goed thuis te voelen, maar per slot van rekening had ze, naar eigen zeggen, het grootste deel van haar leven in boeken doorgebracht; een leven uit de tweede hand had ze het genoemd.

'Doe je hier je groepstherapie?'

'Nee,' zei hij. 'Ik heb nooit een praktijk gehad. Hier speel ik poker.' Charles ging naast haar zitten en strekte zijn lange benen uit. 'Probeer je nu voor te stellen dat in deze grote lege ruimte een speeltafel uit 1839 staat.'

'Moet ik de kaarten er ook bij denken?'

'Nee, zóver ben ik nog niet heen. Ik had mijn oude speeltafel weggegeven, zodat ik plaats zou hebben voor een tafel die ik op een veiling had gekocht. Precies een dag later werd de antieke tafel bij een pakhuisbrand vernietigd.'

'Een antieke speeltafel. Je neemt het pokeren serieus.'

'En ik verlies altijd, maar ik ben dol op het spel, en op het gezelschap. Toen mijn vriend Louis Markowitz stierf, heb ik zijn plaats geërfd bij een wekelijks spelletje poker dat elke keer bij iemand anders wordt gespeeld. Vanavond is het de eerste keer dat het niet doorgaat.'

'Vanwege mij?'

'O, nee. Ik ben niet degene geweest die het spel niet door liet gaan.'

Nedda glimlachte. 'Nou, het is zonde om niets te doen met deze prachtige stoelen. Als je de juiste tafel niet kunt krijgen, kun je misschien een privé-praktijk openen. Je bent een geboren therapeut. Ik ben een beetje een expert op dat gebied, en ik zeg dat je talent hebt.' Ze keek om zich heen naar de andere stoelen. De opstellling ervan had inderdaad veel weg van een groepstherapiesessie. 'Dit was tientallen jaren mijn leven: het ene ziekenhuis na het andere, en meer artsen dan ik zin heb om me te herinneren.'

'Je had me in de luren kunnen leggen,' zei hij. 'Je maakt op mij niet de indruk van iemand die in een inrichting gezeten heeft. Maar ja, je bent nooit krankzinnig geweest en ik denk dat dat verschil maakt.'

'Zoals ik net al zei: je hebt talent.'

Nu nam hij de draad weer op van een eerder gesprek dat ze gevoerd hadden. 'Dus je dacht dat je nooit meer naar huis zou kunnen gaan. Maar vervolgens deed je dat toch.'

'Dankzij mijn nicht. Maar nu geloof ik dat het beter geweest zou zijn als ik nooit teruggegaan was.'

'Nou ja, een paar insluipingen, een gewelddadige dood, dat is behoorlijk traumatisch. Maar dat is niet wat je bedoelde, hè?'

'Nee. Je luistert goed, Charles. Je hebt het vermogen om tussen de woorden door te horen. Ik bedoelde dat het beter geweest zou zijn als mijn broer en zus me nooit meer hadden hoeven te zien. Ik ben de indringer in Winter House.'

Inlevingsvermogen was zijn sterke en zijn zwakke punt. Aan de ene kant maakte het hem geschikt voor de rol van therapeut, en aan de andere kant weerhield het hem ervan om ooit een patiënt te behandelen. Hij zou nooit in staat zijn om de beroepsmatige afstand te veinzen die zo belangrijk is voor het welzijn van de eigen psyche van de therapeut. Hij ging nu al stukje bij beetje dood als hij zich alle traumatische ervaringen voorstelde die Nedda Winter had moeten doormaken, de emotionele prijs van iedere dode, alle pijn die ze nu voelde en het verschrikkelijke gevoel van eenzaamheid. En toen trok hij zich terug, emotioneel en zelfs fysiek. Hij stond op en wreef zijn handen tegen elkaar, alsof hij ze reinigde van deze vrouw. 'Goed dan, wat je nu nodig hebt is rust.'

Hetzelfde vertelde hij ook tegen zichzelf, deze leugen. In werkelijkheid had hij zojuist een muur opgetrokken en haar buitengesloten. Hij wist het, en zij wist het ook.

Nedda was weer helemaal alleen.

Mallory zat in de voorkamer van Winter House, ze nipte van haar koffie en leerde Nedda's broer en zus beter kennen. Riker had zich geëxcuseerd voor dit verhoor en ze had zich afgevraagd wat de reden daarvan kon zijn. En nu was ze tot een eindoordeel gekomen: hij had zijn buik vol van deze zaak, en van haar gezelschap.

'Ik begrijp het niet,' zei Cleo Winter-Smyth. 'Waarom moet Nedda in Charles Butlers huis logeren?'

'Hebt u daar de hand in gehad?' vroeg Lionel Winter.

'Nee.' Mallory zette het koffiekopje neer. Ze was nu wel lang genoeg beleefd gebleven. 'Het was doctor Butlers idee. Hij heeft niet gezegd waarom. Denkt u dat hij reden zou kunnen hebben om te geloven dat Nedda niet veilig zou zijn in dit huis?'

Broer en zus keken elkaar aan, op zoek naar een antwoord.

En nu ze hen uit hun evenwicht had gebracht, ging Mallory door en richtte zich tot Cleo. 'Misschien kwam het door iets wat uw dochter tegen hem heeft gezegd. Is ze hier?'

'Ze is niet thuis,' zei Lionel Winter.

Mallory begreep wat hij bedoelde. Zijn nicht was niet thuis voor de politie.

De rechercheur haalde een notitieboekje tevoorschijn. 'Tijdens ons onderzoek rezen er een paar vragen. U had een jongere zus die de slach-

191

ting overleefde.' Ze keek op de bladzijde in haar boekje. Daar stond niets op. 'Sally? Heette ze zo? Ik heb gehoord dat ze van huis is weggelopen.'

Cleo glimlachte ijzig. 'O, het diner. Dát heeft Charles Butler ertoe aangezet, al die verhalen.' Ze praatte tegen Mallory, maar wilde haar niet meer aankijken. 'Lionel en ik waren naar school toen Sally wegliep.'

'Ja,' zei de rechercheur, 'u bent altijd weg als er in dit huis iets gebeurt.' Ze bekeek nog meer lege pagina's in haar aantekeningenboekje, en wendde zich toen tot Lionel. 'Kort voor Sally wegliep, hebt u het kindermeisje van haar ontslagen?'

Hij knikte.

Mallory wachtte tot hij de stilte zou vullen met nerveuze verklaringen, maar ze besefte al snel dat dit niet het geval zou zijn. Hij duldde simpelweg haar aanwezigheid in dit huis. Ze koos voor de zwakke schakel en schoof haar stoel dichter bij die van zijn zus. Ze boog zich naar Cleo Winter-Smyth toe. 'Maar, mevrouw, u zei dat u hier niet was. Weet u wel zeker dat Sally wegliep? Wie zorgde voor haar als het kindermeisje...'

'Onze voogd.' Lionel verhief zijn stem. 'Hij paste die dag op Sally. En ja, we zijn er vrij zeker van dat ze is weggelopen.'

Terwijl broer en zus zwijgend gedachten met elkaar uitwisselden, ving Mallory de weerkaatsing op van Bitty Smyth in een spiegel die in een hoek op de grote trap stond. De piepkleine vrouw hield de leuning beet en schudde het hoofd. Mallory bleef aandringen bij Cleo en Lionel. 'Dus er moet aangifte van de vermissing zijn gedaan. In welk jaar was dat?'

Broer en zus vertoonden dezelfde reactie, en Mallory wist dat ze in hun hoofd een rekensommetje maakten. Dit was de reactie van tieners die door de barkeeper werden gedwongen om zich de fictieve geboortedatum te herinneren op een vals rijbewijs.

Wat lastig om terug te rekenen.

'Het zal zo'n vijftig jaar geleden geweest zijn,' zei Cleo. Ze wendde zich tot haar broer. 'Lionel?'

'Meer dan een paar jaar naar boven of naar onder zal het niet schelen,' zei hij. 'Onze voogd moet de vermissing hebben opgegeven bij de politie.'

De rechercheur kon slinksheid wel waarderen. Lionel Winter met zijn vooruitziende blik had de volgende moeilijkheid gezien. Wanneer de politie terug zou komen met de mededeling dat er geen dossier van deze vermissing was gevonden, dan kon die nalatigheid afgeschoven worden op wijlen oom James.

Mallory voegde Sally toe aan het aantal lijken van Winter House. 'Dat verklaart heel wat van mijn losse eindjes.' Ze haalde een gele blocnote tevoorschijn van het formaat dat ze bij Zware Delicten bijna dagelijks gebruikten om de bekentenis van een moordenaar op te tekenen. 'Als u alleen maar even in uw eigen woorden de bijzonderheden en de data zou kunnen opschrijven en dan alle twee een handtekening wilt zetten.'

Ze wachtte de paar minuten die het duurde voor Lionel het korte verslag van Sally Winters verdwijning had opgeschreven. Toen ze opnieuw even naar de spiegel keek, ving ze een glimp op van Bitty, die ineengedoken onder de trapleuning op de overloop van de eerste verdieping zat, vreemd gedrag voor een advocaat. Die kleine vrouw zou de trap af moeten snellen om haar moeder en haar oom te waarschuwen dat ze niet iets voor de politie moesten tekenen.

Te laat.

Lionel was klaar met het plegen van dit kleine misdrijf, het afleggen van een valse verklaring aan de politie, en beide handtekeningen stonden onder aan de bladzijde. Mallory las de nauwkeurig in blokletters geschreven woorden. Als je heel goed keek, kon je zien dat er in de kantlijn uitgegomde getallen stonden. Het was hem ten slotte gelukt om een jaar uit te rekenen dat overeenstemde met de gesprekken tijdens het diner. 'Er is iets eigenaardigs met deze datum. Als Sally Winter achtenveertig jaar geleden wegliep, zou ze nog net geen tien geweest zijn, en dat is vreemd. Het merendeel van de weglopers bestaat uit tieners. Ik heb nooit...'

'Het kan zijn dat Sally verdwaald is,' zei Cleo. En ze ging door met de klassieke fout: te veel vertellen. 'Onze oom was niet erg aardig voor kinderen.' De vrouw keek naar haar gevouwen handen en haar stem was triester. 'Ik heb nooit de hoop laten varen dat Sally werd gevonden door een barmhartige Samaritaan, verdwaald, misschien gewond. En misschien...'

Lionel Winter snoerde zijn zus met een blik de mond.

'Juist ja,' zei Mallory, die geen moeite deed om het ongeloof in haar stem te verbergen. Toch klonken Cleo's laatste woorden niet onaannemelijk. 'Goed, ik zal het natrekken bij de afdeling Vermiste Personen.'

De rechercheur stond op, liep naar de trap en deed of ze een groot schilderij bewonderde dat hoog boven haar op de overloop van de eerste verdieping hing. Daaronder zat Bitty Smyth ineengedoken achter de leuning. Geschrokken kwam de kleine vrouw langzaam overeind. Hoewel er een zee van ruimte tussen hen was, deed Bitty elke keer een stap terug als Mallory een stap naar voren deed. Op die manier werd de kleinere vrouw teruggedreven naar de muur. Langzaam bewoog ze zich in de richting van een kamer waarvan de deur openstond en liep naar binnen. De deur viel zachtjes achter haar in het slot.

Hoeveel was die kleine luistervink, die opgegroeid was in dit huis, in al die jaren te weten gekomen? Wist Bitty daardoor waar ze Nedda moest zoeken, een vrouw die lang voor haar geboorte was verdwenen? Wat had ze op die manier nog meer aan gesprekken afgeluisterd?

Mallory richtte haar aandacht op een ander olieverfschilderij, alsof het nodig was om de twee jongemannen die erop stonden nog eens beter te bekijken. Charles Butler had het schilderij gekarakteriseerd als een karikatuur. Ze draaide zich om, ontmoette de nieuwsgierige blikken van Cleo en Lionel en liep toen naar hen terug, waarmee ze hun hoop op een spoedig einde van het verhoor deed vervliegen. 'We zullen het eens hebben over de dag van de slachtpartij.'

Lionel was de eerste die zich herstelde van deze kleine bom. 'Ik zie niet in wat daarvan de relevantie voor...'

'Dat bepaal ik. Ik heb niet veel materiaal voor mijn onderzoek. Ik kan een verzoek indienen om het dossier en het bewijsmateriaal te mogen inzien, maar hoe meer ik naar gegevens spit, hoe groter de kans dat er gelekt wordt naar de media. Wilt u soms dat de journalisten erachter komen dat Red Winter terecht is?'

Cleo stak verontrust haar hand uit naar haar broer, maar ging niet zover dat ze hem aanraakte. Op een bepaald niveau vond er een stille gedachtewisseling tussen hen plaats, want nu knikte Lionel als bezegeling van een stilzwijgende overeenkomst, en de schrik in de ogen van zijn zus verdween.

Lionel richtte zich tot de rechercheur. 'Natuurlijk,' zei hij, 'doen we er alles aan om iedere vorm van publiciteit te vermijden. Toen we nog klein waren, konden we nergens gaan of staan zonder dat we journalisten achter ons aan kregen. Eén keer werd Cleo op straat bijna onder de voet gelopen. Daarna hebben ze ons op kostschool gedaan en brachten we al onze zomervakanties in de Hamptons door. Het heeft jaren geduurd voor mijn zus in dit huis kon wonen zonder nachtmerries te krijgen.'

Mooi.

Het stemde Mallory tevreden dat ze zich, onder de dreiging van krantenkoppen, niet zouden afschermen met een legertje advocaten. 'U hebt de slachtpartij overleefd, dus vermoed ik dat u beiden die dag niet thuis was.' Ze ging weer zitten, sloeg haar benen over elkaar en maakte het zich gemakkelijk in haar stoel. Daarmee maakte ze hun duidelijk dat ze de hele dag de tijd had om hen te kwellen. 'Zoals ik al zei, jullie zijn er nooit... wanneer hier iets gebeurt.'

Cleo stond op en liep de kamer door in de richting van de trap, waarbij ze zich bewoog op de manier van iemand die zijn gezichtsvermogen heeft verloren. Ze pakte de meubels vast tot ze de trapleuning had gevonden. Langzaam liep ze de trap op, als een invalide.

Mallory greep de armleuningen van haar stoel, alsof ze aanstalten maakte om de vrouw te volgen, maar dit was slechts dreigende lichaamstaal.

'Laat haar toch gaan,' zei Lionel. 'Mijn zus was nog maar vijf jaar. Ze kan zich de bijzonderheden van die dag niet meer herinneren.' Hij keek naar zijn ineengevouwen handen. 'En ik kan hen niet vergeten. Het was zuiver toeval dat Cleo en ik het overleefd hebben. We waren niet van plan om die zondag weg te gaan. Ik had ruzie met mijn vader en stormde het huis uit. Ik was nog maar twee zijstraten verder, toen ik merkte dat kleine Cleo me volgde. Ze huilde. Mijn vaders driftbuien hadden altijd die uitwerking op haar. Ik nam haar mee naar het park, naar een voorstelling met Janklaassen en Katrijn. De poppen, u kent ze toch wel? Daarna heb ik een roeiboot gehuurd en hebben we nog een uurtje of zo rondgedobberd op het meer. We hadden geen van tweeën zin om naar huis te gaan.'

'Waren er mensen in huis die niet tot het gezin behoorden toen u vertrok? En daarmee bedoel ik niet de kinderjuffrouw of de huishoudster.'

'Dat zou best kunnen. Soms werden we wakker en ontdekten we dat er vreemden lagen te slapen op de divans, mensen die zich de avond ervoor bewusteloos gezopen hadden op een van de feestjes. Maar ik kan me niet herinneren dat ik die dag iemand anders in het huis gezien heb. Cleo en ik zijn een paar uur weg geweest, een uur of twee, drie.'

'En Nedda? Waar was zij?'

'Ze verliet het huis vóór ons. Ze ging brunchen bij de familie Smyth. Misschien dat Sheldon dat nog weet. Hij moet toen twaalf zijn geweest. Ik zag Nedda tegen de middag vertrekken in de auto van Smyth. Daarna was ze spoorloos. Toen Cleo en ik terugkwamen, was alles voorbij. Boven in de kinderkamer huilde de baby, dat herinner ik me nog.'

Hij zweeg een paar ogenblikken en Mallory wachtte geduldig.

'Cleo rende door het huis en schudde aan iedereen,' zei hij. 'Ze herinnert zich dat niet, of ze wil het zich niet herinneren. Ze kwam huilend de trap af, met de baby in haar armen. "Iedereen slaapt," zei ze. En dat ze misschien ziek waren, zoals papa en mama. Toen probeerde ze onze ouders wakker te maken. Ik schreeuwde naar haar, naar dat heel kleine meisje. "Ze slapen niet," gilde ik. "Ze zijn dood!" En toen stond ik daar maar. Ik kon me niet bewegen. Het was Cleo die de politie belde. En vervolgens wiegde ze Sally in haar armen tot de politie arriveerde. Het lukte de politiemensen niet om de baby van haar af te pakken. Ik herinner me nog dat de agenten hen de deur uit leidden. Ik zie ze nog voor me. Kleine Cleo, een kindje met een kindje in haar armen.'

'U dacht dat Nedda ze allemaal vermoord had, of niet soms?'

Hij maakte niet de indruk geschokt te zijn, maar gaf geen antwoord.

Mallory liet zichzelf uit.

Hoewel er in de tuin genoeg stoelen stonden, had Riker, een verstokt stoepzitter, de voorkeur gegeven aan een plaatsje op de achtertrap van dit herenhuis, dat tegenover Winter House lag aan de andere kant van het park. Het was midden op de dag en de bomen boden hem beschutting tegen de zon. Hij haalde het restant van zijn lunch uit de boodschappentas – weer een koude fles – en gaf het aan Sheldon Smyth, die beweerde dat hij het goedkope merk bier van de rechercheur meer waardeerde dan de dure wijnen in zijn eigen kelder.

Wat een gezeik.

Smyth speelde de typische gentleman, die de gewone man – Riker – op zijn gemak stelde. Maar wat deed die ouwe lul dat goed. En nu de lucht wat opgewarmd was, volgde de advocaat het voorbeeld van zijn gast en trok hij zijn jasje en zijn das uit.

Tot nu toe had Riker ontdekt dat ze, ondanks Sheldon Smyth' beroep en zijn wattige onvermogen om bier te verdragen, één ding gemeen hadden: ze speelden graag 'Ik verafschuw scheidingsadvocaten'; en nu deden ze nog een potje.

'Ik had meer moeten doen om de voogdij over Bitty te krijgen.' Smyth praatte met dubbele tong.

'Het kostte u vast een smak geld aan alimentatie, voor het kind en voor uw vrouw.'

'Het schikkingsbedrag was duizelingwekkend...' Smyth sloeg de laatste fles achterover. 'O, jee,' zei hij, niet in staat om er nog een druppel uit te wringen. De oude man bonsde op de achterdeur tot er een vrouw verscheen die gekleed was als dienstbode. Hij stond op en trok wat wankel zijn portefeuille. Hij deed hem open en staarde naar het geld, alsof het een mysterie voor hem was.

Riker glimlachte. De man had geen idee wat bier kostte.

Smyth gaf het dienstmeisje een pak bankbiljetten en stuurde haar weg om een nieuwe voorraad flessen te halen. Hij verkeerde in de veronderstelling dat hij niet meer dan de helft van de flesjes bier uit het lege draagkarton had gedronken, want hij had geen idee van het grote talent van de rechercheur om eindeloos lang over een flesje te doen. Nu waren ze zo vertrouwelijk, dat zij, Sheldon en de rechercheur, elkaar mochten tutoyeren.

'Maakt een tamelijk ijzige indruk,' zei Riker, 'de manier waarop je vrouw je kind behandelde.'

'Bitty is geadopteerd. Volgens mij maakt dat verschil. Maar mijn dochter heeft in ieder geval niet de genen van het geslacht Winter geërfd. Mijn vader heeft me verstoten, weet je, toen ik trouwde met iemand van die familie. Hij onterfde me. Geen baan, geen geld. Ik was wel gedwongen om een tijdje in Winter House te wonen.'

'Wat voor probleem had je ouweheer met de familie Winter?'

'O, iets wat stamde uit de tijd van Quentin – Cleo's vader – en zijn broer James. Die twee hadden een erg slechte naam. Geen van beiden was een knip voor de neus waard, zakelijk noch anderszins. Nadat hun ouders waren gestorven, ruïneerden ze het familiefonds. Joegen al het geld erdoor. Dit is de lezing van mijn vader, dat begrijp je. Winter House zou verkocht worden wegens achterstallige hypotheekbetalingen toen James, de jongere broer, de stad verliet met een hele hoop schulden. Quentin, de oudste, was een dilettant die dacht dat hij een groot kunstenaar was.'

Het woord dilettant moest tweemaal worden herhaald: één keer omdat Riker de man, die door het bier onsamenhangend sprak, niet kon verstaan, en nog een keer omdat de rechercheur het grappig vond om een advocaat zo te horen hakkelen.

'Quentin loste het geldprobleem op door met een rijke vrouw te trouwen. Dat was Nedda's moeder Edwina.'

De oude man praatte moeizaam verder en Riker vernam dat Quentin Winter laaiend was geweest toen hij kennisnam van de bepalingen in het testament van zijn overleden vrouw. Volgens Sheldons vader had Edwina elke maand wel een keer haar testament veranderd, iedere keer na een ruzie met haar echtgenoot. In de definitieve versie was al het geld vastgezet in een beheerd vermogen ten bate van Nedda en haar broertjes en zusjes. Edwina Winter was zwanger van een tweeling toen ze stierf, vandaar die clausule over broertjes en zusjes. Binnen een maand na de dood van zijn vrouw was Quentin Winter getrouwd met Alice, zijn lievelingsmodel, die al zwanger was van Lionel.

'Geld hadden ze niet,' zei Smyth, 'maar Alice was een erg vruchtbaar meisje. Ze zorgde voor acht broertjes en zusjes voor Nedda. Meer dan een verhoging van zijn toelage als voogd betekenden al die kinderen niet voor Quentin.'

'De smeerlap!' zei Riker. 'Dus Cleo en Lionel lijken op hun vader?'

'O, nee, ze lijken in niets op hem. Alle twee zijn het geldmachines. Ze hebben een miljoenenvermogen, maar je zou denken dat ze hun jeugd hebben doorgebracht als hongerende wezen. Ze zijn knap krenterig.'

'En dat is de reden dat je je dochter een toelage hebt gegeven?'

'Ja. Bitty is op dit moment niet in staat om te werken, maar Cleo en Lionel denken waarschijnlijk dat ze simuleert. Ze zouden misschien wat menselijker geweest zijn als ze een beetje van hun vaders spilzucht hadden geërfd. Nee, het zijn nou niet bepaald warme mensen. Arme Bitty.'

'Maar je was op de hoogte van alle eigenaardigheden toen je trouwde met iemand uit die familie, toch?'

'En het kon me niets schelen. Je had Cleo moeten zien toen ze jong was, wat een schoonheid. Wat me tegen de borst stuitte, was hoe ze Bitty behandelde vanaf het moment dat ik het kind in huis nam. Moederinstinct is bij mijn ex ver te zoeken. Het enige wat Cleo's bloed sneller doet stromen is een hausse aan de beurs.'

'En Quentins broer, James Winter? Wat deed hij voor de kost?'

'Geen idee. Ik weet alleen dat hij nooit op een eerlijke manier zijn boterham heeft verdiend, zijn hele leven niet. Dat zei mijn vader tenminste. Hij hield ervan om te speculeren, maar de man heeft nooit een echt beroep gehad.'

Riker begon zich af te vragen of Sheldon wel zo dronken was als hij leek. Gaf de man informatie aan hem door of maakte hij hem iets wijs? Zelfs advocaten met hun neus vol cocaïne waren niet zo gul met het geven van informatie over de schaduwkanten van hun cliënten.

'Heeft de politie ooit verdenking gekoesterd tegen James wat de slachtpartij betreft?' De rechercheur wist het antwoord op deze vraag al, maar hij hoopte dat hij de man op een leugen kon betrappen.

'De politie beschouwde James bijna onmiddellijk als onschuldig. Hij had niets te winnen bij de moorden. Omdat het beheerde vermogen bestemd was voor goede doelen, kon hij nooit erfgenaam worden. En James boerde niet slecht in die tijd. Hij woonde in een suite in het Plaza Hotel.'

'Maar je zei net dat Lionel hem erop had betrapt dat hij van de trust stal.'

'Ja. Ik vermoed dat James' kansen gekeerd waren. De diefstal bedroeg alleen huishoudgeld, het knoeien met uitgaven enzovoort. Geen grote malversaties.'

'Wanneer verliet James Winter de stad?'

'Het jaar dat Lionel eenentwintig werd, als ik het goed heb. Ja, de jongeman was bezig om de toekenningen van de trustgelden over te nemen, toen hij een paar onregelmatigheden ontdekte. Dat is het moment dat zijn oom James de benen nam, waarschijnlijk om vervolging te ontlopen.'

Riker glimlachte om zijn diepe teleurstelling niet te laten merken. Dus James leefde nog, jaren nadat Humboldt in een gat in Maine was doodgestoken. Jammer. Oom James had alles om in aanmerking te komen voor huurmoordenaar: een heleboel centen en geen duidelijke bron van inkomsten.

Het dienstmeisje had hun via de achterdeur een nieuwe lading bier gebracht. Nadat Smyth nog twee flesjes soldaat had gemaakt, besloot Riker het erop te wagen, voordat de advocaat al te beneveld was. 'Ik vind het erg vervelend om dit ter sprake te brengen, maar mijn collega wil nog steeds graag de documenten zien die betrekking hebben op de trust. Denk je…?'

'Dat heb ik toch al tegen je gezegd, of was dat tegen je collega? Doet er ook niet toe. Zonder gerechtelijk bevel geen documenten.'

'Maar je bent de executeur. Volgens de officier van justitie kun je...'

'Kunnen wel, maar ik wil het niet. Kwestie van principes.'

Riker begreep heel goed waar het probleem zat. 'Het zou niet goed zijn voor de naam van jullie kantoor.'

'Daar kun je donder op zeggen,' zei Smyth. 'Al meer dan een eeuw staan we bekend om onze volstrekte discretie.'

Maar toch had de rechercheur zojuist een hoorcollege gevolgd over de misstappen van de familie Winter.

'Oké,' zei Riker, 'ik geef je mijn woord: we vertellen aan niemand dat je vader het vermogen van de kinderen van de familie Winter verkeerd beheerd heeft.'

De uitdrukking op het gezicht van Sheldon Smyth kon alleen maar geïnterpreteerd worden als schuldige verbazing, en aangezien de beschuldiging niet in alle toonaarden ontkend werd, wist Riker dat hij iets op het spoor was.

'Ik ben toch van de afdeling Zware Delicten? Wat kan het mij schelen wie wat aan wie ontfutseld heeft? Bovendien is het al verjaard. Maar je wilt geen horde agenten aan de deur. Dat kan ik begrijpen. Wil je discretie? Dan krijg je discretie. Als we het nou eens zo doen. Jij bent gesteld op Charles Butler, of niet soms? Je vertrouwt hem, ja toch? Als we nu eens in plaats van een gerechtelijk bevel te vragen en de hele boel op te halen de documenten op neutraal terrein bekeken, bij Butler thuis?'

Hoe dronken de man ook mocht zijn, op het moment dat hij glimlachte, liet het heldere gezicht van de advocaat zich even zien. Het dook net lang genoeg op om te zeggen: 'Als je een rechter zover zou kunnen krijgen dat hij je een gerechtelijk bevel gaf, dan had je het allang gehad. Je kunt de boom in.'

De ogen van Sheldon Smyth vielen dicht en Riker liet hem achter te midden van de lege bierflesjes. Nog een opruimklusje voor het dienstmeisje.

Het snelle geklop op de deur was een beetje irritant, maar nauwelijks hard genoeg om zijn gaste te wekken. Charles sloeg *The New York Times* open. Het geklop hield aan.

Hoogst irritant.

Hij verfrommelde de krant. Ook als hij het ongeduldige kloppen – dat bijna een handtekening was – niet had herkend, zou hij hebben geweten dat het Mallory was.

Klop, klop, klop.

Hij keek op zijn horloge en zag dat ze hem grootmoedig twee uur had gegeven om de hartsgeheimen van Nedda los te krijgen. Misschien had ze geloofd dat hij haar list niet door zou hebben, wat een belediging. Omdat hij tijd had gehad om na te denken, was hij gaan begrijpen wat zijn ware rol bij de leugendetectortest was geweest. Riker had het nagenoeg opgebiecht, door toe te geven dat Charles ook de gast van Mallory zou zijn geweest als Bitty Smyth niet op de aanwezigheid van Charles had gestaan.

Klop, klop, boem.

Uiteindelijk zou ze wel weggaan. Ze had de sleutels van de kantoren aan de andere kant van de gang, maar niet die van zijn flat. Niettemin hoorde hij nu het geluid van metaal op metaal.

O, sukkel die ik ben.

Wanneer had ze zich ooit laten ontmoedigen door het ontbreken van sleutels?

Wat was zijn indringer steels, hij had de deur helemaal niet horen opengaan. Mallory verscheen simpelweg aan het eind van de hal. Háár verbazing was in een flits weer verdwenen. Hij stond op van de divan, met stomheid geslagen. Haar preventieve aanvallen konden verbluffend zijn. Hij was geschokt door het feit dat Mallory de eerste was die een verontwaardigde houding aannam. Het idee dat ze had moeten inbreken in zijn flat, terwijl hij daar gewoon al die tijd had gezeten. Dat alles stond op haar gezicht geschreven met de bedoeling dat hij het zou lezen.

Edward Slope, het hoofd Forensische Geneeskunde, bracht zijn lunchpauze door in een met bomen omzoomde straat in een buitenwijk van Brooklyn en hief zijn gezicht op naar de zon. Het gesprek ging over het uitzonderlijk mooie oktoberweer. Ja, hij was het met rabbi David Kaplan eens dat elke dag van de nazomer een geschenk was. Beiden richtten ze hun aandacht op de geheimzinnige kist die midden in Robin Duffy's garage stond, en wachtten tot de medeoprichter van hun pokerclubje zich bij hen zou voegen. 'Nog één keer, David.' De arts bekeek de kist met diep wantrouwen. 'Dat ding werd in het holst van de nacht uit een onbekende truck geladen... maar je denkt niet dat Kathy hem heeft gestolen?'

De rabbi schudde het hoofd. 'Nee, evenmin als jij.'

Naar het oordeel van Edward Slope was de rabbi te aardig om het slechtste in anderen te zien. Ook was hij ervan overtuigd dat deze vriendelijke man hem door pure mazzel geregeld met kaarten versloeg en niet door de sluwheid van een geboren pokerspeler. En in feite geloofde de arts ook niet dat Kathy Mallory de kist had gestolen. Maar het was best mogelijk dat deze beschuldiging haar in verrukking zou brengen. *Het eigenzinnige loeder.*

In zijn hart hield Edward Slope, zo kleinerend als hij zich mocht uitlaten, onvoorwaardelijk van haar.

Een hordeur klapte dicht. Ze wendden zich naar het geluid en zagen een kleine buldogachtige man met een brede grijns op zijn gezicht op hen af komen. 'Alles is geregeld,' zei hij. 'Charles verkeert in de veronderstelling dat het pokeren niet doorgaat.'

Edward Slope speelde nog steeds met het idee van een verrassingsspelletje poker. Hij keek de open garage in en liet zijn ogen dwalen over de restanten van allerlei hobby's, Robert Duffy's experimenten om de tijd door te komen na zijn pensionering als advocaat. Wat een fiasco. Langs de muren vond je een hele reeks gereedschappen voor doe-het-zelvers, een half afgebouwde kano van een botenbouwcursus en de opgepotte overblijfselen van een verdorde kruidentuin.

Kathy Mallory was ook zo iemand die niet erg goed om kon gaan met ingrijpende veranderingen in het leven. Ze was opgegroeid in deze buurt en had aan de andere kant van de straat gewoond met haar pleegouders. Het oude huis was afgebrand en had een smerig gat in het stedelijk landschap achtergelaten, tot er een nieuw huis was gebouwd op hetzelfde lapje grond. Om de vier weken, als ze bij Robin Duffy pokerden, had Edward de voortgang van de bouw kunnen volgen, en nu het huis klaar was, kon hij niet beweren dat hij geschokt was.

In de beginfase van de bouw had hij iets vertrouwds ontdekt in de ruwe balken, het skelet van het huis. Het voltooide bouwwerk was een exacte kopie van het oude huis, op het maniakale af. Deze week was het heesterperk aangelegd, heesters die dezelfde vorm hadden als waarin Helen Markowitz ze altijd snoeide. De jonge boom die onlangs in de tuin was geplant, was natuurlijk anders. Maar was dat wel zo? Nee, die boom had dezelfde grootte als toen Kathy een klein meisje was. Hij riep herinneringen op aan de avond toen Louis was thuisgekomen met een verjaardagsgeschenk voor Helen, een onvervalst piepjong crimineeltje dat op heterdaad betrapt was bij diefstal uit een auto. Wat een verrassing. De week daarop had Edward Louis geholpen bij het graven van een gat en hadden ze een jong boompje in dezelfde grond geplant. Dit was al heel lang traditie bij de familie Markowitz: het planten van een boom bij de geboorte van een kind, of als er een kind van de straat geplukt werd bij het begaan van een misdrijf.

Robin was naast hem komen staan en keek bewonderend naar Kathy's handwerk, alsof het iets normaals was wat ze had gedaan. 'Het is de oorspronkelijke brievenbus. Ze heeft hem uit de as gered.'

'En... het interieur, hoe zit het daarmee?'

'Alleen maar een paar dingen,' zei Robin, 'maar het kind is er nog mee bezig. Het heeft haar maanden gekost om hetzelfde behangpatroon te vinden als Helen had. De firma die het maakte bestaat niet meer, maar ze ontdekte een aantal rollen bij een ijzerhandel in Montana. Het meubilair is ook een toer, allemaal familiestukken. Sommige stamden uit de jaren twintig. Wat een perfectionist, hè? Ieder stuk moet exact hetzelfde zijn. Dus gaat ze in haar vrije tijd naar boedelveilingen.' Hij keek over zijn schouder naar de kist in zijn garage. 'Vandaar dat ze wist waar ze de tafel moest zoeken.' Robin ging de garage in en zocht een koevoet uit tussen het gereedschap aan de muur. 'Ze heeft gezegd dat we hem uit de kist mogen halen, zodat hij bij Charles door de deur kan, maar het papier mag er nog niet af. Ik denk dat ze bang is dat we moeten in het hout maken.'

Edward Slope had alle belangstelling voor het verrassingsspelletje poker verloren. Hij bleef maar staren naar het huis aan de overkant van de straat. Hij probeerde zich Kathy daarbinnen voor te stellen, zag voor zich hoe ze het interieur reconstrueerde om ervoor te zorgen dat haar geesten zich beter thuisvoelden. Of was het een daad van pure opstandigheid: het scheppen van de illusie dat de dood haar huis nooit bezocht had? Hoe dan ook, het was behoorlijk krankzinnig, maar ook heel teder, en pleitte voor de aanwezigheid van een menselijk hart.

'Vertrouwelijk?' Mallory was woedend – echte woede ditmaal – terwijl Charles haar aan haar arm meetrok en ze onverbiddelijk door de gang op de lift af stapten. 'Je hebt geen patiënten!' schreeuwde ze. 'Geen praktijk! Je kunt je niet beroepen op een beschermde status!'

'Ja, dat kan ik wel.' Onverstoorbaar drukte hij op de knop van de lift. Wat was hij kalm, alsof het meesleuren van vrouwen een alledaagse bezigheid van hem was. Hij zou haar arm niet loslaten terwijl hij stond te wachten tot de liftdeuren opengingen. 'Nedda is mijn patiënt,' zei hij. 'Alles wat ze me vertelt, is vertrouwelijk.'

'Dat is een verzinsel,' zei Mallory. 'Je behandelt geen patiënten. Dat is je vak niet.'

'Vandaag wel.' Hij keek omhoog naar de lichten van de lift. 'Het zou best eens mijn ware roeping kunnen zijn. Wie weet?'

'Nee, het is alleen maar een truc. Je houdt wat voor me achter en verhindert dat het recht zijn loop heeft.'

'Nou, dat is dan erg jammer.'

Het liep vandaag helemaal verkeerd. Charles was bezig zich tegen haar te keren, en Nedda Winter had dat op haar geweten. Ja, het was Nedda's schuld en hij zou dat inzien zodra ze tijd had om het uit te leggen, tijd had om een nieuwe leugen te verzinnen waarin hij zou kunnen geloven.

Mallory's boosheid was plotseling weg, alsof er een schakelaar op 'uit' werd gezet en er een stroomcircuit werd verbroken. De hand van Charles omvatte lichtjes die van haar en omsloot hem in zijn warmte. Hij verstevigde zijn greep en trok haar de lift in, en ze vond het niet erg. Menselijk contact, lichamelijk contact, was erg zeldzaam in haar leven. Ze deed niets om het te stimuleren, maar wanneer het haar ten deel viel, sloten haar ogen zich tot spleetjes als een spinnende poes. De lift snorde naar beneden met mechanische klikjes en gezoem, het lied van haar eigen mechanisme.

En de deuren gingen veel te snel open.

Hij trok haar mee naar de straatdeur, misschien om naar een café een eindje verderop te gaan. Ze zouden praten, en hij…

'De volgende keer dat je op kantoor langskomt,' zei hij, 'kun je me misschien eerst even bellen. We kunnen niet hebben dat je mijn patiënt in de hal tegen het lijf loopt. Hij liet haar hand los, deed de deur open en zette haar op straat, als een kat.

De deur sloeg dicht.

Ze keek naar de lucht en haar lippen weken uiteen zonder iets te zeggen. Achter haar stopte een auto, en Riker gaf haar eenzame gedachten een andere richting.

'Hé, Mallory!'

Ze draaide zich om en zag een surveillancewagen met een geüniformeerde agent aan het stuur en haar collega bij de achterruit. 'We gaan een inval doen, meisje,' zei hij grijnzend. Heb je zin om mee te gaan?' Hij opende uitnodigend het portier en zwaaide toen met een opgevouwen vel papier. 'Ik heb een gerechtelijk bevel voor de trust van de familie Winter, voor alle documenten die we maar kunnen meenemen.'

Achter de surveillanceauto stonden een politiebusje en nog twee voertuigen met geüniformeerde politie achter het stuur. De zwaailichten draaiden rond en de motoren brulden om haar te vertellen dat het de hoogste tijd was om met deze roadshow uptown te trekken: ze moesten advocaten onder druk zetten, dossiers plunderen, er een troep van maken. Een ware slachting. Wat een feest!

Nedda stond bij het fornuis en draaide het gas lager, toen Charles de keuken binnenkwam, gelokt door de geur van Colombiaanse koffie. 'Weet je,' zei hij. 'Misschien zijn jij en ik de enige mensen in de stad die weten hoe ze koffie moeten zetten in een percolator.'

'Ik heb nooit op een andere manier koffiegezet.'

En met die woorden had deze vrouw, die dertig jaar ouder was dan hij, zijn hart veroverd. Hij had niet gelogen tegen Mallory. Nedda zou zijn patiënt worden. Alle angst voor schade die dat hemzelf zou kunnen berokkenen, had hij opzijgezet. Ze had hem geïnspireerd om een moediger man te zijn, een betere man. En dus pakte hij hun kopjes en nam haar weer mee naar de bibliotheek. In het uur dat volgde schoten haar ogen vol tranen en voelde híj de angst. Hij nam ook haar gevoel van afzondering over en haar grote angst om alleen te zijn. En toen ze hem vertelde over haar plan om eigen woonruimte te zoeken, kon hij dat idee niet verdragen. Hij verdronk in Nedda's eenzaamheid.

'Vertel me hoe je aan dat gerechtelijk bevel gekomen bent,' vroeg Mallory op gebiedende toon. 'Ik ben bij drie rechters geweest en ze spuugden nog net niet op me.'

'Dan ben je niet naar de juiste rechter gegaan, meisje.' Riker was, gelukkig, geen afgestudeerde van de Kathy Mallory Charme Universiteit.

Hij draaide zijn hoofd om en zag het stadspanorama langs zijn raam voorbijvliegen. Daarna keek hij naar achteren en zag hoe zijn persoonlijke karavaan door het verkeer sneed en rode stoplichten negeerde. 'Ik had deze rechter bewaard voor noodgevallen. Hij is vroeger een advocaat geweest die opkwam voor de burgerrechten. Houdt van de armen, heeft de pest aan de rijken. God zegene die liberale, linkse ezel.'

Nee, dat geloof ik niet, zei de uitdrukking op haar gezicht, er moet meer zijn dan dat... pienter meisje.

'Deze rechter,' zei Riker, 'is een echte ouwe lul. Had al jaren met pensioen moeten zijn. Hij herinnert zich nog de tijd dat men deze stad ondersteboven keerde om Red Winter te vinden, en hij wacht al achtenvijftig jaar op het slot van dat verhaal.'

'Heb je hem verteld wie Nedda was?' De woorden 'Idioot die je bent' moest je erachteraan denken.

Riker liet dit maar waaien, nog steeds vol van het gerechtelijk bevel dat hij had weten te verkrijgen. Hij had het volmaakte huwelijk tot stand weten te brengen tussen Mallory's voorliefde voor geldmotieven en zijn eigen extreem diepe wantrouwen tegen advocaten.

'Ja, ik heb hem alles uit de doeken gedaan, maar maak je geen zorgen. Deze rechter heeft een grotere hekel aan journalisten dan aan politiemensen. Denk eens even terug aan een paar dagen geleden, toen we in de Harvard Club zaten. Je vertelde Sheldon Smyth dat het leven van zijn dochter gevaar liep en toch wilde hij je geen inzage geven in die trustpapieren. Dat was hardvochtig. Advocaten zijn bijna menselijk als het op hun kinderen aankomt, maar de oude Sheldon niet. Dus heb ik hem vandaag dronken gevoerd in zijn eigen achtertuin. Hij bleek een vlieggewichtdrinker. Ik beschuldigde zijn advocatenkantoor min of meer van verduistering. Nou, dat had hem woest moeten maken, of niet soms? Maar nee. "Geen gerechtelijk bevel, geen documenten," zei hij tegen me, zo dronken als hij was. En op dat moment wist ik dat hij iets te verbergen had.'

Mallory's ogen zochten de hemel af naar varkens met vleugels, engelenscharen en andere wonderen. 'En de rechter vond dat genoeg voor een gerechtelijk bevel.'

'Nee. Maar mag ik mijn verhaal nou even afmaken? Dus ik zit in het rechtbankgebouw bij de rechter als hij Sheldon Smyth belt. Hij denkt dat het gewoon een misverstand is en dat we dit misschien wel kunnen regelen zonder gerechtelijk bevel. Goed, de advocaat is nog steeds dronken wanneer hij de telefoon opneemt. Zijne Edelachtbare krijgt er geen woord uit over het trustfonds. Iets aan Smyth' kant van de lijn maakt hem woest. De rechter zegt tegen hem: 'Lik m'n wát?' En dát was voldoende voor een gerechtelijk bevel.'

'Mijn advies is vooral rust,' zei Charles. 'Een dutje midden op de dag is een van 's werelds meest ondergewaardeerde genoegens.'

'Je hebt gelijk. Ik heb de laatste tijd niet veel slaap gehad.' Nedda tilde de pan op, zodat hij haar goudbruine omelet kon bewonderen. 'En vanavond wil ik de problemen uitpraten met Cleo en Lionel.'

'Vanwaar die haast?'

'Het had al veel eerder moeten gebeuren.' Ze deed het gas uit en zette haar meesterwerk op de keukentafel. 'En ik maak meer kans op contact met ze als we niet onder hetzelfde dak wonen.'

O, daar was het weer, haar plan om op huizenjacht te gaan – een van de meest zenuwslopende activiteiten in New York. Het zou Nedda niet lukken om te gedijen in een eenzaam bestaan, want een dergelijke stap zou zeker gevolgd worden door een zware depressie.

'Nou, gelukkigerwijs ben ik de eigenaar van dit flatgebouw.' Hij pakte borden uit de kast en zette ze neer op de keukentafel. 'En ik heb een flat die leegstaat. Ik denk dat je het hier wel prettig vindt. Maar maak eerst maar een paar dagen gebruik van mijn logeerkamer. Als alles goed uitpakt met Cleo en Lionel, heb je misschien geen eigen woonruimte nodig.'

Ze zaten aan tafel en Charles was het met haar eens. Ja, de steaksaus gaf de omelet iets extra's. En Nedda vroeg of hij Bitty die kleine relikwieënverzameling in haar slaapkamer had vergeven. 'Mijn lievelingsfoto is het kiekje van je verjaarspartijtje. Je moet die dag behoorlijk veel indruk op haar hebben gemaakt.'

'Ja en nee,' zei Charles. 'Bitty zal tien geweest zijn toen die foto werd genomen. Ze had kennelijk problemen met haar gevoel van eigenwaarde. Dus pikte ze de persoon eruit die ze misschien kon benaderen zonder gevaar te lopen zich belachelijk te maken, iemand die in haar ogen zo dwaas was dat ze er zeker van kon zijn dat hij haar niet zou afwijzen. Vervolgens heeft ze die dag geen woord tegen me gezegd om die zekerheid niet in de waagschaal te stellen. Had ze dat wel gedaan, dan zou ik me haar beslist herinnerd hebben.'

'Is het goed als ik een andere verklaring heb? Jij was langer dan alle andere kinderen op die foto. En ook toen had je het lichaam van een jonge god. Volgens mij klampte mijn nicht zich vast aan het idee dat je haar zou beschermen. En toen, op de ergste avond van haar leven, verscheen je. Dat moet een magisch moment voor Bitty zijn geweest. Ik zag je met haar praten. Het heeft haar ontzettend goedgedaan, jouw vriendelijkheid. Jij was die avond haar held. En deze morgen was je mijn held.'

Voordat therapeut en patiënt deze enorme blunder konden voltooien, deze rolverwisseling, pakte Charles zijn servet en legde het als een witte vlag op de tafel.

Bitty Smyth had zich teruggetrokken in haar kamer. Uren waren voorbijgegaan sinds haar telefoongesprek met haar tante. De kaketoe onderhield haar door rondjes te lopen en zijn volledige woordenschat ten beste te geven.

Rafel kende maar een woord. 'Wat?'

De vogel had dit van haar geleerd. Bitty sliep bijna nooit aan één stuk door, en iedere keer dat een geluid haar uit haar slaap haalde, ging ze rechtovereind in bed zitten en zei dat woord.

Ze knielde neer naast de kooi en vulde het drinkbakje van de vogel met water. Nadat ze hem wat nieuw zaad had gegeven, merkte ze dat ze zelf ook trek had. Omdat ze het idee had dat iedereen weg was, waagde Bitty het erop om op zoek naar iets eetbaars te gaan. Ze daalde de treden af, die overal kraakten, een gekraak dat haar altijd deed geloven dat de trap ieder moment kon instorten.

De voordeur ging open. Bitty greep de leuning beet en hield die zo stevig vast dat haar knokkels wit werden.

O, het was de huishoudster maar, met haar boodschappentassen. Wat was haar naam ook alweer? Er waren er zoveel geweest. Geen van hen was langer dan een week of zo gebleven. De nieuwe uitzendkracht toetste de code in om het alarm uit te schakelen en liep toen verder door de brede voorkamer.

Bitty gaf haar vanaf de trap opdracht om een late lunch klaar te maken. 'En zou je mijn lunch boven kunnen brengen?'

De vrouw fronste het voorhoofd bij het horen van deze opdracht, en met reden. Het was een hele klim naar de eerste verdieping, en ze had de tocht al te veel keren op één dag gemaakt.

De laatste tijd was Bitty wilskrachtiger geworden, en nu stond ze erop dat haar een maaltijd werd gebracht op haar kamer. Ze was niet van plan om beneden verrast te worden door haar moeder en oom als deze thuiskwamen.

Weer terug op haar kamer bracht ze de tijd door met bladeren in de oude familiealbums die ze uit de opslag op de noordelijke zolder had gehaald. De vogel werkte zich met zijn klauwtjes via de beddensprei omhoog. Samen met haar bekeek hij de foto's, terwijl hij van de pagina's proefde en er de hoekjes van afscheurde. Bitty streelde afwezig zijn gele verenkam, en Rafels kraaloogjes vielen al snel dicht.

De foto's besloegen de periode tot de slachtpartij. Op de jaarlijkse familieportretten van het echtpaar Winter en hun kroost waren alle kinderen gegroepeerd aan de kant van de foto waar Nedda stond. Cleo klampte zich aan haar oudere zus vast en Lionel speelde met haar haar. De andere kinderen zaten aan Nedda's voeten.

Een harde klop op de deur deed de vogel met een schok ontwaken. 'Wat?' Rafel sloeg zijn onbruikbare vleugels uit, viel van de rand van het bed en belandde met een doffe plof op de grond. 'Wat?'

Bitty stond op om de herrieschopper open te doen. Dit kon alleen maar de ontstemde huishoudster zijn die de lunch kwam brengen. Toen ze de deur opendeed, werd ze geconfronteerd met haar grootste angst. Haar moeder liep langs haar heen de kamer binnen.

'Waarom logeert Nedda bij doctor Butler? Zeg op!' vroeg Cleo gebiedend. 'Wat is er op dat politiebureau gebeurd?'

Lionel kwam ook onuitgenodigd de slaapkamer binnen. 'En niet dwarsliggen,' zei hij.

'Tante Nedda had het gevoel dat ze hier niet welkom was.'

Oom Lionel was hierdoor niet verrast. 'Heeft Nedda ook gezegd waarom?'

'Nee, maar ze zou er tegen etenstijd weer zijn.'

Lionel hield een opgevouwen briefje omhoog. 'Dat weet ik,' zei hij. 'De huishoudster heeft een boodschap van haar aangenomen. Ze vraagt ons of wij vanavond niet weg willen gaan. Ze wil met ons praten. Weet jij waar dit over gaat?'

Achter de rug van haar oom klom de vogel in het kanten gordijn, terwijl zijn klauwtjes gaten en flarden achterlieten. Hij vond een plekje op de gordijnroe, spreidde zijn vleugels, zette af... en viel als een baksteen.

Bitty keek toe terwijl het diertje in een cirkel voortstrompelde. Hoewel hij al tientallen jaren vleugellam was, had de oude Rafel nog steeds het idee dat hij kon vliegen.

Nou, dit was dikke pret.

Riker telde acht mannen en vrouwen, de vennoten van dit eerbiedwaardige advocatenkantoor, en ze snakten bijna naar adem. Op de verdieping onder hun kantoren was de lucht niet zo zuiver. In deze onderwereld zaten boekhouders en kantoorklerken in hokjes die grensden aan een archiefruimte met dossiers die meer dan honderdtwintig jaar teruggingen. Riker betwijfelde of de advocaten dit land van de onderbetaalden ooit hadden bezocht, hoewel dat zich slechts drie trappen onder hun penthouse-kantoren bevond.

Het kantoor was kennelijk een familiebedrijf, want hij kon zien dat sommige advocaten die zich hier verzameld hadden, leken op Sheldon Smyth: dezelfde neus of kin, en hier en daar een paar slangenogen. Hun leeftijd varieerde van in de twintig tot in de zestig, maar toch stonden ze opgesteld als kinderen bij een brandweeroefening en waren alle ogen op de exercitiemeester gericht.

Zijn collega had binnen de kortste keren voor een attitudeverandering gezorgd, zonder dat het nodig was geweest om iemand van hen neer te schieten als voorbeeld voor de anderen. Ze luisterden heel aandachtig naar haar, terwijl ze de strekking van het gerechtelijk bevel voorlas. Twee advocaten gingen zo te zien bijna over hun nek. Paul Smyth, de zoon van Sheldon, werd bleek toen Mallory zei: 'De inbeslagneming van de documenten betreft alle dossiers die ook maar iets met de Winter-trust te maken hebben. En daar horen ook de gegevens over de inkomsten van het kantoor toe.' Ze gooide de laatste zinsnede eruit als een nadere overweging, hen achterlatend met de indruk dat het onweerlegbaar waar was en dat ze geen discussie verwachtte.

Riker hield even zijn adem in, maar besefte toen dat ze het hem lapte. Verbazingwekkend. Deze mensen hadden allemaal hun eigen kopie van precies hetzelfde bevel voor hun neus.

De twee rechercheurs keken in stilte toe terwijl de bergruimte werd leeggehaald door geüniformeerde agenten die de kartonnen dozen droegen. De dozen werden opgestapeld in de wachtende goederenlift, waarna de agenten terugkwamen om andere te halen. Niet tevreden met deze gigantische plundering van computeruitdraaien, stopte Mallory haar eigen diskette in de bedrijfscomputer, daarmee iedereen opnieuw de stuipen op het lijf jagend. 'Dit is staatssoftware. Het programma selecteert alleen op transacties die met de familie Winter te maken hebben. Andere bestanden worden ongemoeid gelaten.'

Riker wist dat ze loog, maar de oudste advocaat, aan wie het computertijdperk ongetwijfeld voorbij was gegaan, knikte warempel, alsof hij gehoord had van deze magische, fabelachtige software van haar. De andere vennoten, die misschien wat snuggerder waren, keken met bloedend hart toe hoe ze de hele database kopieerde. Dit was een enorme gok. Riker kende een oudere rechter die een rolberoerte zou krijgen als Mallory's sprookje over de financiële posten hem ooit ter ore zou komen.

Inmiddels was ook Sheldon Smyth gearriveerd. Hij leek niet goed te weten hoe hij zich moest gedragen in deze vreemde wereld van slecht geklede ondergeschikten. De knoop van zijn das zat scheef en hij slingerde een beetje terwijl hij met een bleek gezicht de lift uit drentelde en een hoge borst opzette als inleiding op het uiten van iets wat passend was voor een advocaat.

Riker stak een hand op om Mallory te waarschuwen. Daarna pakte hij het gerechtelijk bevel en wapperde ermee. Sneller dan hij een kogel zou kunnen afschieten, had dit tot gevolg dat de moed de oude man in de schoenen zonk. Hij plofte neer in de dichtstbijzijnde stoel.

'Het zal allemaal uitkomen.' Mallory's ogen rustten op het toetsenbord terwijl ze tegen de oude man sprak. 'Als je een deal wilt sluiten, moet je het nu doen.' Ze hief haar hoofd op en vereerde Sheldon met een glimlach die bedoeld was om hem het in zijn broek te laten doen. 'Ik weet wat je hebt gedaan.'

Het was niet de prikkelbare huishoudster, maar de moeder van Bitty die het dienblad met eten boven bracht. 'Hier, eet wat. Naderhand praten we over je tante.'

Bitty had alle belangstelling voor eten verloren, maar haar moeder spoorde haar aan en hield toezicht op haar tot het bord en het theekopje leeg waren.

'Ik bel je vader. Sheldon zal wel weten wat er moet gebeuren.'

Voor Bitty het eten er weer uit kon gooien, pakte haar moeder het dienblad op en deed ze de deur open. 'Lionel? Kom je?'

Natuurlijk kwam hij. Broer en zus gingen overal samen naartoe. Ze waren als een tweeling met één paar hersenen. Oom Lionel liep naar de deur en bleef toen even staan, waarbij hij zich naar zijn nicht wendde en haar aanstaarde. Het was de blik die hij gewoonlijk haar moeder schonk als ze zwijgend van gedachten wisselden. Hij schudde het hoofd, niet in staat om Bitty's gedachten te lezen. Nee, zijn nicht was van een andere planeet.

Bitty noemde die planeet aarde.

Het schuifraam stond open en een sirene nam in volume toe. Rafel schoot zijn kooi uit, rende de vloer over en gilde samen met de brandweerauto, in de veronderstelling dat er een reuzenvogel aankwam om met hem te paren, een reuzenvogel die hem mee zou nemen, die zijn leven zou veranderen en die hem zijn vrijheid terug zou geven.

Haar vogel was verliefd op een grote rode truck.

De sirene stierf langzaam weg in de verte. Rafel verstomde. Hij liep zijn kooi weer in met zijn staartveren achter zich aan. Hij verborg zijn kopje onder een vleugel en dook ineen in een kluwen van opgezette veren. In vogelland was dit een teken van zware depressiviteit, en in Bitty's wereld ook. Ze rolde zich op tot een bal.

8

CHARLES BUTLER GOOIDE DE DEUR VAN ZIJN FLAT OPEN EN KEEK
naar het legertje politiemensen dat beladen met dozen door de hal liep.
Riker was de laatste in de rij. Hij zette zijn doos neer om 'Hallo', te zeggen en: 'Sorry voor de drukte. We hebben de trustpapieren.'
   'Dat zie ik.'
   'Maar we konden ze niet naar Zware Delicten brengen,' zei Riker. 'De
chef zou in alle staten geweest zijn.'
   Mallory liep langs met een doos. Ze keek niet één keer in hun richting en Charles gaf geen enkel blijk dat hij haar had gezien. Hij knikte
naar Riker bij wijze van afscheidsgroet, sloot de deur en deed hem op
slot. Riker hoorde het geluid van een tweede nachtslot en daarna van
een deurketting. En Mallory hoorde het ook. Ze keerde zich om naar de
deur, alsof het geluid van drie sloten gewoon een boodschap voor haar
was.
   Narigheid? Zeker weten.
   Riker zou nooit hebben geloofd dat Charles Butler de wilskracht had
om langer dan zes minuten een wrok tegen iemand te koesteren, en dat
zou dan een ruzie moeten zijn met een volslagen onbekende. Tegen
Mallory was de arme drommel weerloos.
   Tot vandaag.
   De geüniformeerde agenten liepen naar de lift toen Riker de laatste
doos van de buit het privé-kantoor van Mallory binnendroeg, dat zich

aan de achterkant van Butler & Company bevond. Hij zette hem voor haar voeten neer. 'Hoe groot is de kans dat Charles ons hiermee een handje helpt? Of heb je de beschikking over een andere snellezer?' zei hij.

'Beter nog,' zei ze. 'Ik heb een advocaat gecharterd, hij is onderweg.'

'Is dat even fantastisch. Advocaten lezen met een snelheid van tweehonderd dollar per uur, heel langzaam dus.' Hij draaide zich om naar het mededelingenbord van kurk dat de hele muur besloeg. Het was helemaal leeggemaakt, als voorbereiding op hun autopsie van een trustfonds.

'We hebben Charles niet nodig.' Mallory opende een map en hield een vel papier omhoog waarop kolommen met woorden en cijfers stonden. 'De documenten zijn geïndexeerd en alle dozen zijn duidelijk genummerd.' Ze prikte de eerste bladzijde van haar documentenlijst vast, evenwijdig aan muur en plafond. Twee punaises.

Riker zag dat hun eerste probleem al in de maak was. Was deze kleine netheidsfanatica wel in staat om dit te doen zonder haar gebruikelijke tijdverslindende perfectionisme? Hij besloot tot een experiment. Hij nam een handjevol velletjes uit haar map met het register, drukte die lukraak tegen het kurk en prikte ze met een punaise vast. Elk vel hing in een andere hoek ten opzichte van de muur. Een blik over zijn schouder leerde hem dat het haar werkelijk pijn deed om naar deze puinhoop te kijken.

'Mallory, we hebben hiervoor geen jaren de tijd.' Hij liep naar de ontvangsthal om open te doen, want er werd geklopt. Toen hij het einde van de hal had bereikt, vloog de deur open en werd hij bestormd door een kleine man met de kaken van een buldog. Lijdzaam onderging Riker een stevige omhelzing van de enige advocaat die hij kon verdragen.

Robin Duffy had zijn hele leven tegenover het huis van Lou en Helen Markowitz gewoond. En nu hij gepensioneerd was en zijn beide oude vrienden onder de grond lagen, beschouwde Robin iedereen die een band met hen had als zijn familie. Hij liet de rechercheur los en deed een paar passen naar achteren. Zijn ogen schitterden van opwinding. Wat was hij gelukkig om hier te zijn. 'Waar is mijn Kathy?'

De oude advocaat behoorde tot die kleine kring van vrienden die zijn collega ongestraft bij haar voornaam mochten noemen.

Elk ooglid van Bitty Smyth woog vijf kilo. Ze zat kaarsrecht in bed om maar niet in slaap te vallen.

Wanneer zou tante Nedda thuiskomen?

Ze schonk opnieuw water in uit de kan naast haar bed. De rand van het glas werd onscherp toen ze het naar haar mond bracht. Ze zette het glas terug op het nachtkastje en stootte de wekker eraf, die op de grond viel, waardoor het een raadsel bleef hoe laat het precies was.

Was het dag of nacht?

Ze tastte in de zakken van haar jurk en vond het visitekaartje dat Charles Butler haar had gegeven. Gelukkig had ze het telefoonnummer van het kantoor uit haar hoofd geleerd, want het zou lastig zijn geweest om de kleine cijfertjes op de kaart goed te zien.

Bitty keek naar de telefoon, alsof de grote cijfers op de kiesschijf even moeilijk te zien waren. Nee, ze zou niet bellen, nog niet. Ze zou het nog een paar uur aanzien. Tante Nedda kwam vast thuis om te eten zonder daaraan herinnerd te hoeven worden. Ze had het beloofd.

O, wat was het moeilijk om wakker te blijven.

Robin Duffy stond tussen de dozen en probeerde wijs te worden uit de nummers op het karton. 'Hou maar op, Kathy,' zei hij, terwijl hij zijn leesbril liet zakken. 'Het register heeft geen betrekking op de documenten. Het enige wat ik je op dit moment kan zeggen, is dat Smyth' kantoor iets verbergt.' Hij liet zijn ogen dwalen over de torenhoge stapels dozen, waarvan elke doos duizenden documenten bevatte. 'Dat is een oude advocatentruc: het begraven van je misdaden in een immense hoeveelheid paperassen. Het is tijd om naar Charles te gaan.'

Riker hoorde de deur van de ontvangsthal achter de advocaat dichtslaan. Hij stapte achter zijn collega vandaan. 'Zonder Charles vinden we het testament nooit. Zou hij komen? Wat denk je?'

Mallory zat achter haar computer en bekeek de financiële gegevens die ze van het advocatenkantoor had gestolen. Ze volgde nog steeds de geldstromen. 'Hij zal komen… vanwege Robin,' zei ze, net toen Riker het nog een keer wilde vragen.

Rabbi David Kaplan ging van zijn jersey coltrui tot zijn avondschoenen in het zwart gekleed. Dat was in zijn beleving de juiste kleding in de onderwereld. Vanavond speelde hij de rol van uitkijk en hij vond het schitterend. Hij keek voorzichtig de gang in, trok zich toen ijlings terug naar de lift en fluisterde met afgewend gelaat wat tegen Edward Slope: 'Charles gaat met Robin mee.' Hij stak opnieuw zijn hoofd uit. 'Nu gaan ze het kantoor aan het andere einde van de gang binnen. De kust is veilig.'

'Je hebt er de hele dag op gewacht om dat laatste zinnetje te zeggen, hè?'

'Alsjeblieft, Edward, geen geluid.'

Met vereende krachten rolden de patholoog-anatoom en de rabbi hun zware last op zijn pallet uit de lift en door de gang, toen Edward Slope opnieuw iets zei. 'Er bestaat niet zoiets als verrassingspoker,' zei hij.

'Sst.' De rabbi ging helemaal op in deze amateuristische inbraak. Hij bewoog de deurknop van Charles Butlers flat. Zoals afgesproken ging de deur gemakkelijk open. 'Robins idee,' zei hij, terwijl hij op een stuk tape wees waarmee de tong van het slot was afgeplakt.

En dat maakte deze inbraak tot een samenzwering van drie. De arts en de rabbi reden de tafel de kamer binnen, waarbij het gecapitonneerde verpakkingsmateriaal bleef haken achter een scharnier en openscheurde. Als ze de tafel niet op zijn kant hadden gezet, had hij met geen mogelijkheid door de deuropening gekund.

Aan het eind van de gang bleven ze verrast staan met een schuldig gevoel en een beklemd hart, alsof ze geen geschenk kwamen brengen maar betrapt waren op het stelen van iets. Voor hen stond een lange, statige vrouw, die de slaap uit haar ogen wreef. Ze had sneeuwwit haar en om haar lippen speelde een wat verstrooide glimlach. Kennelijk herkende ze Edward Slope als de arts die haar eerder die dag een recept voor valium had gegeven. Ze bestudeerde het omvangrijke ding op de pallet.

'Het is een tafel,' zei Edward Slope, alsof de verpakking dat feit kon maskeren.

'Aha,' zei ze. 'Dan weet ik precies waar hij komt te staan.'

Ze liepen achter Nedda aan en reden de tafel de bibliotheek binnen. Daar werd ze voorgesteld aan rabbi Kaplan, zonder dat de Winter Houseslachting en de naam en faam van de dame ter sprake kwamen. De twee mannen schoven de tafel van de pallet en plaatsten hem in het midden van de kring van clubfauteuils. Nu wilde de rabbi uitleggen wat er was gebeurd met Charles Butlers vorige tafel.

'In de as gelegd tijdens een pakhuisbrand,' zei Nedda. 'Ja, dat weet ik. Maar van verrassingspoker heb ik nog nooit gehoord.'

De arts keek op zijn horloge. 'Halen we de verpakking er nu af, of wachten we op Robin?'

'U hebt iets laten vallen,' zei Nedda. 'Het viel uit die scheur in de verpakking.'

David Kaplan bukte zich en pakte het papier op. 'O, dat is het certificaat van herkomst. Kathy zei dat het een antieke tafel was.' De rabbi liet zijn ogen over de tekst dwalen en liet zich toen abrupt in een clubfauteuil zakken. 'Edward, je zult het niet geloven als ik je vertel waar deze tafel heeft gestaan.'

Voor de klus in Mallory's kantoor had je eigenlijk geen snellezer nodig. Het kostte Charles Butler maar een paar minuten om de code van het register te kraken en nog een paar minuten om de juiste doos en de juiste map te pakken en het authentieke testament aan Robin Duffy te overhandigen. Een kind kon de was doen.

'Het is echt een fluitje van een cent.' Charles keek naar het register dat hij in zijn hand hield. 'De laatste drie cijfers van de nummers op deze lijst corresponderen met de eerste drie cijfers op de dozen. Om de documenten te vinden die in het register worden vermeld, moet je de eerste en de laatste twee cijfers van het indexnummer buiten beschouwing laten. Het nummer in het midden correspondeert dan met het nummer op de dossiermap.' De verbaasde gezichten van de anderen vielen hem niet op. Hij dook in een kartonnen doos en diepte er het dossier uit waarin de basisstructuur van het trustfonds van de familie Winter werd beschreven. 'Waar zoeken jullie nog meer naar?' vroeg hij, nadat hij dit karwei had afgerond.

'Iets bezwarends,' zei Riker.

'Laat ik dat nou net gevonden hebben.' Robin Duffy zat achter Mallory's stalen bureau en was verdiept in documenten die met de hand waren geschreven en waarvan de blauwe inkt verbleekt was. 'Het verbaast me niks dat jullie in het openbare register geen kopie van het testament konden vinden. In de jaren dertig kon je voor een grijpstuiver een ambtenaar omkopen. En ik kan jullie nu meteen wel zeggen dat de vader van Sheldon Smyth een rechter heeft omgekocht. Dat is de enige manier waarop hij dit testament gewaarmerkt kon krijgen.'

Mallory stond achter Robins stoel en las over zijn schouder mee.

'Dus het testament is een vervalsing?'

'Erger nog. Het is wat ik de hysterische vorm noem, verward en gebrekkig. Edwina Winter was boos toen ze dit schreef en ze kon niet helder denken. Haar man werd onterfd. Dat is bijna een uitnodiging om een testament aan te vechten. Alles werd nagelaten aan Nedda en haar broertjes en zusjes, maar de kinderen krijgen alleen maar een bedrag uit een familiefonds. En hier staat nergens dat Nedda's broertjes en zusjes de kinderen van Edwina moeten zijn. Elke broer of zus kan voordeel trekken van de trust.'

'Nou,' zei Riker, 'dan denk ik dat die vrouw er niet op had gerekend dat Quentin nog acht kinderen bij een andere vrouw zou krijgen.'

'Maar er zit een addertje onder het gras,' zei Robin. 'Ze schrijft: *Wanneer mijn laatste kind is gestorven, gaat de trust over op The New York Historical Society.*'

'Lijkt me een slimme zet,' zei Mallory. 'Volgens Bitty Smyth is Edwina vermoord door haar man. Misschien voelde ze het aankomen. Ze was bang dat haar kinderen vermoord zouden worden om de erfenis te kunnen opstrijken, en wilde het motief wegnemen.'

'Klinkt logisch,' zei Riker. 'Dat is de reden waarom Nedda volgens de wet nooit doodverklaard kon worden.'

Charles dacht aan een scenario dat meer voor de hand lag: Edwina wilde voorkomen dat haar man het geld zou opmaken voor de kinderen op zichzelf konden staan, maar hij hield dit voor zichzelf.

'Door deze formulering,' zei Robin, 'zou iedere rechter weten dat het niet de bedoeling van Edwina was om de kinderen van een andere vrouw te ondersteunen, die uit een toekomstig huwelijk zouden worden geboren. Maar dat is een academische vraag. Waar het om gaat is dat de trust nooit opgericht had mogen worden. Hij werd in het leven geroepen op grond van instructies van iemand die zijn wil niet kon bepalen. Een eerlijke rechter zou het testament nietig hebben verklaard en het geld verdeeld hebben tussen Nedda en haar vader Quentin Winter.'

Hij keek op naar Charles. 'Ik wil het voorafgaande testament zien.'

Charles bladerde het register door. 'Sorry, er is er maar één.'

'In dat geval heeft het advocatenkantoor een preëxistent testament vernietigd,' zei Robin Duffy. 'Als je de hysterie eenmaal hebt gehad, is alles – codicillen, geschenken aan vrienden, dat soort dingen – verder gesteld in correcte rechtsgeldige formuleringen. Dus moet ze het hebben overgenomen van een eerder testament.'

'Dan hebben we ze,' zei Riker. 'De ouwe vertelde me dat Edwina haar testament na iedere ruzie met haar man veranderde.'

'In dat geval,' zei Robin, terwijl hij even zweeg en naar de stapels dozen keek, 'hebben ze de vorige testamenten niet opgeborgen op de plaats waar ze horen. Als ze niet in het register staan, kun je zoeken tot je een ons weegt. Maar ze zijn hier.'

Charles Butler stond midden in de kamer en doorzocht een andere doos. 'Waarom nam Quentin Winter geen advocaat in de arm om het testament ongeldig te laten verklaren?'

'Die vraag is gemakkelijk te beantwoorden,' zei Riker. 'De advocaten van de familie Winter waren altijd van het kantoor van Smyth. Maar nu heb ik een vraag. Waarom bewaart een advocatenkantoor al dit spul? Waarom vernietigen ze het niet, als het bezwarend materiaal is?'

'Ze hebben lering getrokken uit de Watergate-affaire. De doofpotaffaire is altijd beroerder dan het misdrijf. Ze lijken liever incompetent dan dat ze de bak in draaien wegens fraude.' Hij maakte een handgebaar dat iedere doos in de kamer omvatte. 'Ik hoef niet naar hun financiële administratie te kijken. Ik weet dat je een volmaakte boekhouding zult aantreffen van iedere cent die aan honoraria en onkosten werd uitgegeven. Misschien dat er gesjoemeld is, maar op papier ziet alles er goed uit en zal het een accountantscontrole doorstaan.'

'Oké,' zei Mallory. 'Dus het advocatenkantoor moest Quentin Winter ervan overtuigen dat het niet in zijn belang was om het testament aan te vechten.'

'Je slaat de spijker op zijn kop,' zei Rubin. 'Als ze de trust konden oprichten waartoe het testament opdracht gaf, zouden ze een gigantisch bedrag aan administratieloon mislopen.'

'En zo te zien viste Quentin ook niet achter het net.' Charles legde een map op het bureau. 'Dit is een beknopt overzicht van alle uitgaven in het eerste jaar. Hij had meer inkomsten dan hij kon uitgeven. De posten bestaan uit een royale toelage voor het huishouden, een aandeel voor het levensonderhoud van ieder kind en een bedrag voor het uitoefenen van de voogdij.'

Robin bekeek het overzicht en knikte toen. 'Het kantoor legde hem behoorlijk in de watten wat zijn maandelijks deel betrof. Godsamme, dit trustfonds was vijfentwintig miljoen dollar waard. Weet je hoeveel dat is in hedendaagse dollars? Misschien wel een kwart miljard.'

'Meer,' zei Mallory, die een goede rekenaar was.

Lopen was erg inspannend geworden voor Bitty Smyth. Wanneer kwam tante Nedda thuis? Ze deed de grendel van de deur en zeeg neer op de grond. Met haar oor tegen de deur luisterde ze naar het luide gesprek beneden. Scheld-woorden en kritiek vlogen over en weer door de ruime voorkamer. Nu mengde de stem van haar vader zich in de kakofonie. Sheldon Smyth praatte met dubbelslaande tong. Ze wist dat haar tante er nog niet was. Ze zouden tante Nedda niet betrokken hebben bij dit gesprek over fa-milieaangelegenheden. Op handen en knieën kroop Bitty terug naar haar bed en trok de telefoon aan zijn snoer van het nachtkastje.

Rafel werd met een schok wakker en flapperde met zijn vleugels. 'Wat?' Krijsend vluchtte hij zijn kooi uit. Ook de vogel merkte dat er iets aan de hand was met het vrouwtje.

Charles Butler en Robin Duffy hadden zich teruggetrokken in het meer gerieflijke privé-kantoor aan de andere kant van de gang, waar het meubilair niet gemaakt was van koud aandoend staal, waar de humidor gevuld was met havannasigaren en waar de whisky honderd procent malt was.

Toen Riker terugkeerde met een afhaalmaaltijd, stond zijn collega voor het kurken prikbord de vergeelde papieren van de financiële ad-ministratie te bestuderen, die nog uit het dossierkasttijdperk stamde.

'Zo te zien hebben twaalf jaar lang de uitgaven van het trustfonds de inkomsten aan rente nooit overschreden.' Ze keek over haar schouder naar het flikkerende beeldscherm, waarop recentere gegevens te zien waren. 'Nu bedraagt het vermogen van de trust nog maar veertigdui-zend dollar.'

Riker stak een sigaret op en nam een lange, contemplatieve haal. Hij kon het beste denken als hij rookte. 'Ook als je de gestegen kosten van levensonderhoud en het extra geld voor elk nieuw kind in aanmerking neemt, dan kun je het nog niet allemaal opmaken, niet als er een limiet is aan de toelagen.' Nu kampte hij met het grotere probleem om iets te vinden wat door kon gaan voor een asbak. Hij pakte een metalen beker en stortte de voorraad paperclips op het vloeiblad van het bureau. Als test deponeerde hij zijn brandende lucifer in de beker. Zijn collega deed hem niets aan.

Hij blies de rook uit.

Mallory liep de halve wand langs, bleef staan en tikte op een vastgeprikt document. 'Kijk, dit is van net na de slachtpartij. Hier is alles mee begonnen.' Ze liep verder langs de muur en bleef toen opnieuw staan. 'In twee jaar vloeide er twintig procent van het geld weg. Het advocatenkantoor schreef het af als slechte investeringen.'

'Je bedoelt dat ze het verduisterd hebben. Daar zal die voogd vast bij geholpen hebben,' zei Riker. 'Die goeie ouwe oom James. Volgens mij heeft hij Luciferman ingehuurd voor de slachtpartij.'

'Hij, of de vader van Sheldon Smyth. Ik houd het op een complot. Nedda ging brunchen met de familie Smyth op de dag van de slachtpartij, een handige manier om haar in veiligheid te brengen.' Mallory liep terug naar haar computer en drukte op de toetsen om een ander document op te roepen. 'Ik heb het geld gelokaliseerd, alleen is het vermogen inmiddels ruim honderd miljoen; het staat allemaal op effectenrekeningen van Cleo en Lionel, privé-rekeningen.' Ze printte een bestand uit. 'Dit is hun beleggingsgeschiedenis. Ze hebben in de jaren negentig een financiële strop gehad, en nog een keer toen de technologieaandelen kelderden. Nu hebben ze hun geld zo belegd dat ze geen enkel risico lopen, met nauwelijks enige groei. Maar ze hebben een inkomen van een miljoen per jaar op een depositorekening, dat niet afkomstig is uit beleggingen in aandelen en obligaties. En ik weet waar het vandaan komt.' Ze splitste haar scherm om een bestand uit de financiële data van het advocatenkantoor op te roepen dat ze had gemarkeerd. 'Het kantoor heeft een uitgavenpost van een miljoen per jaar. Het staat vermeld in de lijst van cliëntenschikkingen.'

'Advocaten die cliënten betalen?'

'Het ligt wel wat ingewikkelder.' Mallory besteedde een paar minuten om het geld via internet te volgen, terwijl ze van scherm veranderde, toetsen indrukte en banken beroofde door middel van hun database. 'Ik heb hier een memo om obligaties aan toonder te kopen. De datums en de bedragen tellen aan beide kanten op. Lionel en Cleo hebben die obligaties verzilverd voor de jaarlijkse storting op hun deposito.'

Het scherm veranderde opnieuw en Riker wendde zijn hoofd af zodra hij het logo van Internal Revenu in beeld zag komen, het resultaat van Mallory's meest recente hack attack. Het gaf hem altijd een onbehaaglijk gevoel om een misdaad in wording te zien.

'Ze betalen geen cent belasting over het jaarlijkse miljoen,' zei Mallory. 'De belasting wordt betaald door middel van een cheque die getrokken is op een buitenlandse rekening die op naam staat van een nietbestaande rechtspersoon.'

'Ik krijg er hoofdpijn van,' zei Riker. 'Wie belazert wie nou eigenlijk?'

'Zal ik een gokje wagen? Het lijkt erop dat Lionel en Cleo het kantoor van Smyth een poot uitdraaiden omdat hij geld verduisterd had. Maar het moet om meer dan een simpele terugbetaling gaan, want dat zou niet het witwassen van geld op deze schaal nodig maken. Als ze nu eens de vader van Sheldon Smyth in de tang hebben wegens het inhuren van een massamoordenaar?'

Bitty had vergeten de grendel weer voor de deur te schuiven, en het duurde even voor deze kleine verschrikking tot haar doordrong. Haar hersenen namen niet goed meer op.

Ze was zo slaperig.

En haar ledematen voelden aan als cement. Ze schuifelde, niet in staat om haar loodzware voeten van de vloer te tillen. Het kostte haar veel inspanning om de korte afstand van haar bed naar de deur te overbruggen. Ze schoof de grendel op de deur, zodat niemand haar lastig zou kunnen vallen, niet voordat haar tante was teruggekeerd. Bitty ging op de grond zitten met haar rug tegen de deur en luisterde, terwijl ze wachtte op hulp. Tante Nedda had er nu al moeten zijn. Ze moest heel snel komen. Dat moest. Bitty draaide opnieuw het nummer van Charles Butlers kantoor.

Mallory ging verder met het scrollen door de lijsten met geldbeleggingen. Riker zag hoe ze berekeningen uitvoerde met grote getallen op een gesplitst scherm. Wat was ze goed in de wiskunde van geldmotieven. Hulp van een gerechtelijke accountant zou haar maar opgehouden hebben.

'Ik kan transacties traceren tot begin jaren tachtig,' zei ze. 'Gezien de uitbetaalde en weer geïnvesteerde dividenden, en de hausses en de baisses in de markt, zou ik zeggen dat deze aandelenportefeuille is opgebouwd uit de jaarlijkse uitbetalingen door het advocatenkantoor over een periode van ten minste veertig jaar. Het kantoor van Smyth betaalt het gestolen geld terug, maar niet aan het trustfonds. Al het geld gaat naar privé-bankrekeningen van Lionel en Cleo.'

'Bewijs dat er geld verduisterd is,' zei Riker. 'Motief voor een slachtpartij. En dan vragen mensen me nog waarom ik een hekel heb aan advocaten. Ik denk dat het moorden in de familie zit, eerst de vader en nu de zoon. Het is vast Sheldon geweest die Willy Roy Boyd vermoord heeft. Hij moest Nedda vermoorden voor ze vragen zou gaan stellen over het trustfonds.' De rechercheur drukte zijn sigaret uit. 'Ik ga deze zaak met de minuut leuker vinden.'

'Lionel en Cleo zijn meer gebaat bij deze financiële constructie. In plaats van een levenslange toelage uit het fonds, hebben ze nu de beschikking over al het geld. En ze zijn nu ook bij de verduistering betrokken. Het gerestitueerde geld zou teruggestort moeten worden in het fonds.'

Nu begreep hij de uitvoerige witwaspraktijken. 'Als Nedda sterft is het geld definitief voor hen. Die twee weten nog steeds niet dat het testament en de trust nooit rechtsgeldig zijn geweest.'

Mallory knikte. 'Omdat de advocaten van de familie Winter altijd Smyths waren.'

Charles schonk een borrel in voor Robin Duffy en negeerde de telefoon op zijn bureau. Op de balie in de ontvangsthal stond een van Mallory's antwoordapparaten. Voor hij zich met haar associeerde, had hij nooit een antwoordapparaat gehad. Hij was er altijd van uitgegaan dat mensen wel terug zouden bellen als het verkeerd ging met een telefoontje. Zo eenvoudig was het. En in geval van nood zouden ze een telegram laten bezorgen. Zou hij de stad uit zijn als iemand belde, dan was dat pech voor die persoon en een probleem minder voor hem.

Nu kon hij zijn bellers niet meer ontvluchten. Het antwoordapparaat leek er voor hun gemak te zijn, en niet voor dat van hem. Apparaten spanden altijd samen om het leven van alle charme te ontdoen. Eenmaal had hij geprobeerd om het apparaat los te koppelen, en toen waren alle lijnen opeens dood geweest. Met Mallory's bedrading viel niet te spotten. Hij had nooit meer een dergelijke poging tot opstand gedaan.

De telefoon zweeg.

Riker zat op de grond met de uitgestorte inhoud van een nieuwe doos en zocht tussen de paperassen naar een vermist kind. 'Je hebt gelijk, Mallory. Sally Winter heeft ook nooit op een particuliere school gezeten. Er is geen schoolgeld betaald.'

'Ik denk dat ze niet lang genoeg geleefd heeft om de kleuterschool te bezoeken,' zei Mallory, die snel haar eigen stapel dossiermappen doorbladerde. 'Er zijn geen gegevens over uitbetalingen aan kinderjuffrouwen na de peuterjaren. Wel een heleboel doktersrekeningen. Er was een inwonende verpleegster. Na Sally Winters vierde verjaardag houdt het loon van de verpleegster op.'

'Dus het kind was ziek,' zei Riker. 'Misschien is ze een natuurlijke dood gestorven. Ik zie geen enkel motief om Sally te vermoorden.'

'Waarom zegt Lionel dan dat ze op haar tiende is weggelopen? Je weet dat dat een leugen was. En waarom bevindt er zich geen overlijdensakte in het overlijdensregister?'

'Sally kan ergens anders gestorven zijn. Misschien was het een geval van verwaarlozing en wilde oom James niet dat iemand erachter zou komen dat hij incompetent was als voogd. Niet voordat hij maximaal had geprofiteerd van het trustfonds.' Riker draaide zich om naar de deuropening en zag Charles en Robin de gang af lopen naar de receptie. Even later ging in de verte een deur open en weer dicht. Hij vermoedde dat ze snel even naar de delicatessenwinkel waren om wat eten te halen en hij vroeg zich af of ze eraan zouden denken om een biertje voor hem mee te brengen.

Mallory was bezig met het doorzoeken van de kleinste kartonnen doos, de doos die van zijn grootvader was geweest. Met punaises begon ze de diagrammen van de slachtpartij op het kurken bord te prikken.

'Hé,' zei Riker, 'je wilt toch niet dat Charles en Robin deze dingen zien?'

'Die komen niet terug. Ze zijn de hele avond zoet met pokeren.'

Charles Butler ging zijn flat binnen in het voetspoor van Robin Duffy, die meteen doorliep naar de bibliotheek. 'Dat werd tijd,' hoorde hij Edward Slope roepen.

Toen hij het vertrek met al zijn rijen boeken binnenkwam, viel hem meteen een oude speeltafel op die was omgeven door zijn nieuwe clubfauteuils, en in drie van die stoelen zaten de leden van zijn wekelijkse pokerclubje.

'Wat een juweel van een tafel!' zei Robin, die met bewondering naar het barokke houtsnijwerk, het verguldsel en het inlegwerk keek.

Qua degelijkheid en materiaal – prima hardhout – was het inderdaad een goed meubelstuk, maar het was te overladen; niet het elegante antieke meubel van Charles' dromen. Deze tafel was duidelijk vervaardigd in de twintigste eeuw. Je zou hem zelfs opzichtig kunnen noemen.

'Het certificaat van herkomst,' zei Edward, terwijl hij een vel papier aan Robin gaf, die grote ogen opzette. De arts wendde zich tot Charles. 'De tafel is een geschenk van Mallory. Hij is ooit van Bugsy Siegel geweest.'

Een gangster en een meedogenloze moordenaar, maar Charles zag het door de vingers, want het gebeurde erg zelden dat je van Mallory een geschenk kreeg waar je geen handboek over elektronica bij nodig had om het te bedienen.

'O, Bugsy.' Robin Duffy streek liefkozend met zijn hand over het tafelblad en zijn ogen glinsterden. 'Bugsy Siegel, de man die Las Vegas uitvond. Deze tafel is gewoon het einde.'

Inderdaad, overal in de kamer zag je mensen glimlachen. Zelfs de rabbi gaf blijk van zijn instemming. Nu besefte Charles dat de andere tafel, de tafel waaraan de naam van een president verbonden was, hen nooit zo gelukkig gemaakt zou hebben. Mallory had de betovering gevonden waar ze naar op zoek waren geweest, een geschiedenis van met tabaksrook gevulde zalen en spelers die om grote bedragen speelden, een tafel afkomstig uit een ruige wereld.

Hij ging in een stoel zitten en glimlachte naar dit gezelschap van vrienden. Ze waren de erfenis van Kathy Mallory's pleegvader. Charles' andere legaat, een plaats in dit pokerclubje, was ook een kostbare traditie die voortgezet werd. Maar het spel had zoveel meer betekend voor Louis Markowitz, die geslepen, manipulatieve brave man, die kei van een kaartspeler.

Charles had alle oorlogsverhalen van de spelers gehoord, ooggetuigen van het opgroeien van Kathy Mallory in huize Markowitz. En hij had alle theorieën gehoord over de reden die Louis Markowitz zou kunnen hebben gehad om het kind mee te nemen naar het wekelijkse pokeravondje. Edward Slope had ooit het idee gehuldigd dat Louis zijn semi-aangepaste straatdief aan het leren was hoe je, in plaats van het slachtoffer direct zijn portefeuille afhandig te maken of uit auto's te jatten, op een meer sociaal geaccepteerde manier kon stelen. David Kaplan had dichter bij de waarheid gezeten met zijn speelkwartiertheorie, want kleine Kathy had nooit vrienden en vriendinnetjes van haar eigen leeftijd. Ze had normale kinderen altijd afgeschrikt.

Maar deze drie mannen hadden nooit in de gaten gehad hoe echt sluw hun overleden fantastische vriend was geweest. Als politieman liep je een grote kans om plotseling aan je eind te komen, en Louis was een vooruitziend man geweest. Hij had deze mannen zover gekregen dat ze van zijn enig kind waren gaan houden in de jaren toen ze leerde gemeen te spelen en hen allemaal met kaarten te verslaan.

En ze hielden nog steeds van haar.

Hoewel ze hun gezelschap al langgeleden ontgroeid was en hun pokerspel met kleine inzetten en jokers in de steek had gelaten, zouden deze mannen Kathy Mallory nooit in de steek laten. Ze waren nu familie.

Uitgekookte Louis.

'Lionel en Cleo waren die dag in het park.' Mallory had alle oude diagrammen van Winter House met punaises vastgeprikt. 'Maar Luciferman wist niet dat ze er niet waren. Ik denk dat het oorspronkelijke plan was om iedereen in huis te vermoorden, behalve de baby en Nedda. Het moest op een psychopaat lijken die zijn moordzucht botvierde, in plaats van op een huurmoord.'

'Maar als ze Nedda hadden, waarom dan ook nog die baby?'

'De toelage uit het fonds gaat naar Nedda en haar broertjes en zusjes. Dat is een heleboel geld om af te laten hangen van één kind. Stel dat ze altijd al van plan waren om Nedda ergens anders op te bergen.'

'Een inrichting bijvoorbeeld?'

'Precies. Als het moet, kunnen ze haar dan tevoorschijn halen. Maar ook als ze in een ziekenhuis onder een aangenomen naam zou sterven, kunnen de advocaten haar nog op papier in leven houden en blijft het geld binnenstromen. Maar James Winter moest aangesteld worden tot wettige voogd over een kind dat de moordpartij had overleefd. Zoveel heb ik er wel van begrepen in het kantoor van de officier van justitie. Zij zeggen dat de rechtbank nooit het voogdijschap zou hebben aangenomen over een vermist kind, en dat de rechtbank Nedda na zeven jaar zou hebben kunnen doodverklaren. Dus is dit de enige manier waarop James zijn deel van het geld kan krijgen. Zelfs als hij de hersens had om het oorspronkelijke testament aan te vechten...'

'Zou hij geen verdachte van een moord met een gigantisch geldmotief geweest zijn,' zei Riker. 'Oké, maar Sally was een slechte keuze. Het kind was ziek.'

'Ze was een baby: geen vrienden, geen contacten op school. Als Sally de enige overlevende zou zijn geweest, hadden ze haar bij haar overlijden vervangen door een ander kind. Volgens mij vond niemand het erg dat Lionel en Cleo die dag niet thuis waren. Dat was een onbedoelde meevaller. Twee reserves.'

Nedda Winter kwam met een schaal met sandwiches de bibliotheek binnen en zette hem op tafel tussen de bierflesjes en asbakken vol met smeulende sigarenstompjes. Charles bood haar een stoel aan. 'Je speelt natuurlijk mee.'

'Ik kijk eerst wel even; ik ben niet erg goed in kaartspelletjes.'

'Mooi.' Edward Slope maakte een nieuw pak kaarten open. 'Eindelijk heeft Charles dan iemand van wie hij kan winnen met pokeren.'

'Dat moet jij zeggen,' zei Robin Duffy. 'Toen Kathy elf was, kleedde ze je eenmaal per week uit.' Breed glimlachend wendde hij zich tot Nedda. 'Arm klein meisje. Ze maakte altijd slagzij met al dat geld van Edward in haar zakken. En Lou maar lachen zo hard hij kon.'

De arts gaf geen sjoege. 'Charles, wist jij dat Nedda's vader ooggetuige was van het vuurgevecht tussen de politie en Crowly met de Twee Pistolen in West Ninetieth Street?'

'Mijn vader en duizenden andere West Siders,' zei Nedda. 'Mijn grootvader was er ook bij. Hij vertelde dat er drie uur over en weer geschoten werd. Toen Crowly zich overgaf, zat er nog in iedere sok een pistool verstopt.'

Rabbi Kaplan pakte het kaartspel en deelde. 'Mijn vader nam me alleen mee naar honkbalwedstrijden. Ik had geen idee dat de Upper West Side zo opwindend kon zijn.'

Nedda, Charles, Edward en Robin deden er het zwijgen toe.

En als de slachtpartij nu eens boven in Winter House is begonnen?

'Zo zag de politie het indertijd niet.' Riker stond bij de kurkwand en deed een paar passen naar achteren om de reconstructie van zijn grootvaders werk te bekijken. 'Maar volgens mij zaten ze er op een heleboel punten naast.'

Hij voegde meer bladzijden uit de mappen van de oude man toe. 'Kijk eens of dit wat is. Grootvader maakte deze aantekeningen tijdens een vraaggesprek met de rechercheur die de leiding van het onderzoek had gehad. Dat was vlak voor Fitzgerald aan kanker stierf. Het gesprek vond tien à vijftien jaar na de moorden plaats. Het is goed om te weten dat Fitzgerald een huurmoord uitsloot. De advocaten vertelden hem dat de oom al twaalf jaar voor de slachtpartij op de hoogte was van de bepalingen in Edwina's testament. James Winter heeft altijd geweten dat hij nooit kon erven. Nou, dat deed het enige geldmotief teniet. Als er geen volwassene is die er beter van zou worden, wie huurde dan die moordenaar in? Dat is de reden dat de politie genoegen nam met een gek die zijn moordzucht uitleefde. Fitzgerald meende dat het als volgt moet zijn gegaan: Luciferman begint op de begane grond en werkt van daaruit verder omhoog. Dan komt hij bij de kinderkamer en is hij zijn energie kwijt. Of misschien schrikt hij ergens van voor hij het karwei kan voltooien en de baby om zeep helpt.'

'Maar je grootvader heeft altijd gedacht dat het een beroeps was. Waarom?'

'De theorie van Fitzgerald was gebaseerd op wat de advocaten zeiden. Zij torpedeerden het geldmotief. Maar grootvader wantrouwde advocaten.'

'Negen mensen. Een hoop moorden, een hoop risico. Misschien werkte Luciferman niet alleen. Drie generaties moordenaars. Stel dat er een vierde generatie was, een beginnend en veelbelovend talent?'

'Een moordenaar die net is uitgevlogen?'

De meeste fiches stonden in keurige stapeltjes voor Nedda Winter. 'Dit is erg gênant.'

Haar opmerking werd gevolgd door een reeks aanmoedigingen. De andere spelers wilden haar het spel zo graag leren dat ze er alles aan hadden gedaan om haar bij elke beurt te laten winnen. Uiteindelijk lukte het haar om het geld weer aan hen te verliezen, maar dat ging niet zonder slag of stoot.

De telefoon ging en Nedda keek op haar horloge. 'Ik neem wel op. Het is vast voor mij.'

Vier heren stonden op toen ze de kamer verliet.

David Kaplan wendde zich tot Charles. 'Wat een charmante vrouw. Hoe heb je haar ontmoet?'

Charles kon zijn gedachten niet zo gauw bepalen. Er was zoveel dat vertrouwelijk moest blijven. 'Ze zat naast me bij een diner.' Dat was de waarheid, toch? Nou, nee. En nu voelde hij de hitte naar zijn gezicht stijgen. Wat zou de rabbi wel niet denken van deze plotselinge blos?

David Kaplans hoofd helde over naar één kant. Hij vond het vast ongewoon en pijnlijk om een vriend op een leugen te betrappen. Zijn baard vormde de omlijsting van een goedige glimlach en zijn ogen straalden vergevingsgezindheid uit. Daarmee liet hij zijn gastheer weten dat hij louter het positieve in hem zag. David, meester in de cryptische logica, had blijkbaar geconcludeerd dat er een edel motief aan de leugen ten grondslag lag, en dat de nieuwe speelster niet was wie ze leek te zijn.

Nedda keerde terug naar de tafel. 'Beneden staat een huurauto voor me klaar,' zei ze spijtig. 'Ik moet afscheid van jullie nemen. Een goede avond iedereen en bedankt. Zo veel plezier heb ik in jaren niet gehad.'

Charles stond op van zijn stoel. 'Stuur de wagen weg,' zei hij. 'Ik breng je naar huis.'

'Nee, nee. Geen sprake van. Blijf jij nu maar hier. Ik red me wel. We hebben altijd deze chauffeur. Mijn nicht heeft een auto op afroep.'

'Dan loop ik even met je mee naar beneden. Daar sta ik op.'

'Misschien is het op dit moment niet verstandig,' zei Charles toen de flatdeur achter hen was dichtgevallen. 'Om dit uit te vechten met je broer en zus, bedoel ik. Na alles wat je de afgelopen dagen hebt moeten doormaken.'

'Ik had dit moeten doen op de dag dat ik thuiskwam. Maak je geen zorgen over mij.'

Charles deed het portier van de klaarstaande auto open en hielp Nedda op de achterbank plaatsnemen. En vervolgens gaf hij haar de sleutels van zijn huis. 'Beloof me dat je vanavond terugkomt, maakt niet uit hoe laat.'

De auto sloeg de hoek om en reed Houston Street in. Nadat de achterlichten uit het zicht waren verdwenen, draaide hij zich om en zag hij

Mallory in de schaduw staan. Ze leunde tegen de muur van het gebouw.
'Dit loopt uit de hand, Charles. Veronderstel eens dat je je huissleutels aan een massamoordenaar hebt gegeven?'
'Je verwacht toch niet dat ik dat geloof,' zei hij.
'Het is niet haar eerste moord.'
'Dat was zelfverdediging,' zei hij. 'En die man was een seriemoordenaar.'
'Nedda wist dat niet. En hij had geen wapen in zijn hand toen hij stierf. Zou jij een ongewapend iemand in zijn hart kunnen steken? Kun je je dat überhaupt voorstellen? Ik geloof niet dat jij ooit een ander menselijk wezen zou kunnen doden. Zo zit je gewoon niet in elkaar.' Ze liep in zijn voetspoor het gebouw binnen. 'Waar is Nedda van gemaakt?' vroeg ze. 'Vraag je je dat niet af? Stel je eens voor dat ze die ijspriem in de borst van een man steekt. Ze moet het snel doen: geen aarzeling, één goed gerichte stoot. Zonder angst.'
'Zo is het wel genoeg.' Hij liep de lift voorbij en maakte de deur naar het trappenhuis open.
'En ze deed dat in het donker.' Mallory liep achter hem aan de trap op en plantte met woorden beelden in zijn hoofd. 'Hij heeft niet gezien dat ze dreigend op hem afkwam.' Ze ging achter Charles aan de deur door en volgde hem door de gang naar zijn flat. 'En wat denk je van gisteravond, van die man in het park? Stel dat ze die ook had gedood? Zouden we in dat geval nog steeds spreken van zelfverdediging?' Ze bleven bij zijn deur staan, maar het vergiftigen ging gestaag verder. 'Toen we haar in het park aantroffen, had ze een ijspriem in haar zak. Vergeet dat niet, Charles.'
Hoe kon hij dat in 's hemelsnaam vergeten?
'Nedda is altijd welkom in mijn huis.'
Mallory keek alsof hij haar had geslagen. 'En ik niet. Ik wek je ergernis maar op.'
'O, nee, integendeel.' Hij kon Mallory nooit tegenkomen zonder dat hij een plotselinge klaarte in zijn hoofd voelde, een volheid van zijn hart en een vlucht vogels die in zijn ribbenkast fladderde. Hij wilde haar aanraken, maar zijn hand viel terug langs zijn zij. Ze hadden nooit werkelijk contact, en dat zou ook nooit gebeuren, want de aard van het beestje maakte hem zonder enige twijfel ongeschikt voor twee dingen: hij kon nooit een menselijk wezen doden, en hij kon deze vrouw niet

vertellen dat hij haar tot zijn dood zou liefhebben.

Dat was toch wel erg triest.

De deur naar zijn flat ging open.

'Eindelijk!' Robin Duffy nam Mallory grijnzend bij de arm en trok haar naar binnen. 'Edward is weer aan een succesreeks bezig. Je moet hem tegenhouden, Kathy. Hij ruïneert ons.'

Bitty lag met haar hoofd tegen het hout gedrukt op de grond, toen ze wakker werd van een schrille toon uit de telefoonhoorn, een waarschuwing om haar eraan te herinneren dat de hoorn niet op de haak lag. Rafel rende rond in kringetjes en liet schelle kreten horen: zijn aandeel in de conversatie met dit mechanische geluid.

Moeizaam werkte Bitty zich op tot een zithouding. Vervolgens deed ze de deur op een kier om te luisteren of ze de stem van tante Nedda ook hoorde, maar haar tante was er niet, was nog altijd niet thuis. De andere stemmen klonken nu verder weg en verdwenen langzaam naar een andere kamer, waarvan men met het oog op de privacy de deur kon sluiten.

Tante Nedda, waar ben je?

Elk verder oponthoud zou zeer akelige gevolgen kunnen hebben. Als ze haar ogen nog een keer sloot, zou ze wel eens nooit meer wakker kunnen worden.

Robin Duffy had het enige gebrek in Mallory's geschenk ontdekt, een gat in een van de voeten die ontsproten aan de kolompoot van de tafel. De vorige eigenaar, een scheepskapitein, had het gat geboord, zodat hij de tafel bij ruig weer met een ketting kon vastzetten.

Maar gezien de reputatie van de oorspronkelijke eigenaar – een beroemde gangster – hoopte Robin op een verklaring die wat opwindender was. Zijn ogen waren groot van verwachting. 'Is dat een kogelgat?'

'Ja,' zei Mallory, 'een kogelgat en niets anders.' Ze deelde de kaarten rond. 'Daar gaan we. De naam van het kaartspel is *five card stud*. Geen jokers. Geen flutgeld in de pot. Ongelimiteerde inzet. Dit is je grootmoeders pokerspelletje niet.'

Vier heren zetten zich mentaal schrap.

Ze kon niet naar Charles kijken zonder te glimlachen. Hij keek neer op de beste kaarten die hij ooit in zijn hand had gehad, en ze wist dat hij zat te piekeren over een moreel dilemma, een dilemma dat hij niet kon oplossen. Had hij zijn kaarten gekregen van onder op de stapel als een klein geschenk van haar, dan was het niet juist om uit te komen en zou hij moeten passen. Wat een gentleman.

Wat waren zijn gedachten toch gemakkelijk te lezen.

Nu maakte hij zich zorgen. Aangezien ze wist dat hij een superkaart had, was het alsof hij haar beschuldigde van vals spel als hij paste in plaats van te spelen. Maar als hij won en zijn kaarten moest laten zien, dan zou iedereen weten dat ze vals had gespeeld. Zó goed was die hand.

Het kon niet anders of ze wist het.

Kathy Mallory was niet alleen een meester in het in de hand verbergen van kaarten, ze kon ook een kunstige gordiaanse knoop leggen. Deze was ontworpen zonder de mogelijkheid van een eerlijke oplossing. Hij zou genoegen moeten nemen met de minste van twee kwaden – net zoals zij iedere dag deed.

Charles speelde de kaart die hij had gekregen. Ze wist dat hij dat zou doen. Gelukkig voor hem was hij geen bluffer. De andere spelers lazen de triomf op zijn gezicht en ze pasten. Niemand die zei: laat maar zien. Natuurlijk had ze die uitkomst voorspeld, net zoals hijzelf. Zijn winst was klein, maar zijn schuldgevoel ook.

Door de patholoog-anatoom niet binnen een halfuur volledig uit te kleden, hield Mallory zich niet helemaal aan de traditie. Ze had hem een klein stapeltje gelaten en Edward Slope bekeek met slecht verborgen teleurstelling zijn geslonken fiches. Ze paste op haar eigen kaarten en dat leek hem een sprankje hoop te geven. De arts won dit spel, maar dat was niets dan genade van haar kant.

'Ik zit met een probleem,' zei ze, zich tot de arts richtend. 'Hoe kan het dat iemand in een huis van de ene verdieping naar de andere loopt en daar negen mensen doodsteekt zonder dat een schreeuw zijn aanwezigheid verraadt?'

Terwijl Edward Slope hierover nadacht, observeerde Mallory de rabbi. David Kaplan had de uitdrukking van iemand die zich een vluchtige droom probeert te herinneren. De nachtmerrie van de Winter House-slachtpartij? Nu gaf hij het op en keek naar zijn kaarten. Dit stelde haar gerust: de andere spelers hadden niet uit de school geklapt.

De arts nam een paar slokken bier en liet zich toen terugzakken in zijn stoel. 'Als de moordenaar zijn slachtoffers door het huis had achternagezeten, was er een hoop lawaai geweest. Dus kennelijk is het zo niet gegaan. Heel waarschijnlijk hadden de slachtoffers niet verwacht dat ze zouden worden doodgestoken.'

Net als de neergestoken inbreker van Nedda. Luister je, Charles? Edward Slope bestudeerde de kaarten die ze hem had gegeven. 'De eerste reactie is er een van stomme verbazing. Het hart wordt doorboord en het bloed stroomt weg. Het gevolg is een shock. Ik wil graag twee kaarten.'

Ze gaf ze, en het waren goede kaarten.

De arts ging door, opgewekter nu. 'Op het gevoel van koude volgt een plotselinge zwakheid van het hele lichaam. Daarna raakt het slachtoffer in coma. Een rustige dood.'

Charles zou zich afvragen of Nedda's inbreker wel rustig was gestorven. En nu moest hij beseffen dat ze de arts deze vragen nooit had hoeven te stellen. Wie wist meer over dood door geweld dan zij? Ja, eindelijk begreep hij dat ze kwaadsprak van Nedda Winter voor zijn eigen bestwil.

Hun ogen ontmoetten elkaar over de tafel. Bijna onmerkbaar bewoog hij zijn hoofd heen en weer om haar te zeggen dat dit niet werkte.

De rabbi vouwde zijn kaarten ineen. 'Ik pas,' zei hij, waarna hij in de keuken op zoek ging naar een nieuw koud biertje.

Mallory boog zich naar de patholoog-anatoom toe. 'Dus de moordenaar was geen vreemde voor dat gezin.'

'En dat brengt het aantal terug tot zo'n honderd onderwereldfiguren die op feestjes in Winter House kwamen,' zei Charles.

'Ja,' zei Robin. 'Nedda vertelde ons dat Lucky Luciano op een avond kwam dineren. Kunnen jullie je dat voorstellen? Maar je kunt die schoft doorstrepen. Zijn moorden waren een gore boel.'

Mallory dacht aan een klein jongetje van net vier jaar en zijn tekening van een bonenstakerig figuurtje. Ze stelde zich een beetje bloed voor en een klein gaatje waar de ijspriem het papier en het hart van het kind met één steek doorboord had. Er was maar één scenario. Bijna op hetzelfde moment dat hij stierf had de jongen de tekening omhooggehouden en hem laten zien aan iemand die hij kende, die hij misschien liefhad, en had hij een zinnetje gezegd dat kinderen vaak gebruiken: 'Kijk eens wat ik gemaakt heb.'

De voorramen waren donker toen Nedda de trap op liep naar de voordeur van Winter House.

Haar hoop ebde weg.

Lionel en Cleo hadden ongetwijfeld de wijk genomen naar het zomerhuis in de Hamptons. Er zou geen familiebijeenkomst zijn, geen verzoening.

Ze stak de sleutel in het slot, maakte de deur open en keek in een donkere hal. 'Bitty?' riep ze. Bitty, ben je thuis?'

Ze passeerde de drempel en zag een flauw licht dat uit de gang kwam die naar de keuken leidde, maar de voorkamer was aardedonker. Ze draaide zich om om het lichtknopje te zoeken van de kroonluchter toen ze snelle voetstappen achter zich hoorde.

Ze kon de stem van oom James horen die van grote afstand kwam en van vele jaren geleden. 'Nedda,' brulde die stem. 'Nedda, leg die ijspriem neer! Nu!'

9

DE VOORKAMER BAADDE IN HET LICHT VAN DE KROONLUCHTER.
Lionel schoot langs haar heen naar de voordeur. Nedda had verzuimd
om het alarm af te zetten. Ze mompelde verontschuldigingen tegen
haar broer, die als een bezetene op het schakelbord aan de muur van de
hal tikte om de code in te toetsen die ervoor zorgde dat het alarm niet
afging.

Crisis bezworen.

'Neddy, we konden doctor Butler niet bereiken,' zei hij, nadat een
nieuw bezoek van de New Yorkse politie hun bespaard was gebleven.
'We dachten dat je misschien teruggegaan was naar het politiebureau,
dat je misschien gearresteerd was. We konden niets uit Bitty krijgen.'

Gearresteerd? Voor welke van haar misdaden? Bedoelde hij het
doodsteken van een man in de kamer waar ze nu stond, of de andere
man die ze in het park had willen vermoorden? Of zinspeelde haar
broer op de massamoord op haar familieleden?

Ze hoorde meer voetstappen en wendde zich in de richting van het
geluid. Cleo kwam de voorkamer in, op haar hielen gevolgd door haar
ex-man. Sheldons aanwezigheid hier was ongetwijfeld gepland; haar
broer en zus hadden er geen behoefte aan om met haar alleen te zijn
vanavond. Ze vroeg zich net af waar haar nicht zich verborg toen een
zwakke stem vanaf de trap riep: 'Hier. Hierboven.'

Vier hoofden draaiden zich om, keken op, vier paar ogen zagen hoe

Bitty zich daarboven naar de rand van de trap sleepte. Met een kinderlijk gebaar hief ze langzaam een hand op, als om gedag te zwaaien en toen legde ze haar hoofd op de vloer en sloot haar ogen. Nedda was als eerste bij haar. Niemand van hen slaagde erin om haar wakker te krijgen.

Charles had een tamelijk middelmatige kaart in zijn hand, toen iemand op zijn deur klopte. Hij deed open. Zijn onaangekondigde gast was een stevige vrouw uit een meer ambachtelijke eeuw. Een ouderwets valies stond voor haar voeten op de grond.

O, voortrekker.

Ze had de goed gespierde armen van een vrouw die zwoegde voor haar bestaan en haar ijzergrauwe haar droeg ze in een vlecht. Haar wandelschoenen waren stevig en de blauwe jurk, zo eenvoudig en duurzaam, straalde rechtschapenheid uit. Hij verwachtte al min of meer dat ze een hooivork tevoorschijn zou halen of een ander agrarisch werktuig. Ze staarde hem aan met haar verstandige bruine kijkers tot hij zijn ogen neersloeg, om vervolgens haar hand uit te steken, zij het een beetje onwillig. De eeltplekken op haar handpalmen pasten erg goed bij de sociale laag waarin hij haar had geplaatst.

Later kwam hij te weten dat ze na haar pensioen als hobby was gaan bergbeklimmen, vandaar die spierbundels en eeltplekken; dat ze afkomstig was uit een grote stad in de staat Maine, niks boerenleven; dat ze een doctoraal in de bibliotheekwetenschappen had en dat ze goed thuis was op internet.

'Susan McReedy,' zei ze; dit was niet iemand voor overbodigheden als persoonlijke voornaamwoorden en koppelwerkwoorden. 'Ik houd u niet voor een achterbaks iemand, meneer Butler, en ik zal u vertellen waarom. Toen ik u via de telefoon onomwonden vragen stelde, hebt u niet tegen mij gelogen. U wilde me, god weet waarom, de waarheid niet vertellen, maar u wilde ook niet tegen me liegen. Ik vermoed dat u daarvan een afkeer hebt. Dus zeg het me ronduit. Leeft ze nog?'

Ze leidden hun nieuwe getuige naar het privé-kantoor van Charles Butler voor een verhoor, en Riker ging in een leunstoel naast de bibliothecaresse uit Maine zitten. Mallory had er spijt van dat ze erin had toegestemd om in dit vraaggesprek de tweede viool te spelen. Buiten op de gang had Riker aangevoerd dat kleine oude dametjes zijn sterke punt waren, dat ze meteen dol op hem waren. Dit kon dan wel waar zijn, maar Susan McReedy was niet klein en er vreselijk oud uitzien deed ze ook niet. En waarschijnlijk was ze Riker twee van de drie keer de baas. Riker praatte over koetjes en kalfjes en vroeg of ze ook koffie of thee wilde. De vrouw uit Maine tikte ongeduldig met haar schoen op de grond, want ze kon deze verspilling van haar tijd nauwelijks verdragen. Omdat Riker niet in vorm was had hij ook andere signalen, zoals het gefriemel van haar vingers en haar opeengeklemde lippen, niet opgemerkt. Toen beging hij ook nog eens de fout een paar seconden te lang te zwijgen om haar de volle impact van zijn brede glimlach te schenken. Mevrouw McReedy reageerde niet navenant. Eén mondhoek daalde en toen tikte ze van ergernis met beide schoenen op de grond. Dit bracht hem van zijn stuk. Hij vroeg zich vast af wat hij verkeerd had gedaan.

Nou, dat was overduidelijk.

'Weet u zeker dat ik u niet kan plezieren met een kopje koffie of thee?' De vrouw keek hem alleen maar boos aan. Ze wantrouwde hem vanwege zijn innemende glimlach, die was te glad, te veel de charmante glimlach van de professional.

Te veel charme? Daar wist Mallory wel raad mee.

Ze stond op van de divan en kwam in het nauw begrensde gebied tussen hun twee stoelen staan, te dichtbij om de vrouw ook maar iets van persoonlijke ruimte te gunnen. Nog dichterbij kwam ze. Ze legde haar handen op de leuningen van mevrouw McReedy's stoel en boog zich voorover tot hun ogen in elkaars verlengde lagen. 'Dus uw vader was politieman?' zei ze met haar hoofd vlak bij het gezicht van de ander. 'Wat was hij voor een armzalige politieman? Heeft hij u niet goed opgevoed?' Elke modulatie was uit haar stem verdwenen en elk woord had hetzelfde gewicht toen ze zei: 'Ik vertegenwoordig de wet. Ik heb geen tijd om met u in discussie te gaan. Voor de draad met uw verhaal.'

Hoewel Susan McReedy geen spier vertrok, noch met haar ogen knipperde, glimlachte ze goedkeurend. 'Wilt u het hele verhaal of alleen maar de meest belangrijke punten?'

Riker stond op en stond zijn stoel af aan de nieuwe kampioen in het ondervragen van bejaarde burgers. Mallory ging zitten. 'Ik wil alles horen wat u weet over het roodharige meisje. Wees zo volledig mogelijk.'

'Oké. De eerste keer dat ik het meisje zag, was haar haar niet rood. Het was schoensmeerzwart; geverfd en heel kort.' Mevrouw McReedy had haar bitsheid verloren. Bijna warm beschreef ze de avond van achtenvijftig jaar geleden, toen twee jongens uit de omgeving de stralen van gele koplampen hadden gezien van achter de rand van een groeve met een bodemloos meer. 'De auto was zes meter onder de rand blijven hangen aan een uitpuilende rotslaag. Hij lag op zijn kop en zat helemaal in elkaar. Hij kon elk moment in het water storten, een val van vijftien meter. Toen mijn vader en de mensen uit de buurt bij de rand van de groeve kwamen, zag het ernaar uit dat het slechts een kwestie van seconden was voordat de auto zou neerstorten. In totaal waren er zes zaklantaarns en allemaal waren ze gericht op de gebroken voorruit. Ze konden het meisje zien, zo helder als bij daglicht. Wat een bloed. Ze zat bekneld op de passagiersstoel. De auto lag bijna loodrecht onder de rand van de rots.'

Riker boog zich naar haar toe en onderbrak haar. 'Hoe beoordeelde uw vader die nacht het gebeuren? Nam hij aan dat het een ongeluk was?'

Susan McReedy richtte zich met een opgetrokken wenkbrauw tot Mallory om te vragen of deze interruptie noodzakelijk was. Mallory keek haar alleen maar aan en zweeg, en de vrouw vatte dit op als een bevestigend antwoord.

'Mijn vader had twee verschillende theorieën, en tussen die beide theorieën zat twee jaar. De avond van het gebeuren dacht hij dat het een ongeluk was. Het meertje bij de groeve is een prima plaats om een auto te dumpen, en ook een lijk, maar door de koplampen aan te laten zou je het beoogde effect tenietdoen, toch? Nu hing het portier aan de bestuurderskant open, naar de kant van het water. Dus dacht pa dat de bestuurder – hij nam aan dat het een tiener was: bij negen van de tien wrakken was er sprake van tieners – nou ja, hij dacht dat de bestuurder in het water gevallen en verdronken was. Vooropgesteld natuurlijk dat hij niet al bij de botsing omgekomen was. Je zou mogen verwachten dat er na een tijdje gasvorming optreedt en het lijk naar de oppervlakte komt, maar dat is nooit gebeurd.'

Mallory maakte een draaiende beweging met haar hand om het verhaal weer in goede banen te leiden.

'Goed, bij zo'n loodrechte afdaling had je een touw nodig om bij de plek van de auto te komen. Mijn vader en mijn oom waren fanatieke bergbeklimmers. Ze hadden alle klimspullen in de kofferbak van hun auto's liggen en het duurde niet lang of beiden daalden aan het touw af, bijgelicht door het licht van de zaklantaarns. Ze hebben er uren over gedaan om het meisje uit de auto te bevrijden. Eén verkeerde beweging en de auto zou naar beneden zijn gestort. Dan had je naar het meisje kunnen zoeken tot je een ons woog. Er is nooit iets uit dat meertje gekomen, op een aantal opgeblazen lijken na, hoofdzakelijk van dieren en van een paar zelfmoordenaars die van de rots waren gesprongen.

En terwijl ze werkten, hielden ze als ware evenwichtskunstenaars de auto in balans, zodat hij niet van de rotsrichel zou wippen. Ze hadden hun eigen reddingslijnen aan het metaal vastgehaakt. Het had hun dood kunnen worden. Het kon ze niet schelen. Ze zouden het meisje uit de auto halen, ook al moesten ze dat met de dood bekopen.

Het ambulancepersoneel liet de brancard zakken en vervolgens gespten pa en oom Henry haar vast. Nadat ze haar hadden opgehesen, wierp de ambulancebestuurder een blik op dat arme geschonden meisje en zei tegen mijn vader dat ze het niet zou halen. Goed, mijn vader klom in de ambulance en vergezelde haar naar het ziekenhuis. De hele weg praatte hij tegen haar, waarbij hij op haar inpraatte dat ze moest blijven leven. En ze overleefde het. Maar het heeft een paar jaar geduurd voor ze hersteld was. Ze onderging de ene operatie na de andere. Ze was echt heel dapper, al die pijn, en dat jarenlang.'

'En de auto?' vroeg Riker.

'Die viel in het meertje. Pa en zijn broer waren op de terugweg toen de auto naar beneden stortte. Het was kantje boord.'

'Dus je vader heeft nooit ontdekt van wie de auto was?'

'Dat was niet nodig. Hij wist al van wie de auto was toen hij nog op de rand stond. Hij was gestolen van het parkeerterrein van mijn oom. Oom Henry had een klein restaurant, het enige in de wijde omtrek.'

Riker en Mallory keken elkaar aan.

'Ik weet wat u denkt,' zei mevrouw McReedy, 'maar u loopt op het verhaal vooruit. Elke bijzonderheid zei u toch? Goed, pa dacht dat het meisje achttien was, of nog ouder; het was een lang iemand. Dus dat heeft hij in zijn verslag gezet. Als de artsen al een andere mening waren toegedaan, dan hebben ze dat nooit gezegd. Misschien zagen ze het gewoon niet. Ze was zo gehavend, het arme ding. Alles in haar lichaam was kapot. En ze heeft pa nooit iets kunnen vertellen wat licht op de zaak wierp. Niet hoe ze heette of wie de bestuurder was, helemaal niets. In het ziekenhuis noemden ze haar Jane van Geen. Wij noemden haar onze Jane. Tussen haar opnamen in het ziekenhuis door woonde ze bij ons. Tot op de dag van zijn dood heeft pa dat meisje nooit helemaal uit zijn hoofd kunnen zetten, en zijn broer had hetzelfde. Tussen hen drieën was een band voor het leven ontstaan, maar niet helemaal zoals tussen familieleden. In sommige opzichten was het een hechtere band. Ik ben me ervan bewust dat dit vreemd lijkt.'

'Ik begrijp het,' zei Riker.

Mallory wist dat ze hier iets belangrijks had gemist, maar ze bekommerde zich er verder niet om, want het had niets met haar zaak te maken.

Toen Riker naar de tweede theorie van haar vader vroeg, was Susan McReedy minder gebeten op hem. 'Daar kom ik nu over te spreken,' zei ze. 'Pas na vier operaties kon het arme meisje haar krukken definitief laten staan. En toen wilde ze in haar eigen levensonderhoud voorzien. Twee jaren waren intussen voorbijgegaan. We dachten dat ze toen minstens twintig was.'

De vrouw tastte in het valies aan haar voeten en haalde er een paperback uit. 'Maar ik denk dat we inmiddels allemaal beter weten. Ze was nog maar twaalf toen we haar vonden. Dat klopt toch?' Mevrouw McReedy's blik ging van Mallory naar Riker. De uitdrukking op haar gezicht prikkelde er bijna toe om haar tegen te spreken. Ze was ingenomen met hun zwijgen en ging verder. 'Dus ze was nog maar veertien toen mijn oom haar die kleine flat boven het restaurant gaf. Hadden we maar geweten dat ze nog maar een klein meisje was.'

Overmand door verdriet staarde de vrouw naar haar schoenen. Mallory en Riker verbraken de stilte niet.

'Iedereen had bewondering voor het feit dat Jane in het restaurant werkte, een openbare gelegenheid waar iedereen haar kon zien. De klanten hadden de neiging om naar haar vele verwondingen te staren, maar ze hield vol. Ze keek hen allemaal recht in de ogen, alsof haar gezicht niets mankeerde en het net zo gaaf was als dat van iedereen. Dat was het moment dat we het gevoel kregen dat ze echt aan de beterende hand was.'

Mallory keek naar de omslagillustratie van het boek dat de vrouw in haar hand hield. Het was een reproductie van het schilderij *Red Winter*. Een kassabon deed dienst als bladwijzer. Deze vrouw had alles nog maar net uitgedokterd.

'Ik heb het idee,' zei Susan McReedy, 'dat ik redelijk goed gevolgtrekkingen kan maken. Eerst word ik gebeld door die schrijver uit New York, een paar jaar geleden was dat.' Dan belt Charles Butler. Beiden stellen dezelfde vragen.' De bibliothecaresse hield het boek omhoog. 'Jullie hebben het vast al geraden dat Jane op de avond van het ongeluk totaal niet op dit schilderij leek, en daarna al evenmin. Haar gezicht lag aan gruzelementen: haar jukbeenderen, haar neus. En dan de benen van dat kind. O, mijn god. Ze hebben haar weer helemaal in elkaar gezet met stalen pennen en hechtnaalden.'

Susan McReedy zweeg een paar ogenblikken, maar niet vanwege het dramatisch effect. Ze had moeite om haar verhaal te vervolgen, en ze was nog niet eens toegekomen aan het belangrijkste deel. Riker boog zich naar voren voor een interruptie. Mallory wierp hem een boze blik toe om hem ervan te weerhouden.

'Op een keer zouden we met zijn allen naar mijn oma in Bangor gaan. Maar Jane wilde thuisblijven. Goed, mijn oom had het restaurant dat weekend gesloten, en hij nam aan dat het meisje haar vrije tijd wilde gebruiken om te lezen. Ze zat altijd met haar neus in de boeken, dat meisje. Ik denk dat ze zich die gewoonte had aangewend in het ziekenhuis.

Twee dagen later kwamen we thuis en troffen haar aan in die kleine flat boven het restaurant. Ze zat op de slaapkamervloer naast een lijk, een man met een ijspriem in zijn borst. Overal vliegen, maar het was of onze Jane ze niet zag, en hem ook niet. Ze was helemaal gek geworden. Wiegelde maar heen en weer. Ik geloof niet dat ze ons hoorde toen we tegen haar spraken.'

Het was overduidelijk dat mevrouw McReedy dat tafereel weer voor zich zag, met het bloed en de aasvliegen; alsof het gisteren gebeurd was. 'En uw vader,' zei Riker, 'wat was zijn lezing van wat er was gebeurd?'

'Dat was evident. De man die ze had gedood, was binnengedrongen in haar woning. Daar is geen twijfel over mogelijk. Hij trapte de slaapkamerdeur in om haar te grazen te nemen. De deur lag compleet uit zijn hengsels. Wat moet ze bang geweest zijn.'

'En,' zei Mallory, 'ze had toevallig een ijspriem in haar slaapkamer?'

'Ja, en dat was nog het meest schrijnende van alles. Het brak bijna mijn vaders hart. En zo kwam het dat alles hem duidelijk werd.' Ze zweeg even.

'Dus dat was het moment dat hij tot zijn tweede theorie kwam,' zei Riker, die haar een voorzichtig zetje gaf.

Susan McReedy knikte. 'Het was een oude ijspriem die hij in de borst van de dode man aantrof. De verf van het handvat was aan het afbladderen. De priem had altijd in oom Henry's restaurant gelegen. Hij vertelde aan mijn vader dat hij hem had weggegooid, vlak nadat Jane boven de zaak was komen wonen. Het meisje moet de priem tussen het vuilnis hebben gevonden en hem al die tijd hebben bewaard. Pa ontdekte schilfers van diezelfde kleur verf aan de onderkant van haar hoofdkussen. Zo kwam hij erachter dat ze al die tijd met die ijspriem onder haar kussen had geslapen, elke nacht. Al die tijd had ze gewacht op die man, de man die haar voor dood had achtergelaten bij die groeve, gewacht tot hij terug zou komen om haar af te maken.'

De gepensioneerde bibliothecaresse keek neer op haar handen, terwijl ze de paperback oprolde tot een dikke cilinder. 'En toen kwam hij tot de tweede theorie over wat er bij die groeve, bij dat meertje, was gebeurd. Pa nam aan dat Jane alleen in de auto zat toen het voertuig die avond over de rand ging. Dus het was geen ongeluk. Het was een poging tot moord. Pa had niet het idee dat de bestuurder iemand uit de buurt was. Hij had de auto gestolen omdat hij zijn eigen auto nodig had om te kunnen vluchten. Dus moest het een vreemdeling zijn, net zoals onze Jane. Wat was ze nog jong toen ze die man met de ijspriem doodde. Als pa dat eens geweten had. Nou, als hij dat geweten had, dan denk ik niet dat hij had toegestaan dat ze haar die dag meenamen naar het ziekenhuis, en ook niet daarna. Vandaar ging ze naar een inrichting. Wat werden mijn oom en pa daar gek van. Keer op keer probeerden ze haar daaruit te krijgen en haar naar huis te halen. Maar iedere keer deed ze iets wat de boel verknoeide en kwam er weer een hoorzitting om duidelijkheid te krijgen over haar geestelijke gezondheid. Een keer sneed ze zich de polsen door. De keer daarop was het haar keel. Pa moest haar loslaten. Hij ging begrijpen…' Susan McReedy's handen klemden zich om haar paperback. 'Dit ging hem werkelijk aan het hart, maar hij besefte dat onze Jane op die plek veiliger was dan bij ons thuis. Hij bood haar geen bescherming toen ze die het meeste nodig had. Tot zijn dood heeft mijn vader haar elk weekend bezocht. Vervolgens sloot men de inrichting wegens gesjoemel met de ziektekostenverzekering en werden alle patiënten over heel Amerika verspreid. Jaren later ontdekte ik een

Jane van Geen. In een verpleeghuis ten noorden van Auburn, maar het was niet onze Jane.'

'Mooi,' zei Mallory, die op wilde schieten. 'Uw vader heeft ongetwijfeld uitgezocht van wie de vingerafdrukken van de neergestoken man waren.'

'Ja, dat heeft hij inderdaad gedaan. Het duurde wel een tijdje. In die dagen had je nog geen landelijke databank. De dode man had een strafblad in drie zuidelijke staten: oplichting en diefstal. Voorzover we weten heeft hij nooit iemand vermoord. Hij heeft in de gevangenis gezeten onder een hele hoop namen, maar nooit langdurig.'

'De naam Humboldt,' zei Riker, 'zegt die u wat?'

'Ik herinner me die naam, net als alle andere namen.' Ze boog zich voorover en haalde een dikke envelop uit haar tas. Ze maakte hem open en liet de dossiermappen op de salontafel glijden.

Mallory bladerde de vergeelde documenten snel door. Ze besloegen een periode van tientallen jaren: de zoektocht van een man naar het verleden van een roodharig meisje, een doorlopend onderzoek dat, nadat Nedda Luciferman had vermoord, nog twintig jaar had geduurd. En nu staarde ze naar de originele kaarten met de vingerafdrukken van de neergestoken man.

'Dus,' zei Susan McReedy, die haar zelfvertrouwen hervond, 'volgens u heeft die man, die Humboldt, haar familie vermoord. U denkt dat dat de reden is waarom Jane hem heeft geveld met een ijspriem.' Ze hield de paperback met het geschilderde portret van een naakt kind – Red Winter, haar Jane – stevig vast. 'Ze zag dus dat... haar familie werd uitgemoord. Twaalf jaar was ze en ze...' De vrouw uit Maine zocht tevergeefs naar de juiste woorden.

'Ja,' zei Riker. 'Als de journalisten lucht van deze geschiedenis krijgen...' Hij wist dat een goede verstaander maar een half woord nodig had.

De vrouw knikte. 'Ik begrijp het,' zei ze. 'We hebben nooit met elkaar gesproken en ik ben hier nooit geweest.' Ze wendde zich tot Mallory. 'Maar zou ik haar mogen zien, alleen maar een foto?'

Mallory stak een vinger omhoog om aan te geven dat de vrouw moest blijven waar ze was, stond op van haar stoel en verliet de kamer. De dossiers over Jane van Geen nam ze mee. Toen ze terugkwam, hield ze een foto in haar uitgestoken hand. Hij was gemaakt op de plaats van het misdrijf, maar het was niet de foto van Nedda Winter die naast het recente lijk zat. Dit was een eenvoudige opname van de oude vrouw, waarop ze majestueus voor de grote trap stond. Hier waren haar gezicht en neus niet meer kapot en gebroken, zoals in mevrouw McReedy's herinneringen. 'Hier, neem deze maar. U mag hem houden.'

'Dank u.' De vrouw staarde naar de afbeelding van haar Jane als oude vrouw. 'Ze ziet er goed uit, vindt u ook niet? Ik heb haar nooit meer gezien na…' Ze sloeg haar ogen naar Mallory op en glimlachte bij een plotselinge herinnering. 'Mijn vader heeft dat voor haar betaald, weet u; nadat ze haar in een inrichting hadden laten opnemen. Nog drie operaties, ditmaal door een plastisch chirurg, en het kostte een fortuin om alles te herstellen. Maar pa wilde gewoon dat ze weer helemaal opgekalefaterd werd.' Mevrouw McReedy verloor zich opnieuw in de foto. 'O, wat heeft ze een mooie jurk aan. En dat huis ziet er ook echt fraai uit.'

'Ja,' zei Riker, 'een herenhuis.'

De vrouw keek op van haar schat, die het einde markeerde van haar eigen familiezoektocht. 'Deze geschiedenis krijgt geen happy end, hè?'

'Nee,' zei Mallory. 'Daar moet u niet op rekenen.'

Nu Susan McReedy niet meer van nut was, wendde de jonge rechercheur zich van haar af en verdween naar haar eigen kantoor, waar ze de stukken uit het dossier uit Maine op de kurkwand begon te prikken. Een kwartier was voorbijgegaan en ze was nog bezig om deze stukken te combineren met de stukken uit het dossier van Rikers grootvader, toen haar collega uitriep: 'Hé, Mallory! Moet je dit eens horen.'

Ze liep de ontvangsthal binnen en zag Robin Duffy en Riker over het antwoordapparaat gebogen staan. Ze speelden de berichten van Bitty Smyth af, waarin deze steeds weer vroeg wanneer haar tante eindelijk naar huis kwam, en waarbij ze bij ieder bericht onsamenhangender sprak.

'Nedda is weg,' zei Robin. 'En Charles ook. Hij is zojuist vertrokken. Nedda belde hem op de telefoon in zijn flat. Hij vloog de deur uit. Zei dat hij naar het ziekenhuis ging. Iets met een overdosis.'

Cleo Winter-Smyth, haar broer en haar ex-man zaten in de hal van het ziekenhuis, en alle drie de hoofden draaiden zich langzaam om en volgden Charles Butler in zijn gang van de voordeur naar de receptiebalie.

Een verpleegster verzekerde hem dat hij inderdaad op de beperkte lijst van bezoekers stond. Hij liep naar de lift en voelde dat er drie paar ogen op zijn rug gericht waren. Blijkbaar behoorden deze familieleden niet tot de geselecteerden.

Merkwaardig.

Riker klapte zijn mobiel dicht. 'Ze zijn allemaal in het ziekenhuis. De hele familie kwam samen binnen. Sheldon Smyth is daar ook.'

'Mooi.' Mallory parkeerde haar auto dubbel voor Winter House. 'Dan is er niemand in huis om met de plaats van het misdrijf te knoeien.'

Volgens de informatie die Riker van het ziekenhuis had, was de enige misdaad een poging tot zelfmoord geweest, maar zijn collega maakte hier losjes een poging tot moord van. Dan hadden ze vrije toegang tot het huis, zonder de rompslomp die het met zich meebracht om een gerechtelijk bevel te verkrijgen.

Ze liepen de korte stenen trap op die naar de voordeur leidde. Mallory maakte het fluwelen zakje open waarin haar favoriete lopers zaten. 'Wacht 'ns even.' Riker draaide de knop om. De deur ging open. 'Nou, dat pleit voor de familie.' Hij ging de vestibule binnen en keek om zich heen. 'Niemand thuis. Ze hadden zo'n haast om Bitty in het ziekenhuis te krijgen dat ze vergeten hebben af te sluiten.'

'Ja en nee. Iemand van hen heeft nog vlug even het alarm ingesteld.' Ze toetste de cijfers in en het lampje ging uit.

'Hoe weet jij de code?' Hij hield zijn beide handen omhoog. 'Laat maar, dit heb ik niet gevraagd.'

Op de verdieping boven hen ging een deur dicht.

'Er is iemand in huis.' Mallory vloog de trap op en bereikte Bitty's slaapkamer nog net op tijd om het doortrekken van de wc te horen en het braaksel boven een laag toiletreiniger uit te ruiken. Het bewijs verdween wervelend door de afvoer.

Een vrouw in een vormeloze jurk, een uitzendkracht zo te zien, kwam uit de wc en zag Mallory staan.

De vrouw gilde.

'Je hebt de rommel van Bitty Smyth opgeruimd,' zei Mallory boos, zonder acht te slaan op het gekrijs. 'Wie heeft je daartoe opdracht gegeven?'

'Politie!' gilde de vrouw. 'Help! Politie!'

Riker stond hijgend in de deuropening en greep naar zijn achterzak om de politiepenning te pakken die deze vrouw tot zwijgen zou brengen. Hij kon nog niet spreken. Amechtig ademen was het enige waar hij toe in staat was.

De vrouw gilde nogmaals, dit keer luider.

Bitty had gedobberd tussen bewustzijn en bewusteloosheid. Toen ze weer volledig bij haar positieven was, had de ziekenhuispsychiater verordonneerd dat het bezoek de kamer moest verlaten. De twee bezoekers hadden zich teruggetrokken en waren op zoek gegaan naar de cafetaria.

Ze volgden de bordjes en pijlen die hen naar hete koffie voerden, waarbij Nedda zich op Charles verliet. Hij leidde haar een helder verlichte ruimte met formica tafeltjes binnen, waar een gering aantal mensen zat met hun jas nog aan. Sommigen zaten alleen, anderen met z'n tweeën of drieën. Alleen zaken van leven en dood konden de aanwezigheid van deze niet medisch geschoolden op dit late uur verklaren.

Charles liet zijn gezelschap plaatsnemen aan een tafeltje dicht bij de muur, een afgelegen eilandje waar ze buiten gehoorsafstand van anderen zaten. Nadat hij was teruggekeerd met koffie in kartonnen bekertjes, vatte hij de draad van het gesprek, dat begonnen was in de gang, weer op. 'Dus je bent er heel zeker van dat het een poging tot zelfmoord was?'

Ze knikte. 'Bitty is geen sterke persoonlijkheid. Ik herinner me nog hoe ik overmand werd door wanhoop. Ik ken alle symptomen. Mijn eigen zelfmoordpoging strekte zich uit over jaren. Ik had de gewoonte om pillen in te slikken die andere patiënten uitspuugden.'

'Maar je nicht heeft de pillen op doktersvoorschrift. Kan het niet zijn dat ze er per ongeluk te veel van geslikt heeft?'

'Nee. Bitty heeft ook een fobie. Het lukt haar niet om tabletten door te slikken. De pillen moeten eerst worden opgelost in water voor ze ze kan innemen. Je snapt hoe onwaarschijnlijk het dan is dat ze de tel kwijtraakt.'

'Heb je dat ook gezegd tegen…'

'De psychiater? Ja. Bitty gaf mijn naam op als naaste bloedverwant. Ik weet zeker dat mijn zus dat niet kon waarderen.'

En dus was dit niet het moment voor een familiebijeenkomst die verzoening moet bewerkstelligen.

'Wat heeft haar hiertoe gebracht? Enig idee?'

'Het was mijn schuld,' zei Nedda. 'Als ik hiernaar kijk door Bitty's bril, vind ik dat de schuld bij mij ligt. Ze heeft bergen verzet om iets geweldigs voor Cleo en Lionel te doen: het terugvinden van hun verdwenen zus. Het had een schitterend geschenk moeten zijn. Arme Bitty. Ze kon niet weten dat ik wel de laatste persoon was die ze wilden zien.'

'Vanwaar die enorme wrok?'

'Vanwege de moorden. De moord op hun ouders, broertjes en zusjes. Telkens als ze naar me kijken is dat pijnlijker dan een mes dat hun oog binnendringt.'

Toen Charles en Nedda terugkeerden naar Bitty's kamer, werden ze opgewacht door de dienstdoende arts. 'Het is allemaal geregeld,' zei hij. 'Ze blijft een paar dagen bij ons ter observatie.'

'En de deur wordt bewaakt door een agent,' zei Mallory, die met grote passen de kamer binnenkwam. Ze keek dreigend naar de kleine vrouw op het bed, alsof deze poging tot zelfmoord alleen pesterij van haar was geweest.

Charles wist dat Bitty alleen maar deed alsof ze sliep, maar hij hield dat voor zich.

Mallory richtte haar aandacht op Nedda. 'U had eerst de politie moeten bellen. Nu is het te laat. Al het bewijs is weg. Niemand heeft die idioten op de eerstehulpafdeling opdracht gegeven om de maaginhoud te bewaren.'

De arts stond op het punt om te protesteren tegen deze belediging, want ze doelde op zíjn idioten. Maar toen bedacht hij zich – misschien dat hij een goed oog had voor gestoorde persoonlijkheden die wapens droegen – en liep behoedzaam van Mallory naar de deur. Toen was hij verdwenen.

'Er is niets geheimzinnigs met die maaginhoud,' zei Nedda. 'Slaappillen, voorgeschreven door de arts. Mijn nicht heeft per ongeluk een overdosis genomen.' Ze loog bijna net zo goed als haar tegenstandster. 'Het is geen moment in me opgekomen om de politie te bellen.'

Dát was zeker waar.

O, nee.

Mallory stond over Bitty heen gebogen om haar beter te kunnen bekijken. 'Ze simuleert. Ze is wakker.'

'Nu is het genoeg,' zei Nedda. 'Mijn nicht heeft rust nodig en u dient deze kamer te verlaten.'

De jonge rechercheur wilde zich net tegen de oudere vrouw in postuur stellen, toen Charles aan Nedda's zijde verscheen en kracht bijzette aan het idee dat Mallory weg moest gaan, en wel meteen. Het was een ongemakkelijk moment. Charles keek Mallory recht aan en kon haar gedachten ongeveer raden. Ze vroeg zich af of het een vernedering voor haar zou zijn als hij haar voor de tweede keer op een dag vastpakte en haar met enig fysiek geweld uit de kamer verwijderde. En, nee, hij zou het lef niet hebben om dat te doen. Maar ze zou hem in dit geval niet het voordeel van de twijfel gunnen. Ze draaide zich om en verliet de kamer.

Mallory kon iedere euveldaad begaan en er zeker van zijn dat híj zich schuldig voelde.

Hoe flikte ze 'm dat toch?

Riker zat met de familieleden in de ontvangstruimte van het ziekenhuis. Zijn pen gleed over de bladzij van zijn notitieboekje. 'Enig idee hoeveel pillen ze heeft genomen?' vroeg hij, terwijl hij hun verklaringen over Bitty's overdosis opschreef.

'Nee, we zijn helemaal vergeten om het te vragen,' zei Bitty's moeder. 'Het was een hele consternatie. Nedda duwde haar vingers in Bitty's keel om haar te laten overgeven. Ik stond bij de...'

'Telefoon,' maakte Lionel haar zin af, 'en belde een ambulance.'

Sheldon Smyth was ongewoon stil voor een advocaat. Riker wilde de oude man graag de doodsteek geven en vragen wanneer Cleo en Lionel precies hadden ontdekt dat het advocatenkantoor hun trustfonds plunderde, maar Mallory zou hem iets aandoen als ze zich zo in de kaart lieten kijken.

Hij keek op en zag zijn collega door de hal in de richting van deze kleine familie lopen met de onvermijdelijkheid van een trein die op weg is naar de dodelijke klap. Hij richtte zich weer op Cleo, bewoner van een planeet waar mensen communiceerden door middel van telepathie. De vrouw staarde naar haar broer. Voordat ze hun hoofd eendrachtig wendden en Mallory aanstaarden, was er iets met hen gebeurd en zaten ze op één golflengte, daar was Riker zeker van.

Deze mensen bezorgden hem kippenvel.

Ditmaal deed Bitty niet alsof. Ze was in een gezonde slaap gevallen, en Charles en Nedda zwegen, want ze wilden geen van beiden haar diepe rust verstoren.

Maar nu kwam er beweging in de patiënt. Haar ogen gingen open en ze glimlachte naar haar tante. 'Ik wist dat je zou komen.'

'Om je te redden?' zei Charles. 'Dus je wist dat je in moeilijkheden was, gisteravond.'

'Ik moet te veel slaappillen hebben genomen.' Ze vertoonde alle reacties van iemand die loog: ze ontweek zijn blik en haar vingers bewogen zich nerveus over het laken. Wat ging het liegen haar slecht af.

'Weet je het niet precies meer?' Hij glimlachte om aan te geven dat dat niet erg was. 'Ik heb je berichten op mijn antwoordapparaat afgeluisterd. Blijkbaar wist je wat er gebeurde, maar wachtte je op Nedda. Waarom heb je zelf niet om een ziekenauto gebeld?'

'Omdat ik niet zo helder meer kon denken?'

Misschien had ze er geen fiducie in gehad dat haar familie een ambulance zou laten komen. Dat was één mogelijkheid, de mogelijkheid die Mallory het meest zou aanstaan.

Mallory zat in de hal van het ziekenhuis tegenover Cleo en Lionel, in het besef dat de twee duidelijk een eenheid vormden. Misschien dat die vreemde band gevormd was door wat ze als kinderen hadden moeten doorstaan. Of misschien was hij ontstaan toen ze hun kleine zusje vermoordden, de enige uit het gezin Winter over wie nog steeds geen duidelijkheid bestond. Met de bijna-dood van Bitty Smyth was het aantal scenario's voor Sally Winters verdwijning toegenomen.

Waar zouden twee kinderen een lijkje verstoppen? Niet in de hoedenkast die mevrouw Ortega zo geïntrigeerd had. Kinderen metselen geen lijken in. Ze begroeven ze, zoals ze huisdieren begroeven. Het dode meisje zou niet meer grond in beslag genomen hebben dan een flinke hond.

Kinderspel.

Broer en zus zaten naast elkaar en lieten dezelfde lichaamstaal zien. Met de armen over elkaar en de blik strak en kalm ontmoetten ze haar indringende blik en wachtten ze op het onvermijdelijke verhoor. Sheldon Smyth was zo te zien weer nuchter. De nervositeit bij de oude advocaat nam toe. Ook hij zette zich schrap voor een bombardement van vragen. Zijn voorhoofd was bedekt met een dun laagje zweet, hoewel de atmosfeer in de ziekenhuishal koel en droog was.

Het zou een fluitje van een cent zijn om deze oude man te breken.

Ze kon zien dat zijn hersenen koortsachtig maalden in een poging om te anticiperen op haar eerste vraag, en dat zijn hart tekeerging. Alle drie zaten ze te wachten en vroegen ze zich af wanneer ze met de ondervraging zou beginnen. Met z'n drieën zaten ze lichtjes naar voren gedoken, als afwachtende kraaien op een draad.

De uit het advocatenkantoor van Smyth gestolen documenten gaven Mallory's privé-kantoor bij Butler & Company het aanzien van een tijdelijk pakhuis, maar dan een pakhuis gevestigd in die andere dimensie, de dimensie waarin magische kubussen ontstonden. Ze zette dozen van verschillende grootte op elkaar en maakte een enorme kartonnen kubus midden in de kamer.

Terwijl ze uitlegde dat de buitenkant bestond uit dozen met documenten die nog gelezen moesten worden, bewonderde Riker de wanden van haar bouwwerk aan alle kanten. Het gebruik van de ruimte was krankzinnig efficiënt, en verontrustend voor een man die oude bierverpakkingen in de hoeken van zijn flat gooide zodat hij gemakkelijk kon zien welke doos leeg was en in welke doos nog blikjes zaten.

Riker verwoestte de volmaakte symmetrie door een doos uit de structuur te trekken.

Een uur later was hij bijna klaar. Hij zat op de grond en rangschikte de laatste van de broze paperassen uit het midden van de vorige eeuw. Deze herroepen cheques waren voorzien van de handtekening van James Winter, de voogd, en ze waren geordend op volgorde van datum. 'Mocht Sally Winter geen natuurlijke dood gestorven zijn, dan kunnen we oom James uitsluiten als dader.' Hij keek op naar zijn collega. Ze was verdiept in Pinwitty's boek en schonk geen aandacht aan hem. 'Vraag je me niet waarom?'

'Hm.' Mallory sloeg opnieuw een bladzijde om.

Riker was klaar. Terugwerkend in de tijd had hij de laatste cheque neergelegd. 'Het ziet ernaar uit dat James voor Sally stierf de stad ontvluchtte. Ik ben alle handtekeningen uit deze groep nagegaan. Ze zijn allemaal exact hetzelfde. Ik vermoed dat het kantoor van Smyth geen zin had om een nieuwe voogd te instrueren, dus maakten ze gebruik van James' handtekening. Maar met deze vervalste cheques werden nog steeds rekeningen voor doktersvisites en thuisverpleging voor het kind betaald.'

'Ik heb nooit gedacht dat James Winter Sally heeft vermoord.' Mallory bleef zitten waar ze zat en klapte het boek dicht, waarbij ze een vinger hield tussen de bladzijden waar ze gebleven was. 'Dit boek is onleesbaar, maar de foto's zijn interessant. Zaten er ook vingerafdrukken op de ijspriem van Luciferman? Dit boek noch de aantekeningen van je grootvader vermelden daar iets over.'

'Wie zal het zeggen? Ik heb je toch verteld dat alle hoezen met bewijsmateriaal zijn gejat, geplunderd vanwege de souvenirs? Die ijspriem is vijftig jaar geleden al verdwenen.'

Eén rode vingernagel tikte op de boekband. 'Hoe kwam Pinwitty dan aan een foto van de priem?'

'Wat? Er staan helemaal geen foto's in dat boek.'

'Dan moet Charles een gewijzigde herdruk van het boek hebben.' Mallory sloeg het open en liet hem de duidelijke foto van een ijspriem in een bewijsmaterialenhoes zien. 'Je kunt de handtekening van de rechercheur nog op het label lezen.'

Het eerste wat de rechercheurs bij het tweede bezoek aan de eenkamerflat van Pinwitty opviel, was een gigantisch boeket exotische bloemen die de auteur zich beslist niet kon veroorloven.

'Het is een condoléanceboeket. Mijn moeder is gisteren gestorven.' Pinwitty liep snel naar het fornuis, en stak in een halfhartige poging tot gastvrijheid het gas onder de theeketel aan.

Ditmaal voelden de rechercheurs zich niet verplicht om slof gebak te eten en gootwater te drinken. Riker draaide het gas weer uit. 'Geef ons de ijspriem, en we zijn weg.'

Pinwitty's lippen openden zich alsof hij wilde schreeuwen.

Riker hield het boek omhoog dat was geopend op de plaats van de foto van de ijspriem. 'Déze ijspriem.'

'Ik heb die foto gekocht. De echte priem heb ik nooit...'

'Dat kan niet,' zei Riker. 'Je gaat toch niet zitten liegen tegen een politieman?' Hij bladerde het gedeelte met de foto's door. 'Je hebt al deze opnamen zelf gemaakt. Dat is goedkoper, hè. Je uitgever heeft je zelfs geld geleend om de foto's te maken.'

'Ik heb die priem niet meer.'

'Ja, je hebt hem wel,' zei Riker. 'De slachtpartij in Winter House is je levensvervulling. Zodra je die priem in je bezit had, zou je er nooit meer afstand van doen.'

'De ziekte van mijn moeder heeft me handenvol geld gekost. Ik was gedwongen om een heleboel dingen te verkopen.'

Riker schudde het hoofd om de man te laten weten dat hij dit voorwendsel niet accepteerde. 'Je zou nog eerder je moeder verkopen voor medische experimenten dan dat je die ijspriem verkocht.'

Pinwitty deinsde achteruit toen hij oogcontact met Mallory maakte. Hij wendde zich weer tot Riker, die hij minder bedreigend vond. Dat was een vergissing. En nu deed de auteur een soort poging tot weerstand. Hij rechtte zijn rug en stak zijn kin naar voren, of wat voor die lichaamsdelen moest doorgaan. 'De ijspriem is van mij. Ik heb hem gekocht en betaald.'

'Nou,' zei Riker, 'dat maakt mijn werk er een stuk gemakkelijker op. Je hebt zojuist bekend dat je een heler bent. Geef mij de priem, of we voegen er nog een paar aanklachten aan toe.'

'De verjaringswet,' zei de auteur. 'Ik heb hem meer dan zeven jaar geleden gekocht.'

'Daar heb je me te pakken, makker. Ik merk dat ik te weinig naar politieseries op televisie kijk. Dus het enige wat we tegen je hebben is het verdonkeremanen van bewijsmateriaal in een lopende zaak. Nee, wacht eens even. Als je het zegel op de hoes hebt verbroken, kunnen we daar knoeien met bewijsmateriaal aan toevoegen. En dan is er nog mijn persoonlijke favoriet: belemmering van een moordonderzoek.' Hij stapte op Pinwitty af, en de man viel achterover in een stoel, onthutst dat hij ineens zat en het gezicht van de boze rechercheur boven zich zag. Riker zette zijn handen op de gepolsterde armleuningen van de stoel, boog zich tot vlak bij het gezicht van de auteur, en liet hem de ergste van zijn misdaden weten. 'En je haalt het bloed onder de nagels van mijn collega vandaan.'

Riker wees naar Mallory, die in een stoel naast het condoléanceboeket zat en achteloos de bloemhoofdjes van de stelen rukte.

Het hoofd Forensische Geneeskunde gaf de ijspriem aan Mallory en Riker terug. Om preciezer te zijn: hij liet de priem op het vloeiblad op zijn bureau vallen en gooide de paperassen in Rikers richting. De grote man boog zich naar voren. 'Jullie hebben mijn mensen verteld dat het een haastklus was,' zei hij op ijzige toon. 'Een moord van vijfenvijftig jaar geleden! Smeerlappen die jullie zijn. Ik zit tot over mijn oren in het werk en jullie komen met deze ouwe troep aanzetten.'

Riker groef geestelijk voor zichzelf een schuilplaats onder zijn stoel.

'Dus,' zei Mallory, heel terloops, alsof ze zich niet in zwaar weer bevond door haar leugen tegen Hellers personeel. 'Je hebt de vingerafdrukken kunnen vergelijken?'

Nu was het haar beurt om een vliegend voorwerp te ontvangen, de smalle witte kaart met Nedda Winters vingerafdrukken van een recenter misdrijf. Hij zeilde over de tafel en belandde in haar schoot.

Riker beschouwde Finnegan's Bar als de voorkamer van zijn boven de bar gelegen flat. Het bespaarde hem de moeite om zijn vuile sokken op te ruimen als er aangebeld werd. En nu begroette hij zijn eerste gast van die avond en nodigde de man met een handgebaar uit plaats te nemen op een speciaal voor hem vrijgehouden barkruk. 'Hallo, fijn dat je gekomen bent.'

Charles Butler was al vaker in Finnegan's geweest, maar hij baarde nog steeds opzien bij de stamgasten, de mannen en vrouwen met wapens. Hij stak een hoofd boven de rest uit, was breder in de schouders en was veel te goed gekleed voor deze kroeg en het politiegezelschap waarmee het er stampvol zat. 'Wanneer laten ze Nedda vrij?'

'Ze is geen arrestant.' Riker stak zijn hand omhoog om de aandacht van de barkeeper te trekken. Twee vingers in de lucht leverden hem een knikje op en de toezegging van twee biertjes.

'Ze kan weggaan wanneer ze wil. Dit was niet Mallory's idee. Nedda wilde het zelf. Ze bellen me als het klaar is. Weet je zeker dat de dame vanavond geen politiebescherming wil?'

'Ja, ze was daar heel gedecideerd in. Ze is ervan overtuigd dat haar nicht een poging tot zelfmoord heeft gedaan. En ik ben het met haar eens. Misschien dat het een schreeuw om hulp was, maar een poging tot moord was het niet.'

'Dus Nedda trekt bij jou in?'

'Voor een paar dagen.' Charles pakte een biertje aan van de barkeeper. 'Misschien langer.'

'Je hebt het niet met haar over het bewijsmateriaal gehad, hè? Het testament, bedoel ik. Het trustfonds.'

'Nee, dat is nooit ter sprake gekomen. En volgens mij interesseert geld haar geen bal. Dat is Mallory's fixatie, niet die van Nedda.' Charles nam een paar slokken bier, niet geneigd om nog meer los te laten.

'Dus vermoed ik dat Mallory en jij op dit moment onenigheid hebben. Het is maar een vermoeden, want het kind vertelt me nooit wat.'

'Omdat ik vraagtekens bij haar methoden zet, neem ik aan.'

'Ja, ze doet dingen die jij nooit zou doen.' Riker dronk zijn glas leeg. 'En er zijn een paar dingen die ook ik niet zou doen. Dat maakt haar tot zo'n geweldige politievrouw. Als ze voor de andere kant zou werken, zou ik pas echt slapeloze nachten hebben. Heb je nog tijd gehad om naar mijn dossier te kijken?'

Charles legde de oude map op de bar. De inhoud bevatte nog wat materiaal uit Pinwitty's verzameling: foto's die onlangs aangekocht waren voor de herziene uitgave van zijn boek. De oude opnamen van de plaats van het misdrijf toonden de slachtoffers van de slachtpartij, sommige groot en andere verschrikkelijk klein. 'Ik ben het met je eens. Dit is meer het werk van een huurmoordenaar, niet van een gek of van iemand die zijn woede wil afreageren.' Hij liet zijn hoofd zakken en praatte tegen zijn glas. 'Weet je wat nog het meest verontrustend is aan die slachtpartij in Winter House? Dat is vreemd genoeg de afwezigheid van razernij. Het lopendebandwerk. Hoe karakteriseer je zo'n moordenaar? Als een geestelijk gezond iemand die moordt voor het geld?'

'Nee, Charles, dat doe je niet. En weet je waarom? Deze mensen komen niet van een andere planeet. Ze worden niet geboren als psychopaten. Het zijn gewone mensen, net als jij en ik.' Hij kon zien dat Charles zich verzette tegen dit idee. 'Ik kan je ook zeggen hoe het wordt gedaan, hoe ze worden gemaakt. Je neemt een jong jochie mee naar het bos. De eerste moord van de jongen is helemaal voor hem georganiseerd. Het slachtoffer ligt geknield op de grond, met zijn handen vastgebonden op zijn rug. De jongen hoeft alleen maar het pistool tegen het hoofd van de man te zetten en de trekker over te halen. Maar het slachtoffer smeekt om genade en huilt. Er zijn misschien twee of drie andere mannen die het joch gadeslaan. Het is allemaal tuig van de richel, maar ze hebben zijden pakken aan. Ze rijden in mooie auto's. En de jongen kijkt tegen ze op. Terugkrabbelen kan hij niet, of wel soms? Nee, dat is te vernederend. Bovendien doet hij het in zijn broek van angst. Of hij is een van hen, of hij is een sta-in-de-weg. Hij zit in een vreselijk dilemma. Dus hij doet het. Het is een fluitje van een cent, vertellen ze hem. Gewoon de trekker overhalen, jongen, zeggen ze tegen hem. En dat doet het joch dan ook. Hij knalt een mens overhoop en kotst zijn hele maaginhoud over zijn schoenen. Hij is over een grens heen gegaan en hij kan niet meer terug. De volgende keer is het eenvoudiger. Algauw is het gewoon zijn werk. Hij was niet geboren om dit te doen. Ik denk dat dat de reden is dat de bende hem "eigen kweek" noemt. Hij zal bijna zijn hele leven in de gevangenis doorbrengen, maar de jongen weet dat nog niet. Je kunt van bijna iedereen een moordenaar maken, maar het beste is om jonge mensen te nemen.'

Riker knikte in de richting van het raam. Op het trottoir stond een twaalfjarige jongen te praten met een meisje. Zijn gave gezicht werd met de seconde roder. Hij werd voor de eerste keer verliefd en zijn hele toekomst leek rozengeur en maneschijn. 'Die jongen, bijvoorbeeld.'

Charles wendde zijn gezicht naar het raam en keek naar de jongen op het trottoir, zo onschuldig nog, het ruwe materiaal van het kwaad. 'En Mallory dan, toen ze nog jonger was?'

'Nee. Zij was niet geschikt om nog in de juiste vorm te kneden.' Klonk dat geruststellend? Zou Charles een leugen voor zoete koek aannemen? 'Toen ze tien jaar was, had ze zich al helemaal ontplooid.' Hij glimlachte bij de gedachte aan het geweldig getalenteerde straatdiefje met de koude ogen van een kleine raskiller. 'En erg veel veranderd is ze niet.'

Charles leek oprecht opgelucht. Wat een talent voor ontkenning. De arme drommel was altijd op zoek naar het bewijs van een kloppend hart en een beetje gevoel, zonder het echte wonder van Mallory op waarde te schatten: dat ze zo goed functioneerde zonder die twee dingen.

10

INSPECTEUR COFFEY TASTTE IN HET DUISTER EN HIJ WAS VERVULD met ontzag. Aan de andere kant van de doorkijkspiegel zat Nedda Winter aan een lange tafel lijdzaam te kijken naar een politieassistent die de leugendetector, de rubberslangen en de clips met hun bedrading klaarzette.

'Dus dat is Nedda Winter.' Jack Coffeys woorden waren zo zacht als het gefluister in een kerk. 'Bij binnenkomst heeft de dame de brigadier aan de balie verteld dat jouw leugendetectortest nog niet was afgerond.'

De dame?

Nedda's supporters waren met velen nu.

'Dit was haar idee, niet dat van mij.' Mallory ging naast de inspecteur zitten.

'Maar geen druk, oké?' Hij hield zijn ogen op de vrouw in de aangrenzende kamer gericht. 'Ik weet dat haar nicht vannacht heeft geprobeerd om de hand aan zichzelf te slaan. Je hebt toch geen dreigementen geuit tegen Bitty Smyth?'

Ook Bitty had haar verdedigers.

Toen de politieassistent uit de verhoorkamer was vertrokken, pakte Nedda de omzetter en maakte de cardiograaf aan haar duim vast. Daarna omwikkelde de vrouw zich met de rubberslangen die haar ademhaling registreerden, en tot slot bevestigde ze de clips aan haar vingers. Terwijl ze de snoeren achter zich aan sleepte, zette ze haar stoel tegen de achterwand. Na beide schoenen te hebben uitgedaan, zat ze daar roerloos, en staarde naar de doorkijkspiegel, het venster voor de twee politiemensen, die naast elkaar zaten en toekeken.

'Dit is de eerste keer in al die jaren dat ik iemand dit heb zien doen,' zei Jack Coffey. Hij richtte zijn blik op Mallory. De vraag 'Wat heb je gedaan met deze vrouw?' bleef in de lucht hangen. Hij kon zijn verdenkingen niet ventileren. In strijd met de voorschriften had Mallory nagelaten om de vorige leugendetectortest op band te zetten. Nu vermoedde hij het ergste en kon hij alleen maar dankbaar zijn dat er geen bewijs was.

Mallory's handen balden zich onder de beschutting van het donker tot vuisten.

De inspecteur stond op van zijn stoel. 'Sluit dit vertrek af voor je naar de verhoorkamer gaat,' zei hij. 'Ik wil niet dat iemand dit ziet.' En zelf zou hij ook niet kijken, daar had hij een te zwakke maag voor.

'Wacht even,' zei Mallory. 'Je vindt me een monster, zo is het toch? Waarom neem je het dan niet over?' Haar toon was een en al sarcasme.

'Vooruit. Zet een lekker kopje thee voor de dame. Werp je op als haar nieuwe boezemvriend. Eens kijken of ze je iets nuttigs vertelt of ze je überhaupt iets vertelt.'

De hand van Jack Coffey rustte op de deurknop. Hij kon zich niet omdraaien en hij kon niet weggaan.

'Maar eerst,' zei Mallory, 'mag je mijn politiepenning hebben.' Ze stond op, liep naar de doorkijkspiegel toe en liet haar voorhoofd tegen het glas rusten. 'Ik heb er schoon genoeg van dat iedereen pal achter Nedda Winter staat. Wat heeft het nog voor zin dat ik op mijn werk kom?' Mallory tastte in haar achterzak en haalde er het leren hoesje uit waar haar gouden politiepenning in zat. 'De oude vrouw houdt dingen voor mij achter en dat zal haar dood worden. Maar wat kan het bommen. Als ze doodgaat, gaat ze dood, zo is het toch? En niemand die het iets kan schelen wie haar familie afgeslacht heeft. En Sally Winter, nog meer ouwe koeien. Wie kan het schelen als het lijkje van dat kleine meisje in een kuil werd geflikkerd alsof het een dode hond was? Mij niet, jou niet.'

Jack Coffey draaide zich om en keek zijn rechercheur aan. 'Ik weet dat je nooit afstand zult doen van die penning. Je bent in dit werk beter dan je ouwe heer in zijn gloriedagen.' Hij verliet de kamer, waarbij hij de deur zachtjes achter zich dichtdeed, gewoon om haar te laten weten dat hij geen wrok koesterde, ook al had ze hem gekleineerd.

Nu ze Coffey eronder had gekregen, keek ze naar de doorkijkspiegel, die uitzicht bood op de verhoorkamer. De eerste was knockout, nu nummer twee nog.

Ze bekeek het werk van haar handen, deze ongeschoeide vrouw die met draden verbonden was met een apparaat, en die zich voorbereidde op wat komen ging, waarbij al haar spieren zich spanden. Ze staarden naar elkaar. Weliswaar kon Nedda Mallory niet zien, maar ze was zich er heel goed van bewust dat ze vanaf de andere kant van de spiegel werd gadegeslagen. Wat wachtte de vrouw geduldig tot het spel zou beginnen. Ze hief haar hoofd op alsof ze de jonge rechercheur wilde vragen: wanneer begint het?

Kathy Mallory verliet de observatieruimte en sloot de deur af, niet uit respect voor Jack Coffeys wensen, maar louter omwille van de privacy. Ze ging de helder verlichte verhoorkamer binnen. Zonder dat er in haar ogen een verwijt te lezen was over wat er stond te gebeuren, keek Nedda Winter op.

Mallory liet zich op één knie neer en pakte Nedda's rechtervoet, waarbij haar de broze en vliesdunne huid en de blauwe spataderen, het gevolg van ouderdom en een zwaar leven, opvielen. Ze liet de voet behoedzaam in een schoen glijden en maakte voorzichtig de veters vast, niet te los en niet te strak. Nadat ze de vrouw in haar andere schoen had geholpen, bracht ze haar gezicht op gelijke hoogte met het gezicht van Nedda. 'De avond dat u Willy Roy Boyd in het donker vermoordde, vond u die ijspriem niet op de bar. U had hem onder uw hoofdkussen liggen, of niet soms?'

Nedda knikte, gedeeltelijk op haar hoede, gedeeltelijk verrast.

Mallory verwijderde de metalen clips en maakte de slangen om de borstkas van de vrouw los. 'U voelt u nooit veilig, hè?'

'Nee. Al heel lang niet meer.'

'Vanaf uw ontslag uit het laatste ziekenhuis niet meer.' Mallory liep naar de tafel en trok er een gewone houten stoel onder vandaan. 'Ga hier zitten.' Ze herinnerde zich haar lijst met gedragsregels en voegde er een beetje stuntelig het woord 'alstublieft' aan toe. 'Als we nu eens gewoon praatten,' zei de rechercheur, toen Nedda zich bij haar aan de tafel had gevoegd.

En dat deed Nedda.

Ze begon bij de morgen van de slachtpartij, en somde de slachtoffers op. 'Al die lijken. Toen ik boven in het huis kwam en de kinderjuffrouw op de vloer zag liggen, had ik geen moed meer om de kinderkamer binnen te gaan. Ik wilde Sally's lichaampje niet zien. Cleo en Lionel kon ik niet vinden, maar ik had alleen maar de kamers boven doorzocht.' Ze was teruggegaan naar de trap en had een tijdje bij het lijk van haar stiefmoeder gestaan. 'Ze was een onnozele, wispelturige vrouw, maar ik hield erg veel van haar. Een andere moeder heb ik nooit gekend. Daarna ging ik op de trap naast het lichaam van mijn vader zitten.'

James Winter was het huis binnengekomen op het moment dat ze de ijspriem uit haar vaders borst trok. 'Oom James duwde me in de auto en we reden naar een schamel gebouwtje in Greenwich Village. Hij ging weer weg en liet me dagenlang alleen. Hij zei dat hij terug moest voor de ijspriem omdat mijn vingerafdrukken erop zaten. Toen ik hem weer zag, vertelde hij me dat het foute boel was. De politie was hem voor geweest en ze hadden de ijspriem. Hij zei dat ze de lijken van alle kinderen gevonden hadden. En ook die van Cleo en Lionel. En de baby was dood. Hij zei dat ze naar mij op zoek waren. Hij knipte mijn haar af en verfde het met zwarte schoensmeer. Ik bleef heel lang in die kamer. Hoeveel dagen weet ik niet. Ik raakte de tel kwijt. Een oude vrouw bracht me eten. Ook kleren; ik denk dat ze van haarzelf geweest waren. Ze was heel aardig voor me.'

'Dat was de vrouw die u tarotkaarten heeft leren lezen,' zei Mallory.

'Hoe weet u dat?'

'Ik weet bijna alles. Er zijn alleen nog een paar losse eindjes. Ga door.'

'Op een avond was er overal politie in de straat. Ik dacht dat ze voor mij gekomen waren. De oude vrouw kwam naar boven. Ze zei dat we meteen de kamer moesten opruimen, daarna moest ik vertrekken. Als de politie ook maar een spoor van mij vond, zou ze de bak in draaien. We werkten de hele avond en nacht, tot het ochtendgloren. We namen de muren en het meubilair af en maakten de vloer schoon. Terwijl ze beneden was om een koffer voor me te halen, kwam de politie en nam haar mee. Die dag kwam oom James terug. We wachtten tot het donker was en reden toen naar Maine. Hij zei dat hij daar een houten zomerhuisje had. Toen we de staatsgrens gepasseerd waren, stal hij een auto van een parkeerplaats bij een restaurant en liet zijn eigen wagen daar staan. Ik herinner me een weg die het bos in ging. Daarna zijn er alleen nog geheugenflarden, zoals oom James die de koplampen uitdeed. Ik vond dat vreemd. De weg was smal en het bos was aardedonker. We reden zonder iets te kunnen zien. Het laatste wat ik me herinner is dat de binnenverlichting in de auto aanging. De val kan ik me niet herinneren. Toen ik weer bij mijn positieven kwam, bevond ik me in het donker en de auto wiebelde. Ik deed de koplampen aan. Ze wezen recht de hemel in en onder me was niets behalve een zwarte ruimte. Ik gilde.'

'U werd gered door een politieman. Walter McReedy.'

'Ja. Later heeft hij me verteld dat de bestuurder in het meertje was verdronken.'

'Hebt u McReedy nooit verteld wie de bestuurder was?'

'Ik dacht eerst dat oom James dood was. Walter zei dat het lijk na verloop van tijd zou komen bovendrijven, maar dat is nooit gebeurd. En hij heeft het er ook nooit over gehad dat hij de verlaten auto van mijn oom gevonden zou hebben op de parkeerplaats bij het restaurant. Ik kon hem er ook niet naar vragen. Ik had hem immers verteld dat ik me niets meer kon herinneren.'

'En zo kwam je erachter dat je oom je die avond had willen vermoorden.'

'Ja. Oom James moet uit de auto zijn gesprongen vlak voor die over de rand ging. Dat is de reden dat het licht in de auto aanging. En de politie heeft zijn auto nooit gevonden omdat hij ermee terugreed naar New York. Zo kwam ik tot de conclusie dat hij me had willen vermoorden. En dat hij nog steeds leefde.'

'Je kon Walter McReedy de waarheid niet vertellen.'

'Nee, en ik kon niet meer naar huis. Ik wist niet dat er nog iemand in leven was om naar terug te gaan. En de politie had de ijspriem met mijn vingerafdrukken.'

'Deze priem.' Mallory stak een hand in haar rugzak en haalde er een plastic zak uit die het moordwapen bevatte. 'Er zaten maar twee vingerafdrukken op het handvat: uw duim en wijsvinger. Daardoor kon de politie u als verdachte schrappen. Het waren de vingerafdrukken die u achterliet toen u het wapen uit het lichaam van uw vader trok. Een andere verklaring voor hun aanwezigheid op het moordwapen is er niet. Verder zaten er geen vingerafdrukken op de ijspriem. Dus meende de rechercheur die het onderzoek leidde dat de moordenaar de tegenwoordigheid van geest had gehad om die priem af te vegen na er negen mensen mee vermoord te hebben. Die politiemensen wilden u alleen opsporen en naar huis brengen.'

Nedda boog haar hoofd. 'Had ik geweten dat Cleo en Lionel nog leefden, dan zou ik Walter McReedy alles verteld hebben. Maar ik geloofde oom James toen hij me vertelde dat men hun lijken in de keuken had gevonden. Verder dan de bovenverdieping was ik niet gekomen.'

Mallory boog zich naar haar toe en legde een hand op haar arm. 'U hebt twee jaar bij het gezin McReedy gewoond.'

'Tussen de operaties door wel, maar ik lag bijna voortdurend in het ziekenhuis.'

'Werd bij McReedy nooit over de slachtpartij in Winter House gesproken? Het was tenslotte landelijk nieuws.'

Nedda moest bijna glimlachen. 'Er is niet altijd televisie geweest. U kunt u dat niet voorstellen, hè? Maar op een heldere avond hadden we radio: één zender uit Bangor, een gospelzender.'

'U was beroemd.'

'Maar ik was de Lindbergh-baby niet, ik was alleen maar een brokstuk van een misdrijf dat ergens anders was gebeurd. De plaatselijke krant was een weekblaadje van twee pagina's. En het belangrijkste nieuws in dat kleine plaatsje was het verhaal van de twee broers McReedy die mij met gevaar voor eigen leven gered hadden. Nu begrijpt u ook waarom mijn oom mij daarheen had gebracht om te sterven.'

Mallory knikte. 'En al die tijd dat u bij McReedy woonde, wachtte u op oom James, tot hij terug zou komen om u te vermoorden.'

'Ja. Twee keer dacht ik dat hij dood was, en twee keer had ik het bij het verkeerde eind. Ik was veertien, ik dacht dat ik gadegeslagen werd. Nee, ik wíst dat hij me gadesloeg.'

'Uw oom James.'

'Ja. Ik vond sigarettenpeukjes in de tuin en soms zag ik vanuit het raam in het donker een rood puntje gloeien. Ik wilde niet dat oom James achter me aan zou komen terwijl ik bij het gezin McReedy woonde. Ik kon niet ook mijn tweede familie op die manier verliezen. Dus… toen het gezin vertrok voor een familiebezoek in een andere plaats… bleef ik thuis.'

'U maakte uzelf tot lokaas om hem uit zijn tent te lokken.'

'Ik hield van de McReedy's.' Nedda keek naar haar gevouwen handen. 'Toen het donker was, kwam de man om me te grazen te nemen.

261

Hij trapte mijn slaapkamerdeur in. Maar ik verwachtte hem en stond klaar. Ik wachtte al twee jaar op hem.'

'U stak hem met een ijspriem die u onder uw kussen bewaarde.'

'Ja, maar het was niet oom James. De hele nacht heb ik naast het lijk gezeten. 's Ochtends heb ik niet een keer naar zijn gezicht gekeken. Ik was nog altijd bang voor hem, zelfs toen. Kunt u dat begrijpen?'

Nee, dat kon Mallory niet, maar ze knikte. 'U was nog maar een meisje.'

'Toen de McReedy's thuiskwamen en me daar bij het lijk aantroffen, stuurden ze me naar het ziekenhuis. Ze zeiden dat ik een shock had. Dagenlang kon ik geen woord uitbrengen. Het duurde een hele tijd voor Walter McReedy het lijk geïdentificeerd had. Hij bezocht me in het ziekenhuis en vertelde me dat ik een kleine crimineel gedood had die Humboldt heette. Ik vroeg hem telkens weer of dat niet een vergissing was, waarop hij met "nee" antwoordde. Nee, dat was onmogelijk, vingerafdrukken logen niet.'

'Dus u bleef in het ziekenhuis om dat gezin niet in gevaar te brengen. U dacht dat James Winter nog altijd loerde op een kans om u te vermoorden.' Dit verklaarde ook de dood van Willy Roy Boyd en de bijnadoodervaring van de privé-detective in het park. Het was Nedda Winters taak in het leven om de mensen te beschermen van wie ze hield. Dat was haar hele leven zo geweest.

De rechercheur legde twee setjes met vingerafdrukken op tafel. Een ervan was aangetroffen in Pinwitty's bergplaats met gestolen bewijsmateriaal, zijn souvenirs van de slachtpartij. 'Dit zijn vingerafdrukken van je oom. Ze sluiten hem als verdachte uit. De politie heeft ze genomen op de dag van de slachtpartij. Ze wilden zeker weten dat familieleden het niet gedaan hadden.' De tweede set was afkomstig van de politie van New Orleans; de oogst van Rikers grootvader en zijn levenslange zoektocht naar Red Winter. 'Deze vingerafdrukken zijn van de man die u hebt gedood in Maine. Ze zijn exact hetzelfde als die van James Winter.'

'Dat kan niet.' Nedda schudde het hoofd. 'Nadat ik Humboldt had doodgestoken, heeft mijn oom nog jaren geleefd.'

'Nee, dat heeft je familie je verteld. En het echte verhaal? Nadat hij twee jaar voogd geweest was, werden alle handtekeningen onder de cheques van James Winter vervalst. Hij was dood. Je hebt hem doodgestoken toen je veertien was. Hij stierf in Maine op de avond dat hij terugkwam om je te vermoorden.' Ze hield beide sets vingerafdrukken omhoog. 'Walter McReedy had gelijk. Vingerafdrukken kunnen niet liegen. Jouw oom en Humboldt waren een en dezelfde man.'

Mallory wachtte tot de lange stilte voorbij was; toen probeerde ze iets te uiten wat in de buurt kwam van mededogen. Ze had deze vrouw zojuist verteld dat ze zich voor niets haar hele leven verborgen had; dat ze naar huis had kunnen gaan om in haar eigen huis op te groeien met Cleo en Lionel, haar familie. En nu drong langzaam de dodelijke waarheid tot Nedda Winter door.

'Als u graag... Ik kan een kop thee voor u halen,' zei Mallory, alsof ze niet zojuist het leven van deze vrouw geruïneerd had.

Nedda wilde de hand van de rechercheur pakken, maar waarschijnlijk voorvoelde ze dat haar aanraking niet op prijs gesteld zou worden, want ze trok haar hand terug.

'Dit zijn maar kopieën.' Mallory schoof de vingerafdrukkaarten over de tafel; door middel van deze armzalige stukjes papier maakte ze een beetje contact met Nedda Winter. 'U mag ze houden... als u wilt.'

De mond van de vrouw sperde zich open en er klonk een gesmoorde kreet. Ze klapte dubbel alsof haar kwellingen lichamelijk waren en haar wonden dodelijk. Toen pas kwamen de tranen.

Nu wist Mallory wat ze moest doen.

Ze verliet de verhoorkamer om een kop thee te halen. De magische eigenschappen van deze drank werden breed uitgemeten in het door haar geërfde boek over het leven in Politieland. Thee was volgens haar stiefvader het officinale verband van een rechercheur tegen verdriet en tranen. Koffie maakt mensen nerveus, zei Louis Markowitz altijd, en mineraalwater was al even slecht. Maar een kop thee kon alle bloedloze wonden verzachten: de ondraaglijke pijn die volgde op het slechtste nieuws over leven en dood dat New York te bieden had. Mallory had deze geheimzinnige, op overlevering berustende kennis simpelweg overgenomen en hechtte er evenveel geloof aan als aan haar voorraad instructies hoe je het beste bloeddoorweekte kleren in een zak kon stoppen, en aan de betekenis van maden in een rottend lijk.

Van thee zou Nedda Winter opknappen.

Met zijn drieën liepen ze door de gang van het ziekenhuis, maar Cleo en Lionel maakten geen deel uit van Sheldon Smyth' gemeenschappelijk front. Ze hadden bedenkingen en Sheldon moest dit bespeurd hebben, want hij wendde zich tot zijn ex. 'Cleo, we kunnen Bitty stomweg niet hier laten.'

'Waarom niet?'

'Het doet er nu niet meer toe,' zei Lionel Winter. 'De beslissing is al voor ons genomen. Bitty gaat nergens heen.' Hij wees naar het einde van de gang, naar de politieagent die geposteerd stond voor de deur van de kamer van zijn nicht.

'Hij vormt geen probleem,' zei Sheldon. 'In dat geval kan ik een gerechtelijk bevel regelen. Ik heb vrienden in deze stad.'

'En familie,' zei Cleo. Inderdaad waren de Smyths geparenteerd aan alle vermogende families in New York. Ze waren kwistig met hun zaad, allemaal, behalve de steriele Sheldon. Hij was gedwongen geweest om de buitenechtelijke kinderen van zijn familie te adopteren, Paul en Bitty, de koekoekseieren die gelegd waren in iemand anders stamboom.

'Bitty komt onder mijn leiding te staan,' zei Sheldon.

'We zullen zien,' was de reactie van zijn ex. Lionel schaarde zich aan haar zijde om een tweemansfront te vormen dat geen verzet zou dulden. Cleo liet het aan haar ex-man over om de jonge politieman te intimideren, terwijl Lionel en zij tegen de protesten van de agent in de ziekenhuiskamer van Bitty binnengingen.

Charles Butler ging de verhoorkamer binnen en trof Nedda aan met rode, gezwollen ogen en een behuild gezicht.

Hij bood haar een arm. Ze pakte hem en stond toe dat hij haar uit haar stoel bij de tafel omhoogtrok. Terwijl ze naar de deur liepen, deed ze iets vreemds, in aanmerking genomen met wie ze vanavond te maken had. Nedda legde een hand op Mallory's schouder en drukte een lichte kus op haar haar. De jonge rechercheur bevroor. Ze zat daar maar te zitten, verstard en onbuigzaam, alleen.

Charles en zijn oudere metgezellin wandelden arm in arm het politiebureau uit. Ze liepen de nauwe SoHo Street af en zetten koers naar zijn flat.

Ze corrigeerde zijn voorbarige oordeel over haar tranen. 'Mallory heeft me het mooiste geschenk van de wereld gegeven. Ik ben nog nooit zo gelukkig geweest.'

Charles had moeite met het beeld van Mallory als de brengster van geschenken en vreugde. Maar het was moeilijk het te ontkennen nu het bewijs – deze glimlachende vrouw – naast hem liep. Ze drukte de kostbare vingerafdrukkaarten tegen haar borst. 'Weet je, Bitty vertelde me dat ze nog leefden, mijn broer en zus. Ik had weer een doel om voor te leven, iemand die thuis op mij wachtte. Je hebt geen idee hoe erg ik naar mijn familie verlangde.' Ze bleef een ogenblik staan in de lichtplas van een straatlantaarn en bekeek de kaarten met de vingerafdrukken. 'Dankzij Mallory kan ik nu bewijzen dat ik onschuldig was, dat ik altijd van ze ben blijven houden en ze nooit in de steek heb gelaten.'

Een uur later was Charles nog altijd bezig om zich te verzoenen met het verschrikkelijke én prachtige geschenk dat Nedda op het politiebureau had gekregen. Al die verspilde jaren! Vanavond, nu kaarslicht de sporen van de ouderdom verzachtte, kon hij zien hoe anders het leven van deze vrouw had kunnen zijn: was ze niet veroordeeld tot benauwde ziekenhuiskamers, dan zou dankzij haar intelligentie en charme, haar rijkdom en schoonheid de hele wereld voor Nedda Winter hebben opengelegen. Hij vond haar gebrek aan bitterheid opmerkelijk, en dus was hij degene die het onnoemelijke verlies voelde. Ze zaten aan de keukentafel en genoten met z'n tweetjes van een maaltijd met wijn, een uitgebreide keur aan kazen en een royaal assortiment van ovenwarme croissants, gevuld met gekonfijt fruit. Charles deed het gekscherend af als snacktherapie.

Na zich te hebben volgepropt met deze goedbedoelde overvloed, schoof zijn gaste haar stoel bij de tafel vandaan. 'Wat charmant, een psycholoog die sessies in zijn keuken houdt. Wat een wijs idee, zo behaaglijk en veilig.'

'Mooi,' zei hij, 'ik ben blij dat het je instemming heeft. De volgende sessie is het ontbijt.'

Nedda keek op haar horloge. 'Ik vraag me af of Bitty al slaapt. Ik denk dat het nu te laat is om haar in het ziekenhuis te bellen.'

'Je hoeft je over haar geen zorgen te maken. Ik denk dat het Bitty goed zal doen een nacht niet in dat huis te zijn. En jou ook.' Hij had de logeerkamer in gereedheid gebracht en was vast van plan om Mallory de toegang te ontzeggen, zelfs als dat betekende dat hij dwars over de drempel moest gaan liggen. 'We zullen je broer en zus vragen om morgenavond te komen eten.'

'En dat betekent natuurlijk groepstherapie.'

'En over een tijdje nodigen we ook je nicht uit, wanneer ze hersteld is.'

'Charles, vond jij het vreemd dat Bitty nooit weg wilde uit Winter House om op zichzelf te wonen?'

'Nee, helemaal niet. Volgens mij is ze pas in staat om te verhuizen als het de goedkeuring van haar moeder heeft. Ik neem aan dat dat de reden is dat ze op zoek is gegaan naar jou. Uiteindelijk wilde ze haar moeder een plezier doen.'

'Ze heeft stank voor dank gekregen. Met niet meer dan een paar woorden liet oom James me geloven dat ik de hoofdverdachte was. Ik denk dat hij nog minder woorden nodig heeft gehad om de twee jongste kinderen daarvan te overtuigen.'

'Ben je er zeker van dat hij dat gedaan heeft?'

'Ja. Dat was zonneklaar toen ik ze de eerste keer in het verpleeghuis ontmoette. Afschuwelijk, vind je niet? Voor Lionel en Cleo bedoel ik. Geen wonder dat ze al hun tijd in het zomerhuis doorbrachten. En arme Bitty. Ze kreeg niet de reactie die ze van hen verwachtte, maar ze kon het geschenk niet meer terugnemen. En nu deze zelfmoordpoging. Wat een deceptie ben ik voor haar geweest.'

Bitty Smyth stapte uit de Rolls-Royce. Haar vader en moeder ondersteunden haar – hielden haar gevangen – door haar vast te houden, en oom Lionel reed in zijn kostbare auto naar de parkeergarage. Bitty sloeg haar ogen op naar het enige huis dat ze ooit had gekend, het huis met de donkere woonkamerramen die zo sterk op emotieloze ogen leken. Winter House bekommerde zich niet om wat er die avond binnen plaatsvond, niet omdat het onbezield was, maar omdat het gewend was geraakt aan het gebrek aan liefde en de overmaat aan dood.

11

CLEO WINTER-SMYTH TASTTE IN HAAR TASJE NAAR HAAR EIGEN slaappillen. Ze gaf het flesje aan haar ex. 'Sheldon, maak deze even fijn en los ze op in water.'

'Waarom?'

'Omdat je dochter niet in staat is om pillen door te slikken, al haar hele leven niet.'

Bitty zag hem op zijn gemak naar de keuken lopen. Ze was steeds weer geschokt als ze merkte dat haar vader minder van haar wist dan een vreemde. Maar ze zette deze pijn van zich af. Zo meteen kwam oom Lionel weer terug van de garage, en dit was kostbare tijd: een paar minuten alleen met haar moeder was iets wat zelden voorkwam. 'Ik wil u iets laten zien.' Ze ging naar de halkast, gooide de deur open en veegde drie hoeden van een van de lagere planken.

Cleo kwam naderbij. 'Nee, Bitty, laat dat,' sprak ze op een toon alsof ze een veertienjarige een standje gaf. Ze bukte zich om de gevallen hoofddeksels op te rapen. Maar nu vielen de hoeden op de vloer, terwijl haar handen omhoogvlogen om haar gezicht te bedekken. 'Mijn god. Het is een muizengat. Maar het huis heeft een bloedhekel aan muizen. Hoe is dit...'

'Nee, moeder. Ik heb dat gat zelf geboord. Moet u zien hoe ondiep die kast is. En de wand is niet van cederhout. Alle andere wandkasten in het huis zijn van...'

'Nogal wiedes dat hij ondiep is. Het is een hoedenkast. Het is altijd een hoedenkast geweest.'

'Hoedenkasten bestaan niet. Volgens tante Nedda was dit een gewone kast toen ze nog een klein meisje was. Ze zei dat er jassen in hingen.'

'Het huis werd verhuurd toen we klein waren. Een van de huurders moet er een hoedenkast van hebben gemaakt.'

'Nee, het is een gewone kast met een dubbele wand. Als u door het gat kijkt...'

'Geen muizengat,' zei Cleo. 'Nou, dat is een hele opluchting.' Haar ogen dwaalden over het vrijgemaakte gedeelte van de wand. 'Je hebt gelijk. Het is geen cederhout. Het ziet er goedkoop uit. Onbegrijpelijk dat ik dat nu pas opmerk. Maar aan de andere kant, de planken liggen hier altijd vol met hoeden. Er is een tijd geweest dat iedereen een hoed droeg. Dus is het niet zo gek om een plek te...'

'Het is geen hoedenkast!' Dit was Bitty's poging om te schreeuwen, maar het kwam eruit als geïrriteerd gepiep. 'Het is een geheime bergplaats.' Ze hurkte neer bij het geboorde gat. 'Als u in het gat schijnt, kunt u een koffer zien,' zei ze, met meer zelfbeheersing. 'Het is net zo'n koffer als boven op zolder. Hebt u ze wel eens geteld, moeder? Eén voor elke overleden Winter, alleen die van Sally ontbreekt. Hebt u zich nooit afgevraagd hoe het met Sally's koffer zat?'

'De zuidelijke zolder? Daar komen we nooit. Waarom zouden we? Waarom zou jij? Ik denk niet dat ik... O, nee. Bitty, ik heb je nog zo gevraagd om dat niet te doen.'

Opnieuw vlogen er hoeden in het rond, terwijl Bitty een plank vrijmaakte, en toen nog een. Cleo rende door de hal om de rondvliegende hoeden te redden. 'Bitty, laat dat!' schreeuwde ze. 'Hou daar onmiddellijk mee op!' Ze strekte haar arm ver uit om een hoed met een wijde rand te vangen die zeilde als een frisbee.

Bitty tilde een plank van zijn steunen en vervolgens nog een. Ze had de deur helemaal niet open horen gaan, maar opeens stond oom Lionel achter haar. 'Wat is hier aan de hand?' vroeg hij. 'Bitty, ben je krankzinnig geworden?'

Bitty lachte, maar het was geen hysterische lach. Dit was echt lachwekkend. Misschien dat ze de enige hier in huis was die door een psychologisch onderzoek zou komen.

Cleo greep haar dochter met beide armen vast. 'Je bent niet goed snik! Je weet niet wat je doet! Dit moet ophouden!'

O, ja – de enorme waanzin van de hoeden die ze door de gang liet scheren. Bitty worstelde zich los. Ze rende de deur uit en de voorkamer door, en vloog als een raket in de richting van de keuken. Ze botste tegen haar vader aan. Een glas met water viel uit zijn hand en knalde op de vloer aan diggelen. Ze dook onder zijn hand door en gleed bijna uit in de plas water. In de keuken trok ze meteen het glazen kastje met het brandblusapparaat en de brandbijl open.

Bij terugkeer in de woonkamer mocht Bitty even het schitterende genoegen smaken in het middelpunt van de belangstelling te staan. Alle drie staarden ze met open mond naar de brandbijl in haar hand. Haar vader schudde het hoofd en probeerde wijs te worden uit deze aanblik: zijn dochter met een dodelijk wapen. En nu, terwijl ze op hen toeliep en ze terugdeinsden, ontdekte ze een nieuw bijeffect.

Macht.

Ze liep de hal in en ging bij de kast staan. Alle planken waar ze bij kon waren verwijderd. Met een krachtige zwaai spleet ze de broze wand van gipsplaat open. Haar tweede zwaai was te hoog. Het blad van de bijl sneed door een hoed van haar moeder en bleef in een hoge plank steken.

Het trio liep de gang in, wat dapperder nu. Handen werden uitgestoken.

'Waag het niet!' Bitty trok de bijl los en kwam op hen af.

Haar moeder hield haar handen omhoog alsof ze van achteren aangevallen werd en beroofd. 'Het geeft niet, schat. Alles zal goed komen.'

Bitty zwaaide opnieuw met de bijl, waardoor er een nieuw gat in de achterwand ontstond en een kleine stofwolk van witte gipskalk opdwarrelde.

'Zo is het genoeg,' zei haar moeder, streng nu, alsof haar veertigjarige dochter zich alleen maar lastig gedroeg terwijl anderen toekeken.

Bitty zwaaide nogmaals, waarbij ze al haar kracht in de slag legde. De wand begaf het en viel naar binnen. Ze gebruikte de bijl als hamer om de uitsteeksels van de wand in een holle ruimte te tikken.

'Genoeg!' zei Cleo. 'Ophouden!'

Terwijl ze haar eerste daad van openlijke rebellie voltooide, trok Bitty andere delen van de gesloopte wand los. Ze werkte als een bezetene om de kleine koffer zichtbaar te maken. Toen ze het koperen handvat greep en de koffer naar buiten trok, kwam hij klem te zitten in de opening. Na een harde ruk schoot hij los en tuimelde Bitty met koffer en al achterover. De koffer kwam op zijn kant terecht, klapte open en de inhoud verspreidde zich voor de voeten van haar moeder.

Een vergaan nachthemd, een gele vlecht, een klein skeletje.

Als een pop beenderen had.

Inspecteur Coffey voelde zich bijna gevleid – bijna – toen de officier van justitie zich verwaardigde om de afdeling Zware Delicten op dit late uur een bezoek te brengen. De officier had er een diner en een buitengewoon pissige campagnemedewerker voor in de steek moeten laten, en dat in een verkiezingsjaar. De parmantige kleine gluiperd had een erewacht meegebracht van vijf gunstelingen, die allemaal een smoking en lakschoenen droegen. Er was nauwelijks een vrouwelijke hulpofficier in zijn reisgezelschap: die waren veel te lang, met hun stilettohakken. Buchanan omgaf zich bij voorkeur met kleine mannen, want hij huldigde het principe dat niemand boven de koning mocht uitsteken.

De afgelopen tien minuten had de inspecteur zich lijdzaam door het protocol van kruiperige en neerbuigende plichtplegingen heen gewerkt. Hij werd steeds Jack genoemd, en Buchanan werd aangesproken met 'meneer' of met 'meneer de officier'. En nu raakte Buchanan buiten adem van een tamelijk eenzijdig gesprek, of misschien was zijn voorraad beledigingen simpelweg uitgeput.

De inspecteur koos zijn woorden met zorg. 'Maar, meneer, het is het soort zaak dat je maar eenmaal in je loopbaan tegenkomt.'

'Dat is geen excuus. Ik heb tegen je rechercheurs gezegd dat ze uit de buurt moesten blijven van dat advocatenkantoor. Ze hebben mijn rechtstreekse bevel volledig in de wind geslagen. En nu hoor ik dat ze de hele tijd een cliënt van Sheldon Smyth lastigvallen, een vrouw van zeventig nota bene. Ze wordt vierentwintig uur per dag bewaakt.'

'Ja, meneer de officier. We hebben een aantal politiemensen in burger die een oogje op Nedda Winter houden.' Coffey ging aan zijn bureau zitten en pakte een pen.

'Nou, Jack, dat gerechtelijk bevel voor hechtenis uit beschermingsoverwegingen kun je wel vergeten. Ik heb het tegengehouden.'

'Ja, dat weet ik.' Jack Coffey toonde een brede en ondiplomatieke grijns en voltooide zijn berichtje. Hij gaf zijn krabbeltje aan de officier van justitie, die het ene zinnetje las.

'Wel allemachtig.' Buchanan stond op en het briefje viel op de grond. 'Wegwezen, nu!' riep hij en hij wuifde zijn hulpofficieren de deur uit. Toen zijn gevolg de deur uit was gevlucht, dempte de officier van justitie zijn stem tot samenzweerderstoon. 'Red Winter? Je bent van plan om de familie Smyth bij de Winter House-slachtpartij te betrekken. Wil je soms dat ik ter plekke een hartaanval krijg?'

O, ja, als dat zou kunnen...

'Daar komt niets van in, Jack. De rechterlijke macht kan het aantal zaken bijna niet meer aan. Nu moet je eens goed luisteren. Dit is nogmaals een rechtstreeks bevel van mij aan Mallory en Riker. Van nu af aan bemoeien jouw rechercheurs zich niet meer met het advocatenkantoor van Smyth en met Nedda Winter.'

'In dat geval kun je de pot op. Je hebt mijn rechercheurs niet te bevelen. Dat is mijn taak. En als je niet van plan bent om ze te helpen, blijf dan verdomme uit hun buurt.'

Buchanans mond bewoog, maar de woorden wilden niet komen. Dit was bijna een aanval, deze opstandige woorden. En nu moest het wel bij hem dagen dat de inspecteur een bom in zijn zak had.

En dat had hij ook.

'Ik bespeur strijdige belangen,' zei Coffey en dit was een verbale zwaaistoot. 'Het is verdomme niets voor jou om er zo te koop mee te lopen.' Hij liep om zijn bureau heen en doemde dreigend boven de kleinere man op. Buchanan kroop weg in zijn stoel. De inspecteur boog zich voorover en drong de persoonlijke ruimte van de man binnen, zodat de officier van justitie geen kant op kon. 'Ik durf te wedden dat dat advocatenkantoor op je A-lijst voor campagnebijdragen staat. Draag je de familie Smyth zo'n warm hart toe? Mooi. Ga dan maar de nor in met ze.' Dat waren woorden die aankwamen in een verkiezingsjaar.

Mallory kwam uit het niets tevoorschijn. Geen van de twee mannen had haar aan horen komen. Ze liet een kopie van Sheldon Smyth' verrekende cheque op de schoot van de officier van justitie vallen om de beschuldiging van de inspecteur – strijdige belangen – kracht bij te zetten. Buchanan staarde lange tijd naar de cheque, alsof hij de vele nullen van zijn koopprijs telde.

'Ik heb een gerechtelijk bevel nodig om Nedda Winter voor haar eigen bestwil in hechtenis te kunnen nemen,' zei Mallory, alsof ze alleen maar wisselgeld terug wilde hebben van een dollar. 'Geen rechter zal daar zijn handtekening onder zetten zonder een telefoontje van u.'

De ogen van de man waren kleine grijze flipperballen terwijl hij nadacht over zijn mogelijkheden. En nu was de gluiperd Buchanan weer terug met zijn sluwe en calculerende blik. Hij verfrommelde de fotokopie in zijn ene vuist, zodat zijn knokkels wit werden. Misschien dat hij het idee had dat vrouwen gemakkelijker te intimideren waren. 'Is dit jouw idee van...'

'Een geschenk?' Mallory deed of ze een pluisje van de schouder van haar blazer veegde. 'Ja, dat is het zeker. U zult die campagnebijdrage wel willen terugstorten voor we tot arrestatie overgaan.'

Mallory bestond nu niet meer voor de officier van justitie. Hij richtte zijn woede op de inspecteur. 'Oké, Jack, je krijgt het gerechtelijk bevel om de oude dame in hechtenis te nemen. Maar dat is dan ook alles wat je krijgt.' Hij hield de gefotokopieerde cheque omhoog. 'En gebruik deze shitzooi niet weer tegen mij.'

'Afgesproken.' En Coffey zou zich daaraan houden. De gunsten van politie, politici en andere criminelen waren afhankelijk van de erecode bij de afpersers.

Cleo Winter-Smyth hield op met het op kinderlijke toon toespreken van Bitty. Ze was veel tederder nu. Ze bukte zich en veegde het stof van vele jaren van het koperen plaatje. 'Sally,' las ze, de naam van haar jongere zus. De vrouw zeeg neer op de grond en knielde voor de stoffelijke resten van een kind. Er zat geen vlees aan de botten. In de koffer was een gat geknaagd, en dat kon alleen het werk van hongerige ratten zijn.

En daarmee had de theorie afgedaan dat het huis het ongedierte doodde, en niet het verdelgingsmiddel.

De knaagdieren hadden een lange maïspluimachtige vlecht achtergelaten. Cleo streelde hem met bevende hand. 'Baby Sally. Zo noemden we haar.' Ze pakte een schoentje op, broos van ouderdom. De veters waren verteerd. 'We vormden een gezinnetje, Sally, Lionel en ik,' zei ze met een van tranen gebroken stem.

Bitty was verbijsterd. Ooit was er een moederinstinct geweest, maar dat was allemaal gegaan naar een klein meisje dat heel langgeleden gestorven was.

Moeder? Zie je me? Ik sta hier pal naast je. Ik leef. Kijk naar me. Kijk toch!

Dit was de jammerklacht van een kind, en het had nooit gewerkt. Bitty staarde naar de bijl in haar hand en de vernielde kastwand. Ondanks dit alles was ze nog steeds onzichtbaar.

'Baby Sally,' zei Lionel, met meer gevoel dan Bitty voor mogelijk had gehouden. Plotseling was deze wonderlijke kleine familiereünie met een skelet weer voorbij. Na hun gevoelens te hebben geuit, zetten broer en zus hun masker weer op. Ze draaiden zich tegelijk om en keken naar Sheldon Smyth.

Lionel liep op de man af, alsof hij hem een klap wilde geven. 'Jouw vader heeft ons verteld dat ze in het ziekenhuis is gestorven. Maar zover is Sally nooit gekomen.'

'Wat wil je daarmee zeggen?' De advocaat deed een paar passen naar achteren.

'Oom James was al een hele tijd weg,' zei Cleo. 'Sally had geen voogd meer die een volmacht voor een ziekenhuisopname kon geven. Zat jouw vader daarover in de piepzak, Sheldon?'

'Misschien,' zei Lionel, 'was hij bang dat de autoriteiten te veel vragen zouden stellen. Ze zouden kunnen ontdekken dat onze voogd ons verlaten had.'

Cleo trok de lijn van haar broers betoog naadloos door. 'De rechtbank zou een andere voogd hebben benoemd en een heleboel vragen hebben gesteld. Maar het advocatenkantoor van Smyth was nog niet klaar met het uitmelken van ons trustfonds.'

Lionel wees op de beenderen aan zijn voeten. 'Dus had Sally de pech dat ze tussen de advocaten en het geld terechtkwam.'

'Je gelooft toch niet dat mijn vader een klein meisje zou verm...'

'Nee,' zei Cleo. 'Sally was stervende vanaf de dag dat ze geboren werd. Maar ik denk dat haar dood hem verdomd slecht uitkwam.'

'En toen ze dan echt dood was,' zei Lionel, 'heeft jouw vader haar achter die wand verborgen. Mochten ze haar vinden dan zou oom James de schuld krijgen, als hij ooit terugkwam.'

'Of als oom James de rest van zijn deel zou opeisen,' zei Bitty. 'Een andere verklaring om Sally's lijkje in het huis te verstoppen is er niet. Of wilde jouw vader ons de schuld in de schoenen schuiven?'

Lionel Winter wendde zich met lichte verbazing tot zijn nicht, alsof hij Bitty voor de eerste keer opmerkte. 'Jouw moeder en ik waren nog maar kinderen, heel gemakkelijk te intimideren. Oom James verdween na een paar jaar en wij drieën bleven achter met een kinderjuffrouw en de verpleegster van Sally. Als het bevoegd gezag had ontdekt hoe onze thuissituatie was, dan hadden ze ons uit elkaar gehaald en in een pleeggezin geplaatst. Dat hebben de advocaten tegen ons gezegd. Ze zeiden dat we geen rooie cent hadden. De vader van Sheldon bracht ons drieën onder in het zomerhuis. Hij zei dat hij de kosten voor ons levensonderhoud uit eigen zak betaalde. Hij was edelmoedig, het was zijn geld.'

'Hij vertelde ons dat het nog erger met onze financiële toestand was gesteld,' zei Cleo. 'Dat het huis verhuurd moest worden om de familieschulden te betalen.'

'Op een dag kwamen jouw moeder en ik uit school en vertelde de verpleegster ons dat ons kleine zusje in het ziekenhuis lag. We hebben Sally nooit meer gezien.'

'Ze is hier al die tijd geweest.' Cleo keek dreigend naar haar ex-man. Als de bijl zich in haar hand had bevonden...

'Wat ik graag wil weten,' zei Lionel, 'is dit. Lag Sally op sterven of was ze dood toen de verpleegster jouw vader belde dat hij haar in het zomerhuis op moest halen?'

'Nee, Sheldon,' zei Cleo, 'nu moet je niet met je hoofd schudden en net doen alsof je niet alle bijzonderheden kent. Ik weet dat je vader je zou hebben gewaarschuwd dat er een klein ingemetseld lijkje in dit huis was.'

'De familie Smyth bestaat uit langetermijnplanners,' zei Lionel.

Cleo keek naar haar dochter, ook een Smyth. 'Heb jij je nooit afgevraagd waarom je vader nooit de voogdij over je wilde hebben? De familie Smyth plant generaties vooruit.'

Bitty wendde zich naar haar vader, maar hij keek ergens anders heen. Haar hele leven had men haar verteld over een strijd om de voogdij die nooit had plaatsgevonden. En al die tijd had zij de schakel gevormd tussen haar vader en het vermogen van de familie Winter, een band die pas verbroken mocht worden als al het geld weer de andere kant op gestroomd was. Planning van vader op zoon.

De advocaat in Sheldon Smyth glimlachte naar zijn ex-vrouw. 'Als dit openbaar wordt, Cleo, moeten jij en je broer alles terugbetalen aan het trustfonds. Wanneer Nedda sterft, gaat al het geld naar de Historical Society. Dat betekent dat jullie failliet zijn, allebei, en jullie mogen blij zijn als je niet in de gevangenis belandt.'

'Maar we hebben niets verkeerds gedaan,' zei Cleo. 'Wij waren de slachtoffers.'

'Ik denk niet dat de officier van justitie het zo zal zien,' zei Sheldon Smyth. 'Het hangt er helemaal van af wat voor soort deal ik voor mijzelf sluit, mocht het zover komen en mochten jullie me daartoe dwingen. Jullie traden toe tot het complot, toen het geld uit het trustfonds werd teruggestort op jullie privé-rekeningen. Eerst hadden jullie slechts recht op een levenslange toelage, maar jullie wilden ál het geld. Dat waren de voorwaarden die jullie stelden.'

'Dat is al zo langgeleden,' zei Lionel. 'De verjaringswet zal ongetwijfeld…'

'Die is hier niet van toepassing. Vraag het mijn dochter maar. Zij is advocaat. De jaarlijkse restituties – ach, laat ik het maar afpersing noemen – maken het tot een permanent misdrijf.'

Lionel en Cleo wendden zich tot Bitty met de onuitgesproken vraag of dit waar was.

Het was een opmerkelijk moment voor een juridisch consult. Bitty's greep om de bijl ontspande zich. Vervolgens liet ze hem werktuiglijk van de ene hand in de andere glijden, terwijl ze deze kwestie overdacht. 'Hebben jullie iets getekend voor de uitbetaling van deze jaarlijkse bedragen?'

'Ja zeker, dat hebben ze,' zei Sheldon. 'Dat geld is een terugbetaling aan het trustfonds. Het kan niet gemaskeerd worden als een andere vorm van vergoeding. Als het kantoor ten onder gaat, gaan zij mee.'

'Sorry.' Bitty haalde haar schouders op. 'Op die manier verzekerde het kantoor van papa zich van jullie stilzwijgen. Ze maakten jullie medeplichtig aan het misdrijf.' Ze keek naar het skeletje aan haar voeten. 'Twee misdrijven.'

'En geen verjaring,' zei Sheldon, die dit allemaal veel te leuk vond. 'De trust was namelijk nooit volledig leeg. De diefstal van het gerestitueerde geld is een doorlopende diefstal: een kapitale diefstal in vereniging.' Hij schopte zachtjes met de punt van zijn schoen tegen Sally Winters koffer. 'En mag ik jullie erop wijzen dat jullie degenen zijn die een kinderlijkje in huis hebben? Het feit dat het lijk werd verborgen, nou, dat brengt geheid een moordonderzoek met zich mee. Journalisten die op de stoep kamperen, televisiemensen met hun camera's die je volgen waar je ook gaat. Vinden jullie dat een aantrekkelijk idee?'

Nee, dat vonden ze niet. Cleo hield zich aan Lionels arm vast om steun te zoeken.

'Dus,' zei Sheldon, 'lijkt het erop dat we een hoop te bepraten hebben. En daarna moeten we Sally weer achter de kastwand stoppen.' Hij wendde zich tot zijn dochter. 'Bitty, schat, je bent hier nu ook bij betrokken.' Hij zond haar zijn meest stralende glimlach toe en richtte zich toen tot zijn ex. 'Cleo, als jij eens koffie ging zetten. Dan gaan we allemaal bij elkaar zitten en...'

'Bitty,' zei Cleo, 'ga naar je kamer. Ik roep je wel als we een akkoord bereikt hebben.' Ze stak haar hand uit en griste de bijl weg, alsof dit dodelijke wapen niet meer dan een verboden snoepje was dat Bitty's eetlust zou kunnen bederven. 'Vooruit, ga nu maar.'

Machteloos liep Bitty de trap op. Toen ze zich omdraaide, zag ze dat haar oom de botten van zijn zusje opraapte en ze voorzichtig en eerbiedig in de koffer legde.

Nedda zat in de voorkamer van Charles courvoisier te drinken, toen ze begon te piepen. Ze trok de pieper uit haar zak. 'Ik moest zo'n apparaatje nemen van Bitty toen we in het ziekenhuis waren.'

'Een afschuwelijke uitvinding,' zei Charles. 'Ik heb nooit een pieper of mobieltje gehad. Die apparaatjes vergemakkelijken het leven van een mens niet. Ze maken het je eenvoudig onmogelijk om te ontsnappen.'

Ze keek naar het nummer dat oplichtte op het schermpje van de pieper. 'En dit nummer is natuurlijk van Bitty's mobieltje.'

'Dan zal ik je even alleen laten,' zei Charles. 'Er ligt nog wat werk op me te wachten in mijn kantoor aan de andere kant van de hal. Ik ben nog wel even bezig, dus wacht maar niet op mij. Slaap lekker. We zien elkaar morgenvroeg.'

Nedda wachtte tot hij weg was en belde toen het nummer van Bitty, bekoord door de antieke telefoon met zijn ouderwetse draaischijf. Ze hield de hoorn bij haar oor. De telefoon was nog maar één keer overgegaan, toen ze Bitty's stem al hoorde. 'Dag, meisje. Hoe voel je je... Wat? Rustig maar... Ja, schat, maar waarom heb je het ziekenhuis verlaten? Waarom zouden ze... Maak je nou maar niet druk... Nee, natuurlijk ben ik niet boos... Ik kom eraan en dan komt alles wel op zijn pootjes terecht.'

Nedda vond papier en een vulpen in de la van een kleine secretaire. Ze liet een berichtje voor Charles achter, waarin ze uitlegde dat Bitty haar nodig had en dat ze waarschijnlijk een paar uur weg zou zijn. Vervolgens bestelde ze een oproepauto.

Een burgerauto van de politie stopte naast een zojuist vrijgekomen plek langs het trottoir voor het flatgebouw van Charles Butler. De bewaking werd afgelost en alle aandacht van de man achter het stuur was gericht op het fileparkeren. Zijn collega stond op het trottoir en zorgde er door het geven van stoptekens en aanwijzingen voor dat de auto in een nauwe parkeerruimte geloodst werd. Nadat dit hoogstandje was gelukt, installeerden ze zich voor de laatste dienst van deze detachering in burger. Wanneer het bevel tot hechtenis afkwam, zou de politie van een andere afdeling de oude vrouw meenemen. Het zou een korte nachtdienst worden, en beiden waren met hun gedachten al bij koud bier en de warme pizzapunten van Ray's Pizza toen de achterlichten van Nedda Winters limousine om de hoek verdwenen.

Harry Bell, de dienstdoende brigadier in het politiebureau in SoHo, keek op en zag een groentje voor hem staan, en dat was vijf uur te vroeg. De politieman zou in een stoel voor de ziekenhuiskamer van Bitty Smyth moeten zitten, een ongeoorloofde postering die het aantal gunsten dat ze aan rechercheur Mallory schuldig waren tot nul teruggebracht had.

'Peterson,' zei de brigadier, 'jij behoort in het centrum te zijn. Wachtdienst bij het ziekenhuis? Begint het je nu weer te dagen?'

'Ik ben van mijn taak ontheven,' zei Peterson. Na een iets te lange pauze liet hij er het woord 'meneer' op volgen.

'Nou, dat is dan eigenaardig, vriend, want ik kan me niet herinneren dat ik je teruggeroepen heb. 'Dus wiens idee...'

'Van haar familie. Zij lieten me gaan.'

'De maffia? Díe familie? Werd erbij geschoten?'

'Nee, meneer.' In plaats van voor zijn leven te rennen, beging de jongen de fout om te lachen om dit kleine grapje van zijn brigadier. 'Het was Sheldon Smyth. Hij is de vader van de kleine dame en hij is advocaat.'

'Dan is het natuurlijk in orde.' Brigadier Bell wist dat hij deze jongen op dit moment met een gegronde reden kon neerschieten zonder gestraft te worden. 'Ik denk dat ze de bevelsstructuur veranderd hebben. Het is nu de advocaat die de bevelen geeft aan de politie, in plaats van hun brigadier. Nou, dat hadden ze me wel eens mogen vertellen.'

Harry Bells glimlach werd steeds breder en kwaadaardiger, terwijl het hoofd van de jonge agent snel roder werd. Het martelen van onervaren rekruten werd beschouwd als tijdverdrijf op een saaie avond. Daar waren groentjes tenslotte voor. Daarom had God er zoveel gemaakt. 'Weet je wat, jongen, waarom ga je niet naar boven en leg je dit allemaal even uit aan rechercheur Mallory? Nee, doe het maar. Zij zal het wel begrijpen. Heb je haar ooit ontmoet?'

'Nee, meneer.'

Mooi zo.

'Ze ziet eruit als een lekkere meid, heel aantrekkelijk, maar laat je niet voor de gek houden. Ze is eigenlijk een moederlijk type.'

Harry Bell keek toe terwijl het groentje onwillig de trap op liep naar de afdeling Bijzondere Delicten. Als de brigadier een hoed op had gehad, had hij hem afgenomen en een graflied gefloten.

Winter House was in duister gehuld toen Nedda de voordeur opendeed. In het vage licht dat van de straat binnendrong, zag ze dat de vloer bezaaid was met hoeden en pleisterwerk. Het angstige verwarde gepraat van haar nicht aan de telefoon kwam haar nu begrijpelijker voor.

De wandschakelaar deed het niet, maar het lampje van het alarm brandde nog. Ze toetste de code in om het buiten werking te stellen, passeerde toen de drempel van de voorkamer en liep in het pikkedonker naar de trap. Haar enige wapen lag onder het hoofdkussen in haar slaapkamer. Ze keek op toen ze vanaf de eerste verdieping haar naam hoorde fluisteren. Bij het licht van een kaars daalde Bitty de trap af, ze bleef halverwege staan en bracht een vinger naar haar lippen om tot stilte te manen. Ze tilde de blaker hoog op om Nedda bij te lichten terwijl deze langzaam en muisstil de trap op liep naar Bitty's slaapkamer.

'Ik heb de politie gebeld,' zei haar nicht zodra de deur dicht was. 'Maar ze komen niet. Misschien heb ik het verkeerd gezegd. Misschien dachten ze dat ik hysterisch was. Ik heb tegen ze gezegd dat ik mijn kamer niet durfde te verlaten. Dat de verlichting het niet deed. Ze hadden al de indruk dat ik gek was. Ze zeiden dat ik een elektricien moest bellen.'

Er brandden tientallen kaarsen, die flakkerden op de tochtstroom van het huis. Nedda pakte een kandelaar en liep terug naar de deur. 'Ik ga in de kelder kijken. Ik weet waar de stoppenkast is.' Maar eerst ging ze naar haar slaapkamer om de ijspriem te halen.

'Nee!' Bitty greep haar tantes arm, trok haar weg bij de deur en schoof de stevige grendel ervoor. 'Ze zitten met z'n allen beneden in de keuken. Straks zien ze je.'

'Wie zijn "zij"?'

'Oom Lionel en mijn ouders.'

'Waarom is dat…'

'Toe, tante Nedda.'

Dit was waarschijnlijk niet het juiste moment voor een rustig gesprek. Ze wilde er alleen maar voor zorgen dat Bitty niet langer bang was. 'Goed dan, schat. Als je je daar ongerust over maakt, neem ik de buitendeur naar de kelder.'

'Maar iemand heeft de stoppen eruit gedraaid!'

'Dan doe ik er nieuwe in. Boven op de stoppenkast ligt een hele voorraad, en ook een zaklantaarn.' Nedda legde een hand op de deurknop.

'Laat me niet alleen.' Op het gezicht van Bitty stond pure angst te lezen.

Nedda vroeg zich af hoeveel hiervan aan hysterie was toe te schrijven. En toen beschreef Bitty de koffer van Sally Winter en zijn droevige inhoud.

Een harde klap – alsof haar zusje nu pas gestorven was en het verdriet vers was.

Sally, mijn Sally.

'Ik weet waarom er in huis geen lampen branden,' zei Bitty. 'Het moet lijken alsof ik een ongeluk heb gehad op de trap.'

De dienstdoende brigadier zag alle hoofden in het politiebureau zich naar de trap wenden, en het was geen verrassing Kathy Mallory met drie treden tegelijk naar beneden te zien rennen. Blijkbaar had de jonge Peterson bekend.

Met neergeslagen ogen deed brigadier Bell of hij verdiept was in administratief werk. Terwijl de rechercheur langs zijn bureau snelde, informeerde hij naar de gezondheid van zijn jonge onervaren agent. 'Heb je hem vermoord?'

Hij keek nog net op tijd op om Mallory de deur uit te zien vliegen, de straat op.

'Ik neem je mee terug naar Charles' flat in SoHo.' Nedda zocht bij het schijnsel van een tiental kaarsen in haar tasje naar het papiertje met het telefoonnummer van de autoservice. Ten slotte gooide ze de inhoud op het bed. 'Hier is het.' Ze pakte de hoorn op en hoorde een kiestoon. 'Nou, de telefoon doet het nog.'

Bitty gaf een gil en greep de arm van haar tante.

Nedda draaide zich vliegensvlug om. Aan de andere kant van de kamer stond de prullenbak in brand. Het vuur vrat zich razendsnel door de gordijnen, vlammen lekten aan het plafond en verspreidden zich langs het behang. Bitty bleef schreeuwen en zwaaide met haar armen. De vogel schoot uit zijn kooi en fladderde met zijn vleugels: een tamelijk goede imitatie van zijn meesteres. Nedda pakte de vogel met een snelle beweging van de grond en duwde hem in een diepe zak van haar jas. Daarna greep ze haar nicht bij de arm. 'We moeten hier weg, Bitty. We moeten iedereen uit het huis zien te krijgen.'

Nedda schoof de grendel weg en trok haar nicht de gang op. Terwijl ze de deur achter zich dichtdeden, vlogen de dekens in brand. Ze stonden boven aan de trap toen ze beneden drie kaarsvlammetjes zagen. In het schijnsel zweefden drie hoofden zonder romp. De kleine processie van Cleo, Lionel en Sheldon bewoog zich in de richting van de trap.

Rook drong onder de deur door, steeg op in een tochtvlaag en dwarrelde om Bitty's gezicht. 'O, mijn god!' Ze ontsnapte aan de greep van haar tante en rende de trap op naar de volgende overloop.

'Nee, Bitty! Kom terug!' Nedda ging haar achterna, terwijl de kleine kaarsenstoet, inmiddels gereduceerd tot twee, de trap op marcheerde.

Bitty keek omlaag naar haar kamer en haar gezicht was de belichaming van troosteloze ontzetting. Rook ontsnapte door de brede kier aan de onderkant, wervelde op en achtervolgde haar op de trap. Nedda wist haar niet in te halen, maar ze slaagde er niet in om haar te pakken te krijgen. Bitty's handen waren molenwieken waarmee ze eenieder die haar naderde afweerde. Verder omhoog rende ze. Rook volgde haar en steeg op in haar kielzog. Ze struikelde en zou achterovergevallen zijn als

Nedda niet achter haar had gestaan om haar val te breken. Beneden vormde zich een grijze wolk die naar hen toe golfde en de trap in rook hulde.

'Bitty, we moeten terug door de rook. Houd je adem in.'

'Nee! Nee!'

Nedda weerde de slagen van de wild om zich heen maaiende handen af. Ze hoorde dat beneden haar de slaapkamerdeur openging. 'Nee!' schreeuwde ze. 'Doe die deur dicht! Ik heb Bitty. Ik haal haar hier weg. Breng jezelf in veiligheid.' De rook verspreidde zich, werd dikker en onttrok de overloop onder hen aan het zicht. Ze trok haar nicht de rook in, de enige uitweg. 'Cleo, Lionel! Maak dat je naar buiten komt! Verlaat het huis!' schreeuwde ze, iets wat haar kostbare zuurstof kostte.

Dierbare gezichten doken kuchend en naar adem snakkend op uit de zwarte rook, handen werden uitgestoken. Bitty had zich opnieuw losgerukt en rende naar boven, waar nog te ademen viel.

'Brand!' De dakloze man bonsde op de glazen deur van het flatgebouw. Hij was in tranen. 'Brand! Mensen verbranden levend! Geloven jullie me niet?' Nee, vermoedelijk niet. Het was zo'n gebouw voor de beter gesitueerden waar de bewoners speelgoedhonden uitlieten die misschien op batterijen liepen, wist hij veel. Rijke mensen vormden een aparte soort en hij had nooit veel vertrouwen gehad in hun gezond verstand of menselijkheid. De conciërge met zijn witte handschoenen en knopen van nepgoud had te lang onder deze mensen verkeerd. Toen hij zich naar het glas wendde, zag hij geen sjofele man die als een bezetene in de kou stond te schreeuwen en in frustratie op de deur bonsde in een poging om een paar mensen het leven te redden. Nee, deze man keek straal langs de zwerver heen, keerde hem toen de rug toe, goed afgeschermd van de geluiden van de straat en van de kille avondlucht. De geur van paria's en rook.

'Schoft!'

De temperatuur daalde en de dakloze man sloeg de kraag van zijn versleten jas op, terwijl hij terugrende naar het huis ernaast. De kleine vrouw die met uitgestrekte armen en benen op de stoeptrap lag rolde op haar zij. Een mobieltje viel uit de zak van haar jurk en kletterde op de trap. De zwerver pakte het snel op en toetste het alarmnummer in dat zou zorgen dat de brandweerauto's kwamen.

Nu geloofde men hem wel.

Een kleine bruine auto stopte met gierende remmen voor het huis, waarna een portier met een klap dichtsloeg. Een blonde vrouw met lange benen en groene ogen kwam snel op hem af.

O, dame, wat een koude ogen hebt u.

In een fractie van een seconde stelde hij vast dat ze politieagente was. Hij was zo veel jaren met de punt van een schoen wakker gemaakt door de politie als hij in de stad ineengedoken in een portiek lag. Deze vrouw was een van hen, daar kon je donder op zeggen.

Zwaar weer.

Hij wist wat een vreemd gezicht dit was, een haveloze zwerver met een mobieltje. Hij stak zijn hand uit om de telefoon af te staan. 'Ik heb hem niet gestolen, oké?' schreeuwde hij. 'Hij viel uit haar zak.' En dit werd meteen gevolgd door een schietgebedje: dat ze hem geen pijn zou doen.

De agente staarde naar de donkere voorramen. Er waren geen vlammen te zien, maar er hing wel een sterke stank van rook. En nu keek ze naar hem, ze zag hem warempel, sprak met hem. 'Hebt u het alarmnummer gebeld?'

'Ja.' Hij keek naar de vrouw die aan zijn voeten lag. 'In het huis zijn nog meer mensen. Een oude dame heeft deze vrouw naar buiten gedragen, daarna is ze weer naar binnen gerend. Ik moest van haar tegen de brandweer zeggen dat ze allemaal boven waren. Ik weet niet met zijn hoevelen ze…'

Hij zag hoe de agente de trap op liep naar de voordeur en een penlight uit de zak van haar blazer haalde. Een miezerige penlight. Hij wist dat ze onder de gegeven omstandigheden niets aan het ding zou hebben.

'Ik heb nog geprobeerd om de oude dame tegen te houden,' riep hij haar achterna. 'Daarna heb ik de deur achter haar dichtgedaan. Je moet altijd zorgen dat er niet nog meer zuurstof bij het vuur komt.'

Een brandweerman had hem dat verteld.

En nu zag hij de politieagente op haar rug, terwijl ze het huis in liep, en hij gaf geen cent meer voor haar leven. Hij wist dat de kans klein was dat ze ooit de weg terug zou kunnen vinden. Het was de rook die je doodde, niet het vuur. Hij had dit door bittere ervaring geleerd tijdens een brand in een logement. Hij had zijn vege lijf kunnen redden, maar niet al zijn haar en zijn hele huid.

Een andere rookmelder ging af, een luid en doordringend gepiep. Roepen naar overlevenden was verspilling van zuurstof en moeite. Mallory trok haar T-shirt voor haar mond en neus. Ze sprintte de donkere voorkamer in en zette koers naar de trap. De dunne straal van een penlight wees haar de weg en deed op de begane grond een grijze nevel oplichten. Het miezerige straaltje drong niet door de dikkere rook heen die zich op de eerste verdieping verspreidde; het ketste af op een kolkende zwarte turbulente rookzee, en daarin zou ze zich nu begeven. Ze stopte de penlight in haar zak, kneep haar tranende ogen stevig dicht en slaagde erin om de eerste verdieping te bereiken. De lucht explodeerde uit haar longen. Ze viel op de grond, ademde voorzichtig wat zuurstof in die boven de vloer hing en kroop toen over het tapijt verder. Ze vond de eerste persoon op de tast. Zo te voelen was het een man en hij was dood. Het lichaam voelde aan als een zandzak en miste de elasticiteit van een bewusteloos slachtoffer. Dit was alleen maar een zak vol vlees en botten. Mallory ging verder.

Hoeveel overlevenden waren er? Hoeveel kamers waren er in dit huis?

Omdat haar longen op springen stonden, bracht ze haar hoofd naar de grond om meer zuurstof tot zich te nemen, die gefilterd werd door haar T-shirt. Het rookalarm was oorverdovend. Hoe meer rook er opsteeg in het huis, hoe harder het alarm.

En dit gebeurde in seconden, die uren leken.

Ze zou de anderen nooit vinden. De rookmelders met hun aanhoudend gegil maakten haar hoorndol. Ze had maar een wens: houd op!

En ze hielden op.

Een voor een zwegen de rookmelders. Smolt hun plastic behuizing weg in de hitte? Nu kon ze het geknetter en doffe geloei van de vlammen horen, maar zien deed ze het vuur niet. Boven haar klonk een schrille kreet die niet mechanisch was, en ook niet van een mens.

De tamme vogel.

Dat diertje zou het nog geen zes seconden hebben uitgehouden in deze verstikkende atmosfeer. Iemand moest het beschut hebben tegen de giftige dampen. Mallory kroop in de richting van het geluid van de krijsende kaketoe en haar tastende handen vonden de volgende trap. Kuchend en naar adem snakkend kwam ze overeind, ze pakte de leuning en stoof zonder dat ze een hand voor ogen zag met drie treden tegelijk de trap op naar de volgende verdieping. Ze liet zich weer zakken en kroop over de vloer. Vlak bij de grond tankte ze zuurstof en ontdekte dat die verpest was. Een hoestbui. Een deur vloog open en kwam met een klap tegen haar schouder. Twee mensen tuimelden de gang in. Mallory zoog de lucht in van de vloer van de wandkast, die zuiverder was, en liet haar handen over de twee vrouwen gaan, die elkaar omstrengeld hielden, de ene levend – Nedda, te voelen aan haar vlecht – en de andere dood, Cleo. Mallory trok de twee zussen uit elkaar en rukte Nedda's jas omhoog om de vrouw te beschermen tegen de rook. Op de tast en kruipend op handen en knieën zeulde ze de bewusteloze Nedda met zich mee, waarbij ze de houten rand tussen het tapijt en de leuning aanhield als referentiepunt.

Welke kant op? Had ze zich omgedraaid? Waar was de dode man?

Beneden, waar de muziek vandaan kwam.

Iemand had een radio aangezet. Er werd van zender veranderd en ze hoorde geruis en gekraak, en nu riep een saxofoon haar naar beneden met zinnelijke, verlokkende tonen. Ze kroop bij de leuning vandaan en vond de eerste trede. Ze stond op, nam als een brandweerman Nedda op haar rug en begon aan haar afdaling naar beneden. Bij de laatste stap naar de eerste verdieping viel ze en knielde. Opnieuw dook ze naar de grond om adem te halen, er was alleen maar rook nu. Hoesten, snakken naar adem, hunkering naar zuurstof, verslappende spieren, dan de totale uitputting. Rondom haar zwol de muziek aan en de blazerssectie haalde uit. Word wakker! Sta op! Op handen en knieën kroop ze verder. Terwijl ze zich in de richting van de muziek bewoog, vond ze het oriëntatiepunt: het lijk van de man.

Ze bracht haar mond naar het tapijt en ademde alle zuurstof in die er was. Vervolgens sloeg ze de beschermende jas terug en bedekte Nedda's mond met die van haar. Ze gaf haar een paar seconden mond-op-mondbeademing, stond toen op en hees de vrouw weer op. Wat was ze zwaar, te zwaar. Mallory viel en Nedda rolde van haar rug af. De hitte onttrok alle kracht aan haar armen en benen.

Het zou snel voorbij zijn. Ze was al bijna dood.

Een klarinet speelde spottend en honend losse noten van hoog naar laag. Trompetten schetterden en het ritme van een bas klonk in de maat met het kloppen van haar hart. Een plagerige trombone speelde 'Go, Girl!' De saxofoon was er weer en lokte haar weg van de hitte. Hierheen.

Toen een uithaal van blazers. Hierlangs, vlug! Dat was de schreeuw van de adrenaline. Ze stond op en hees Nedda op haar rug. De trap af. Wat een treden. Het vuur zat haar op de hielen. Ze hoorde het knetteren en knappen. De hitte was voelbaar in haar rug. Ze strompelde voort, viel. Wild greep ze om zich heen, vond de leuning en zocht met haar hele gewicht steun. Dit maakte het dragen van de zware last op haar rug wat gemakkelijker. Stapje voor stapje naar beneden nu, half glijdend. Niet meer dan seconden gingen voorbij.

Uren van traplopen.

Ze verbruikte de kostbare zuurstof in haar longen voor ze voet op de begane grond kon zetten. Ze viel op haar knieën en de scherpe pijn maakte haar weer alert. De muziek klonk hier het luidst. Boven haar was de atmosfeer het meest verstikkend, maar ze kreeg rook binnen van de grond: hoesten, snakken naar adem, longen in brand. Nog een keer opstaan lukte haar niet. Overal om haar heen klonk muziek, geen oriëntatie. Boven was onder, en er was geen voor en achter meer. De weg om te ontsnappen was zoek. De deur was op de maan. Ze opende haar prikkende branderige ogen, in de hoop een streepje straatverlichting door de voorramen te zien waardoor ze haar positie in de kamer zou kunnen bepalen. In plaats daarvan zag ze het schijnsel van vlammen, een klein vuur dat de koperen deurknop deed oplichten. Een vuursignaal om aan te geven hoe ze moest lopen? Ja, en meteen was ze in kruiphouding en kroop er op handen en voeten heen, met het zware gewicht op haar rug, wat haar het gevoel gaf dat haar knieschijven op mespunten drukten. Elke beweging werd duur betaald.

Iemand zette de radio uit.

Seconden gingen voorbij, terwijl ze oplette of ze ook voetstappen hoorde.

De deur vloog open. Zuivere lucht stroomde naar binnen, en het leven zelf, samen met het gedreun van laarzen die op haar toe kwamen en zaklantaarns die haar recht in de ogen schenen. Handen tilden Nedda van haar rug, en hielpen Mallory toen met opstaan. Sterke armen omsloten haar en droegen haar naar buiten. Ze keek omlaag en zag het kleine vuur bij de deur. Het brandde in een wieldop. Een ander paar laarzen schopte het omver.

Buiten: happen naar adem, verschroeide longen, ogen die opengaan, maar bijna niets zien door de prikkende tranen. Een brandweerman zette haar neer op het trottoir. 'Waar blijft die ziekenauto, verdomme?' schreeuwde hij.

Brandweerlieden sprongen van de wagen en renden naar het huis. Een van hen droeg Nedda Winter naar de ambulance toen deze met gierende remmen aan de rand van het trottoir tot stilstand kwam. Alleen Mallory zag een kleine verenbal uit de jaszak van de oude vrouw vallen. De vogel plofte op het trottoir en fladderde zwak met zijn vleugel. Hij rolde van de stoep en viel in de goot.

Langzaam boog Mallory zich voorover om het kreupele diertje te pakken, toen een brandweerman haar bij de schouders greep. Niet in staat tot spreken wees ze naar de deur, en wist toen hoestend en piepend uit te brengen dat er nog iemand levend in het huis was. Iemand had de radio afgezet. Hij schudde het hoofd, niet wetend wat hij hiervan moest denken en liet haar toen los. Haar knieën begaven het en handen werden uitgestoken en braken haar val terwijl ze op de grond ineenzakte. Ze lag op haar zij, opende haar ogen en zag de vogel een meter van haar gezicht. Hij haalde moeizaam adem.

Ze zag hoe het beestje zijn laatste adem uitblies.

Mallory werd op haar rug gelegd en men bedekte haar gezicht met een masker dat vastzat aan een zuurstoffles.

Een haveloze man knielde naast haar neer. 'Het spijt me van uw wieldop,' zei hij, terwijl een ambulancebroeder zijn schouders met een deken bedekte.

Ze herkende hem als de zwerver die het mobieltje van Bitty Smyth had gebruikt om de brandweer te alarmeren. Onder de deken huiverde hij in zijn hemdsmouwen. Om zijn signaalvuur van brandstof te voorzien, had hij zijn jas verbrand.

De gang stond vol met rechercheurs van de afdeling Zware Delicten. Riker wist dat de meesten van hen er al een dubbele dienst op hadden zitten, maar toch waren ze actief, opgepept met koffie. Ze waren in de weer om informatie los te krijgen van de brandweerlieden en ambulancebroeders, en van de artsen en verpleegsters; ze legden verklaringen af; ze deden papierwerk en hapten van de oudbakken broodjes uit de kantine van het ziekenhuis. Ze waren bezig om zaken af te handelen die waren blijven liggen, allemaal voor Mallory, hun collega. Stuk voor stuk hadden deze fantastische kerels spontaan gereageerd omdat er een collega was geveld.

Zij geveld? Vergeet het maar.

Hoewel ze vuil was en vermoeid, en stonk naar rook, werkte Mallory nog steeds aan haar zaak. Rechercheur Janos, een man die eruitzag als een ongelikte beer, en die de omvang en vorm had van een doos waarin een koelkast wordt vervoerd en afgeleverd, bleef voortdurend bij haar in de buurt. Af en toe dook hij ineens achter haar op om behoedzaam de deken weer over haar schouders te leggen, als ze die van zich afgeschud had. De rest van de groep bleef op veilige afstand. Was ze een andere collega geweest, dan hadden ze haar op de rug geklopt en stevig omhelsd, en dan hadden er – tot hun schande – tranen in de ogen van deze volwassen mannen gestaan. Dit tafereel van menselijke warmte, tranen en vreugde had Riker Mallory zo graag gegund.

Een illusie.

Ten eerste moest ze niets hebben van menselijk contact en ten tweede had ze het druk.

De zaak was allesbehalve ingewikkeld. Het enige mysterie van de avond dat nog altijd niet was opgelost, was een broodmagere kleine zwerver die ronddoolde in de hal met blikjes mineraalwater en zakjes chips, een zwerver die de leren jas van Mallory aanhad. Hij was altijd in haar buurt te vinden, zijn enige bron voor kleingeld voor de automaten. De zwerver kwam nu naar haar toe. Ze tastte werktuiglijk in haar zakken en gaf hem nog een paar munten.

Haar gezicht bevond zich niet meer dan enkele centimeters van het glazen raam in de deur naar de intensivecareafdeling. Riker ging naast haar staan. Samen keken ze toe terwijl Charles zich vooroverboog naar de patiënte in het bed, heel teder de hand van Nedda vasthield en moeite deed om haar woorden te verstaan. Een arts en twee verpleegsters waren ook aanwezig en ze vertoonden tekenen van ernstige bezorgdheid.

Rechercheur Mallory was persona non grata bij deze vriendelijke verzorgers. Ongeacht het feit dat ze door het vuur was gegaan om het leven van deze vrouw te redden.

Bravo, Kathy.

Ze was altijd een toeschouwer, maar ze beklaagde zich nooit over haar lot, en hij waardeerde haar er des te meer om.

Met haar ene hand hield ze een papieren zak stevig vast. Voor Mallory was de inhoud bewijs, voor Riker een dode vogel. Het kind was duidelijk zichzelf niet vanavond. Ze was veel te geduldig terwijl ze wachtte tot het haar beurt was om naar de oudere patiënte aan de andere kant van het glas te gaan.

Ze keek naar Riker. 'Hoeveel doden zijn er?'

'Eén minder dan we dachten. Bitty's vader is ongetwijfeld in het huis geweest, maar hij is daar niet omgekomen. Het lijkt erop dat de oude Sheldon als eerste de deur uit was. Wat een vent, hè? Een paar surveillerende agenten vonden hem een paar straten verderop. Hij was dood. Waarschijnlijk een hartaanval.' Riker hield een gele blocnote omhoog met een getuigenverklaring die in ouderwetse krulletters was geschreven, met een vulpen, want tussen de letters zaten inktspatjes. 'Deze verklaring is afkomstig van een tachtigjarige priester. Je zult ervan genieten. Ons papierwerk van vanavond wint door dit stuk aan glans.'

Hij zette voor deze speciale gelegenheid, de afronding van een zaak, zijn leesbril op, die hij nooit in het openbaar droeg, en las voor wat de priester had waargenomen met betrekking tot de dood van Sheldon Smyth. 'De arme man was doodsbang, alsof de duivel hem op de hielen zat. Je kon de rook zelfs ruiken. Ik kreeg het er koud van. Helemaal bezweet door het hellevuur rende hij om de duivel voor te blijven, toen hij naar zijn borst greep. Zijn ogen draaiden zo ver weg dat alleen het wit nog te zien was. Hij was blind en hij was dood. Daar ben ik zeker van. Dat was het moment. Ja, zeker weten. En hier wordt het vreemd. Toen hij al morsdood was rende hij nog drie of vier passen, ik zweer het jullie, en sloeg toen pas tegen de grond.'

Riker stopte snel zijn bril in zijn zak. 'Dat is voldoende om de brand tot een verzachtende omstandigheid te maken, nu hij dood is. Dus als je Sheldon wilt als degene die Willy Roy Boyd heeft ingehuurd, heb je pech gehad. We zitten met drie slachtoffers. Vier als we het skeletje in de koffer meetellen. Bitty is op één avond haar ouders en haar oom kwijtgeraakt. Ik ben benieuwd wat ze nu gaat doen.'

'Misschien dat ze erdoor groeit,' zei Mallory.

Riker haalde zijn schouders op. Het was maar goed dat inspecteur Coffey Bitty Smyth het slechte nieuws had verteld. Mallory was niet goed in dit aspect van hun werk, of de kersverse wezen nu veertig of vier waren.

'Er was nog iemand in dat huis,' zei ze. 'Weet je wie dat was?'

'Nee, meisje. Iedereen is bekend. Het aantal lijken komt overeen met wat Bitty ons heeft verteld. Er was niemand anders in dat huis.'

'Wie heeft dan de radio aangezet?'

'O, krijgen we dat weer. De brandweermensen hebben geen andere…'

De deur van de intensivecareafdeling ging open en Charles stapte de gang op. Je hoefde maar naar zijn ogen te kijken om te zien dat hij kapot was. Riker wendde zich af. Dat Charles zich zo sterk aan Nedda zou hechten, had hij niet voorzien.

En de malheur van deze avond stapelde zich op.

'Mallory,' zei Charles, 'ze wil je zien. Maar voordat je naar binnen gaat… Ze weet niet wat er met Lionel en Cleo is gebeurd. Ik heb het haar niet verteld. Dus, toe… vertel haar niet dat ze dood zijn. Dat is gewoon te veel, te wreed. Nedda heeft al een hele hoop pijn te verduren. En volgens mij weet ze dat ze sterven gaat. Ze wil geen morfine nemen voordat ze jou heeft gesproken.'

Mallory wilde niet de hele avond wachten tot hij was uitgesproken. De deur van de intensive care viel achter haar dicht.

Inspecteur Coffey maakte ruimte op de bank bij de verpleegsterspost voor Charles Butler, en ging toen weer door met zijn klus, het herschrijven van het rapport van zijn hoofdrechercheur. Hij zette een vette zwarte streep door alle passages waarin officier van justitie Buchanan werd beschuldigd, de klootzak die opzettelijk getreuzeld had bij het afgeven van een bevel tot bescherming van Nedda Winter. De prognose was dat de vrouw de volgende morgen niet zou halen, maar Riker moest nog langer mee. Nog één zin werd doorgestreept, en daarmee had Coffey het pensioen van zijn rechercheur gered.

Mallory's verklaring vormde een ander probleem. Het team dat zich met brandstichting bezighield, had haar al ondervraagd, en dus kon hij de passage over de radio niet schrappen. Hij voegde er een zin over zuurstofgebrek aan toe. Daarmee was de zaak rechtgebreid.

De inspecteur legde zijn pen op het klembord en wendde zich tot de bedroefd kijkende man naast hem. 'Charles, je ziet er allerberoerdst uit.'

'Zo voel ik me ook.' De man boog zich ver voorover, steunde met zijn handen op zijn knieën en liet zijn hoofd in zijn handen zakken. 'Mallory heeft maar zes keer tegen me gezegd dat Nedda ernstig gevaar liep. Ze hadden mij nooit de zorg voor haar veiligheid moeten toevertrouwen.'

'Hé, Charles, Mallory heeft jou nooit de zorg voor de veiligheid van die vrouw toevertrouwd, als dat je een beter gevoel geeft.'

De man liet zijn handen zakken en Jack Coffey kon de uitdrukking op zijn gezicht alleen beschrijven als die van een kalf dat verdoofd is met een knuppel en wacht op het lemmet dat zijn keel zal doorsnijden.

De inspecteur haastte zich om uitleg te geven over alles wat er deze avond verkeerd gegaan was, waarbij hij de namen in Rikers oorspronkelijke verslag noemde en de voorzorgsmaatregelen beschreef die waren genomen. 'Het was onze taak om ervoor te zorgen dat Nedda Winter in leven bleef, niet die van jou.' Hij eindigde zijn litanie met de agent die de laatste wacht had verprutst. 'De hele avond ging er van alles mis met de timing, en jij bent echt de enige die niets te verwijten valt.'

Niets van wat er was gezegd had de aan Charles Butler toegebrachte schade ongedaan gemaakt, want hij had er geen woord van gehoord. De ogen van de psycholoog waren gefixeerd op de intensivecareafdeling waar Nedda, zijn enige cliënte, op sterven lag.

De oude vrouw maakte een zeer breekbare en vermoeide indruk. Ze leek wel tien jaar ouder geworden. En weer zat ze vast aan een macht aan hightech. Draden liepen van de pleisters waarmee de elektroden aan haar vastzaten naar de monitoren die aan een stang naast haar bed hingen. Golvende lijnen registreerden iedere lichaamsfunctie. Slangen liepen van en naar haar lichaam. Sommige brachten vloeistof in de aderen van haar gekneusde arm en andere voerden vloeistoffen af die verdwenen in plastic zakken. Haar ogen gingen open en dicht, een knipperen in slowmotion.

'Is het huis afgebrand?' vroeg Nedda, toen Mallory het bed naderde.

'Nee, het staat er nog. Heel veel rookschade overal, maar de brandweer heeft de brand beperkt weten te houden tot de eerste verdieping.'

'Arm huis.' Ze richtte haar ogen op de rechercheur. 'Waarom gaf u mij die nacht in het park mijn ijspriem terug? Dat heb ik me altijd afgevraagd.'

'Ik dacht dat u hem misschien nog nodig zou hebben.'

'Dus u dacht niet dat ik paranoïde was? Gewoon een gek oud wijf?'

Mallory was inderdaad van mening geweest dat deze vrouw langgeleden gek gemaakt was, maar ze zei: 'Nee.'

'Hebt u de koffer met Sally's botten gezien?'

Mallory knikte.

'U hebt uw leven vanavond in de waagschaal gesteld om mij te redden,' zei Nedda. 'Ik weet dat het onbescheiden is... maar ik wil u om een gunst vragen.'

'Zeg het maar.'

'Heb consideratie met Lionel en Cleo.' Het spreken kostte haar nu meer moeite. 'Zie ze... zoals ik ze zie... als kinderen die niemand hadden die van ze hield. Ze hadden alleen maar elkaar. Ik zweer u dat... ze Sally niet vermoord hebben... Daar waren ze nooit toe...' Ze hoestte wat bloed op, maar hield de hand van Mallory tegen toen de rechercheur naar de knop greep om een verpleegster te waarschuwen. 'Toe, luister naar me... Verlating en verlies hadden een band gevormd tussen deze drie. Kunt u dat begrijpen?'

Mallory begreep het maar al te goed. Ze raakte altijd mensen kwijt. 'Oké, ik zal ze sparen. Ik beloof het. Ik zal ze niet op hun huid zitten. Ik beloof het. Ik zal ze met rust laten.'

'Nee, Mallory... Ik wil dat je met ze praat. Vertel ze over de slachtpartij... over wat er werkelijk gebeurd is. En vertel ze... dat ik niet wist dat ze de slachting hadden overleefd.'

De oude vrouw stokte. Ze ademde diep in en in haar gezicht ontstonden plooien die wezen op hevige pijn. 'Er staat een metalen koffer onder mijn bed... Misschien heeft hij het vuur overleefd. Zoek hem. De inhoud zal... hun duidelijk maken dat ik hen nooit in de steek gelaten heb... dat ik altijd van ze heb gehouden.' Haar vingers klemden zich om de hand van de rechercheur. 'Ze zullen het geloven... als u het tegen ze zegt.'

Mallory knikte. Natuurlijk zouden ze het geloven. Ze was de enige persoon die men nooit zou kunnen betrappen op onoprechte gemeenplaatsen en leugens uit vriendelijkheid. Nedda had haar boodschapper verstandig gekozen, maar te laat. 'Ik beloof het. Ik zal hun alles vertellen.' De woorden klonken onbeholpen en onoprecht, en ze schreef dit toe aan haar gebrek aan oefening in het opdissen van leugentjes om bestwil, en in het vriendelijk zijn.

En toch werd ze geloofd.

Nedda's mond vertrok tot iets wat het midden hield tussen een grimas en een glimlach. 'Toen het erop aankwam was ik er voor Bitty... Mijn leven is echt niet voor niets geweest. En nu begrijp ik Walter McReedy zoveel beter... Als de redding van Bitty alles zou zijn wat ik met mijn leven heb gedaan... dan is dat voldoende. Ik heb uiteindelijk ontdekt uit welk hout ik gesneden ben… en het was een betere kwaliteit dan ik dacht.'

Haar ogen vielen dicht en haar gezicht ontspande zich nu ze geen pijn meer had. En met het verdwijnen van de groeven en rimpels van leed verdween de ouderdom. De golven op de twee monitoren naast haar bed werden vlak, en een derde monitor ging door met het registeren van de lichaamsfuncties, zichtbaar gemaakt in helderoranje golven van licht. Maar Mallory wist dat de technologie loog. Het was onmogelijk om de dood te verwarren met zelfs de diepste slaap. Het was de onnatuurlijke stilte die hem verraadde, die starre stilheid van een tijdens zijn vlucht gefotografeerde vogel.

Slaap zacht, Red Winter.

Mallory's linkerhand ging langzaam omhoog en balde zich tot een vuist; tot een moker. Ze beukte tegen de muur boven het bed. Een zelf gewilde pijn.

Dit was onrechtvaardig! Dit was niet eerlijk!

Telkens opnieuw trof ze het pleisterwerk met haar slagen, terwijl ze alle doden telde voor wie ze verantwoordelijk was. Ze bloedde toen de artsen haar meenamen om haar gebroken hand te zetten.

12

Charles Butler kon de slaap niet vatten. Hij was er al talloze keren uit geweest, om vervolgens blootsvoets door het huis te zwerven. Het was vijf uur in de ochtend toen hij door de smalle gang van Butler & Co naar het kantoor aan de achterkant liep. Alle monitoren van Mallory stonden aan en haar rugzak lag op het bureau naast het restant van een afhaalmaaltijd. De beker met koffie was nog warm. Hij keek naar de kurkwand en naar het bijna ultieme symptoom van een netheidsfanaat die de controle aan het verliezen is: een wilde, slordige massa papierwerk. Haar onderzoeksgegevens waren vastgeprikt in een horizontaal spetterpatroon. Hoeveel uren waren hieraan besteed? De hele nacht? Ja, het niet meer in acht nemen van een volmaakte waterpaslijn wees op slaapgebrek. De wand was zo'n puinhoop dat hij eerst dacht dat dit Rikers werk moest zijn. Maar nee, er was een rudimentaire orde in de chaos. Hoe primitief ook, deze lineaire opeenvolging was atypisch voor Riker en kenmerkend voor Mallory. Haar karakteristieke rücksichtslose manier van werken bleef overeind in deze doelbewuste opmars van data over de hele muur.

Wanneer zou ze het eindelijk loslaten?

En hij?

Charles ging aan het bureau zitten en bedekte zijn gezicht met beide handen, een beetje verbaasd bij de ontdekking dat hij een stoppelbaard van drie dagen had. En hoeveel dagen had hij deze kamerjas al aan?

Verdriet en zware depressiviteit putten hem uit. Nog afmattender was het schuldgevoel, en hij was nog niet klaar met een kritische evaluatie van de periode met Nedda Winter. Dat was het gruwelijke van wijsheid achteraf: het 'had ik maar' waardoor alles anders gelopen zou zijn. Wat hem werkelijk gek maakte, was dat hij niet naar Mallory had geluisterd. Hoe vaak had ze hem niet gewaarschuwd dat Nedda gevaar liep? Ongeval of niet, als hij een oogje in het zeil had gehouden, zou ze nog in leven zijn.

Op de vreemdste momenten stroomden de tranen hem over zijn wangen. Hij had er geen controle over. Altijd zweefde hem een beeld voor ogen van Nedda die gelukkig was, die vrij was van zorgen en pijn: een bescheiden, kleine droom, die wellicht verwezenlijkt had kunnen worden. Hij legde zijn hoofd op het bureau. Hij zou nooit meer een cliënt nemen.

Haar last was moeilijker, ze had meer slachtoffers dan waar hij verantwoordelijk voor was. Niet gewend als ze was om te falen, had Mallory nooit de emotionele kracht verworven om weer overeind te krabbelen wanneer ze uitgleed en uit de gratie raakte. Hoe goed hij haar situatie ook kon invoelen, helpen kon hij haar niet. Omdat ze zo vervlochten waren, betwijfelde hij of hij en zij één volledige en gezonde mens zouden kunnen vormen. Het andere beletsel was hun vriendschap. Vrienden vestigen niet de aandacht op elkaars met bloed bevlekte ziel en psyche.

De halve inhoud van haar rugzak lag over het vloeiblad van haar bureau uitgespreid. Hij pakte een flesje met een etiket van de ziekenhuisapotheek. Er zaten pijnstillers in, voorgeschreven vanwege haar gebroken hand. Het was niet nodig om de tabletten te tellen: hij wist dat ze er niet een van genomen had. Mallory zou haar briljante hersens niet willen versuffen, zeker niet nu ze geobsedeerd werd door alle bijzonderheden van een verschrikkelijke avond waarin alles mis was gegaan. Maar hij was er ook van overtuigd dat ze niet leed, omdat ze waarschijnlijk niet veel aandacht schonk aan het pijnlijke kloppen van gebroken botten en beschadigde spieren. Om een oud lied uit zijn jeugd te parafraseren: ze had geen tijd voor pijn.

En dus was hij degene die de pijn voelde.

Daardoor verlamd nam hij haar pen en besteedde een uur aan het schrijven van brieven aan Mallory, lange berouwvolle zinnen vol verontschuldigingen, waarbij hij alle schuld voor Nedda's dood op zich nam. En toen was hij zo verstandig om de pen neer te leggen. Het was niet eerlijk om haar te belasten met zijn eigen obsessies. Charles propte de velletjes in de zakken van zijn kamerjas en stond op om zijn benen te strekken. Hij liep langs het reusachtige mededelingenbord, een rampgebied op verschillende niveaus.

Of toch niet, misschien?

In het begin was haar manier van punaises prikken zodanig dat alle papieren op één lijn hingen. Daarna, terwijl ze was doorgegaan met het opprikken van nieuwe documenten op de wand, gingen ze steeds schever hangen, alsof ze meer en meer geagiteerd was geraakt tijdens haar gedraaf van de ene naar de andere kant van de wand. De nieuwe samenstelling van diagrammen, foto's, teksten en allerlei papiertjes was gerangschikt als een legpuzzel, zonder dat de afwijkingen in de stukjes je op het goede spoor brachten. Hij begreep slechts de hoofdgedachte ervan: ze konden geen van beiden Nedda Winter goed loslaten. En het léék ook onmogelijk dat een stom ongeluk er de oorzaak van was dat zo iemand van de aarde verdween. Mallory's papieren op de muur bewogen zich stormachtig, onontkoombaar en linea recta naar diezelfde conclusie.

Aan het uiterste einde van de wand deed een rapport van de brandweercommandant op slag alle andere gedachten in zijn hoofd verdwijnen. Dit kon niet waar zijn. Hij las het nogmaals: er waren geen transistorradio's in Winter House, geen radio's die zonder stopcontact werkten, en de ouderwetse radio in de voorkamer deed het al jaren niet meer.

O, nee. Krankzinnigheid was pas iets van de laatste dagen, en met zijn geheugen was niets mis.

Charles liep terug naar het bureau, pakte opnieuw pen en papier en prikte toen een briefje op het technische verslag. De vette lijnen van de rode markeerstift onderscheidden zich duidelijk van de rest, en het kon niet anders of dit geknoei op haar mededelingenbord zou haar ergernis opwekken op het moment dat ze de kamer binnenstapte. Het was een simpele boodschap − Mallory hield van bondigheid − van maar drie woorden: *dit klopt niet.*

Het was laat in de middag toen Bitty als een dief haar eigen woning naderde. Ze sloop door het park en bleef in de langer wordende schaduwen van de rotsen en de altijdgroene bomen lopen. Er stonden geen politieauto's meer voor Winter House. De journalisten waren allang weg en de woning maakte een verlaten indruk.

En er hing een sfeer van troosteloosheid. 'Arm huis,' zou tante Nedda zeggen.

Bitty klom behoedzaam over de lage stenen muur en spurtte de brede boulevard over. Terwijl haar bruine ogen van links naar rechts schoten, ontweek ze het verkeer. Ze rende de voortrap op en stuntelde met haar sleutels, die ze twee keer liet vallen voor het haar lukte om het slot open te krijgen. Ten slotte opende ze de deur. Binnen hing de scherpe geur van rook en schimmel. Na drie dagen was de lucht nog klam van het bluswater. Omdat ze bang was voor kortsluiting aarzelde ze om het licht in de hal aan te doen. Maar angst voor het donker gaf de doorslag en ze draaide de muurschakelaar om. De lampen flikkerden.

Bitty's adem stokte.

Vandalen.

De beroete muren van de hal hadden nieuwe schade geleden. Kanjers van spijkers waren met grote kracht in het pleisterwerk gedreven en hadden barsten veroorzaakt. Aan iedere spijker hing een vel papier.

Zinloos geweld.

Terwijl ze haar ogen over de papieren liet dwalen, verbeeldde Bitty zich dat ze de echo hoorde van elke in woede geslagen spijker: BENG!, een schets van haar slaapkamer, waar de vuurhaard ontstaan was, gemaakt door een brandweercommandant; BENG! – nog een schets, ditmaal van de stoppenkast in de kelder; BENG! – een officieel rapport over de aangetroffen sporen van brandstichting.

Dat kon niet.

Het vuur was bij louter toeval ontstaan doordat een kaars in een prullenbak was gevallen. Tante Nedda noch zij was in de buurt van de kaars geweest, toen hij van het bureau viel.

BENG! – een tekening van de kelder die de plaats aangaf waar de uitgedraaide stoppen en de reservestoppen verborgen lagen; BENG! – een rapport van het gerechtelijk laboratorium over een zaklantaarn die tussen de as van een slaapkamerkast teruggevonden was. Zijn ronde kop paste bij de vondst van lakschilfertjes en een cirkelvormig stofpatroon op de stoppenkast in de kelder.

BENG! BENG! BENG! Een reeks documenten leidde naar het eind van de muur en ging om de hoek verder.

Bitty gaf een gil.

Nee, nee, nee!

Rafel. Dit was te wreed. Op de volgende muur was haar tamme vogel vastgepind. Door elke kapotte vleugel was een spijker geslagen, en heel even werd door het flikkerende licht de illusie gewekt dat de dode vogel met zijn vleugels fladderde en vloog.

BENG! – naast Rafels nietige karkasje hing Mallory's getuigenverklaring. De rechercheur had boven de brandhaard de uitgestrekte lichamen gevonden van drie slachtoffers, die door het vuur geen kant meer op hadden gekund. Het meest belastend waren de laatste woorden van de verklaring: *de enige overlevende erft miljoenen.*

BENG! – een aanvraag om de activa van het vermogen van de familie Winter te bevriezen in afwachting van een gerechtelijke verificatie van het testament.

Hoewel het volkomen stil was in het huis en er alleen de denkbeeldige hamers waren, gingen Bitty's handen omhoog en bedekte ze haar oren.

Toen hield ze haar adem in om beter te kunnen luisteren.

Geen stem of voetstap was te horen, maar toch wist Bitty dat ze niet alleen was in het huis. Ze sloop naar de drempel van de voorkamer, en haar ogen pasten zich langzaam aan aan de zwakke restjes zonlicht die door de open gordijnen en de lichtkoepel in het dak vielen. Nu kon ze duidelijk een steigerconstructie waarnemen die in de geblakerde trap stond. De constructie bestond uit een metalen buizenframe met houten planken die de curve van de trap volgde.

En daar in de lucht hing Mallory. Ze droeg een stoffige spijkerbroek, een T-shirt en een pistool.

Bitty knipperde met haar ogen van verbazing.

Nee, de rechercheur stond op een hoog platform midden in dit reusachtige skelet van hout en staal. Aan haar voeten stond een koffer. Ze stond erbij als een vrouw die wachtte tot er hoog in de lucht een trein of bus langskwam. En hoe geduldig leek ze, alsof ze hier al die tijd had gewacht, dagenlang. Een geblesseerde hand in gips bungelde nutteloos langs haar linkerzij. Haar haar en kleren waren bedekt met een donkerder laag as dan de metalen koffer, de koffer die tante Nedda op de eerste verdieping onder haar bed bewaard had.

Altijd op slot.

De rechercheur pakte de koffer op, hield hem hoog boven haar hoofd en slingerde hem naar beneden. De koffer klapte open op de vloer en er vlogen in leer gebonden dagboeken uit, het soort dat geleverd wordt met kleine slotjes en sleuteltjes. Tientallen jaren aan dagboeken.

'Ik hou van geldmotieven,' zei Mallory. 'En nu... heb jij er een.'

Bitty was weliswaar geschokt, maar ze wist zich beter in de hand te houden dan anders. Ze ging verder de kamer in, voortgetrokken zoals mensen aangetrokken worden door een verkeersongeluk. De advocaat in haar kwam boven en die wilde in die dagboeken kijken. Eindelijk stond ze voor de steiger. Met een gedwongen glimlach keek ze omhoog. 'Wat een koddig gevoel voor humor,' zei ze, ervan overtuigd dat er nauwelijks enige angst doorklonk in haar stem.

'Daar sta ik nu niet bepaald om bekend.'

Nog steeds glimlachend, spreidde Bitty haar handen. 'Maar ik heb geen enkele misdaad begaan.'

'O nee?' Mallory bukte zich en pakte twee elektrische snoeren op. 'Dan zullen we ze maar eens tellen.' Handig verbond ze met haar goede hand de stekker en de contrastekker. Vanuit alle hoeken werd de kamer overspoeld door licht, stralende spotlights die boven op lange stangen hingen, tien of meer withete zonnen. Bitty bedekte haar gezicht met beide handen en sloot haar verblinde ogen.

Toen ze weer kon zien, draaide ze haar hoofd naar de plek waarop alle schijnwerpers gericht waren. Van één muur waren alle spiegels verwijderd. De wand was bedekt met honderden papieren en spijkers, en het pleisterwerk vertoonde grillige scheuren. Een volle minuut was ze met stomheid geslagen, toen keek ze achterom. De rechercheur was niet van houding veranderd, maar stond ze niet minstens één platform lager, dichter bij haar?

'Hoe bent u aan deze trustdocumenten gekomen?' Bitty deed haar best om over te brengen dat ze diefstal vermoedde. 'Geen rechter zal ooit een gerechtelijk bevel tekenen om een advocatenkantoor binnen te vallen om...'

'Heeft jouw vader het je niet verteld? Waarom verbaast me dat niet?' Mallory stapte van de smalle houten plank en liet zich op het bredere platform eronder vallen. Ditmaal maakten haar loopschoenen lawaai bij het neerkomen. 'De oude Sheldon was niet erg op je gesteld, hè? Nou, misschien was hij woedend omdat je zijn kantoor wilde chanteren.'

'Dat meent u...'

'Je dreigde hem met een misdrijf van heel langgeleden.' Mallory wees naar de muur. 'Direct onder de trustdocumenten hangt het gerechtelijk bevel voor de kluis van je vader. Daar heb ik de restitutieovereenkomst met betrekking tot de verduisterde gelden van het trustfond gevonden. Het document bewijst dat het advocatenkantoor geld heeft gestolen van de kinderen uit het gezin Winter. Het was het favoriete bewijsstuk van mijn collega: advocaten die wezen beroven.'

Bitty draaide zich om naar het platform, terwijl ze haar ogen afschermde tegen het felle licht. 'Ik zweer u, ik heb nooit...'

'Je wist het. Toen je voor het kantoor van je vader werkte, had je zeeën van tijd om de trustdocumenten te bestuderen. Ik heb ook een kopie van zijn testament gevonden. Twee jaar geleden heeft hij je onterfd; hij laat je geen cent na. Vandaar dat ik weet dat je geen sabbatical hebt genomen. Hij heeft je ontslagen. Ik heb de uitgaven van het kantoor gezien, die aan jou. Hij betaalde je zwijggeld – jouw zakgeld, zo noemde hij het. Tien procent van je oude salaris. Als chanteuse verdiende je warempel minder.' De rechercheur liet een honende glimlach zien. 'Je kon gewoon niet tegen hem op, of wel soms? Hij tartte je en je capituleerde. Als een brave kleine muis kroop je weg met een paar armzalige kruimels.'

Mallory liep naar de rand van het platform.

Het hoofd van Bitty ging met een ruk naar links, naar de afleiding van een defecte schijnwerper die flikkerde. Toen ze weer naar het platform keek was Mallory verdwenen, en dit stille huzarenstukje was alarmerender dan het geluid van de neerploffende koffer. Kon Mallory van een dergelijke hoogte op de grond beland zijn zonder ook maar het geringste lawaai te maken?

Of kon ze vliegen?

'Ik weet nu alles,' zei Mallory.

Bitty maakte een luchtsprong. Haar hart ging tekeer. Haar ogen schoten alle kanten op. Waar had...

'Toen chantage niet werkte, kwam je op de proppen met een nieuwe oplichterstruc.'

Bitty draaide zich langzaam om, waarbij ze afwisselend met haar ogen knipperde in het felle licht en in het duister tuurde. 'Ik heb geen idee wat u...'

'Ik weet hoe je je tante hebt gevonden.' De rechercheur stond in een schijnwerper aan het uiteinde van de muur, alsof ze daar simpelweg gematerialiseerd was. 'Het was een klus waartoe generaties van goede agenten niet in staat waren. Dat heeft me van af het begin dwarsgezeten.'

'Had het maar gevraagd…' Bitty klemden haar handen opelkaar, de vingers door elkaar gestrengeld, maar niet in gebed. 'Dan had ik u over de privé-detective verteld.'

'Joshua Addison?'

'Ja, dat is mijn privé-detective.'

'Het is nu mijn privé-detective.' Mallory rukte een bundel papieren van de muur. 'Dit is zijn verklaring: alle eisen waaraan hij moest voldoen.'

Bitty knikte zonder zich ervan bewust te zijn. Ze kende deze lijst uit haar hoofd: zoek een oude dame van ongeveer zeventig die lang, blond en blauwogig is, een vrouw zonder identiteitspapieren en zonder herinneringen aan familie en woonplaats.

'Het was een boodschappenlijstje om een dubbelganger te zoeken,' zei Mallory. 'Het ging helemaal niet om je tante. Elke oude vrouw was goed, zolang Cleo en Lionel maar geloofden dat het hun zus was. Je hoefde je zelfs geen zorgen te maken over een DNA-test. Tegen de tijd dat…'

'Ik wilde hun een plezier doen.'

'Nee, dat wilde je niet. Ze waren ontsteld. Zo beschrijft Nedda het in haar laatste dagboek, het dagboek dat ze begon in het hospice. Ze vermeldt jou ook, tot in de details. Ze had de indruk dat je niet zo erg verbaasd was door de ontvangst die ze van Cleo en Lionel kreeg. Maar laten we teruggaan naar je boodschappenlijstje voor de privé-detective. Addison heeft me verteld dat je alleen maar geïnteresseerd was in verpleeghuizen. Een goede plek om op jacht te gaan naar oude vrouwen die zich zelfs hun naam niet meer kunnen herinneren.'

Bitty liet zich voorzichtig op de grond zakken. Ze was bang dat haar knieën het zouden begeven als ze niet ging zitten. Mallory had zich in één ding vergist. Niet elke oude vrouw was geschikt om haar familie van hun geld af te helpen. Het had jaren gekost, en bijna al haar spaargeld was eraan opgegaan, om precies de goede te vinden, een seniel oud besje dat gelijkenis vertoonde met de familie Winter. Wat was ze verbaasd geweest toen ze ontdekte dat de beste kandidaat van het stel de echte Nedda was.

'Ik weet ook waarom je de staat Maine koos.' Mallory liep naar de andere kant van de kamer en Bitty had het gevoel dat de rechercheur dwars over haar heen zou lopen, of door haar heen, maar de jonge vrouw bleef plotseling staan, zoals een trein dat doet als er een botsing dreigt. 'Maine was dichtbij genoeg om de voortgang van het onderzoek in de gaten te houden,' zei Mallory. 'Maar het lag te ver van New York om bang te hoeven zijn dat men verband zou leggen tussen de naam Smyth en de naam Winter. Die privé-detective stelde niet veel voor, en ik vermoed dat dat ook de reden was dat je hem in de arm nam. Maar ten slotte viel het kwartje bij hem.'

Bitty moest altijd opkijken tegen mensen, en opeens had ze daar genoeg van. Ze richtte haar blik ergens op het midden en haar toon was gedecideerd toen ze zei: 'Ik heb geen enkele wet overtreden. Ik heb nooit...'

'Je plan was te ingewikkeld.' Mallory hurkte neer tot Bitty's ooghoogte. 'Dat is de reden dat er zo veel dingen misgingen. Je moest te veel improviseren. Maar in elk nieuw scenario zou Nedda sterven. Jouw oom en tante zouden de schuld krijgen. Jij voorzag ze van een motief. Weliswaar legde hun oom James de kiem, maar jij was degene die hen ervan overtuigde dat Nedda hun familie had vermoord.'

Terwijl zich bij Bitty het idee vormde dat Mallory zich bediende van puur giswerk, schudde de rechercheur het hoofd. 'Ik weet hoe je hen hebt opgestookt tegen Nedda,' zei ze. 'Je verzon dus een wraakmotief voor Cleo en Lionel. Ze doen alles samen, zo is het toch? Heb je de een, dan heb je de ander. Zodra ze achter slot en grendel zaten, had je de beschikking over al het geld.' Mallory hield een vel papier een paar centimeter van Bitty's gezicht. 'Nu krijg je niets.'

Bitty schoof achteruit en herkende de pagina, die was gescheurd uit een boek over wetgeving in de staat New York. De onderstreepte passage verordonneerde dat misdadigers geen profijt konden trekken van een misdrijf. Ze zag hoe het stuk papier naar de grond dwarrelde. In één vloeiende beweging was Mallory opgestaan, toen was ze weg, en staarde Bitty naar het gevallen papier, dat wit opblonk in het heldere licht. 'Ik heb geen misdrijven gepleegd. Er is geen bewijs van...'

'We zullen beginnen met Willy Roy Boyd, de smeerlap die je inhuurde om Nedda te vermoorden.' De rechercheur rukte een krantenknipsel van de muur en hield het omhoog om het aan Bitty te laten zien. De kop vermeldde de gevangenneming van een seriemoordenaar. 'Dit was jouw opvatting van de rubriek *Personeel gevraagd*. Het heeft je een hoop geld gekost om hem bij die nieuwe hoorzitting op borgtocht vrij te krijgen. En hij had nog veel meer geld nodig gehad om zijn dure advocaat aan te houden. Hij zou een bataljon vrouwen voor je vermoord hebben.' Ze liet het knipsel los, dat naar de grond dwarrelde.

Bitty wendde zich af. 'Dit kunt u niet serieus...'

'Ik ben bloedserieus.' Mallory's stem kwam van achteren en Bitty kon de hete adem in haar nek voelen. 'Ik heb de advocaat van Boyd gesproken.' Een ander vel papier ritselde vlak bij Bitty's oor. 'Ik heb de brief die je hem stuurde met het geld.'

Bitty hief haar hoofd op met nieuwe hoop. 'In mijn handschrift? Dat denk ik toch niet.' De brief was getypt op de computer.

'Geen smoesjes.' Het hoofd van Mallory verscheen vlak voor haar gezicht en onttrok al het andere op de wereld aan het zicht. 'Alleen jouw slaapkamer was voorzien van sloten, twee stevige grendels, nog niet zo langgeleden aangebracht. Je was bang dat Boyd de smaak te pakken zou krijgen en ook jou zou vermoorden. Hij wist immers niet dat jij degene was die hem had ingehuurd.'

'Nee, de week daarvoor was er een poging tot inbraak. Dat weet u toch.'

'Precies. Ik heb me steeds afgevraagd of die inbraak je op een idee bracht; of had je de hand in beide pogingen? Was Boyd misschien iets om op terug te vallen als het eerste plan mislukte? Grof geschut, Bitty — een seriemoordenaar. Maar hij had zich in ieder geval bewezen. Hij had al drie vrouwen vermoord. Het moet een schok zijn geweest toen Nedda hem te grazen nam met een ijspriem. Dat had je van je levensdagen niet kunnen denken, hè? Nou ja, sommige plannetjes werken alleen op papier.' Mallory stond op, ineens ongeduldig, en liep terug naar de muur. 'Willy Roy Boyd stierf tijdens het begaan van een misdrijf. Jij huurde hem in om je tante te vermoorden. Volgens de wet ben jij dan verantwoordelijk voor zijn dood.'

'Dat is absurd.'

'O, ja? Heb je soms tijdens ieder strafrechtcollege zitten dutten? De volgende aanklacht is samenspanning in een poging tot huurmoord. Geldelijk gewin is een strafverzwarende omstandigheid. Kijk het maar na.'

Bitty herstelde zich en hief haar hoofd op. Ze voelde zich dapperder als ze tegen de rug van de vrouw praatte. 'Uw poging om me in verband te brengen met die man is op niets gebaseerd.'

'Je hebt gelijk.' Mallory glimlachte, een koude glimlach. 'In het oorspronkelijke plan zou Nedda sterven en Boyd zou blijven leven. Dus gaf je hem nooit enige informatie die de politie op jouw spoor zou kunnen zetten. Maar ik weet zeker dat je hem genoeg bijzonderheden verschafte die in de richting van je moeder en oom wezen.'

'Allemaal gissingen.'

'Ja, het is een erg zwakke zaak. Mazzel dat ik je voor meervoudige moord kan pakken.'

Bitty schudde langzaam het hoofd. 'Nee,' zei ze. 'Wat bent u...'

'Ieder slachtoffer door brandstichting is moord. Ik hoef er slechts één te bewijzen, en de jury zal me de andere bewijzen schenken, ook het bewijs in de zaak van Willy Roy Boyd.' De rechercheur liep naar de steiger en bukte bij de open koffer met z'n verspreide inhoud. Ze pakte een dagboek en bladerde erin tot ze een passage vond die naar haar zin was. 'Luister hier maar eens naar. Het begint zo: "Hou weer van me." Ze bedoelt Cleo en Lionel. Het enige wat Nedda wilde was een verzoening met haar broer en zus.' De rechercheur sloeg een paar bladzijden om. 'Een tijdje ging het inderdaad beter. Maar nadat Nedda Boyd had neergestoken, ging het steeds slechter. Dat was jouw werk, Bitty.' Ze hield het boek omhoog. 'Het staat hier allemaal. 'O, nog iets, ik weet wat je hebt gedaan met de videoband, de band die die avond verdween.'

'Oké, ik heb hem verbrand om tante Nedda te beschermen. Ik dacht dat ze een ongewapende inbreker had gedood.'

'Aardig geprobeerd, Bitty. Altijd een goed idee om een beetje waarheid in een leugen te stoppen. Ik wil best geloven dat je de band hebt verbrand, maar dat bedoelde ik niet. Jouw autoservice noteerde in het logboek de autorit die je de volgende ochtend naar het zomerhuis maakte, een heel vroeg ritje. Je hebt die video aan Cleo en Lionel laten zien, of niet soms? Je wilde ze Nedda's bedrevenheid met de ijspriem laten zien, hetzelfde wapen waarmee hun familie afgeslacht werd. Het moet een vernietigende schok voor hen zijn geweest om die opnamen te bekijken. Verrekte jammer dat je die video niet meer hebt. Hij zou misschien van pas zijn gekomen bij je rechtszaak. De staat zal zeggen dat je belastend bewijsmateriaal hebt verbrand. Boyd was al dood voor het licht aanging, maar misschien was op de tape te zien dat je de ijspriem eruit trok en een schaar in het lijk stak.'

'Dat heb ik niet gedaan.'

'Bitty, ik heb ook nooit gedacht dat je het lef had om dat te doen. Maar gelooft de jury dat? Welnu, we zullen de redenering nog wat doortrekken. De sectie wijst uit dat er twee keer gestoken is en dat er twee verschillende wapens waren, twee moordenaars wellicht. De openbare aanklager zou kunnen aanvoeren dat je bang was dat Boyd jou kon identificeren als degene die hem inhuurde.'

'Dat is niet waar.'

Mallory trok één wenkbrauw op. 'Nee?' Ze keek naar de dagboeken die ze in haar handen hield. 'Wanneer de jury deze dagboeken leest – Nedda's kleine droom – zullen ze een hekel aan je krijgen, Bitty. Dan willen ze bloed zien. Op de avond voor de brand belde Nedda jou vanuit SoHo. Ze wilde een nieuwe poging doen om zich te verzoenen met haar broer en zus. Dat zou al jouw noeste werk om een hecht wraakmotief te construeren tenietdoen. Dus zette je een zelfmoord in scène en het scheelde weinig, maar ja, je verwachtte Nedda voor het avondeten en niet uren later. Dat was Charles Butlers schuld. Hij verleidde haar tot een spelletje poker.'

De rechercheur was bezig de dagboeken te verzamelen die her en der verspreid lagen en deed ze weer in de koffer. 'Eens even kijken, hebben we nog meer misdrijven? O, ja, de avond van de brand. Je was in de kelder en draaide de stoppen los, zodat het licht uitging. Op de stoppenkast lag een oude zaklantaarn. De onderzoeker van de brandstichting vond hem in jouw kast. Dacht je dat je genoeg tijd had om de lantaarn na de dood van je tante in de kamer van iemand anders te verbergen?'

'De brand was een ongeluk.'

'Dat weet ik. Dus wat was je die avond van plan om met Nedda te doen? Een val van de trap? Nee, dat is te onzeker. De meeste mensen overleven zo'n tuimeling. Op de avond van het diner heb je dat zelf geopperd.' Mallory stak een hand in de koffer en haalde er een dagboek uit. 'Het staat allemaal hierin. Je tante had een goed oog voor detail. Je was van plan om Nedda over de leuning te duwen, zo is het toch? Volgens jou was dat de wijze waarop Edwina Winter aan haar einde kwam. Een beproefde methode.' Ze maakte het dagboek open en sloeg de bladzijden om. 'Hebbes. Nedda beschrijft hier hoe Charles Butler bij de trapleuning stond en dat je op hem toe snelde. Heel even dacht ze dat hij over de leuning zou gaan. Dat was jouw generale repetitie, Bitty. Voor de échte moord moest je de stoppen eruit draaien, moesten alle lichten uit zijn. Dat is de enige manier waarop jij een moord kunt plegen: achter iemands rug en in het donker. De verdenking zou op Cleo en Lionel vallen. Maar nu ze dood zijn, erf jij alles. Een goed motief voor brandstichting.'

'Maar u weet zelf dat het een ongeluk was.'

'De brand, dat was het moment dat alles misging, hè? De rook en de vlammen. Je raakte in paniek. In plaats van naar beneden te rennen, rende je naar boven. Ja, ik geloof best dat het een ongeluk was. Zo'n risico zou jij nooit nemen. Maar nogmaals, zal de jury je ook geloven?'

Mallory liep op en neer en knipte met haar vingers. 'Blijf bij de les, Bitty. Maak het rekensommetje. De moord op Willy Roy Boyd is de eerste aanklacht. Wanneer het onderzoek naar de brandstichting is afgerond, staat het aantal slachtoffers op vijf.' Ze scheurde een vel papier van de muur. 'Dit is het sectierapport aangaande je vader. Er wordt een verband gelegd tussen de panische schrik die de brand teweegbracht en de fatale hartaanval. Elk door brandstichting veroorzaakt sterfgeval geldt als moord.'

'Het was een ongeluk!'

De rechercheur glimlachte en Bitty begreep de ironie voor ze verwoord werd.

'Na jaren van planning en machinaties doet iets wat je niet hebt gedaan je de das om. Maar je hebt de stoppen eruit gedraaid en de reservestoppen verborgen. Je hebt de kaarsen aangestoken waardoor het huis in brand vloog, en die mensen stierven. Denk je dat het me iets kon schelen dat je alleen maar van plan was om een van hen te vermoorden?' Mallory sprak kalm, zonder enige stemverheffing, bijna verveeld, terwijl ze langs de muur liep en er achter elkaar nog wat velletjes papier af scheurde. 'Dus nu heb ik je te pakken wegens vadermoord, moedermoord, de moorden op je oom en tante, en de moord op Willy Roy Boyd. Jammer dat je geen massamoord in een ander stadsdeel kon plegen. De officier van justitie in Queens zal niemand ter dood veroordelen, zelfs niet voor de moord op een politieagent. Maar de officier in Manhattan doet niets liever.'

Mallory maakte een weids handgebaar dat de koffer met de dagboeken en alle wanorde aan de muur omvatte. 'Misschien dat je je dit herinnert van een college dat je niet versliep. De officier van justitie noemt het verpletterend bewijs. Het gewicht alleen al is voldoende om je dood te drukken. En er is nog meer. Een jury houdt van dingen die ze in hun handen kunnen houden, zoals de stoppen en reservestoppen die je bij de tuindeur verborg. Die vondst bevestigt dat het om brandstichting ging. En dan is er ook nog die hele serie dagboeken.'

'Tante Nedda was niet goed bij haar hoofd. Ze had een ziektegeschiedenis van...'

'Nee, volgens Charles Butler zijn al deze dagboeken geschreven door een volkomen gezonde vrouw. O ja, dingen die de jury kan vasthouden:

dan heb je nog de zaklantaarn... en de brandbijl met jouw vingerafdrukken erop.'

'U weet waarom mijn vingerafdrukken op de bijl stonden. Ik heb hem gebruikt om...'

'Ja, precies. De botten van kleine Sally Winter. Dat was nog een handige zet, Bitty. Een vorm van opzettelijke laster om Cleo en Lionel af te schilderen als mensen die een kind zouden kunnen vermoorden. Waarom Nedda niet? Wat je niet weet is dat je moeder vlak voordat de brand uitbrak met mijn collega belde. Ze was van plan om de koffer de volgende ochtend af te geven bij het kantoor van de lijkschouwer. Cleo en Lionel wilden alleen weten hoelang het zou duren voor de familie de stoffelijke resten van dat kleine meisje kon begraven. Dat was het enige wat hen interesseerde. Eindelijk een fatsoenlijke begrafenis voor Sally Winter.'

'Ik gebruikte die bijl om Sally's koffer uit de kast te krijgen, dat weet u.'

'Oké, dat staat in je verklaring, maar we hebben alleen jouw woord. Je moeder heeft jou in dat verband niet genoemd. Dus zal de officier aanvoeren dat je die bijl gebruikte om te verhinderen dat die angstige mensen een brandend huis uit zouden vluchten.'

'Nee, er was een getuige die zag dat Nedda me naar buiten droeg. Ik was bewusteloos. Het is onmogelijk om iemand tegen te houden als...'

'Een getuige? Bedoel je die dakloze man die heeft opgebeld om te zeggen dat er brand was? Het team dat de brandstichting onderzoekt, heeft geprobeerd hem op te sporen. Wat bleek? Iemand had een treinkaartje voor hem gekocht naar de zon. Waar was ik ook alweer? O ja, bij de conclusie van de openbare aanklager. Hij zal je afschilderen als iemand die zwaaiend met een bijl die arme mensen angst aanjaagt, ze de trap op drijft en dan de boel in de fik steekt, zodat ze als ratten in de val zitten. Wanneer hij klaar is met de jury, zullen ze uit de getuigenbank willen klimmen om je eigenhandig te wurgen.'

'Zou u dat graag zelf doen?'

'Nee.' Mallory haalde haar schouders op. 'Het is me om het even. Niets persoonlijks, gewoon mijn werk.' Ze gaf Bitty een kleine witte kaart. 'Dit is de Miranda-kaart waar je rechten op staan. Ik arresteer je. Lees de kaart snel, Bitty. We moeten weg.'

'Ik weet wat uw bedoeling is, rechercheur. Het is zo doorzichtig allemaal. U wilt me bang maken, zodat ik een bekentenis afleg in ruil voor strafvermindering, een zekere veroordeling in plaats van het risico van een verloren zaak.'

'Nee, ik ben nog nooit een advocaat tegengekomen die iets bekend heeft. Dat geldt voor mij als een axioma. En voor de officier ook.'

'Denkt u nu echt dat ik dit allemaal geloof? Dat deze show, en wat u met mijn vogel hebt gedaan, dat dat gewoon voor de lol was?'

'Ja,' zei Mallory, 'je slaat de spijker op zijn kop.'

Bitty wilde dat deze jonge vrouw niet zou glimlachen. Het bracht haar zo van haar stuk. En die ogen. Het kwam bij haar op dat deze rechercheur wel eens ernstig gestoord kon zijn. Of was dit bewust gepland, was het simpelweg nog een onderdeel van de show?

'Ik ga je nu vertellen wat er met je zal gebeuren,' zei Mallory, 'en dat is al even amusant. De rechtbank zal misschien net genoeg geld vrijgeven voor een redelijke verdediging. Ze zullen je geen miljoenen dollars geven om een topadvocaat in de arm te nemen. Wanneer jouw goedkope advocaat ziet dat het proces de verkeerde kant uit gaat, zal hij proberen om je vrij te pleiten van een wat zwakkere tenlastelegging, de huurmoord: Willy Roy Boyd dus. Je zal de leeftijd van Nedda hebben als je vrijkomt, maar je zou in ieder geval leven. Maar nu het addertje onder het gras. Zodra het proces is begonnen en alle feiten op tafel liggen, kan de officier van justitie niet meer meegaan in een verzoek om strafvermindering. Hij is een politiek dier. Het is verkiezingsjaar, en de kiezers zouden hem aan het kruis nagelen. Zie je het mooie ervan, Bitty? Jij zult geen bekentenis afleggen in ruil voor strafvermindering voordat je zaak hopeloos geworden is. Maar de officier kan niet voor minder gaan dan massamoord en de doodstraf, niet als hij wint. En verliezen mag hij niet.'

De rechercheur sloeg een jas over haar arm en pakte toen de koffer met dagboeken op. 'Tijd om te gaan.' Ze keek op haar horloge. 'Je zult vanavond officieel aangeklaagd worden. Wat is je verweer?'

Dit was het beslissende treffen, of in ieder geval een soort aftellen, want Bitty zette zich schrap, terwijl Mallory met de punt van haar schoen de seconden aftikte.

'De tijd is om.'

De lampen gingen uit. Het enige licht kwam nu nog van de lichtkoepel. Stofdeeltjes dwarrelden om Mallory heen, lichtten op en gaven haar een cilindrisch aureool. De rechercheur kwam naar voren. Achteruitdeinzend trok Bitty zich uit de kamer terug en ze liep de hal in waar de vogel aan de muur gespietst was. Maar het enige wat ze kon zien, was de rechercheur die de voorkamer door liep, haar naderde en bij elke stap aan lengte en massa won.

Vreemd genoeg viel er een last van Bitty af. Haar zenuwen waren tot rust gekomen en ze kon vrijer ademhalen. 'Je hebt tegen me gelogen! Deze zaak was persoonlijk, of niet soms?' riep ze bijna tartend naar Mallory.

Eén ding had Mallory maar al te goed gezien: Bitty was niet van plan om ook maar op één punt van de tenlastelegging schuld te bekennen. Ze gedroeg zich niet meer hysterisch en bracht koel de mogelijkheden in kaart om de zaak tegen haar te torpederen, een zaak die uit louter indirect bewijs bestond. En als ze de rechtszaak nu niet won, zou ze in hoger beroep winnen. Als ze bekende, was alles verloren. Haar laatste gedachte was dat de rechercheur haar gedachten zou kunnen lezen en de opleving van haar hoop zou merken.

De koffer viel uit Mallory's hand op de grond.

Bitty wist dat dit moment tot haar dood in haar geheugen gegrift zou staan. Jaren later zou ze zich misschien wel herinneren dat de verbolgen jonge wreekster daar had gestaan met een groot zwaard in haar rechterhand, een eigenaardige zinsbegoocheling die was opgeroepen door de glinstering van metaal in de schouderholster. Dát, in combinatie met de imposante aanblik van Mallory met haar gloeiende ogen en verwarde haren, alsof ze zojuist was binnengestapt uit een wervelwind.

Pas nu de korte afstand die hen scheidde nog kleiner werd, begreep Bitty dat dit inderdaad een persoonlijke aangelegenheid voor Mallory was, dat deze vrouw iets was aangedaan wat veel dieper zat dan haar gebroken linkerhand. O, haar ogen, die onbeweeglijke blik, een kat die de muis uitlokt om zich te bewegen, al was het maar een zenuwtrilling. En het pistool in haar rechterhand ging omhoog.

BENG!

13

Inspecteur coffey zat met zijn hoofdrechercheur te pimpelen in een bar in Green Street die altijd druk bezocht werd door politie. Ze dronken pure bourbon. De stemming was niet feestelijk, hoewel Riker niet het idee had dat Mallory disciplinair gestraft zou worden voor wat ze had gedaan.

De inspecteur hief zijn hoofd op om een vraag te stellen, een vraag die alleen gesteld kon worden in dat stadium van dronkenschap waarin je goede hoop hebt dat je het antwoord bent vergeten als je kater is begonnen. 'Wat is er verdomme gebeurd? Het echte verhaal?'

'Wat heeft Buchanan je verteld?'

'Zijn verhaal interesseert me geen reet. Ik wil jouw versie.'

'Oké.' Omdat de inspecteur betaalde, bestelde Riker nog een rondje. 'Die bewuste morgen hebben we alle bewijs voor de officier uitgespreid, meer bewijsmateriaal dan hij ooit had gezien in één zaak. Een gigantische hoeveelheid documenten. Het kon Buchanan geen bal schelen. Hij weigerde Bitty Smyth te vervolgen. De miezerige lafaard. Hij was warempel bang om de grootste zaak van zijn leven te verliezen, in een verkiezingsjaar. Heb je ooit zoiets gehoord? En wat zegt hij na al dat werk tegen ons? Hij zegt dat het allemaal indirect bewijs is.'

'Hij had gelijk,' zei Coffey.

Riker deed net of hij het niet hoorde, omdat het klopte. 'Mallory zegt dus dat het hele pak voldoende is om Bitty Smyth levenslang te geven.

Buchanan zegt nee. Zegt dat jury's te stom zijn om het bewijsmateriaal van Mallory te snappen. Dat het een heidens karwei zal zijn om ze tijdens de uiteenzetting van de zaak wakker te houden.'

'De man heeft alweer gelijk,' zei Coffey.

'"Wat moet ik doen?" vraagt Mallory hem dus op de man af. "Ik wil een volledige bekentenis," zegt Buchanan.' Riker sloeg met zijn vlakke hand op de bar. 'En dat is precies wat ze deed. We zijn diezelfde middag nog naar Winter House gegaan om snoeren aan te brengen voor de geluidsopnamen.'

'Ik kan me niet herinneren dat ik naar tapes heb geluisterd, Riker.'

'We kregen niet de kans om microfoons te plaatsen. De laatste politieauto was nog niet bij het huis weggereden of Bitty kwam eraan.' Met andere woorden: geen tape was beter dan een gemanipuleerde tape. Hij keurde het idee af om met bewijsmateriaal te knoeien.

Na wat onenigheid met Bitty Smyth waren de rechercheurs teruggekeerd naar het kantoor van de officier en hadden ze de bekentenis van de vrouw aan Buchanan overhandigd met de condities voor strafvermindering.

'En toen,' zei Riker, 'nam Buchanan te veel risico. Hij zei tegen ons dat hij de bekentenis niet accepteerde. Zei dat die waarschijnlijk onder dwang verkregen was. Die opgeblazen kleine gluiperd heeft niet eens met Bitty Smyth gepraat. Hij snapte er geen bal van.'

'Had hij gelijk?'

Riker was selectief in zijn doofheid. Timing was erg belangrijk vanavond. 'Nou, de officier kwam terug op een keiharde deal.' De rechercheur boog zich over naar zijn commandant. 'Wat ik nu ga zeggen blijft tussen ons, akkoord?'

Jack Coffey knikte dat hij het begreep, en dit was zijn belofte, de bezegeling van zijn zwijgen.

De veiligstelling van Mallory's baan was voor de helft binnen.

'Goed,' zei Riker. 'Dus Mallory spietst de bekentenis met een ijspriem op het bureau van de officier.' Hij wendde zijn ogen van het verschrikte gezicht van de inspecteur af. 'Het was dezelfde ijspriem die bij de slachtpartij in Winter House werd gebruikt,' voegde hij er als een punt van historisch belang aan toe. Toen richtte hij zijn blik weer op Coffey en glimlachte. 'Het was een geschenk.'

Het kan inspiratie geweest zijn of lafheid, maar officier van justitie

Buchanan veranderde ineens van gedachten, indachtig het credo dat je je nooit de vijandschap van een gestoorde agent op de hals moest halen, en aanvaardde de bekentenis. Bovendien – en dat was mooi meegenomen – had de man het in zijn broek gedaan, een extra garantie dat wat er zich in die kamer had afgespeeld nooit naar buiten zou komen. Riker had al deze dingen niet leuk gevonden. Mallory had ook hem de stuipen op het lijf gejaagd, en hij had bijna medelijden met een advocaat gehad. Soms, op onbewaakte ogenblikken, vergat hij dat ze altijd gevaarlijk was, en des te meer nu ze gewond was. Het gips om haar hand vond hij hartverscheurend.

Hoeveel meer moest hij Jack Coffey onthullen voor hij vroeg om een lang verlof voor zijn collega? En wie van hen beiden zou Mallory haar wapens afnemen?

'Een ogenblik, Riker, niet zo snel. Hoe heeft Mallory die bekentenis verkregen? Dat deel van het verhaal heb je overgeslagen.'

Om tijd te rekken en de juiste woorden te vinden keek Riker op zijn horloge. Een politietransport zou nu onderweg zijn naar de vrouwengevangenis. De zaak was geëindigd in een anticlimax, met Bitty's bekentenis op de openbare rechtszitting. Een proces had niet plaatsgevonden. Ze had schuld bekend op vijf onderdelen van de tenlastelegging: een huurmoord en vier gevallen van doodslag. Alle vonnissen waren gelijktijdig geveld. De enige voorwaarde bij de bekentenis om strafvermindering was dat Mallory niet aanwezig zou zijn bij de behandeling van haar zaak. 'Deze deal was beter dan Bitty Smyth verdiende.'

'Dat mag dan zo zijn,' zei Coffey, 'maar waarom deed ze afstand van haar recht op een proces? Nee, wacht, ik heb een betere vraag. Wat heeft Mallory met die vrouw gedaan?'

'Niets.' Riker deed net of hij verontwaardigd was, en blijkbaar ging het hem niet goed af; de baas wachtte nog steeds op antwoord. Hoe moest hij dit brengen? 'Nou,' zei hij, alsof hem zojuist een minder belangrijk detail te binnen was geschoten, 'ze schoot de kop van een dode vogel eraf.' Meteen hief Riker zijn hand op. 'Ik zweer het bij God, meer heeft ze niet gedaan. Het kind heeft zelfs haar stem niet verheven tegen Bitty Smyth.'

'Dus Mallory heeft een kogel afgeschoten. Waar is het ding gebleven?'

'Hij zit niet meer in de muur. Je kunt niet eens meer zien waar het gat zat.'

'En die vogel zonder kop?'

'Die houdt de vissen in East River gezelschap.' Natuurlijk zou dat afhangen van de grillige loop van de afvoerbuizen en de riolering. Mallory had de vogel door de wc gespoeld.

Vanavond had Charles Butler zich aangekleed en gedoucht, maar hij had zich niet geschoren: zijn werkster had zijn scheermes verstopt.

Mevrouw Ortega keek toe terwijl haar werkgever boeken uit zijn boekenkast trok. Reisgidsen noemde hij ze.

'Waar gaat u heen?'

'Niet voor iedere reis hoef je je huis te verlaten.'

Ze bekeek een boek van Hermann Hesse, maar het was te klein gedrukt naar haar smaak. 'Ik hou van een boek dat lekker wegleest,' zei ze, 'met een heleboel wit.'

Hij ging met zijn vinger de boeken op een van de lagere planken langs, trok drie romans uit de kast en gaf ze aan haar. 'Hier, een geschenk. Drie eerste drukken van boeken van Hemingway. Ik denk dat je ze wel mooi vindt.'

Ze legde de boeken boven op haar schoonmaakkarretje, en keerde toen terug naar haar eigen stapeltje. 'Ik kan er met mijn hoofd niet bij. Als u ze al gelezen hebt, wat hebt u er dan nog aan?'

Mevrouw Ortega kon wachten tot sint-juttemis tot ze antwoord kreeg op die vraag. Charles Butler had plotseling een eigenaardige blik in zijn ogen terwijl hij naar een punt boven haar hoofd en achter haar rug keek. Ze draaide zich om en zag Mallory vlak bij de deur in de kamer staan.

Eng kind, stil als een kat.

Eén ijzige blik van Mallory was voldoende om de werkster te laten weten dat ze ontslagen was van haar taak als kinderoppas, en mevrouw Ortega was blij dat ze weg kon. Ze werd af en toe gekweld door het magische denken van de Ierse tak van haar familie. Al een aantal dagen had ze een verandering in de lucht van deze flat bespeurd: die werd zwaar van droefheid en ze kon nauwelijks ademen.

Mallory reed door Central Park West en naast haar zat Charles Butler. Ze had hem er nog niet van kunnen overtuigen dat hij niet verantwoordelijk was voor de dood van Nedda Winter, maar wel had ze hem ten slotte zover gekregen dat hij zijn huis verliet.

Ze maakten een tripje om de radio te bekijken.

Shocktherapie.

De man was zwaar beschadigd. Hij had een ontredderde blik in zijn ogen en ook uit de lijnen in zijn gezicht en zijn verwarde manier van spreken kon je opmerken dat hij gebroken was. Zonder dat ze daarbij over nuttige handleidingen over menselijke instabiliteit beschikte, moest ze een manier zien te vinden om hem geestelijk weer op te kalefateren. Ze had niet alleen Charles meegenomen, maar ook zijn mazzel bij het vinden van parkeerplekken. Ze zette de auto neer voor Winter House. Toen ze de trap naar de voordeur op liepen, had hij het nog steeds over de radio. Vanwaar toch die obsessie voor dat ding?

Mallory ging hem voor het huis in. Hij stond naast haar in de hal terwijl ze haar zaklantaarn op de twee zilverkleurige schakelborden bij de deur richtte. 'Deze is voor het alarm. En deze is voor de geluidsinstallatie. In iedere kamer is een schakelpaneel. Deze installatie werkt net zoals die van jou.' Ze gaf een klopje op de ingebouwde box. 'De muziek die je hoorde toen Nedda en jij na het diner buiten op de trap zaten kwam uit deze speakers.'

'Ik heb het je toch gezegd? Nedda kon niet met dit ding overweg, en ik ook niet. Ze had de oude radio in de voorkamer aanstaan.'

'Oké, laten we daar dan maar eens een kijkje nemen.' Mallory pakte zijn hand en voorafgegaan door de stralenbundel van haar zaklamp leidde ze hem over de drempel van de hal. Ze trok de beroete gordijnen open zodat het licht van de straat de kamer in scheen en ze zette de voorramen open om de geur van schimmel te mengen met zuivere koude lucht.

Charles staarde naar de ouderwetse radio.

Mallory sleepte de radio weg van de muur en draaide het toestel om, zodat een verrotte achterkant met gaten zichtbaar werd. Met een metalen nagelvijl begon ze de schroeven te verwijderen. Charles kwam dichterbij. Ze haalde het achterpaneel eraf en onthulde het binnenste van het ding: kapotte glazen buizen, gerafelde draden en verbindingen die loszaten. De techniek van een andere eeuw. Er waren ook spinnenwebben, gemaakt door generaties van spinnen die hun huis in deze ouderwetse kast hadden gemaakt. De botjes en de schedel van een al tientallen jaren dode muis vormden het definitieve bewijs dat deze radio niet werkte.

En nu deed Mallory deze kleine misdaad voor Charles uit de doeken. 'Twintig of dertig jaar geleden kreeg deze muis een stroomstoot van een blanke draad. Hij raakte in paniek, rende rond in het donker en brak deze buizen. Waarschijnlijk bloedde hij dood op het gebroken glas. Begrijp je het nu? Deze radio is al een hele tijd kapot. Met de radio in Nedda's kamer is het nog droeviger gesteld. Die heeft niet eens een snoer.'

'Nee, het is een truc. Dit is een andere radio.'

Mallory schudde het hoofd en wachtte op het moment dat zijn verstand weer de overhand zou krijgen en hij door logisch redeneren het stof van zijn diepe depressie van zich af zou schudden.

'Maar je hebt zelf een radio gehoord op de avond van de brand,' zei Charles, 'en niemand die zich heeft afgevraagd of jij geestelijk wel gezond was.'

'Nou, ik weet dat het deze niet was. En ook al deed deze radio het wel, Bitty had alle stoppen eruit gedraaid. Er was geen stroom. Wat ik gehoord heb, was waarschijnlijk een klein transistorradiootje. Het vuur moet het toestelletje helemaal vernietigd hebben.'

Zo te zien was hij argwanend. Wist hij dat ze loog? Nee, er stond ook twijfel op zijn gezicht te lezen. Haar leugen leek hem plausibel. Kennelijk geloofde Charles in de wetten van de elektriciteit.

In werkelijkheid was het zo dat de onderzoekers resten hadden moeten vinden als er een radio in huis was geweest die op batterijen werkte, zelfs als hij in de omgeving van de vuurhaard had gestaan, maar die resten waren er niet. En omdat het zo belangrijk was om de identiteit te kennen van iedereen die die nacht in het huis was geweest, was het team dat de brandstichting had onderzocht op zoek gegaan naar sporen van Mallory's radio-onbekende, degene die de muziek had aangezet en afgezet. Ze hadden zelfs tests gedaan om te kijken of de muziek ook had kunnen doorklinken van belendende percelen, allemaal met negatief resultaat. Maar net als Charles kon Mallory niet geloven dat ze de liedjes slechts in haar verbeelding had gehoord. Dat zou ze niet kunnen. Maar voor Charles was het noodzaak.

'Ik heb tweemaal gehoord dat ze deze radio had aanstaan,' zei hij koppig. 'De eerste keer bij het onderzoek naar de dood van Willy Roy Boyd. En ik heb een hoop mensen die dat kunnen bevestigen.'

Ze knikte. 'Ik heb die avond muziek gehoord, maar de ingebouwde geluidsinstallatie...'

'En ik heb hem nog een keer gehoord,' zei Charles, die nu boos werd. 'De avond van het diner. Het was een warme avond. Nedda had de voorramen opengezet. We zaten buiten op de stoep. We dronken wijn en hebben uren naar deze radio geluisterd.'

'Toen Nedda dacht dat ze het alarm uitschakelde, heeft ze waarschijnlijk het bedieningspaneel van de stereo-installatie geraakt. Ik ben ervan overtuigd dat Nedda dacht dat de muziek uit de radio kwam, maar ze was krankzinnig.'

'Nee, dat was ze niet. Ik heb nooit een gesprek met haar gevoerd dat niet volkomen helder was.' Hij keerde zich van Mallory af en liep het huis uit. Ze liep achter hem aan tot de open voordeur waar hij op de trap ging zitten.

Na een paar minuten in de rotzooi te hebben gezocht, vond ze achter de bar een wijnkast, en de rubber strips op de deur waren nog intact. Ze koos een goede merlot met veel body uit, de enige wijn die een bescheiden kans had dat hij de hitte van het vuur op de eerste verdieping had overleefd. Met de wijn en twee glazen in haar hand ging Mallory bij Charles buiten op de trap zitten. De warme nazomer was allang voorbij, maar hij leek de koude avondlucht van de herfst niet te voelen.

'Oké,' zei ze, 'we gaan wat er die nacht gebeurde opnieuw opvoeren.' Ze hield de fles omhoog ter goedkeuring en hij bekeek het etiket.

'Deze wijn werd geserveerd bij het diner. Ik heb me altijd afgevraagd hoe Sheldon Smyth de naam van de wijnhandelaar van mijn privévoorraad wist. Heb je enig idee wat deze flessen kosten?'

'Maakt niet uit, Charles. Je neemt gestolen goederen aan van een politieagent.' Ze ontkurkte de wijn en zette de fles op de trap om de wijn te laten ademen. Hij zou het een ernstiger misdrijf vinden als ze simpelweg hun glazen vulde zonder de wijn tijd te geven zijn hardheid te verliezen. En Mallory had wat leesvoer meegenomen om de tijd te doden. Ze opende haar rugzak en haalde er een klein in leer gebonden boek uit. 'Dit is Nedda's laatste dagboek. Ik heb het gebruikt om Bitty Smyth te overbluffen. Sla maar open.'

Hij deed het.

Elke zin was hetzelfde, steeds weer dezelfde woorden: *gekke mensen maken gezonde mensen gek.* Charles bladerde het dagboek door. Pagina na pagina, niet te geloven. Hij keek haar verslagen aan.

'Ik heb een hele koffer vol,' zei ze. 'Ze zijn allemaal precies hetzelfde.

Ik denk dat Nedda psychisch nog in orde was toen ze opgenomen werd in de eerste inrichting, maar toen ze de laatste verliet niet meer. Dat zou ook te veel gevraagd zijn. Weet je waarom? Omdat deze zinnen waar zijn, Charles. Elke politieagent zal je dat vertellen. Wij hebben de hele tijd met gekken te maken. En het is besmettelijk. Het gaat in je hoofd en in je lijf zitten. Het maakt je gek. Nedda wilde dat ik haar dagboeken kreeg. Ze vroeg me of ik ze aan Cleo en Lionel wilde laten zien. Misschien dacht ze dat ze iets anders op die bladzijden had geschreven. En ik ben er zeker van dat Nedda muziek op de radio hoorde.'

'Volslagen krankzinnig.' Hij bladerde nog wat verder. 'En ik zag het niet. Hoe is het mogelijk dat ik er in mijn oordeel over deze vrouw zo naast zat?'

'Na een paar therapiesessies? Je zei dat al haar gesprekken met jou normaal waren, en ik weet zeker dat dat ook zo was. Ze was een sterke vrouw, neem dat maar van me aan. Iemand die heel goed greep kon houden op de dingen in situaties… waarin alle geestelijk gezonde mensen zouden instorten.' Mallory nam het dagboek uit zijn hand en keek naar de bladzijden, zinnen die zowel krankzinnig als waar waren. 'Het is niet jouw schuld, Charles. Ik had ook de indruk dat ze psychisch zo gezond als wat was. Nedda gebruikte waarschijnlijk al haar energie om haar verstand bij elkaar te houden, zolang het lukte. Ze moest eerst nog met haar broer en zus in het reine komen.'

Hij knikte. 'Als Cleo en Lionel de dagboeken hadden gezien, was de verstandhouding heel anders geweest.'

'Ze zouden zich meer om haar bekommerd hebben,' zei Mallory. 'Dus als Nedda luisterde naar een kapotte radio, is dat…'

'Maar ík ben niet gek.' Hij liet zijn hoofd hangen, in het plotselinge besef dat dit nu juist ter discussie stond. 'Die avond toen je me belde en me verzocht naar de plaats van het misdrijf te komen, heb ik gezien dat ze naar de radio luisterde. Ze zette het geluid harder en zachter met de volumeknop.'

'De hele bovenkant van de radio moet verlicht zijn geweest toen hij aanstond. Heb je dat gezien?'

'Ja.' En minder zeker van zichzelf: 'Ik denk het wel.'

'Je bent niet slechter dan de gemiddelde waarnemer. Mensen zien de dingen die ze verwachten te zien.' Ze stak haar hand in haar jaszak en trok er een aantal velletjes papier uit. 'Dit is een lijst met alle nummers die die avond op de radio te horen waren. Nedda vertelde jou op de avond van het diner dat haar zender alleen jazz uit de jaren veertig uitzond. Dat klopt niet. Er is maar één zender die jazz uitzendt op dat tijdstip. Maar dat is een mix van moderne en...'

'Ik weet wat ik gehoord heb.'

'Is dat zo? Op jouw geluidsinstallatie is alleen maar klassieke muziek te horen. Dat waren de enige zenders die je wilde horen, weet je nog? Dus heb ik die geprogrammeerd. Nedda was degene die verstand had van jazz. Ik weet niet naar welke nummers je die avond hebt geluisterd, maar zij hoorde alleen wat ze wilde horen.'

'Ik herken jazz wanneer ik...'

'Luister naar me. Nog heel even, oké? Voordat Nedda naar buiten kwam met de wijn, heeft ze vermoedelijk geprobeerd om het alarm af te zetten. Dikke kans trouwens dat het ding niet eens aanstond. En toen kwam ze per ongeluk aan de regelknoppen van de geluidsinstallatie. Dat was de muziek die je hoorde, een lokale zender die...'

'Nee, zo is het niet gegaan. Haar zus was zo bot geweest om die installatie te programmeren: popmuziek, muziek die, dat verzeker ik je, bij lange na niet zo elegant is als de muziek van Duke Ellington.'

'Je weet hoe gemakkelijk het is om de programmering in het honderd te laten lopen.' Voordat ze de aan-uitschakelaar met nagellak roodgeverfd had en hem had verboden om ook maar een andere knop aan te raken, had ze de zenders op zijn geluidsinstallatie een fiks aantal keren opnieuw moeten programmeren. 'Jij zou van geen van de nummers die je die avond hoorde de datum weten. Nedda wel, maar zij luisterde naar de muziek in haar hoofd, allemaal nummers uit de tijd voor de slachtpartij in Winter House.'

'Dus eerst,' zei Charles, die nog steeds sceptisch was, 'zag ze de geluidsinstallatie voor het alarm aan. Daarna had ze gewoon mazzel met al die knoppen en haalde ze de enige jazz-zender uit al die...'

'Zeg eens eerlijk, waar geloof je nu eigenlijk in? In toeval en mazzel, of in een spookradio?'

Met haar verklaring had ze zijn spookverhaal ontkracht. Ze zag dat hij zich gewonnen gaf. Hij verzette zich in ieder geval niet meer tegen haar onverbiddelijke logica. Als een hoffelijke verliezer glimlachte Charles, maar niet op de gebruikelijke, onbewuste manier van een gelukkige idioot. Hij had zich een nieuwe uitdrukking eigen gemaakt, cynischer, en Mallory wist dat hij nooit meer dezelfde zou zijn; de prijs die betaald moest worden voor het afsluiten van haar zaken was wel ver- rekte hoog geworden.

Ze schonk de wijn in – het medicijn – en hief toen haar glas voor een toast. 'Op de dame die van jazz hield.'

Charles klonk met Mallory. Ze zaten dicht bij elkaar in de kille nacht- lucht, dronken wijn en hadden de illusie dat het leven niet voor altijd veranderd was door iemand die niet had hoeven sterven.

Vlakbij klonken geruis en gekraak, en uit een radio kwam een oud Count Basie-nummer. Mallory trommelde met haar vingers de maat.

Charles niet.

Als hij de muziek al hoorde, dan liet hij daar niets van blijken, niet door een ritmisch tikken met zijn voet, niet door te wiegen met zijn hoofd. Nee, natuurlijk niet. Hij had zijn evenwicht hervonden en glim- lachte terwijl hij opkeek naar de sterren, de zwijgende sterren. Alles was in orde op Charles Butlers planeet.

Mallory's nagels drongen diep in haar handpalmen en maakten rode halvemaanvormige wondjes in het vlees, alsof de pijn de lage tonen kon overstemmen van een contrabas die dicht bij de aarde tokkelde, en de kabbelende tonen van een piano die boven de bomen uit opstegen naar de hemel.

Gekke mensen maken gezonde mensen gek.

Ze keek achter zich naar de open ramen van Winter House, in de ver- wachting een zwakke gloed te zien van de zenderschaal van een antieke radio.

Dankwoord

MET GROTE DANK AAN ONDERZOEKSTER DIANNE BURKE, DIE EEN vraagbaak is op juridisch en medisch gebied en met hetzelfde gemak de loop van dubbelsterren in kaart brengt. En dank aan Phillip Skodinski, advocaat. Eventuele fouten in dit boek komen geheel voor mijn rekening. Onbetamelijke geestigheden ten koste van de juridische beroepsgroep worden geuit door fictieve personen, en niet door mij. Bovendien zouden deze humoristische, maar geringschattende opmerkingen niet zijn gemaakt als ze niet belangrijk voor de plot waren geweest, echt, nee, dat meen ik.

En dank aan mijn broer Bruce, die belangeloos zijn tijd beschikbaar stelde. Dank verder aan mijn neven en nichten Norman, Melinda, Camille en Noel, die me te elfder ure een bezoek brachten waar ik ongelooflijk veel aan heb gehad.